MIRA®

Der Preis dieses Bandes versteht sich einschließlich
der gesetzlichen Mehrwertsteuer.

Umwelthinweis:
Dieses Buch wurde auf chlor- und säurefreiem Papier gedruckt.

Die Handlung und Figuren dieses Romans sind frei erfunden.
Ähnlichkeiten mit lebenden oder verstorbenen Personen
sind nicht beabsichtigt und wären rein zufällig.

Alex Kava

Die Rückkehr des Bösen

Roman

Aus dem Amerikanischen von
Martin Hillebrand

MIRA®

MIRA® TASCHENBUCH
Band 25158
3. Auflage: September 2006

MIRA® TASCHENBÜCHER
erscheinen in der Cora Verlag GmbH & Co. KG,
Axel-Springer-Platz 1, 20350 Hamburg
Deutsche Erstveröffentlichung

Titel der nordamerikanischen Originalausgabe:
A Neccessary Evil

erschienen bei: Mira Books, Toronto
Published by arrangement with
Harlequin Enterprises II B.V., Amsterdam

Konzeption/Reihengestaltung: fredeboldpartner.network, Köln
Umschlaggestaltung: pecher und soiron, Köln
Redaktion: Claudia Wuttke
Illustration: Sándor Rósza, Köln
Autorenfoto: © by Harlequin Enterprise S.A., Schweiz
Satz: Buch-Werkstatt GmbH, Bad Aibling
Druck und Bindearbeiten: Ebner & Spiegel, Ulm
Printed in Germany
ISBN 3-89941-197-8

www.mira-taschenbuch.de

1. KAPITEL

Freitag, 2. Juli
Eppley Airport
Omaha, Nebraska

Monsignore William O'Sullivan war sicher, dass ihn niemand erkannt hatte. Woher aber rührte dann seine feuchte Stirn? Dabei hatte er noch nicht einmal die Sicherheitsschleuse passiert. Damit wollte er warten, bis seine Abflugzeit näher gerückt war – nur für den Fall, dass irgendjemand ihn womöglich doch noch entdeckte. Außerhalb des Sicherheitsbereichs konnte er immer noch vorgeben, er hole bloß einen Bekannten ab. Dass er die Stadt verließ, das ließ sich hier noch verheimlichen.

Unruhig rutschte er auf dem Kunststoffsessel herum, seine lederne Aktenmappe eng an die Brust gepresst. So fest, dass es ihm vorkam, als zerdrücke sie ihm die Lungen und riefe erneut jenes schmerzhafte Stechen etwas tiefer hervor, das er vorhin vielleicht doch etwas zu voreilig als Sodbrennen abgetan hatte. Ach was, natürlich war es ja auch nichts anderes. Er war es schlichtweg nicht gewohnt, ein derart üppiges Mittagsmahl zu sich zu nehmen. Aber er würde während des Fluges nach New York und anschließend weiter nach Rom nur die übliche Bordverpflegung vorgesetzt bekommen, und dieses pappige Zeug würde seinem überempfindlichen Magen noch weit mehr zu schaffen machen als Sophias Hackbraten mit Kartoffelpüree.

Natürlich, versuchte er sich zu beruhigen, *bestimmt liegt's daran, dass dir so kodderig ist.* Er ließ seinen Blick auf der Suche nach einer Toilette durch die belebte Abflughalle schweifen und seufzte, als er das Piktogramm ausgerechnet am anderen Ende entdeckte. Er schob Daumen und Zeigefinger unter den unteren Rand seiner Nickelbrille und massierte sich die Müdigkeit aus den Augen. Dann starrte er wieder quer durch die Halle auf die gegenüberliegende Seite.

Der direkte Weg schied aus, denn er wollte auf gar keinen Fall Gefahr laufen, von der drallen Schwarzen angesprochen zu werden, die gerade dabei war, kleine Broschüren an jeden zu verteilen, der zu höflich war, „Nein" zu sagen. Das Haar zu kleinen Zöpfen gedreht, mit bunten Kügelchen verziert, trug sie offensichtlich ihr bestes Sonntagskleid, einen Fummel mit violetten Klecksen, die ihre Hüften noch ausladender wirken ließen, dazu allerdings durchaus geschmackvolle Schuhe. Darf ich Ihnen etwas zu lesen anbieten?", säuselte sie mit heller Stimme und bedachte ihre Opfer – auch jene, die nur mit abwehrendem Grunzen reagierten – anschließend mit einem geradezu melodisch klingenden „Ich wünsche Ihnen noch einen angenehmen Tag".

Um was es sich bei ihren Broschüren handelte, konnte sich Monsignore O'Sullivan denken. Vermutlich war die Frau eine von diesen neumodischen Missionarinnen von eigenen Gnaden. Ob sie, wenn er an ihr vorbeiginge, vielleicht spüren würde, dass es diesbezüglich eine gewisse Verbindung zwischen ihnen gab? Beide waren sie Geistliche, die es als ihre höchste Aufgabe empfanden, Gottes Wort zu verbreiten. Sie in eleganten Schuhen, er mit einer Ledermappe voller Geheimnisse.

Er sah hinüber zu dem Süßigkeitenstand auf der linken Seite, vor dem eine Schlange von Zombies geduldig anstand und nach dem nachmittäglichen Energieschub gierte. Er musste unweigerlich an Drogenabhängige denken, die sich kurz vor dem

Abflug noch eine letzte Dosis besorgen. Er ließ den Blick nach rechts zum Eingang des Zeitschriftenladens schweifen, schlug aber blitzschnell die Augen nieder, als er bemerkte, dass ein hoch gewachsener Junge in seine Richtung sah. Um seine schmalen Hüften schlabberte eine viel zu weite, ausgewaschene Jeans, und unter seiner Baseballcap lugte speckig wirkendes, langes blondes Haar hervor. Ob er ihn erkannt hatte? Trotz seiner unauffälligen Straßenkleidung?

Mit verkrampftem Magen fixierte O'Sullivan angestrengt die Spitzen seiner Schuhe. Sein Polohemd – ein Geschenk von seiner Schwester – klebte ihm auf dem schweißnassen Rücken. Wieder kam aus den Lautsprechern die Durchsage, die alle Reisenden mahnte, ihr Gepäck tunlichst nicht unbeaufsichtigt zu lassen. Krampfhaft umklammerte er seine Aktenmappe, wobei er erst jetzt feststellte, dass auch seine Handflächen ganz feucht waren. Wie in aller Welt hatte er bloß glauben können, dass es ganz einfach war, sich davonzumachen, ohne jemandem aufzufallen? Dass es ein Klacks sei, sich kurzerhand in einen Flieger zu setzen und frei zu sein, entledigt von allem, das hinter ihm lag?

Doch als Monsignore O'Sullivan wieder aufsah, war der junge Mann verschwunden. Reisende hasteten vorbei, ohne ihn eines Blickes zu würdigen. Selbst die Farbige, die den Passanten ihre Broschüren anzudrehen versuchte, schien ihn überhaupt nicht wahrzunehmen.

Kein Zweifel, er litt an Verfolgungswahn! *Siebenunddreißig Jahre aufopferungsvolles Wirken im Dienste der Kirche, und was habe ich nun davon?* Anschuldigungen und ausgestreckte Finger, die anklagend auf ihn zeigten, obwohl er doch eigentlich Hochachtung und Dankbarkeit verdient hätte! Bei dem Versuch, seiner Schwester alles zu erklären, waren ihm die Nerven durchgegangen, und schließlich hatte er ihr nicht viel mehr gesagt, als dass er die Grundbuchurkunde für das Elternhaus habe ändern und den Familienbesitz ganz auf ihren Namen überschreiben lassen. „Das fehlte noch, dass sich irgendjemand unser Elternhaus unter den Nagel reißt!“ hatte er wutentbrannt gebrüllt.

Er wäre in diesem Moment gerne dort gewesen. Es war ein einfaches zweigeschossiges Fachwerkhaus auf einem gut zwölftausend Quadratmeter großen Grundstück in Connecticut, umgeben von Bäumen und Bergen. Er musste an die Wanderwege denken und an den Himmel, vor allem den Himmel – hier hatte er sich Gott immer am nächsten gefühlt. Er verzog das Gesicht, als ihm die Ironie bewusst wurde, dass ausgerechnet die herrlichen Kathedralen und vollen Kirchen ihn zusehends weiter vom Allmächtigen entfernt hatten.

Lautes Gezeter schreckte ihn auf und holte ihn unversehens in die Gegenwart zurück. Was wie Schreie eines exotischen Vogels klang, stammte von einem Dreikäsehoch, der wohl gerade seine tollen fünf Minuten hatte. Ungerührt zog die Mutter den Knirps weiter, offenbar taub für das Geschrei, das so vehement an Monsignore O'Sullivans blank liegenden Nerven zerrte, dass sich seine Kiefer verkrampften und er kurz davor war, mit den Zähnen knirschen. Er stand auf und steuerte geradewegs die Herrentoilette an.

Zum Glück war sie leer. Trotzdem spähte er vorsichtshalber unter den Klozellentüren hindurch. Dann stellte er die Aktenmappe neben sich auf den Boden, an sein linkes Bein gelehnt, als wolle er um jeden Preis verhindern, den Körperkontakt zu verlieren. Nachdem er die Brille abgenommen und auf dem Rand des Waschbeckens abgelegt hatte, hielt er seine Hände unter die Wasserdüse, jedoch ohne Ergebnis, was das Gefühl seiner Ohnmacht nur noch steigerte. Ungeduldig bewegte er die Hände hin und her, bis endlich ein kurzer Wasserstrahl aus dem Hahn schoss, allerdings kaum genug, um sich die Fingerspitzen zu befeuchten. Er wiederholte die Bewegung, und wieder schoss ein Wasserstrahl hervor. O'Sullivan schloss die Augen und benetzte sich das Gesicht, so gut es eben ging. Er spürte, wie seine Übelkeit sich unter der kühlen Feuchtigkeit legte und das dumpfe Pochen in seinen Schläfen allmählich abebbte.

Seine Hände tasteten nach dem Papiertuchspender und rissen mehr ab als benötigt. Angeekelt von dem Altpapiergeruch und der rauen Oberfläche des Recyclingpapiers, tupfte er sich vorsichtig das Gesicht ab. Dass sich die Tür öffnete, bemerkte er gar nicht. Erst als er in den Spiegel blickte, sah er hinter sich die verschwommenen Umrisse einer Gestalt.

„Bin schon fertig", nuschelte er in der Annahme, er stehe im Wege, obwohl doch weitere Waschbecken frei waren. *Warum muss der Kerl ausgerechnet dieses benutzen?* O'Sullivan tastete nach seiner Brille, stieß aber so ungeschickt dagegen, dass sie zu Boden fiel. Ehe er sich bücken und sie aufheben konnte, legte sich von hinten ein Arm um seinen Hals und drückte ihm die Luft ab.

„Wie Sie schon sagten, Monsignore." Die Stimme an seinem rechten Ohr klang weich und sanft. „Sie sind fertig."

Ein silbernes Blitzen, mehr sah O'Sullivan nicht. Der stechende Schmerz breitete sich wie Feuer in seinem Brustkorb aus, und er nahm im selben Moment einen eigenartigen Duft wahr. Schwer und metallisch.

2. KAPITEL

Washington, D.C.

Mit einem menschlichen Kopf zu hantieren war alles andere als ein Vergnügen. Jedenfalls war Special Agent Maggie O'Dell dieser Ansicht.

Sie stand an der Uferböschung und sah voller Mitgefühl für den jungen Kriminaltechniker der Spurensicherung auf den unterhalb ihrer Füße liegenden Fundort hinab. Was dem wohl durch den Sinn gehen mochte, während er da im Schlamm kauerte und den Schädel sorgfältig von allen Seiten inspizierte, dachte sie. Sogar Detective Julia Racine, die neben ihm stand, blieb stumm und sparte sich ihre üblichen Kommentare. So still hatte Maggie sie noch nie erlebt.

Stan Wenhoff, der Leiter der Bezirkspathologie, rief zwar die eine oder andere Anweisung hinunter, blieb aber bei Maggie auf der Böschung und machte keinerlei Anstalten, sich nach unten zu begeben. Maggie wunderte sich, dass Stan sich an einem Freitagnachmittag herbemüht hatte, obendrein an einem Feiertagswochenende. Normalerweise hätte er einen seiner Stellvertreter geschickt, aber er musste wohl instinktiv die Chance gewittert haben, in die Schlagzeilen zu kommen. Und Schlagzeilen würde dieser Fall mit Sicherheit machen, daran gab es gar keinen Zweifel.

Maggie ließ ihren Blick über das Wasser auf die Stadt jenseits des Flusses gleiten. Ungeachtet der üblichen Terrorwarnungen bereitete sich Washington auf die Feierlichkeiten zum Unabhängigkeitstag vor, zumal bestes Wetter erwartet wurde. Nicht, dass sie irgendwas Großartiges vorgehabt hätte, außer es sich mit Harvey im Garten bequem zu machen. Sie würde, so hatte sie sich gedacht, ein paar Steaks auf den Grill werfen und sich in den neuen Thriller von Jeffery Deaver vertiefen.

Sie strich sich eine Strähne hinters Ohr, obschon die Brise sogleich an einer anderen zupfte. Ja, es hätte ein ausgesprochen angenehmer Sommertag werden können – wäre da nicht dieser abgetrennte Kopf, den jemand hier am sumpfigen Flussufer deponiert hatte. Welchen Grad von Bösartigkeit und Verachtung musste man erreicht haben, um einem Menschen kaltblütig den Schädel abzutrennen und diesen dann wie Abfall einfach irgendwo in die Landschaft zu schmeißen? Ihre Freundin Gwen warf ihr zuweilen vor, sie sei vom Bösen geradezu besessen. Maggie hingegen sah es weniger als Besessenheit denn vielmehr als einen uralten Kreuzzug. Nicht umsonst hatte sie sich für einen Beruf entschieden, dessen Sinn und Zweck die Bekämpfung und Vernichtung des Bösen war.

„Untersuchen Sie auch die Umgebung der Fundstelle!“ rief Stan nach unten. „Und dann in den Sack mit dem Ding!“

Maggie warf Stan einen verächtlichen Blick zu. Er hatte leicht reden – hier oben, wo seine auf Hochglanz polierten Schuhe nicht in Gefahr waren und man den Pesthauch des Todes nicht aushalten musste. Doch Maggie wusste, was der arme Kerl da unten vor sich hatte. Zudem war das Flussufer übersät mit Dosen und Fastfood-Verpackungen. Hier, unter der Autobahnbrücke, kamen noch Zigarettenkippen, Kondome sowie sicherlich die eine oder andere Spritze hinzu. Der Mörder war ein Risiko eingegangen, den Kopf ausgerechnet hier abzulegen.

Unter normalen Umständen hätte sie angenommen, dass der

Täter planlos gehandelt hatte. Eine derartige Unvorsichtigkeit ließ auf simple Panik schließen. Da es sich hier jedoch bereits um den dritten Kopf handelte, der binnen drei Wochen innerhalb ihres Zuständigkeitsbereiches aufgetaucht war, war Maggie klar, dass von Unbesonnenheit keine Rede sein konnte. Der Täter verfolgte vielmehr eine abartige Strategie.

„Was dagegen, wenn ich runter komme und mir das mal ansehe?“ rief Maggie nach unten.

Detective Racine zuckte die Achseln. „Von mir aus“, erwiderte sie ohne große Begeisterung, bequemte sich allerdings zum Fuß der Böschung und bot Maggie ihren Arm als Stütze. Maggie winkte ab und hielt stattdessen Ausschau nach irgendetwas, an dem man sich festhalten konnte. Fehlanzeige, es gab weder Wurzeln, noch einen Felsvorsprung, nur Schlick und Gras. Ihr blieb nichts anderes übrig, als die Böschung mehr oder weniger hinunterzurutschen. Sie kam sich vor wie ein Skifahrer ohne Stöcke, als sie versuchte, das Gleichgewicht zu halten. Zwar gelang es ihr, einigermaßen aufrecht an Julia Racine vorbeizuschlittern, aber viel hätte nicht gefehlt, und sie wäre im Potomac River gelandet.

Den Anflug eines Feixens auf den Lippen, schüttelte Racine den Kopf, verkniff sich aber einen Kommentar. Ein Glück, dachte Maggie. Auf den Hinweis, sie hätte ihr Angebot ruhig annehmen können, konnte sie gern verzichten. Sie wollte halt alles vermeiden, das ihr Gefühl gab, sie schulde Racine etwas oder wäre ihr gar irgendwie verpflichtet. Sie beide hatten in den vergangenen Jahren so manchen Strauß ausgefochten. Im Moment waren sie quitt, und genau bei diesem Stand der Dinge gedachte Maggie es auch zu belassen.

Sie rieb ihre Schuhe an dem hohen Gras ab, dabei bemüht, die Dreckklumpen abzustreifen, um nicht noch mehr Fremdpartikel zum Fundort zu schleppen. Die flachen Lederschuhe waren mit Sicherheit hin. Mit ihrem Schuhwerk ging sie recht achtlos um, denn allzu oft vergaß sie, ihre Gummistiefel mitzubringen. Gwen rügte sie immer wieder, dass ihre Nachlässigkeit in punkto Schuhe schon an Schlampigkeit grenze – ein Gedanke, zu dem ihr Stans gewienerte Treter einfielen. Sie blickte nach oben und sah, dass der Gerichtsmediziner ein Stück zurückgetreten war. Hatte er etwa befürchtet, es könne bis zu ihm nach oben spritzen, falls sie ausgerutscht wäre? Oder wollte er nur verhindern, dass irgendjemand ihn zu einer ähnlichen Rutschpartie aufforderte? So oder so – dass er ihr nicht folgen würde, war Maggie klar gewesen.

Julia Racine bemerkte ihren Blick.

„Gott bewahre, dass der sich seine Schuhe versaut!“ zischte sie, als hätte sie Maggies Gedanken erraten. Dann wandte sie sich wieder dem Grund dafür zu, dass sie sich heute hier begegnet waren. „Muss derselbe Killer sein. Aber diesmal haben wir vielleicht Glück.“

Maggie hatte die Ermittlungsakten über die anderen beiden Köpfe gelesen. Nun war sie zum ersten Mal zum Tatort beordert worden, denn möglicherweise, vermuteten Detective Racine und Chief Henderson, war hier ein Serienmörder am Werk.

„Glück? Inwiefern?“ Maggie wusste, dass Detective Racine auf diese Frage gewartet hatte. Manches änderte sich eben nie – wie diese Marotte, sich erst in geheimnisvollen Andeutungen zu ergehen, bevor man die Katze aus dem Sack lässt.

„Dank eines Hinweises haben wir ihn diesmal gefunden,

bevor die Viecher ihre Mahlzeit beenden konnten. Die beiden anderen waren bis auf die Knochen abgenagt. Wir haben sie noch immer nicht identifizieren können.“

Maggie rieb ihre Schuhe noch einmal am Gras ab, bevor sie auf den Fundort zuging. Der Gestank traf sie mit der Wucht eines heißen Luftschwalls. Obwohl der Geruch, den der Tod ausströmt, sich immer ähnelte, war es doch, abhängig von der jeweiligen Umgebung, jedes Mal anders. Sie nahm den schwachen, metallischen Blutgeruch wahr, der überlagert wurde von süßlichem Verwesungsgestank und dem des faulig riechenden Schlicks. Sie zögerte, ein oder zwei Sekunden lang, bevor sie sich voll und ganz auf die grausige Szene konzentrierte, die sich jetzt ihren Augen aus nächster Nähe bot.

Vom oben hatte es so ausgesehen, als habe sich der Schädel in einem Geflecht aus Algen und schlammverkrustetem Gras verfangen. Nun war zu erkennen, dass es vielmehr das lange Haar des Opfers war, das sich so um den Hinterkopf gewickelt hatte, dass das Gesicht hinauf in den klaren blauen Himmel starrte. Obwohl *starren* nicht treffend war, denn die Augenlider schienen zu zucken. Maggie musste gegen ein Gefühl von Übelkeit ankämpfen, als sie die milchig weißen Maden entdeckte, die in den Augenhöhlen wühlten. Selbst die Lippen des Opfers bewegten sich wie zu einem, so mochte man meinen, allerletzten Flüstern. Tatsächlich war auch im Mund wie in den Nasenlöchern eine breiige Masse Maden ganz in die Aufgabe vertieft, den Frauenkopf von innen nach außen aufzufressen.

Mit einer Handbewegung verscheuchte Maggie die Schmeißfliegen und ging dann gegenüber dem Mann von der Spurensicherung in die Hocke, um die Szenerie aus gleicher Höhe in Augenschein zu nehmen. Sie meinte, über das Summen der Fliegen hinweg das Saugen und Schmatzen der durcheinander wimmelnden Maden hören zu können.

Großer Gott, wie sie diese Viecher hasste!

Während ihrer Zeit als FBI-Anwärterin, als sie noch keine Angst kannte und sich manches beweisen wollte, hatte sie einmal auf Weisung eines Gerichtsmediziners – aber eigentlich mehr als Mutprobe – in den von Maden wimmelnden Mund einer Leiche gelangt, um den Führerschein des Toten sicherzustellen. Das mit dem Führerschein war das Markenzeichen des Killers gewesen, der seinen Opfern zwar das Leben nahm, ihnen offenbar aber ihre Identität lassen wollte. Seitdem fiel es ihr immer noch schwer, beim Anblick von Maden nicht jene klebrige Schleimspur zu spüren, die die Viecher auf ihrer Haut hinterlassen hatten, bis hinauf zum Unterarm. Aus ihrem Selbsterhaltungstrieb heraus hatten die Tiere umgehend versucht, sich in Maggies Fleisch zu bohren.

Maggie schüttelte den Ekel ab und begriff sofort, was Detective Racine mit „Glück" gemeint hatte. Trotz des Madengewimmels konnte man deutlich die gelblich weißen Eier erkennen, die in den Ohren des Opfers sowie in den Mund- und Augenwinkeln steckten. Die Larven befanden sich noch im Anfangsstadium, woraus sich folgern ließ, dass der Kopf höchstens seit ein oder zwei Tagen hier liegen konnte.

In der Julihitze, das war Maggie klar, schlüpften die Larven schnell. Sie wusste, dass Schmeißfliegen Blut auf drei Meilen Entfernung wittern. Sie mussten also binnen Stunden nach Eintritt des Todes eingetroffen sein. Sie selbst knabberten an den Leichen kaum herum, vielmehr waren sie darauf aus, ihre Eier in den dunklen, feuchten Körperöffnungen abzulegen und das, was einmal ein warmes, lebendes, atmendes menschliches Wesen war, als Brutstätte zu benutzen.

Die Maden schlüpften nach ein, zwei Tagen und machten sich sofort daran, den Körper bis auf die blanken Knochen zu verschlingen. Bei der Aufklärung eines Falles in Connecticut hatte Professor Adam Bonzado ihr einmal erklärt, es bedürfe lediglich dreier Fliegen, um genügend Eier zu legen und Maden zu produzieren, die eine Leiche dann restlos vertilgen. Schon erstaunlich, musste Maggie zugeben, wie wirkungsvoll und organisiert die Natur manches Getier ausstattete.

Ja, Detective Racine hatte Recht. Diesmal hatten sie Glück. Es war noch ausreichend Gewebe für eine DNA-Analyse vorhanden. Und was noch entscheidender war: Möglicherweise stießen sie sogar auf aussagekräftige Merkmale, im Fleisch verborgene Hämatome oder Verletzungen, die möglicherweise Aufschluss darüber geben konnten, wie die Frau umgekommen war.

Was sie allerdings als Glück ansah, war natürlich Pech für die Spurensicherung. Denn selbstverständlich konnte man die Maden nicht einfach von dem Schädel waschen oder kurzerhand ausräuchern, denn dadurch würden möglicherweise Spuren oder Indizien vernichtet werden.

Maggie sah sich um und hielt Ausschau nach Fuß- oder sonstigen Spuren.

„Was meinen Sie, wie ist sie wohl hierher gekommen?" fragte sie, bewusst darauf bedacht, dem Opfer so etwas wie eine Persönlichkeit zu lassen, anstatt wie Stan den Fund als Gegenstand zu betrachten, den man einfach in einen Sack steckte. Gleichzeitig wusste sie allerdings auch, dass das nicht allein Pietät war, sondern vielmehr auch eine Art Schutzmechanismus.

Der junge Kollege von der Spurensicherung indes schien eher von Stans Bauart zu sein. „Runtergeworfen wurde das Ding jedenfalls nicht. Weder von der Brücke, noch von der Böschung. Ich kann keine Aufschlagstelle oder andere Spuren im Schlamm erkennen, die darauf hindeuten würden. Sieht aus, als hätte er's einfach hier abgelegt."

„Demnach hätte sich der Mörder also bewusst für diesen Ort entschieden?" Maggie ließ ihren Blick zurück über die Böschung schweifen, sah aber auch da nur ihre eigenen Spuren.

„Soweit ich das beurteilen kann." Der Mann stand auf und dehnte die Beine, dankbar für die Abwechslung. „Gibt 'n paar Fußstapfen. Davon machen wir Gipsabdrücke."

„Ach, richtig, die Fußabdrücke!" schien Racine jetzt erst einzufallen. „Die sollten Sie sich natürlich ansehen." Sie stakste vorsichtig ein paar Schritte die Böschung entlang und wies dann mit dem Finger auf die Reste einer im Schlamm erkennbaren Fußspur.

Maggie erhob sich und sah hinüber zu Detective Racine. Die Abdrücke befanden sich etwa drei Meter vom Kopf des Opfers entfernt.

„Woher wollen Sie wissen, dass die vom Täter stammen?"

„Andere haben wir nicht gefunden", gab der Kriminaltechniker achselzuckend zurück. „Vor zwei Nächten hat's mächtig geschüttet. Er muss danach hier rumgegeistert sein."

„Die Spuren kommen aus dem Nichts", erklärte Racine. „Und sie führen direkt in den Fluss."

„Ein Boot vielleicht?" schlug Maggie vor.

„Hier draußen? Und dann unbemerkt? Glaube ich nicht.“

„Sie erwähnten da eben etwas von einem Hinweis.“ Maggie begutachtete die übergroßen Fußspuren. Die Profile waren zwar deutlich zu erkennen, aber ohne jede auffällige Eigenart.

„Richtig“, erwiderte Detective Racine und verschränkte die Arme vor ihrer Brust, als habe sie schon lange auf ihren großen Auftritt gewartet. „Ein anonymer Anruf. Eine Frau, genauer gesagt. Über den Notruf. Keine Ahnung, woher zum Teufel die hiervon wusste. Möglicherweise sogar vom Täter selbst. Vielleicht hat er befürchtet, dass es wieder so lange dauert wie bei den ersten beiden.“

„Oder es lag ihm daran, dass wir die Identität von dieser hier rauskriegen“, wandte Maggie ein.

Detective Racine nickte kurz, ohne mit einer Gegenthese aufzuwarten.

„Was meinen Sie, was hat er mit dem Rest der Leiche angestellt?“ fragte der junge Beamte.

„Ich habe nicht die geringste Ahnung.“ Racine zuckte die Schultern und stapfte davon. „Vielleicht kann uns das unsere anonyme Anruferin verraten. Mal sehen, ob sich der Anruf inzwischen hat zurückverfolgen lassen.“

3. KAPITEL

Washington, D.C.

Dr. Gwen Patterson versuchte, die Stelle auf der anderen Seite des Potomac vom Fenster ihrer Praxis aus auszumachen. Doch selbst wenn sie ein Fernglas gehabt hätte, hätte ihr die Brücke die Sicht versperrt. Deutlich erkennen konnte sie allerdings Maggies roten Toyota, der oben auf der Straße parkte, direkt neben dem mobilen Labor der Spurensicherung.

Ein Zittern erfasste ihre Finger, als sie sich durchs Haar fuhr. Lag das an der Aufregung? An ihren Nerven? Aber was tat das zur Sache? Sie wusste, dass der Stress allmählich seinen Tribut forderte. Und wie sollte es auch anders sein? Drei Opfer in drei Wochen! Dennoch hatte sie heute auf ein Gefühl der Erleichterung gehofft, auf ein Nachlassen der Anspannung. Leider wollte sich diese Linderung nicht einstellen. Stattdessen war ihr, als ziehe sich der Knoten zwischen ihren Schulterblättern nur noch weiter zusammen. Vermutlich war es Unsinn gewesen zu glauben, sie habe die Situation im Griff, nur weil Maggie jetzt in den Fall involviert war. *Wie konntest du es bloß so weit kommen lassen?*

Sie war für später mit Maggie zum Dinner verabredet, und zwar im Old Ebbitt's Grill, ihrem bevorzugten Refugium. Sie selbst würde sicher Grillhähnchen in Pecan-Kruste bestellen, Maggie wahrscheinlich ein Steak. Möglicherweise würden sie sich ein Fläschchen Wein teilen, je nach Maggies Stimmungslage. Und die hing mit Sicherheit davon ab, was sie da unten am Fluss zu Gesicht bekommen hatte. Gwen konnte getrost davon ausgehen, dass Maggie ihr alles erzählen würde, und wahrscheinlich würde sie überhaupt nicht merken, dass Gwen einiges davon bereits wusste. Sie würde das schon hinkriegen. Was blieb ihr auch anderes übrig?

Es entbehrte nicht einer gewissen Ironie, dass dies alles ausgerechnet jetzt passieren musste, nachdem sie sich ganz bewusst von allem zurückgezogen hatte, das mit Kriminalität zu tun hatte. Gwen trat vom Fenster zurück und starrte die Wände ihres Büros an. Das Sonnenlicht spiegelte sich in den Glasscheiben ihrer gerahmten Urkunden und zauberte Farbenspiele hervor. Eine ganze Wand voller Zeugnisse und Diplome, und was half ihr das alles jetzt? Gwen rieb sich die Augen. Auch der Schlafmangel der letzten Nächste machte sich jetzt deutlich bemerkbar.

Sie befand sich auf dem Höhepunkt ihrer Laufbahn – zumindest war das die einhellige Meinung ihrer Kollegen, wenn die sich bei ihren Studien oder Recherchen auf Gwens Bücher und Veröffentlichungen in Fachzeitschriften bezogen. Die sauer verdienten Auszeichnungen dort an der Wand hatten ihr die Türen zur Führungsakademie des FBI in Quantico geöffnet, ja selbst ins Weiße Haus und ins Pentagon. Sie stand in Verbindung mit Angehörigen des Senats, mit Abgeordneten des Repräsentantenhauses, mit Botschaftern und Diplomaten, von denen etliche sogar zu ihren Klienten zählten. Nicht schlecht für ein kleines Mädchen aus der Bronx. Und doch: Nun hockte sie hier, und all ihre Kontakte und Urkunden halfen nicht weiter.

Die Mitteilungen waren samt und sonders kurz gewesen, die Anweisungen knapp und präzise. Doch wie bedrohlich sie tatsächlich waren, das hatte sich nicht erahnen lassen – bis heute, wohlgemerkt. Falls sie zuvor noch gezweifelt hatte, so stand für Gwen nun zweifelsfrei fest, dass er nicht zögern würde, seine Drohung wahr zu machen. Aber jetzt, endlich, konnte sie auf Maggie zählen. Maggie würde den Tatort in Augenschein nehmen, ein Täterprofil erstellen und ihr dabei helfen, herauszufinden, wer dieses Schwein war. Ihre Zusammenarbeit hatte sich schon häufig bewährt. Bei zahlreichen Fällen, bei denen sie sich gemeinsam die Indizien vorgenommen, die Opfer auf Gemeinsamkeiten überprüft und sämtliche Umstände analysiert hatten, bis sie endlich eine Spur hatten, die sie zum Täter führte. Sie würde Maggie dann schon zu ihm führen, so wie damals, als sie mit einem Stipendium für Forensik in Quantico auftauchte.

Gott, wie lange lag das jetzt schon zurück? Zehn Jahre? Elf? Eine verdammte Ewigkeit.

Damals war Gwen noch Beraterin von Assistant Director Cunningham gewesen. Als erfahrene Mentorin hatte sie Maggie unter ihre Fittiche genommen und sie eingewiesen. Ungeachtet ihres Altersunterschiedes waren die zwei sich näher gekommen und enge Freundinnen geworden. Aber es war wohl gerade diese Differenz von fünfzehn Jahren, weshalb Gwen ihrer besten Freundin gegenüber immer wieder unterschiedliche Rollen einnahm – mal als Ratgeberin, dann als Psychologin, bisweilen sogar als Mutter. Letzteres allerdings erstaunte sie selbst immer wieder, denn bislang hatte sie stets gemeint, sie habe nicht ein Fitzelchen Mütterlichkeit im Leibe.

Möglicherweise glaubte sie gerade aus diesem Grund, dass sie den Fall auf ihre Weise lösen konnte. Sollte Maggie ruhig die Orte unter die Lupe nehmen, zu denen sie keinen Zugang hatte. Sie würde den Mörder jagen und fassen. Alles was Gwen tun musste, war, sie zu ihm zu führen. Sie würde ihn mit den eigenen Waffen schlagen. Ob es tatsächlich so einfach sein würde? Konnte das gut gehen? *Es muss!*

Gwen stopfte einige Akten und Hefter in ihre Tasche, ohne sich darum zu kümmern, was sie da eigentlich einpackte – ein weiteres Anzeichen von Übermüdung. Selbst ihr ansonsten picobello aufgeräumter Schreibtisch erweckte heute den Eindruck, als sei ein Windstoß durchs Zimmer gefegt und hätte die Aktenstapel durcheinander gewirbelt.

Sie nahm das Handy, das sie am Morgen in einem schlichten Umschlag in ihren Briefkasten gefunden hatte. Sorgfältig wischte sie es ab und steckte es dann in eine braune Papiertüte. Auf dem Heimweg würde sie schon einen Müllcontainer finden, in den sie das Telefon werfen konnte, genau der Anweisung entsprechend.

4. KAPITEL

Omaha, Nebraska

Die Hintertür war unverschlossen, genau so, wie Gibson Mc Cutty sie vorhin gelassen hatte. Als er in die Küche stolperte, hätte er um ein Haar den Gemüsekorb umgeworfen. Er stieß einen leisen Fluch aus. Dann vernahm er ein dumpfes Poltern. Er hielt inne und horchte, aber außer seinem eigenen Keuchen war nichts zu hören.

Die ganze Strecke zurück vom Flughafen war er gehetzt wie ein Irrer, war mit seinem Sportrad bei Rot über die Kreuzungen gerast, ohne sich um das Gehupe zu scheren. Erst an der letzten Steigung hatte er das Tempo etwas zurückgenommen. Logisch, dass einem da die Puste ausging! Er musste erst einmal zu Atem kommen. Er lehnte sich gegen den Kühlschrank, und zu seiner eigenen Überraschung beruhigte ihn das vertraute Brummen. Er war zu Hause. In Sicherheit. Fürs erste zumindest.

Er spürte, wie sich die albernen Haftmagneten an der Kühlschranktür in seine Schulterblätter bohrten. Blöde kleine Tiere, wie sie manchmal draußen im Garten zu sehen waren, die seine Mutter gerne zu „Kunstwerken" seines Bruders hochstilisierte. Als hätte sie jemals etwas mit dem Garten am Hut gehabt. Sie flippte ja schon aus, wenn sie mal Dreck unter den Nägeln hatte. Er musste grinsen bei der Vorstellung. Dann wurde sein Gesicht wieder ernst, und er versuchte, sich dazu zu zwingen, sich jeden Einzelnen der Magneten ins Gedächtnis zu rufen – in der Hoffnung, so ließe sich das Bild von dem vielen Blut aus seinem Kopf löschen. Mit geschlossenen Augen zählte er auf – Hase, Eichhörnchen, Igel,

Waschbär. Gab es in ihrem Garten überhaupt Waschbären? Hatte er überhaupt jemals einen zu Gesicht bekommen?

Es funktioniert nicht!

Jede Einzelheit hatte sich ihm ins Gedächtnis gebrannt. Das schmerzverzerrte Gesicht, das Blut, das aus dem Mund quoll. Und diese Augen, die leer ins Nichts starrten. Ob er ihn wohl erkannt hatte? Natürlich nicht! Er war schließlich tot gewesen. Oder?

Mit einem Kopfschütteln stieß Gibson sich vom Kühlschrank ab, taumelte durch das Wohnzimmer und stieg vorsichtig über den am Fuß der Treppe abgestellten Wäschekorb. Langsam erklomm er die Stufen, im Geiste mitzählend bis Nummer acht. Die Hand am Treppengeländer, machte er einen größeren Schritt, um nicht auf die knarrende neunte Stufe treten zu müssen. War er erst am Zimmer seiner Mutter vorbei, konnte nichts mehr passieren. Vielleicht sah sie sich ja gerade die Fünf-Uhr-Nachrichten an. Das tat sie oft, wenn sie sich nach der Arbeit umzog. Er durfte auf gar keinen Fall riskieren, dass sie ihn hörte. Wie hätte er ihr erklären sollen, wo er gesteckt hatte? Und fragen würde sie natürlich auf jeden Fall, vor allem, wenn sie ihn in diesem Zustand sah, ein einziger stinkender, klatschnasser Haufen Elend. Selbst das Haar klebte ihm unter der Baseballcap schweißnass am Kopf.

Er näherte sich der Tür, vernahm jedoch keinen Laut dahinter. Vielleicht war sie ja noch nicht zurück? Dann fiel es ihm wieder ein. Natürlich war sie noch nicht zu Hause! Heute war Freitag, morgen hatte sie frei, und außerdem wollte sein kleiner Bruder bei einem Freund schlafen. Gibson erinnerte sich jetzt, dass seine Mutter gesagt hatte, sie werde sich heute möglicherweise mal was gönnen und mit den Arbeitskolleginnen aus dem Büro nach Feierabend etwas trinken gehen. War das wirklich heute? Klar, schließlich war ja Freitag. Nun war er sich ganz sicher. Was für ein Glück! Vielleicht war alles ja weit weniger dramatisch, als er angenommen hatte.

Trotzdem vermied er jedes Geräusch, als er in sein Zimmer schlich und leise die Tür hinter sich schloss. Er warf seinen Rucksack aufs Bett und stemmte dann die Schulter gegen die Tür, als sei dieser Druck vonnöten, um sie abzuschließen. In dieser Stellung verharrte er eine Weile, das Ohr an der Tür, und lauschte angestrengt und mit angehaltenem Atem. An einem Tag wie diesem wollte er sich keinesfalls auf sein Glück verlassen. Nichts zu hören, er war allein im Haus. In Sicherheit. Trotzdem zitterte er. Kein fröstelndes Schaudern, sondern eher ein haltloses Schlottern, als würde er von Krämpfen geschüttelt.

Er schlang sich die Arme um den Oberkörper, zuckte jedoch zusammen, als er merkte, dass sein T-Shirt klatschnass war. Er war in Schweiß gebadet. Er schleuderte die Baseballcap aufs Bett und riss sich das Hemd vom Leib. Es war eine Wohltat, endlich den Gestank von Schweiß, Diesel und Erbrochenem loszuwerden. Warum hatte er sich vorhin auch unbedingt einen Hamburger holen müssen? Das Ding war ihm hochgekommen, und er hatte es an der Ausfahrt des Flughafenparkhauses ausgekotzt.

Schließlich getraute er sich, die Nachttischlampe anzuknipsen. Sofort bemerkte er das geronnene Blut unter seinen Fingernägeln. Er versuchte, es wegzukratzen und rubbelte sich anschließend die Hände mit dem T-Shirt ab. Dann öffnete er den Kleiderschrank, stopfte das nasse Hemd in eine Plastiktüte, die auf dem Schrankboden lag, und schob sie in die hinterste

Ecke. Seine Mom würde das Ding nie und nimmer entdecken, da war er sich sicher. Denn nachdem sie in seiner Sockenschublade einmal ein halbes, völlig vergammeltes Salamisandwich gefunden hatte, hatte sie ihm erklärt, sie werde sich ab sofort nicht mehr um seine Klamotten scheren, außer um die, die er in den Schmutzwäschesack steckte. Vielleicht wollte sie ihm auf diese Weise beibringen, sich selbst um seinen Kram zu kümmern. Allerdings fragte er sich, ob diese Reaktion nicht ihre Art war, Augen und Ohren davor zu verschließen, was mit ihm vorging.

Ohne die Schnürsenkel aufzumachen, streifte er sich die Joggingschuhe von den Füßen und ließ sie mitten im Zimmer liegen. In diesem Moment bemerkte er das Blinken auf seinem Computerbildschirm. Den Blick starr auf das aufblitzende Totenkopfsymbol gerichtet, ging er auf den Monitor zu. Ein Spiel lag jetzt eigentlich nicht an, Mitteilungen kriegte er normalerweise nur über den Chatroom.

Er ließ sich auf seinen Schreibtischstuhl sinken und spürte, wie sich sein Magen verkrampfte. Nach kurzem Zögern klickte er das Icon mit einem Doppelklick an. Sofort erwachte der Bildschirm zum Leben, und auf dem Display erschien eine Zeile in fetten Lettern.

DU HAST DIE SPIELREGELN VERLETZT.

Gibsons Finger krampften sich um die Armstützen seines Stuhls. Was zum Teufel sollte das denn? Im gleichen Moment erschien auf dem Monitor eine neue Nachricht.

ICH HABE DICH GESEHEN.

5. KAPITEL

Old Ebbitt's Grill, Washington, D.C.

Maggie bedachte die Kellnerin, die auf sie zugeeilt kam, als sie Old Ebbitt's Grill betrat, mit einer abwehrenden Handbewegung und drängelte sich durch das gut besuchte Restaurant, nach Kräften bemüht, die himmlischen Düfte von gegrilltem Rindfleisch und Knoblauch zu ignorieren. Sie hatte nämlich einen Mordshunger.

Gwen wartete bereits an dem Tisch in der Ecknische, ihrem Stammplatz. Vor ihr stand ein noch volles Glas Rotwein. Wahrscheinlich der von ihrer Freundin bevorzugte Shiraz, vermutete Maggie.

„Du hättest ruhig schon anfangen können", sagte sie, als sie sich auf die Sitzbank Gwen gegenüber gleiten ließ und auf ihr Glas wies.

„Von wegen, das ist schon mein zweites!"

Maggie warf einen Blick auf ihre Armbanduhr. Sie war gerade mal zehn Minuten zu spät. Aber noch ehe sie etwas erwidern konnte, stand Marco an ihrem Tisch.

„Guten Abend, Ms. O'Dell. Darf's ein Cocktail vor dem Essen sein?"

Sein Talent, ihnen das Gefühl zu geben, in dem ganzen lärmerfüllten, ausgebuchten Restaurant sei ihr Wohlergehen seine einzige Sorge, verblüffte Maggie immer wieder. Er war schlank und braungebrannt und wirkte trotz der Krähenfüße um die Augenwinkel jungenhaft. In der Tat schien es für ihn eine Art von Berufsethos zu sein, die Gepflogenheiten seiner Gäste genau zu kennen. Gwen und Maggie mussten bei einer Reservierung nicht einmal erwähnen, an welchem Tisch sie am liebsten saßen.

Maggie bestellte „das Übliche".

„Selbstverständlich", erwiderte Marco freundlich und reichte ihr die Speisekarte. „Darf ich heute frische Escargots als Vorspeise empfehlen?"

„Nein!" Maggie biss sich auf die Unterlippe und war selbst überrascht über ihre schroffe Reaktion. „Für mich jedenfalls nicht", ergänzte sie in der Hoffnung, Marco nicht brüskiert zu haben. Aber nach all den Maden heute war ihr allein der Gedanke an Schnecken ein Gräuel.

„Für mich auch nicht", lehnte Gwen ebenfalls ab.

„Wie wär's mit gefüllten Pilzen für den Anfang?" schlug Maggie vor. Beim Gedanken an den würzigen Knoblauchduft dieser köstlichen Vorspeise lief ihr bereits das Wasser im Munde zusammen.

„Ausgezeichnete Wahl!" bemerkte Marco und belohnte sie mit einem Lächeln. „Ich lasse sie Ihnen sofort zubereiten."

„Du hättest mal dein Gesicht sehen sollen, als er die Schnecken empfahl", sagte Gwen, als der Kellner verschwunden war. „Ich nehme an, du hattest keinen besonders angenehmen Nachmittag?"

„Eindeutig zu viele Maden", seufzte Maggie, wobei sie sich eine Strähne aus der Stirn wischte, überrascht darüber, dass ihre Haare immer noch feucht waren. Sie war nach Hause gefahren, um sich schnell unter die Dusche zu stellen, wohl in der Hoffnung, so die Erinnerung an das eklige Getier abzuspülen. „Das Polizeipräsidium hat uns angefordert, um Amtshilfe zu leisten. In der Sache mit den abgetrennten Frauenköpfen."

„Soll das heißen, die gehen davon aus, dass beide Opfer auf das Konto desselben Täters gehen?“

„Jedenfalls weist alles auf eine identische Vorgehensweise hin. Außerdem …“ Maggie verstummte, als Marco ihr die Cola light servierte, garniert mit einer Zitronenscheibe.

„Die Vorspeise kommt sofort. Haben die Damen sonst noch einen Wunsch?“

„Nein, danke“, erwiderte Gwen. „Erzähl weiter“, forderte sie dann ihre Freundin auf, noch ehe Marco sich entfernt hatte.

Maggie wartete, bis der Kellner außer Hörweite war. Was war denn bloß in Gwen gefahren? Sie war doch sonst nicht so ungeduldig, und Mangel an Diskretion konnte man ihr auch nicht vorwerfen. In letzter Zeit hatte Maggie sogar oft den Eindruck gehabt, ihre Freundin höre ihr nur aus Gefälligkeit zu, als wolle sie nichts mehr davon wissen, was sich die Menschen da draußen gegenseitig antaten. Warum bloß wirkte sie heute so angespannt?

Maggie beugte sich vor, die Hände um ihr Glas gelegt, und senkte die Stimme. „Heute wurde ein dritter Schädel gefunden.“

„Jesus!“ stieß Gwen hervor und starrte Maggie an.

„Ach, und Detective Racine leitet die Ermittlungen“, ergänzte Maggie kopfschüttelnd. „Damit ist die doch völlig überfordert.“ Wie zur Bestätigung nahm sie einen großen Schluck von ihrer Cola.

„Bist du sicher, dass du ihr gegenüber fair bist?“ wandte Gwen ein und musterte Maggie mit einem kritischen Blick.

Nicht zum ersten Mal wurde Maggie von ihrer Freundin daran erinnert, dass es ihr im Bezug auf Detective Julia Racine zuweilen an Objektivität mangelte. Sie ließ sich den Einwand durch den Kopf gehen und zerbiss dabei einen Eiswürfel. Ob es ihr nun passte oder nicht: Gwen hatte Recht. Schon vor Jahren, zu Beginn ihrer Laufbahn, hatte sie Julia Racine wenig Achtung entgegengebracht. Ihrer Meinung nach war sie nur deshalb so rasch aufgestiegen, weil sie davon profitiert hatte, dass die Polizei von Washington die Frauenquote erfüllen musste. Maggie dagegen hatte stets größten Wert darauf gelegt, in dienstlichen Belangen genauso behandelt zu werden wie ihre männlichen Kollegen beim FBI. Detective Racine schien sich allerdings für ein Naturtalent zu halten, was sie hatte überheblich und oftmals sogar leichtsinnig werden lassen. Hinzu kam, dass sie Maggie vor Jahren, als sie ihren ersten gemeinsamen Fall bearbeiteten, Avancen gemacht hatte. Seitdem schienen ihre Lebenswege seltsam verflochten. Julia Racine hatte Maggies Mutter einmal vorm Selbstmord bewahrt, während Maggie ihrerseits Racines Vater vor einem Serienkiller gerettet hatte. Ja, ihr Verhältnis war weiß Gott seltsam. Es stimmt ja, gab Maggie im Stillen sich selbst gegenüber zu. *Wenn es um Julia Racine geht, bist du wirklich nicht gerade unvoreingenommen.*

„Bei der Identifizierung der anderen beiden Opfer tritt sie jedenfalls auf der Stelle.“ Diese Feststellung konnte sie sich dennoch nicht verkneifen.

„Liegt das an ihr oder an der Pathologie? Vielleicht sind die es ja, die nicht in die Puschen kommen. Meiner Ansicht nach solltest du mit Racine nicht so hart ins Gericht gehen.“

Maggie zuckte die Schultern. Warum ihre Freundin plötzlich die Partei von Julia Racine ergriff, war ihr unerfindlich. „Sie hält sich nicht an die Spielregeln“, wandte sie ein. Doch als sie Gwens

Blick auffing, wusste sie, dass sie mit ihrem Versuch, sich zu rechtfertigen, kläglich gescheitert war.

„Und was hältst du von den Spielregeln?"

„Bisweilen lege ich sie halt etwas großzügig aus. Warst du es nicht, die mir damals eingetrichtert hat, im Kampf gegen das Böse gäbe es keine Regeln?"

„Es gibt immer Regeln", sagte Gwen. „Die Guten halten sich daran, die Bösen eben nicht. So geht das Spiel."

Genau diesen Moment hielt Marco anscheinend für günstig, den beiden ein Tablett mit dampfenden, knoblauchduftenden Pilzen zu servieren, zusammen mit zwei kleinen Portionstellern. „Guten Appetit, die Damen! Ich bin gleich wieder da."

„Und was ist mit Stan?" erkundigte sich Gwen, als sie ihrer Freundin eine Portion Pilze auf ihr Tellerchen häufelte. Sich selbst tat sie ebenfalls auf, schob ihren Teller dann aber beiseite. „Wieso kommt der nicht in die Gänge?"

„Es waren kaum noch Gewebereste vorhanden." Maggie ließ den Blick durch das Restaurant schweifen. Als sie sich vergewissert hatte, dass niemand ihre Unterhaltung verfolgte, redete sie weiter. „Es gab auch keine zahnärztlichen Unterlagen zum Abgleich. Nach Stans Aussage hat er noch keine Obduktion durchführen können. Allerdings hat er die Köpfe auch noch nicht von einem forensischen Anthropologen begutachten lassen."

„Und da hast du natürlich einen parat." Wieder dieses wissende Lächeln.

„So ungefähr jedenfalls", gab Maggie zu und bemühte sich, ein Erröten zu unterdrücken. Sie wusste, Gwen spielte auf Adam Bonzado an, einen Professor in West Haven in Connecticut, mit dem Maggie im Jahr zuvor zusammengearbeitet hatte. Eine Koryphäe auf dem Gebiet der anthropologischen Gerichtsmedizin, der keinen Hehl daraus machte, dass er an Maggie weit mehr Interesse hatte als an sterblichen Überresten.

„Mal im Ernst", fuhr Gwen fort und ersparte Maggie ausnahmsweise ihre sonst üblichen Kommentare zu deren nichtexistentem Liebesleben. „Bestünde die Aussicht, einen neutralen Experten wie Professor Bonzado hinzuzuziehen? Fühlt Stan sich dann nicht auf den Schlips getreten?"

„Ich will doch hoffen, dass er es begrüßen wird", gab Maggie zurück, wobei sie einen gefüllten Pilz zerteilte. „Ich habe Detective Racine gegenüber angedeutet, dass die beiden anderen Opfer einem Spezialisten zugeführt werden sollten. Es liegt an ihr, Stan diesen Vorschlag vorzutragen. Heute war ich kaum am Tatort angelangt, da klärte er mich schon auf, dass er genau genommen gar nicht zuständig sei." Sie trank den Rest ihrer Cola und sah sich nach dem Kellner um.

„Nicht zuständig? Was soll das denn heißen?"

„Nach alter Väter Sitte verhält es sich so: Ist eine Leiche zerstückelt oder, wie in diesem Fall, enthauptet, liegt die Zuständigkeit für die Ermittlung bei denen, die das Herz haben."

„Was für ein Schwachsinn!" rief Gwen mit solcher Heftigkeit, dass Maggie den Kellner vergaß und ihre Freundin verwundert ansah. Gwen bemerkte ihren Fauxpas und fasste sich wieder. „Ist aber doch wirklich bescheuert, oder?" sagte sie deutlich leiser. „Ich wusste gar nicht, dass es einen derartig vorsintflutlichen Quatsch heute noch gibt. Und was ist, wenn die Körper nie gefunden werden?"

„Zunächst muss Racine in einem größeren Radius recherchieren, ob irgendwo Leichen ohne Kopf aufgetaucht sind. Der

Mörder muss sie ja nicht unbedingt gleich hier in der Gegend losgeworden sein."

Sie schlug die Speisekarte auf, doch das größere Interesse galt ihrer Freundin. Warum war sie heute bloß so reizbar? In der gedämpften Beleuchtung versuchte sie, Gwen zu mustern, wobei ihr erst jetzt auffiel, wie zerzaust ihre erdbeerblonde Frisur war. Auch ihre sonst stets manikürten Fingernägel wirkten vernachlässigt, und unter den Augen entdeckte sie dunkle Ringe.

„Das würde bedeuten, dass er ein Auto hat und Zeit, um durch die Gegend zu fahren." Gwens Stimme klang jetzt wieder ganz normal, aber Maggie entging nicht, wie ihre Finger nervös die Spitzen der Cocktailserviette aufrollten.

„Schon möglich." Maggie legte die geöffnete Speisekarte vor sich auf den Tisch. „Aber egal, was der Kerl mit den Leichen auch anstellen mag – Stan wird sich seiner Verantwortung nicht einfach entziehen können. Was wir im Augenblick jedenfalls überhaupt nicht gebrauchen können, ist Kompetenzgerangel."

Gwen nippte an ihrem Rotwein, und diesmal schien es Maggie, als würde ihre Hand leicht zittern. Vielleicht war sie ganz einfach übermüdet. Gestresst wegen eines Klienten. Vielleicht war es ja auch gar nichts. Möglicherweise, sagte sie sich, suchst du nach Dingen, die es gar nicht gibt. Aber Fragen kostete schließlich nichts.

„Alles in Ordnung mit dir?"

„Natürlich!"

Die Antwort war eindeutig zu schnell gekommen.

„Mir geht's prima", versicherte Gwen, wenn auch ein wenig spitz. Dann aber fasste sie sich und fügte hinzu: „Wirklich, Maggie. Ich bin nur etwas müde."

Sie lächelte ihre Freundin an und vertiefte sich in die Speisekarte – wohl auch, um ihr zu signalisieren, dass das Thema für sie damit beendet war.

Maggie nahm die Speisekarte wieder auf, obwohl sie längst wusste, was sie bestellen würde.

Was in aller Welt wollte Gwen ihr an diesem Abend um jeden Preis verheimlichen?

6. *KAPITEL*

Eppley Airport
Omaha, Nebraska

Detective Tommy Pakula hasste Schweinereien. Dabei machte ihm das Blut noch am wenigsten aus. In fast zwanzig Jahren bei der Mordkommission hatte er schon so gut wie alles gesehen. Verspritzte Gehirnmasse oder abgesägte Körperteile – damit kam er irgendwie klar. Was er indes auf den Tod nicht ausstehen konnte, das war ein versauter Tatort.

Er fuhr sich mit der Hand über den rasierten Schädel, dessen nachsprießendes Haar an diesem lang gewordenen Tag bereits deutlich zu fühlen war. Sein Abstecher nach Hause hatte gerade mal gereicht, um Hemd und Socken zu wechseln, letztere auf nachdrückliches Insistieren seiner Frau, Clare. Obwohl sie mit ihm ebenso lange verheiratet war, wie er schon Polizist war, hatte sie sich mit seinen Schweißfüßen noch immer nicht abgefunden. Der Gedanke ließ ihn schmunzeln. Im Grunde musste er ihr dankbar sein. Sie hätte sich nämlich über eine ganze Menge schlimmerer Dinge aufregen können – über von Anrufen unterbrochene Mahlzeiten etwa, die ihn zwangen, die selbst gemachte Lasagne nebst warmen Brötchen mit Knoblauchbutter sausen zu lassen, weil er sich um irgendeine Leiche kümmern musste, die in der Flughafentoilette lag.

Schon vom Eingang her hatte er die Sauerei erkannt. Eine Spur, die hier nichts zu suchen hatte, blutverklebte Fußstapfen, die sich vom Männerklo in die Halle zogen, schön um den Putzmittelkarren herum, den jemand als provisorische Absperrung direkt vor den Toiletteneingang geschoben hatte. Da hatte irgendwer das gelbe Schild mit der Aufschrift „Außer Betrieb“ wohl einfach ignoriert. Laut Auskunft der Streifenpolizisten war das Wägelchen erst nach Auffinden des Toten vor die Toilettentür gestellt worden. Die Fußspur konnte also kaum von dem Täter stammen. Und um dem Ganzen die Krone aufzusetzen, war der Tote auch noch ein Geistlicher, ein Monsignore.

„Meine Fresse!“ stöhnte Pakula. „Meine achtzigjährige Mutter kommt nicht an der Sicherheitsschranke vorbei, ohne dass sie abgetatscht wird, aber hier kann jeder hergelaufene Kerl zum Pinkeln rein und die Leiche besichtigen.“

„Der Typ, der ihn gefunden hat, sagt aus, er hätte jemanden vom Reinigungspersonal gebeten, den Karren vor den Eingang zu stellen. Er selbst wollte Hilfe holen.“ Peter Kasab starrte in sein Notizbuch und ergänzte die Angaben hektisch in seiner Sauklaue.

Pakula musste sich beherrschen, um angesichts seines umständlichen Kollegen nicht die Augen zu verdrehen. Er wandte sich zu der jungen Schwarzen vom Spurensicherungsteam des Douglas County um. Sie hatte sich bislang nicht zu Wort gemeldet und sich ganz auf die Untersuchung der Videoüberwachungskamera konzentriert. Jetzt machte sie sich, auf den Knien und mit behandschuhten Fingern, an ihre Routinearbeit. Mit einer Pinzette nahm sie Dinge vom Boden auf, die viel zu klein waren, als dass Pakula erkennen konnte, um was es sich dabei handelte, und verstaute die Partikel in Plastiktütchen. Er hatte zwar bislang noch nicht mit ihr zusammengearbeitet, kannte Terese Medina jedoch vom Hörensagen. Falls der Mörder etwas zurückgelassen hatte – sie würde es mit Sicherheit finden.

„Der Typ hat gesagt, er wäre förmlich mit dem Täter zusammengestoßen“, las Kasab von seinen Kritzeleien ab.

„Wie bitte?“

Kasab hörte auf, in seinen Notizen zu blättern und richtete seinen Blick auf Pakula. „Er meint, er sei mit dem TV kollidiert, als der aus der Toilette kam.“

Pakula verzog das Gesicht. Was sollte denn diese dämliche Abkürzung für Tatverdächtiger? „Hat der Mann vielleicht auch einen Namen?“

„Der, mit dem er zusammengestoßen ist?“

„Der Zeuge!“ Pakula schüttelte fassungslos den Kopf, verkniff sich aber jede weitere Bemerkung. „Der, der die Leiche gefunden hat!“

„Ach so, klar.“ Wieder begann Kasab zu blättern. „Der heißt Scott ...“ Er hatte Schwierigkeiten, seine eigene Schrift zu entziffern. „Linquist. Ich habe seine Telefonnummern, dienstlich und privat, Handynummer und Anschrift.“ Er tippte auf die Heftseite und grinste, als sei damit alles geklärt.

„Gibt es zufällig auch eine Beschreibung?“

„Von diesem Linquist?“

„Nein, verdammt! Von dem mutmaßlichen Mörder!“

Kasab verzog zerknirscht das Gesicht und blätterte weiter. Offensichtlich war das seine Lieblingsbeschäftigung. Endlich schien er gefunden zu haben, was er suchte. „Klar, hier ist sie.“

Pakula rieb sich die Augen, um seine Ungeduld und die Müdigkeit abzuschütteln.

„Laut Zeugenaussage ist der TV jung und etwa einsachtzig groß. Er soll ausgewaschene Jeans und eine Baseballcap getragen haben. Linquist hat angegeben, der Bengel sei direkt in ihn reingerannt. Er hat's wohl eilig gehabt, war auf dem Weg nach draußen, und zwar genau in dem Augenblick, als Linquist reinkam. Dann sah der Zeuge die Leiche und das ganze Blut auf dem Fußboden. Er machte sich auf den Weg, um Hilfe zu holen. Als er aus der Toilette kam, war der Bengel bereits weg."

„Bengel? Wie alt war er denn?" Pakula hatte Zweifel, dass es sich um den Täter handelte. Vermutlich eher um einen Jugendlichen, der unter Schock stand oder nicht in die Sache hineingezogen werden wollte. Gut möglich, dass er vielleicht Schiss hatte, man könne ihm die Tat anhängen.

„Dazu konnte er keine genauen Angaben machen", gestand Kasab, ohne von seinen Notizen aufzusehen. „Ach ja, hier steht's. Er hat ausgesagt, dass er das Gesicht des Jungen nicht habe sehen können."

„Woher will er dann wissen, dass es ein junger Kerl war?"

Kasab musterte Pakula, als wolle er sich versichern, dass das keine Fangfrage war, um ihn auf die Probe zu stellen. „Aufgrund seiner ganzen Art … und seiner Statur, schätze ich mal."

Na toll! dachte Pakula. Jetzt verlegt sich dieser Anfänger auch noch aufs Raten. Wirklich erstklassige Polizeiarbeit. Am liebsten hätte er sich seine nicht vorhandenen Haare gerauft, doch stattdessen wandte er sich zu Terese Medina um. Sie war jetzt über die Leiche gebeugt und zupfte mit der Pinzette etwas vom Polohemd des Toten. Vielleicht hatten sie ja Glück, und sie entdeckte irgendeine interessante Hinterlassenschaft. Etwas in dieser Art jedenfalls könnte er jetzt gut brauchen, damit seine Stimmung nicht vollständig in den Keller sackte. Genau in diesem Moment hielt Medina die Pinzette hoch und betrachtete mit höchster Konzentration etwas.

„Ist ja komisch", murmelte sie.

„Was haben Sie denn da?" erkundigte sich Pakula und machte einen Schritt auf die Beamtin zu, die den Krümel in eine Plastiktüte steckte und dann einen zweiten vom Polohemd des Monsignore zupfte.

„Ich kann mich natürlich irren", sagte sie und hielt sich die Spitze der Pinzette vorsichtig unter die Nase. „Aber es sieht mir ganz nach Brotresten aus."

Ehe Pakula etwas erwidern konnte, meldete sich sein Handy mit einem Gebimmel wie von einem ganzen Glockenturm. Er hätte sich das verdammte Ding nicht von seiner Tochter Angie programmieren lassen sollen, dachte er. Aber im Gegensatz zu ihr war er kein Technikfreak und hatte nicht die geringste Ahnung, wie man einen anderen Klingelton einstellte. Er riss sich das Telefon vom Gürtel und war nach dem zweiten Klingeln dran – seine neue persönliche Bestzeit.

„Pakula!" meldete er sich, doch als Antwort bekam er nichts als Rauschen. „Augenblick!" Er machte ein paar Schritte in die Halle hinaus, in der Hoffnung, ein stärkeres Signal zu bekommen. „Ich höre."

„Pakula? Carmichael hier!"

„Verdammt noch mal, wo steckst du denn? Ich könnte dich gut hier am Flughafen gebrauchen!"

„Bin noch im Präsidium."

„Ich habe einen aufgeschlitzten Priester auf dem Herrenklo liegen, und alle möglichen Pappnasen latschen munter drumrum zum Pinkeln. Anscheinend futtern die sogar ihre Sandwiches über der Leiche."

„Wie bitte?"

„Ach, vergiss es.“

„Wie du meinst. Ich dachte ja nur, dich würde vielleicht ein Anruf interessieren, den ich gerade bekommen habe. Ein gewisser Bruder Sebastian vom erzbischöflichen Sekretariat Omaha hat sich nämlich eben nach dem Zustand der Leiche von Monsignore William O'Sullivan erkundigt.“

„Ich werd verrückt! Woher zum Teufel weiß der denn schon davon? Wir haben ihn doch selbst erst vor einer Stunde identifiziert.“

„Er habe einen anonymen Anruf gekriegt, hat er gesagt.“

„Ach, einen anoymen Anruft, tatsächlich?“

Pakula konnte hören, wie Detective Jim Carmichael kaute, während sie mit ihm sprach. Eine ihrer schlechten Angewohnheiten, die ihr mit der Zeit sichtlich auf die Hüften schlug.

„Hör zu, Pakula. Bruder Sebastian schien außerordentlich besorgt bezüglich der persönlicher Habe des Monsignore, insbesondere einer ledernen Aktenmappe. Und zweitens hat er uns wissen lassen, dass Erzbischof Armstrong uns in jeder Hinsicht unterstützen werde. Es sei also nicht nötig, das FBI einzuschalten.“

„Das FBI?“ Pakula musste lachen. „Okay, Carmichael. Furchtbar witzig, aber ich hatte einen langen Tag und bin jetzt nicht in der Stimmung für …“

„Ich mache keine Witze. Das hat er wörtlich gesagt. Ich hab's mitgeschrieben.“

„Warum zum Teufel sollten wir denn bei einem stinknormalen Mordfall das FBI einschalten?“

„Er schien sehr bemüht, die Sache herunterzuspielen“, erwiderte Carmichael. „Aber ich hatte den Eindruck, dass er ziemlich nervös war und äußerst bedacht in der Wahl seiner Worte.“

Pakula ließ sich gegen die Wand sacken. Von einer Aktenmappe wusste er nichts. Bislang war er von einem Zufallsmord ausgegangen, vielleicht ein Raubüberfall, obwohl sie in der Brieftasche des Paters jede Menge Euros gefunden hatten. Aber mit Euros konnte ein kleiner Ganove in dieser Gegend nicht viel anfangen. Was jedoch, wenn der Mörder gar nicht auf schnelle Beute aus gewesen war? Wenn er genau gewusst hatte, wem er da in die Herrentoilette folgte? Damit würde der Fall eine ganz neue Dimension bekommen.

„He, Pakula! Bist du noch da?"

„Tu mir einen Gefallen, Carmichael. Ruf Bob Weston an und setz ihn ins Bild."

„Bist du sicher, dass das eine gute Idee ist?"

„Der Erzbischof will also nicht, dass wir das FBI einschalten. Vielleicht sollte ich mich dort mal erkundigen, ob es dafür einen Grund gibt."

7. KAPITEL

Newburgh Heights, außerhalb von Washington, D.C.

Maggie war kaum nach Hause gekommen, als ihr Handy klingelte. Sie hatte noch nicht einmal Gelegenheit gehabt, Harvey richtig zu begrüßen. Seit sie den wunderschönen weißen Labrador bei sich aufgenommen hatte, gebärdete er sich bei ihrer Rückkehr jedes Mal so, als sei sie Ewigkeiten weg gewesen. In seinen traurigen braunen Augen lag dann ein Ausdruck, als würde er sie mahnen wollen, ihn nicht ebenso zu behandeln wie sein vorheriger Besitzer, der ihn einfach im Stich gelassen hatte. Sie hockte sich hin und tätschelte ihn mit der einen Hand, während sie mit der anderen ihr Mobiltelefon hervorzog.

„Maggie O'Dell", meldete sie sich und versuchte, Harvey davon abzuhalten, ihr Gesicht abzuschlabbern.

„O'Dell? Racine hier … Kommt mein Anruf ungelegen?"

Maggie fragte sich, ob Detective Racine wohl die schmatzenden Geräusche hören konnte, die Harvey verursachte, und diese anders deutete, oder ob sie vielleicht nur die späte Stunde meinte.

„Ich komme gerade nach Hause. Was gibt's?"

„Es ist schon spät, ich weiß. Tut mir Leid."

Keine Frage, Julia Racine kriegte das feuchte Geschlabber am Telefon mit. Doch anstatt den Vierbeiner abzuwehren, tätschelte sie ihm auffordernd den Kopf. Vielleicht war es ja wirklich mal an der Zeit, dass ein paar pikante Gerüchte über ihr angeblich nichtexistentes Liebesleben die Runde machten.

„Schon in Ordnung. Legen Sie los!"

„Das Handy hat sich als Fehlanzeige erwiesen."

„Gestohlen", vermutete Maggie auf blauen Dunst, wobei sie Harvey weiterhin zwischen den Ohren kraulte.

„Genau. Am Washingtoner Flughafen. Vorige Woche. Da jedenfalls hat er's das letzte Mal gesehen, meint der Besitzer. Scheint zu stimmen, er hat den Verlust seiner Telefonfirma gemeldet. Bis heute Morgen wurde das Ding nicht benutzt."

„Lässt sich irgendwie feststellen, wo es sich befand, als der Anruf getätigt wurde?"

„Nur insofern, als es irgendwo in der Stadt gewesen sein muss. Inzwischen liegt es wahrscheinlich irgendwo in einem Müllcontainer."

Maggie fragte sich, wieso Detective Racine sie nach Mitternacht anrief, nur um ihr mitzuteilen, dass sie keinen Schritt weiter waren. Ihr Anruf musste noch einen anderen Grund haben, und das Schweigen am anderen Ende bestätigte diese Vermutung. Doch Maggie ließ sie schmoren.

„Ich hab mit Chief Henderson über die anderen beiden Fälle gesprochen. Sowohl er als auch Stan sind der Meinung, dass wir einen forensischen Anthropologen hinzuziehen sollten."

Na also, sie hatte ihren Rat tatsächlich befolgt. „Das wird uns mit Sicherheit weiterhelfen", stimmte sie zu.

„Stan meint, er könne nächste Woche einen auftreiben. Allerdings fahre ich am Sonntag rauf zu meinem Vater. Wir wollen Angeln gehen. Ich hatte gedacht, vor Sonnenaufgang aufzubrechen, so gegen fünf vielleicht. Ach, übrigens, Stan sagte, er macht sich gleich morgen früh als Erstes an die Autopsie."

Detective Racine machte eine Pause, als erwarte sie an dieser Stelle von Maggie einen Kommentar. Die aber versuchte sich gerade vorzustellen, wie es Racine wohl hinkriegen wollte, beim Angeln lange genug still zu sitzen.

„Wie dem auch sei", fuhr Julia Racine fort. „Ich habe ihm vorgeschlagen, die beiden anderen Köpfe mit raufzunehmen und sie mal Professor Bonzado vorzulegen. Er und mein Dad sind ja die dicksten Kumpel, seit … na, Sie wissen schon!"

Dabei beließ sie es, und Maggie war es recht so. Sie konnte sich in der Tat bestens daran erinnern, wie sie Professor Bonzado und dessen neuen Busenfreund, Luc Racine, aus der Kühltruhe eines Irren befreit hatte.

„Meinen Sie denn nicht, dass sich einer aus dem hiesigen Bezirk finden lässt?" Maggie war erstaunt über ihre eigene Frage, denn sie hatte ja selbst vorgehabt, den Professor vorzuschlagen. Aber sie durfte bei Racine auf keinen Fall den Eindruck zu erwecken, sie wolle Bonzado unbedingt wiedersehen.

„Bestimmt gäbe es einen, nur nicht gerade am Nationalfeiertag." Wieder machte Racine eine Pause. „Passen Sie auf, O'Dell, ich will offen zu Ihnen sein. Mir sitzen die Reporter im Nacken. Jetzt, wo es ein drittes Opfer gibt, brauche ich Antworten, und zwar so schnell wie möglich. Ich habe schon mit Bonzado gesprochen. Er hat zugesagt, sich die Schädel anzusehen, und da ich ja sowieso da hoch fahre, nehme ich sie mit. Vielleicht ist das nicht besonders pietätvoll, aber Stan meinte, immerhin hätten sie durch mich ja quasi Begleitschutz. Ich bin die Strecke schon oft gefahren, die lässt sich gut in vier Stunden schaffen."

Was redet sie da, fragte sich Maggie. Wieso scheint sie zu meinen, sie sei mir eine Erklärung schuldig?

Sie stemmte sich hoch und hockte sich auf die unterste Treppenstufe. Harvey streckte sich neben ihr aus, den Kopf auf ihre Füße gebettet.

„Da wir ein Feiertagswochenende haben, kann man sich Fliegen ohnehin abschminken", fuhr Racine fort. „Und außerdem will ich mir wirklich nicht vorstellen, mit zwei abgetrennten Schädeln durch die Sicherheitsschleuse zu müssen."
Ihr Lachen verriet einen Hauch von Nervosität. Offenbar war da noch etwas, und Maggie fragte sich, wann sie endlich zur Sache kommen würde.

„Deshalb wollte ich fragen, ob Sie nicht vielleicht Lust hätten, mitzufahren."

Das war es also. Maggie war verblüfft, und noch bevor sie den unerwarteten Vorschlag verdauen konnte, ließ Racine den nächsten Wortschwall los.

„Adam meinte, bis zu unserer Rückfahrt könne er bestimmt schon etwas sagen. Und es wäre ja nur für den einen Tag, auch wenn der natürlich nicht gerade kurz werden wird." Maggie entging nicht, dass Professor Bonzado auf einmal Adam hieß. „Mein Vater würde sich über ein Wiedersehen bestimmt sehr freuen. Er erkundigt sich unentwegt nach Ihnen – na ja, jedenfalls wenn er sich erinnert. Aber die letzte Zeit ging es ihm ganz gut. Obwohl die Ärzte sagen, das könne sich auch von einem auf den anderen Tag wieder ändern."

„Es wäre tatsächlich schön, Ihren Dad mal wiederzusehen", bekundete Maggie, wobei ihr einfiel, dass sie vor einigen Wochen ohnehin mit dem Gedanken gespielt hatte, dieses Wochenende in Connecticut zu verbringen. Sie war kurz davor gewesen, ihren neuen Stiefbruder Patrick anzurufen und ihm vorzuschlagen, etwas zusammen zu unternehmen. Aber dann hatte sie doch befürchtet, er könne sich vielleicht zu sehr bedrängt fühlen, und es gelassen. Außerdem hatte er bestimmt seine eigenen Pläne, und die drehten sich sicherlich nicht um eine Schwester, von der er erst seit einem knappen Jahr wusste. Nein, Patrick brauchte Zeit, um sich an seine neue Familie zu gewöhnen. Er würde sich schon bei ihr melden, wenn er soweit war.

Patrick war allerdings nicht der einzige Grund, weshalb sie die Idee gehabt hatte, nach Connecticut zu fahren. Natürlich hätte sie wirklich gern Adam Bonzado wieder gesehen. Nun bot sich ihr eine ideale Gelegenheit dazu. Allerdings ließ sie der Gedanke an vier, ach was, acht Stunden Autofahrt mit Julia Racine erschaudern.

8. KAPITEL

23:50 Uhr
Venezuela

Er drehte die Vivaldimusik, die aus seinem billigen Radiorekorder tönte, auf volle Lautstärke und zerklatschte einen Moskito. Das Biest hatte ihn voll erwischt. Er verschmierte das Blut, sein Blut wohlgemerkt, auf seiner Haut, die ihm schon beinahe vorkam wie die eines blatternarbigen Leprakranken. Vater Michael Keller hatte gelernt, das permanente Jucken zu ignorieren, genauso wie er sich daran gewöhnt hatte, ständig in Schweiß gebadet zu sein, selbst nach seiner abendlichen Dusche. Er konzentrierte sich ganz auf die wenigen Freuden, auf die man sich immer verlassen konnte, wie beispielsweise Vivaldi. Mit geschlossenen Augen genoss er die Streicherklänge, hier triumphierte wahrhaftig der Geist über die Materie!

Jeden Abend zelebrierte er das gleiche Ritual. Er entzündete einige Citronellakerzen zur Abwehr der Moskitos und sah nach dem Teekessel auf der Herdplatte. Sein weißes Hemd, das eine der Frauen aus dem Dorf gewaschen und gebügelt hatte, klebte ihm am Rücken. Er spürte, wie ihm der Schweiß den Brustkorb herunter rann, freute sich aber dennoch auf seine allabendliche Tasse heißen Tees. Heute entschied er sich für Kamille aus dem Paket, das ihm jemand geschickt hatte, den er über das Internet kennen gelernt hatte. War das eine Überraschung gewesen, dieser Karton gefüllt mit verschiedenen Teesorten, marmeladegefüllten Keksen und Mürbeteigplätzchen! Er hatte alles fein säuberlich portioniert und sich eingeteilt, um möglichst lange etwas davon zu haben – nicht nur von den Köstlichkeiten selbst, sondern auch von der Vorstellung, dass ihm jemand, den er persönlich nie kennen gelernt hatte, ein so wunderbares Geschenk machte.

Er gab eine exakt bemessene Menge Teeblätter in das kugelförmige Sieb der Teezange, tauchte sie in das siedende Wasser, deckte den Becher ab und ließ den Sud ziehen. Dann hob er den Deckel leicht an, sodass ihm der Dampf ins Gesicht stieg und er das köstliche Aroma einatmen konnte. Er zog die Teezange wieder heraus und tippte mehrmals sacht mit dem Sieb gegen den Becherrand, damit es auch noch den letzten Tropfen preisgab.

Ein Moskito, der sich auch von dem Citronelladuft nicht abhalten ließ, sirrte um seinen Kopf. Draußen ging ein nächtlicher Schauer nieder, der die drückende Hitze in feuchte Schwüle verwandelte. Keller aber lehnte sich behaglich zurück mit seinem Tee und seiner Musik, und für einen kurzen Moment fühlte er sich beinahe wie im Himmel.

Er hatte kaum die erste Tasse geleert, als ein von draußen kommendes Geräusch ihn aufhorchen ließ. Er setzte sich auf und wartete auf ein Klopfen. Doch an der Tür blieb es still. Sonderbar. Dass man ihn um diese nachtschlafende Zeit brauchte, war eher ungewöhnlich, und ohne Einladung besuchte ihn auch niemand. Die Leute achteten seine Privatsphäre und entschuldigten sich sogar, wenn sie ihn zu einem Notfall rufen mussten.

Vielleicht war es bloß der Wind gewesen. Vater Keller ließ sich wieder zurücksinken und lauschte dem Regen, der leise und sanft auf das Blechdach pladderte. Und auf einmal fiel ihm auf, dass sich kein Windhauch regte.

Er stellte die Teetasse ab und stand auf, hielt dann aber einen Moment inne, weil er ein leichtes Schwindelgefühl spürte. Die Hitze. Langsam ging er auf die Tür zu, und dort angekommen lauschte er, ob sich nicht vielleicht doch jemand draußen befand. Albern, dachte er, du bist doch nicht paranoid! *Nein, nicht paranoid, vorsichtig.* Auch etwas, das er hatte lernen müssen – notgedrungen.

Er entriegelte die Tür und zog sie mit solchem Schwung auf, dass der Junge erschrocken zusammenfuhr.

„Arturo?“ Keller erkannte ihn, es war einer seiner Ministranten. Er war ein gutes Stück kleiner als seine Altersgenossen, dünn und zartgliedrig und hatte traurige dunkle Augen. Wie er da im strömenden Regen stand, den braunen Pappkarton vor sich haltend, wirkte er noch verletzlicher.

„Was hast du denn da?“ fragte Vater Keller und wiederholte seine Frage auf Spanisch, als er Arturos verständnislosen Blick bemerkte. „*¿Arturo! Qué hace usted aquí?*“

„*Sí, para usted, Padre!*“ Der Junge hielt ihm das Paket mit ausgestreckten Armen hin und schien offenbar stolz, dass man ihn mit der Aufgabe betraut hatte, es ihm zu überbringen.

„Ein Paket für mich? Aber von wem denn?“ fragte Keller. „*¿Quién lo mandó?*“ Als er dem Jungen den Karton abnahm, wunderte er sich, wie leicht er war.

„*Yo no sé. Un viejo …* alter Mann“, antwortete der Junge. „Nix kennen.“

Vater Keller spähte hinaus in die Dunkelheit, den ausgetretenen Pfad zur Kirche hinunter. Kein Mensch war zu sehen. Wer immer dem Jungen das Paket übergeben haben mochte, war fort.

„*Gracias, Arturo.*" Keller bedankte sich und fuhr dem Jungen mit der Hand über das schwarze Haar. „*Hasta domingo.*" Zum Abschied tätschelte er ihm zärtlich die Wange. „Bis Sonntag!"

„*Sí, Padre.*"

Der Kleine drehte sich um und rannte den Pfad hinunter. Wie im Handumdrehen war er im schwarzen Dunst verschwunden.

Keller betrachtete den Pappkarton. Sollte das etwa ein weiteres Paket von seinem Internetfreund in den USA sein? Diesmal aber fand sich keine Adresse, keine Briefmarke, nichts. Arturo hatte gesagt, er habe das Paket von einem alten Mann erhalten. Vielleicht hatte der Postbote ja heute eine Vertretung. Für einen kleinen Jungen war doch schließlich jeder alt, der über dreißig war.

Er trug das Paket ins Haus, legte es auf den kleinen Holztisch und begutachtete es von allen Seiten. Es gab tatsächlich keinerlei Hinweis darauf, von wem es stammte, und es hatte auch nicht den Anschein, als sei etwa der Adressaufkleber abgerissen. Zuweilen konnten Sendungen schon etwas ramponiert aussehen, wenn sie hier ankamen. Schließlich war er mitten im Regenwald.

Endlich griff er nach seinem Filettiermesser, zerschnitt vorsichtig den Klebestreifen und klappte die Laschen auf. Füllmaterial. Er klaubte das zusammengeknüllte Zeitungspapier aus dem Karton, und dann sah er sie. Seine Hand zuckte zurück, als habe er sich versengt.

Sollte das etwa ein dummer Streich sein? Es konnte nur ein Scherz sein! Denn wer konnte davon wissen? *Und wie haben sie dich gefunden?*

Seine Hände zitterten, als er die Kunststoffmaske aus dem Karton nahm. Es war das Gesicht von Richard Nixon.

9. KAPITEL

Omaha, Nebraska

Gibson fragte sich, woher das Geräusch kommen mochte. Es hörte sich an wie fließendes Wasser. Wahrscheinlich die Toilettenspülung im Bad zwischen seinem Zimmer und dem seines kleinen Bruders. Eigentlich musste man nur mal kurz an der Spülkastenkette zuckeln, aber Tyler vergaß das ständig.

Unruhig warf sich Gibson hin und her, wälzte sich auf die eine Seite, dann auf die andere und versuchte, die Decke bis über die Ohren gezogen, das Plätschern zu überhören. Es nützte nichts. Das Wasser gurgelte weiter. Er hatte sogar das Gefühl, dass es immer lauter wurde.

Verdammte Hacke! Was war denn so schwer daran, an dieser blöden Kette zu ruckeln?

Er setzte sich auf und rieb sich die Augen, doch nützte ihm das nichts, denn in dem Zimmer war es stockdunkel. Er roch den Schweiß unter seinen Achseln und stand auf. Er tastete sich im Dunkeln zur Tür, wie sonst auch, wenn er pinkeln musste. Denn wenn er Licht anmachte, würde sofort seine Mom aus ihrem Zimmer geschossen kommen und wissen wollen, was los sei. Im Flur ließ sie ohnehin eine Nachtbeleuchtung brennen, so ein Ding mit Lichtsensor, das sich bei Dunkelheit automatisch einschaltete. Nur brannte diese Nacht nichts. Musste wohl durchgebrannt sein, das Mistteil.

Die Hand an der Wand, tastete er sich den Korridor entlang. Er hatte Recht gehabt, das Gegurgel kam tatsächlich aus dem Bad. Er verspürte Lust, seinen Bruder zu wecken und ihm einzubläuen, künftig auf die Spülung zu achten. Aber halt mal, wollte Tyler heute nicht eigentlich bei seinem Freund übernachten? Er musste es sich wohl anders überlegt haben, dieser Mistkerl.

Plötzlich bemerkte er den Lichtstreifen unter der geschlossenen Badezimmertür. Tyler hatte also nicht nur die Spülung laufen lassen, sondern auch noch vergessen, das Licht auszuknipsen. Dieser verdammte Bastard!

Gibson machte die Badezimmertür auf und erstarrte. Vor ihm auf dem Boden lag Monsignore O'Sullivan. Er lag auf der Seite, und das Gurgeln rührte von dem Blut her, das ihm aus Nase und Mund und Brust sprudelte. Seine reglosen Augen starrten Gibson an.

Gibson schrak zurück und prallte rücklings gegen die Wand. Er kniff die Augen zusammen und riss sie wieder auf. Alles war da, wo es hingehörte, sogar das Handtuch, das er vorhin zusammengeknüllt auf den Fußboden geworfen hatte, lag noch da.

In diesem Moment bewegte der Priester die Augen.

Gibson wollte aus dem Badezimmer stürzen, doch die Tür war hinter ihm ins Schloss gefallen, und er fand den verdammten Griff nicht.

Langsam drehte er sich um. Der Monsignore wand sich zuckend am Boden und schien aufstehen zu wollen. Gibson presste sich gegen die Tür und starrte wie gelähmt auf den Körper, der sich langsam vor ihm erhob. Sein eigener Herzschlag dröhnte ihm in den Ohren, und er fühlte, wie etwas Warmes an seinem linken Oberschenkel hinunterlief. Verflucht, als er den Pfaffen das letzte Mal gesehen hatte, da lag er in einer riesigen Blutlache auf dem Flughafenklo! Wie kam er jetzt bloß hierher?

Monsignore O'Sullivan grinste ihn an und klopfte sich den Staub von der Hose. „Dass das so einfach ist, hast du dir doch nicht ernsthaft eingebildet, oder, Gibson? Mich da einfach so liegen zu lassen!" Von den Fingern seiner auf Gibson gerichteten Hand strömte Blut und tropfte auf die Keramikfliesen. „Hast du tatsächlich geglaubt, du könntest mich so einfach loswerden? Ach, Gibson, Gibson! Für so dumm hätte ich dich wirklich nicht gehalten!"

Der Monsignore schwankte auf ihn zu.

„Ich rufe meine Mutter!" quiekte Gibson heiser.

„Die ist heute doch gar nicht da", grinste der Monsignore und kam immer näher. „Schrei nur, kein Mensch wird dich hören." Seine Hand fuhr jetzt über Gibsons Brust und besudelte seinen bloßen Oberkörper mit Blut. „Auf die Knie, mein Sohn!" befahl O'Sullivan. „Du weißt, was du zu tun hast!" Je näher er kam, desto deutlicher roch Gibson seine Alkoholfahne.

Er schrak auf, aber es dauerte noch eine Weile, bis er aufhörte, wild um sich zu schlagen und auf die Bettdecke einzudreschen. Als er begriff, dass alles nur ein Traum gewesen war, stieg grenzenlose Erleichterung in ihm auf. Erschöpft ließ er sich auf die Matratze zurücksinken und wartete, dass sich sein pfeifender Atem langsam beruhigte.

Er lauschte. Kein Plätschern oder Gurgeln, nichts. Erst jetzt bemerkte er, daß sein Hintern in einer feuchtwarmen Lache lag. Trotzdem blieb er still liegen und starrte auf die Zimmerdecke, auf den vertrauten Schatten der Äste draußen vor seinem Fenster. Nach einer ganzen Weile, als sein Atem wieder ganz gleichmäßig geworden war und als er den beißenden Geruch nicht mehr aushalten konnte, stand er auf. Ohne das Licht anzumachen, zog er das Laken ab. Vielleicht konnte er es ja heimlich in die Waschmaschine stecken. Er wollte auf keinen Fall, dass Mom etwas merkte. Dazu war es ihm zu peinlich, auch wenn es über ein Jahr her war, seit er das letzte Mal ins Bett gemacht hatte.

10. KAPITEL

Sonnabend, 3. Juli
Washington, D.C.

Gwen Patterson hockte im Schneidersitz mitten in ihrem Wohnzimmer, bekleidet nur mit dem Bademantel und das Haar noch feucht vom Duschen. Statt der üblichen einen Tasse war sie heute Morgen bereits bei ihrem dritten Kaffee angelangt. Sie hatte den Couchtisch aus dem Weg geschoben und um sich herum auf dem Teppich Zeitungsartikel und Akten verteilt. Rechts von ihr lagen, ordentlich sortiert, die handschriftlichen Anweisungen des Mörders, einfache Zettel, säuberlich in Klarsichthüllen gesteckt. Diese Beweisstücke behandelte sie besonders vorsichtig, wie als Ausgleich dafür, dass sie sie nicht den Ermittlungsbehörden – sprich Julia Racine und seit gestern auch Maggie – übergeben hatte.

Draußen zog allmählich das Gewitter ab, nur ein dumpfes Grummeln in der Ferne und das Trommeln des Regens an der Fensterscheibe waren noch zu hören. Sie hatte das Fenster weit geöffnet, in der Hoffnung, die kühle Brise und der frische Geruch des Regens würden belebend wirken, nachdem sie sich wieder einmal die halbe Nacht schlaflos im Bett gewälzt hatte.

Sie warf einen Blick auf den Wust aus Papieren und fragte sich, wonach sie eigentlich suchte. Und selbst wenn sie es gewusst hätte – wäre sie fündig geworden? Aller Wahrscheinlichkeit nach war der Mörder eben doch jemand, den sie gar nicht kannte. Vielleicht hatte er ihr Foto in einer Zeitschrift oder im Fernsehen gesehen. Möglich auch, dass er ein Interview mit ihr im Radio gehört hatte oder zugegen war, als sie eins ihrer Bücher signierte. War es denkbar, dass er sie als eine Art Kontaktperson ausersehen hatte, weil er in ihr eine Expertin sah? Er hatte ja nichts weiter tun müssen, als mit einer geeigneten Suchmaschine eine Internetrecherche zu starten. Schon hätte er massenhaft Informationen über ihren beruflichen Hintergrund bekommen. Jedenfalls genug, um ihr das Gefühl zu vermitteln, er kenne sie in- und auswendig, obwohl er ihr niemals begegnet war.

Sie fingerte an einem der plastikumhüllten Zettel herum und las die in Blockbuchstaben geschrieben Worte, knappe aber eindeutige Anweisungen, die von einer Drohung unterstrichen wurden. Die erste, die sie erhalten hatte, erinnerte sie irgendwie an die Sprüche, wie man sie gemeinhin in Glückskeksen fand: BEFOLGEN SIE DIE ANWEISUNG, ODER JEMAND, DEN SIE LIEBEN, MUSS BÜSSEN. Bei der dritten Botschaft war sie zum ersten Mal auf den Gedanken gekommen, dass es sich um jemanden handeln musste, den sie kannte: KEIN WORT ZUR POLIZEI – WENN IHNEN IHR VATER LIEB IST.

Doch mittlerweile zweifelte sie an dieser Theorie. Wer ihr Vater war, konnte schließlich jeder X-Beliebige im Handumdrehen herausfinden. Und wer wusste, dass er ebenfalls ein prominenter Psychologe war, konnte zudem mit einiger Sicherheit annehmen, dass er und Gwen sich nahe standen. Dr. John Patterson lebte gute achthundert Kilometer entfernt in New York City. Er arbeitete in einer Forschungseinrichtung, in die man nur nach entsprechender Sicherheitsüberprüfung hineingelangte, und hatte in dem Hochsicherheitskomplex auch seine Wohnung. Sie wusste, dass er die Drohung, würde sie ihn damit konfrontieren, nicht ernst nehmen und lachend abtun würde. *Ach, meine Kleine, lass dir doch von einem Spinner keine Angst einjagen.*

„Meine Kleine." Allein wenn sie nur daran dachte, geriet sie in Rage. All ihre Hochschulabschlüsse und Diplome, dazu ein Bestseller sowie Dutzende von Beiträgen in renommierten Fachblättern – was hatte sie nicht alles geleistet und erreicht! Und trotzdem behandelte er sie noch immer wie ein kleines Mädchen, das seine Zeit und seinen brillanten Verstand mit einer – wie er es immer nannte – zwanghaften Leidenschaft für die Abgründe der menschlichen Psyche vergeudete.

Mit einem Seufzer legte sie die Zettel beiseite und griff nach dem Stapel Klientenakten, die sie mit nach Hause gebracht hatte. Sie zog eine heraus und begann nochmals, ihre Aufzeichnungen durchzusehen. Vielleicht hatte sie ja etwas übersehen. Irgendwas, das bei einer ihrer Sitzungen mit Rubin Nash geschehen war. Eine Andeutung, die er möglicherweise gemacht hatte. Ein Wort.

Im Allgemeinen beschränkte sie sich auf karge Notizen, kurz und knapp. Sie konzentrierte sich lieber auf den Klienten als auf das Schreiben. „Unberechenbar, 11", stand da etwa oder: „Vater abgehauen". Ein Außenstehender konnte damit nicht viel anfangen, doch Gwen genügte ein Blick, und schon wusste sie, dass Rubin Nash innerlich ausflippte, wenn die Rede auf seinen elften Geburtstag kam. An jenem Tag hatte seine Mutter den Vater aufgefordert, doch endlich abzuhauen, was der dann auch postwendend tat.

Natürlich erinnerte sie sich auch gut daran, wie ihr Klient ihr anvertraut hatte, dass ihn immer wieder diese Vorstellung befiel, einen Menschen zu erwürgen, eine Frau. Keine bestimmte, irgendeine. Die Frauen hätten ihm so viel genommen, dass er es ihnen endlich heimzahlen wollte, hatte er plötzlich laut geschimpft. Dann hatte er das lachend als Fantasie abgetan, quasi im selben Atemzug aber hinzugefügt – und das hatte Gwen wörtlich mitgeschrieben –, dass er schon gerne wüsste, „wie sich dieses Knacken anhört, wenn ein Genick bricht".

Natürlich bedeutete dieses Bekenntnis noch lange nicht, dass Rubin Nash tatsächlich fähig wäre zu einer solchen Tat. Sie hatte von ihren Klienten schon die absonderlichsten Drohungen zu hören bekommen, die in der Regel jedoch schlicht dazu dienten, Dampf abzulassen. Es war nicht zwangsläufig ein Hinweis auf eine destruktive oder gemeingefährliche Veranlagung, wenn ein Klient seine dunkelsten Katakomben öffnete und seine Zwangsvorstellungen oder eben auch Rachegelüste offenbarte. Vielmehr deutete es darauf hin, dass er ausreichend Vertrauen gefasst hatte, um Gwen solche ängstigenden und geheimen Fantasien anvertrauen zu können.

Andererseits hatte Gwen zu lange Täterprofile erstellt und kriminelle Motive analysiert, als dass sie eine derartige Äußerung leichtfertig hätte abtun können. Jetzt meldete sich die Kriminalistin zurück, und sie ertappte sich, dass sie in Nash plötzlich einen Tatverdächtigen sah und nicht mehr ihren Klienten.

Vielleicht hatte ihr Vater doch Recht, und es war tatsächlich eine Art von Besessenheit. Sie erinnerte sich daran, dass es einmal eine Zeit gab, in der sie die FBI-Akademie in Quantico in so vielen Fällen beriet, dass Assistant Director Cunningham schon flachste, sie müsse eigentlich ein eigenes Dienstzimmer bekommen. Dann jedoch, als ihre Praxis hier in Washington zu florieren begann, hatte sie zu ihrer eigenen Überraschung auf einmal festgestellt, dass sie immer weniger Interesse verspürte, sich mit Sittenstrolchen und Mördern zu beschäftigen. Stattdessen hörte sie sich an, was frustrierte Senatorengattinnen oder scheinbar abgebrühte Parlamentsabgeordnete quälte. Nicht ganz ohne Stolz hatte sie Maggie kürzlich verkündet, dass sie jetzt schon seit fast zwei Jahren nicht mehr zusammen mit einem Mörder in einem Raum gesessen habe. Seit damals in Boston, als Eric Pratt ihr beinahe einen angespitzten Bleistift in die Kehle gejagt hätte.

Ihren Eltern hatte sie davon wohlweislich nichts erzählt. Ach, wenn ihr Vater wüsste, wie oft sie ihre „zwanghafte Leidenschaft" schon in die brenzligsten Situationen gebracht hatte. Würde er sie dann wohl ernster nehmen? Oder würde er ihr Leichtsinn vorwerfen?

Egal. Jedenfalls war es kein Zufall gewesen, dass das FBI sie seitdem weit weniger häufig als Gutachterin anforderte, sondern vielmehr ihr eigener Wunsch. Derzeit setzte sie sich mit kriminellem Verhalten lieber in ihren Büchern und Fachartikeln auseinander, und ihr fehlte nicht das Geringste. Und dennoch sah es jetzt ganz danach aus, als würde sie wieder in diese Welt hineingesogen, der sie den Rücken gekehrt hatte. Dieses Schwein hatte es sich in den Kopf gesetzt, sie gegen ihren Willen zu seiner Komplizin zu machen, und anstatt ihr ein Messer oder einen spitzen Stift an die Kehle zu drücken, stieß er Drohungen aus, die sie nicht minder in Angst versetzten. Aber sie konnte es auf gar keinen Fall riskieren, die Polizei einzuschalten oder ihren Vater einzuweihen, nein, das würde sie niemals wagen.

Es musste einfach eine Verbindung geben! Je mehr sie darüber nachdachte, desto stärker war sie davon überzeugt, dass sie den Dreckskerl kennen musste. Vielleicht war es ja tatsächlich jemand, der ihr einmal die Woche gegenübersaß und sie nach allen Regeln der Kunst ausspionierte, während er sie dafür bezahlte, von ihr analysiert zu werden?

Sie warf einen Blick auf die Uhr, die auf ihrem Kaminsims stand. Etwas Zeit blieb ihr noch, bevor sie in die Praxis zu ihren samstäglichen Vormittagsterminen musste. Nash hatte um den ersten Termin gebeten, da er über das Wochenende verreisen wollte. Plötzlich fiel Gwen ein, was Maggie über die kopflosen Frauenleichen geäußert hatte, nämlich dass der Täter sie auch irgendwo außerhalb der Washingtoner Bezirksgrenzen losgeworden sein könne. Unwillkürlich fragte sie sich, ob es Zufall war, dass Rubin Nash schon wieder verreisen wollte.

Das Klingeln ihres Handys unterbrach ihre Grübeleien. Sie musste das Gerät erst aus der Aktentasche holen, ehe sie sich mit ihrem Titel und Namen meldete.

„Hallo, mein Schatz. Ich bin's, Dad."

Mit einem Schlag überfiel sie ein eisiges Frösteln, doch sie bemühte sich, sich ihren Schrecken nicht anmerken zu lassen. Ihr Vater hörte sich geradezu fröhlich an, anscheinend war er bester Laune. Es ging ja auch auf den Unabhängigkeitstag zu, und es verstrich nur selten ein Feiertag, an dem er nicht anrief.

„Wie geht's euch denn, dir und Mom?"

„Gut. Prima. Deine Mutter spielt Bridge. Sag mal, wo bleibst du denn, Mäuschen? Ich warte schon seit einer knappen halben Stunde auf dich."

„Wie bitte?"

„Auf deiner Karte stand doch, dass wir uns um acht im

'St. Regis'-Hotel zum Frühstück treffen. Warum hast du mir denn nicht eher gesagt, dass du heute in New York bist?"

Gwen tastete nach der Sofakante und ließ sich langsam auf das Polster sinken. Der Mörder kannte sie also gut genug, um zu wissen, dass sie nicht so leicht einzuschüchtern war. Eben hatte er ihr unmissverständlich zu verstehen geben, dass er es ernst meinte.

11. KAPITEL

Polizeipräsidium Omaha

Detective Tommy Pakula nahm noch einen Schluck von dem längst kalten Kaffee. Da er katholisch erzogen worden war, hatte er die Existenz Gottes nie angezweifelt, in letzter Zeit allerdings stellte er immer häufiger fest, dass er dem Humor des Allmächtigen nicht sonderlich viel abgewinnen konnte. Dies war einer dieser Augenblicke. Auf seinem unbequemen Stuhl hockend, war er seit nunmehr gut zwanzig Minuten dem scheinbar nicht enden wollenden Redeschwall von Special Agent Bob Weston ausgeliefert und konnte sich des Eindrucks nicht erwehren, als wolle der liebe Gott ihn auf diese Weise strafen.

Schließlich hob er entkräftet die Hände. „Stopp mal kurz" bat er, worauf Weston schlagartig verstummte, offenbar völlig verdattert, dass er es wagte, ihn zu unterbrechen. „Dein Vortrag dauert jetzt schon eine halbe Stunde , aber eins habe ich noch immer nicht kapiert: Die Verbindung zwischen diesem Ellison, der während eines Open-Air-Festivals in Minneapolis abgestochen wurde, und unserem Monsignore am Flughafen – wo soll die sein?"

„Soll ich von vorn anfangen?"

„Um Gottes Willen, nein!" riefen Pakula und Carmichael wie aus einem Munde. „Erzähl uns einfach nur die Pointe." Um ein Haar hätte Pakula noch ein flehendes „Bitte" angefügt. „Nun spuck's schon aus, wo ist der Zusammenhang?"

Weston grinste und schien die Situation sichtbar auszukosten. „Würde normalerweise kein Mensch drauf kommen. Da ich aber ursprünglich aus Minneapolis stamme, bin ich natürlich stutzig geworden. Ich habe da oben noch einen Bruder wohnen. Familienvater."

Stöhnend rieb sich Pakula die Augen, was Weston nicht entging. Er hielt inne. Pakula lehnte sich zurück und starrte den FBI-Beamten so lange an, bis der den Blick senkte.

„Los, Weston!" brach Carmichael schließlich das Schweigen. „Dass du 'ne Kanone bist, wissen wir. Nun rück endlich mit dem dämlichen Clou raus!"

„Versuch ich doch die ganze Zeit. Mein Bruder und seine Familie sind in der Saint-Patrick-Gemeinde, in der Daniel Ellison mal Vikar war. Aber dann quittierte er den Kirchendienst, heiratete und wurde leitender Angestellter in der Werbebranche." Am Ende seiner Ausführungen angelangt, setzte sich Weston, offenbar mit sich und der Welt zufrieden, auf die Kante von Pakulas Schreibtisch, wobei sein Hintern einen Stapel Protokolle gefährlich aus dem Gleichgewicht brachte. Doch das fiel ihm offenbar gar nicht auf. Stattdessen sah er in die Runde, als erwarte er jetzt Applaus.

„Das war's?" fragte Carmichael. „Das ist deine geheimnisvolle Verbindung? Dass Ellison ebenfalls Geistlicher war?"

„Soweit ich weiß, zählt eine aufgeschlitzte Brust nicht gerade zu typischen Berufsrisiken bei Klerikern. Und beide wurden in aller Öffentlichkeit abgestochen. Am helllichten Tag." Inzwischen hatte sich Weston wieder erhoben. „Was bei dem Open-Air-Festival passiert ist, hat kein Mensch richtig mitgekriegt. Ellisons Frau meinte sich nur zu erinnern, dass ihr Mann mit jemandem zusammenstieß, dann plötzlich zusammensackte und hinfiel." Er reichte Pakula die Akte, die er mitgebracht hatte.

„Vergleicht die Fälle mal, sobald euer Obduktionsbericht vorliegt."

„Und wonach soll ich suchen?"

„Woher soll ich das wissen? Aber Parallelen gibt es bestimmt, jede Wette!"

„Und daraus schließt du, dass da draußen jemand rumläuft, der es auf Priester abgesehen hat?" Pakula schüttelte den Kopf. Das überzeugte ihn nicht. „Ein toter Monsignore und ein ehemaliger Kirchenmann – sieht mir mehr nach Zufall aus."

„Na, hör mal, *du* wolltest doch wissen, welche Gründe Erzbischof Armstrong haben könnte, das FBI unbedingt außen vor lassen zu wollen!"

In diesem Moment erschien Kasab im Türrahmen und machte Pakula ein Zeichen, dass er mal eben rauskommen solle. Normalerweise hätte Pakula ihn angeblafft, er solle verschwinden, doch jetzt kam ihm Kasab äußerst gelegen.

„Bin gleich zurück", raunte er Carmichael zu und bedachte Weston mit einem Kopfnicken. Schon auf dem Weg zur Tür beschlich ihn das Gefühl, dass irgendwas schief gelaufen war.

„Was gibt's denn?"

„Ich habe eine gute Nachricht und eine schlechte."

„Na los", stöhnte Pakula. Es dauerte etwas, bis er verstand, dass Kasab offenbar von ihm hören wollte, mit welcher von beiden er anfangen solle. „Okay, die gute zuerst."

„Ich habe mir die Liste der Gespräche besorgt, die der Monsignore von seinem Handy aus getätigt hat. Ein Anruf ging ans Pfarramt der Kirche ‚Our Lady of Sorrow', Dauer etwa eine Minute. Und dann noch einer an das Handy eines Tony Gallagher, den Vikar der Gemeinde. Das Gespräch hat etwas über sieben Minuten gedauert. Ungefähr eine Stunde, bevor sein Flug ging. Mehr Telefonate hat er nicht geführt."

„Dann war dieser Gallagher also der Letzte, der mit dem Monsignore gesprochen hat."

„Höchstwahrscheinlich, ja. Es sei denn, er hat am Flughafen noch jemand getroffen."

„Klingt so, als müssten wir uns diesen Gallagher mal vorknöpfen. Können Sie das in die Wege leiten?"

„Klar doch."

„Und die schlechte Nachricht?"

„Ich bin am Flughafen gewesen, um das Gepäck von unserem Monsignore abzuholen. Sie wissen ja, die hatten uns zugesagt, das werde in New York abgefangen und bis spätestens heute Morgen nach Omaha zurückbefördert."

Pakula unterbrach ihn. „Lassen Sie mich raten. Es ist jetzt in Rom."

„Irrtum. Es wurde tatsächlich zurück nach Omaha geschickt. Allerdings hatte es schon jemand abgeholt, als ich dort ankam."

„Wie bitte? Das kann ja wohl nicht wahr sein! Welcher Schwachmat hat das denn verbockt?"

„Dem Mitarbeiter an der Gepäckausgabe wurde gesagt, es habe alles seine Ordnung so."

„Ja, Menschenskind, und von wem?"

Kasab blätterte in seinem Notizbuch herum. „Moment, hier hab ich's ... Von einem Bruder Sebastian. Angeblich vom erzbischöflichen Sekretariat Omaha. Der Typ am Schalter hat sich gedacht, wenn er einem Boten des Erzbischofs nicht trauen kann, wem denn dann?"

12. KAPITEL

Washington, D.C.

Es waren Tage wie dieser, an denen Maggie O'Dell sich ernsthaft fragte, ob sie etwas falsch machte. Da war, nachdem der Regen alles rein gewaschen hatte, ein herrlicher Morgen angebrochen, der Nationalfeiertag stand bevor – und es gab nichts, was sie hätte absagen können. Keine Pläne, die sie ändern, keine Freunde oder Angehörigen, denen sie einen Korb geben konnte. Selbst Harvey hatte sie an diesem Morgen nur gelangweilt angesehen, seinen Kopf auf ihr Kopfkissen gebettet, und schien sonst nichts von ihr zu wollen.

Jetzt, wo es endlich losging, wurden ihre Selbstzweifel allerdings überlagert von der Ungeduld, mit der sie der Obduktion förmlich entgegenfieberte. Nicht etwa, dass sie sich darauf freute, nein, das natürlich nicht. Aber andererseits konnte sie es auch kaum erwarten zu erfahren, ob es nicht doch noch Hinweise gab, die sie weiterbrächten. Sie hatte in der Nacht kaum geschlafen und war schließlich um zwei wieder aufgestanden, um sich die Akten noch einmal vorzunehmen.

Morde, bei denen es verstümmelte Leichen gab, gingen selbst langjährigen Profis an die Nieren, und Maggie war keinesfalls immun gegen das flaue Gefühl im Magen und den Ekel. Vor allem Verstümmelungen und Morde an Kindern beschäftigten sie noch viele Monate nach der Verhaftung der Täter, wenn die längst überführt und verurteilt waren. Manchmal wurde sie von Albträumen heimgesucht, in denen ein Kerl namens Albert Stucky menschliche Organe in Fastfoodschachteln verpackte.

Und dann waren da noch die Träume von toten Jungen, die nackt und mit bläulich verfärbter Haut im Schlamm des Platte River lagen. Albert Stucky war tot und begraben, davon hatte sie sich persönlich überzeugt. Nur Vater Michael Keller war ungestraft entkommen und angeblich in Südamerika untergetaucht. Selbst die katholische Kirche wusste nicht, wo er sich verkrochen hatte.

Maggie blieb vor dem Eingang zum Obduktionssaal stehen, um ihre Cola light auszutrinken und einen klaren Kopf zu bekommen. Stan Wenhoff stand in dem Ruf, Besucher während seiner Autopsien bei der geringsten Störung rauszuschmeißen. Da reichte es, nur mit einem Bonbonpapier zu rascheln. Immerhin konsequent, obwohl Maggie seine Begründung, das geschähe aus Respekt vor den Toten, nicht glauben mochte. Immerhin war er es, der seinen Mitarbeitern Anweisungen erteilte wie „in den Sack mit dem *Ding*".

Sie kam sich vor, als marschiere sie geradewegs in einen Kühlschrank. Maggie schnappte sich zwei Kittel und begrüßte Stan, der jedoch lediglich mit einem Grunzen antwortete. Julia Racine schien auch nicht viel besser gelaunt.

„Wieso ist das hier drin eigentlich so arschkalt?" maulte sie.

„Wir haben die Wahl, Detective. Entweder ertragen wir die Kälte, oder wir nehmen in Kauf, dass überall Maden rumwimmeln."

Maggie konnte sich nicht entsinnen, dass Stan die Klimaanlage schon einmal benutzt hätte. Die im Kellergeschoss gelegenen Obduktionssäle waren erst kürzlich renoviert worden, die alten Stahlleitungen allerdings ausgenommen. Schaltete man also während einer Obduktion die Klimaanlage ein, dann bestand die Gefahr, möglicherweise Beweismittel durch das Zuführen von Fremdstoffen zu verfälschen. Während der ein bis zwei Stunden, die eine Leichenöffnung gewöhnlich dauerte, verzichtete Stan daher normalerweise auf die Klimaanlage. Heute allerdings fand er sich wohl lieber mit den Fremdstoffen und der Kälte ab als mit Krabbelgewürm.

Detective Racine gab sich mit Stans Antwort zufrieden und blickte zu Maggie hinüber, die sich gerade den zweiten Kittel über den ersten zog. Sie nahm sich ebenfalls noch einen vom Stapel und tat es Maggie nach. Maggie hatte den Eindruck, als habe Julia Racine seit ihrer letzten Begegnung abgenommen. Maggie hatte gehört, dass sie ziemlich häufig zwischen Washington und Connecticut hin und her reiste, um ihren immer hinfälliger werdenden Vater zu besuchen. Sie mochte den alten Mann, der früh an Alzheimer erkrankt war. Zuweilen fragte sie sich, ernsthaft, ob seine Tochter und sie wohl hätten gute Freundinnen werden können, wenn sie sich unter anderen Umständen begegnet wären – etwa unter solchen, die weder einen beinahe verpfuschten Fall beinhalteten noch einen sexuellen Annäherungsversuch.

Sie bemerkte, wie Racine ihre Frisur in einer blank polierten Sezierschale überprüfte. Hinter der äußeren Schale aus Schnoddrigkeit und aufgesetzter Zielstrebigkeit verbarg sich, so vermutete Maggie, eine empfindsame, zuweilen unsichere Frau, die eine Gratwanderung vollführte. Einerseits durfte sie keinen Bockmist bauen, andererseits wollte sie sich nicht den geringsten Anschein von Furcht oder Zweifel geben. Genau das aber hatte Maggie schon mehrfach gespürt und in diesen kurzen Momenten begriffen, dass es zwischen ihr und Julia Racine eine

Gemeinsamkeit gab. Sie beide verstanden sie sich bestens darauf, ihr wahres Ich zu kaschieren.

Maggie reichte Racine ein Paar Latexhandschuhe, woraufhin die angesichts der violetten Farbe eine Augenbraue hochzog.

„Alles, was recht ist, Stan", bemerkte sie, wobei sie die exotisch gefärbten Dinger überstreifte. „Sie haben immer die ausgefallensten und coolsten Spielzeuge."

Er warf ihr einen Blick zu, als sei er sich nicht sicher, wie sie das wohl gemeint haben mochte. Dann nahm er den noch verpackten Schädel aus der Kühlbox und legte ihn auf ein Tablett. Maggie begriff, dass er in Racines Scherz eine Anspielung auf den Vorwurf vermutete, der ihm in letzter Zeit wiederholt gemacht worden war, nämlich dass er öffentliche Haushaltsmittel verschleudere. Dass ihre flapsige Bemerkung schlicht ein Versuch gewesen war, ihr Unbehagen angesichts der bevorstehenden Obduktion zu überspielen, konnte er sich wohl nicht vorstellen.

„Brauchen Sie Hilfe?" erbot sich Maggie, in erster Linie, um die angespannte Stimmung im Raum etwas zu lockern.

„Dieses Ding hab ich mir mal selbst zusammengebastelt." Er überging ihr Angebot und wies auf ein Gestell, das wie eine aus PVC-Rohren und Aluminium fabrizierte Schraubzwinge aussah. „Hätte nicht gedacht, dass ich es so schnell wieder brauchen würde", brummelte er. Dann griff er in die durchsichtige Plastiktüte, die aussah wie ein Leichensack im Miniaturformat, holte vorsichtig den Schädel heraus und platzierte ihn auf seinem Gestell.

Die Maden hatten sich tief ins Schädelinnere zurückgezogen und ballten sich dort zusammen, um sich gegenseitig zu wärmen.

Infolgedessen waren die Augen der Leiche nun klar und blickten starr geradeaus. Das verfilzte Haar klebte seitlich am Kopf. Urplötzlich entwich dem Mund eine kleine Dampfwolke. Und obgleich dieser Mund bis obenhin gefüllt war mit Gewürm, schien es doch so, als täte die Frau einen letzten Atemzug.

„Großer Gott!“ stieß Detective Racine hervor und wurde kreidebleich. „Was war denn das?“

„Der Stoffwechsel der kleinen Mistviecher sorgt dafür, dass ihre Körpertemperatur ungefähr zehn bis fünfzehn Grad höher ist als die der Umgebung“, erklärte Stan. „Vergleichbar mit einem Spaziergang bei Minusgraden, wenn man die eigene Atemluft sieht.“

„Direkt unheimlich“, murmelte Racine.

Maggie fragte sich, wie lange Julia Racine der Prozedur, die jetzt vor ihnen lag, wohl standhalten würde. Vielleicht bis zum Entfernen der Augen? Oder bis zu jenem saugenden Laut, wenn nach dem Aufsägen der Schädeldecke das Gehirn entnommen würde? Fast tat ihr Racine schon Leid. Am liebsten hätte sie ihr geraten, sich das Meer vorzustellen, das Anbranden der Wellen, wenn sie auf den weißen Sandstrand trafen – irgendetwas Friedliches, das beruhigend auf Nerven und Magen wirkte. Bei Maggie selbst hatte das funktioniert, damals, bei ihrer ersten Autopsie, einer Leiche mit Schusswunden von einer Schrotflinte. Die Ladung hatte dem Opfer das ganze Gesicht weggeblasen und lediglich etwas übrig gelassen, das aussah wie ein höhlenartiges Loch aus blutigem Knorpel und zerfetztem Gewebe. Als der Gerichtsmediziner seinerzeit endlich fertig war, da brandeten in ihrem Kopf tosende Brecher ans Ufer.

„Auf geht's“, sagte Stan, wobei er Pinzette und Skalpell vom

Besteckablett nahm. „Ehe uns diese Scheißviecher an Armen und Beinen krabbeln!“

Maggie merkte, wie Julia Racine angewidert wegsah. Und genau in diesem Moment verstand sie. Sie beide hatten tatsächlich etwas gemeinsam. Es war nicht die Obduktion, vor der es Racine grauste. Es waren die Maden.

13. KAPITEL

Omaha, Nebraska

Gibson McCutty fühlte sich wie gerädert. Er hockte vor seinem Computerbildschirm und starrte auf die Uhr rechts unten in der Taskleiste. Nach der letzten Nacht brauchte er jetzt unbedingt etwas, irgendetwas, das ihn auf andere Gedanken brachte. Das Spiel sollte zwar erst in zwanzig Minuten losgehen, aber vielleicht fand sich ja schon vorher jemand im Chatroom ein.

Mitspielen konnte man nur auf Einladung. Gibson erinnerte sich noch gut an den Tag, an dem er die Nachricht mit der ihm unbekannten E-Mail-Adresse bekommen hatte. Er wollte sie gerade löschen, als ihm der Nickname ins Auge fiel: „The SinEater“ – der Sündenfresser. Das klang irgendwie nach einer Figur aus dem Rollenspiel „Dungeons and Dragons“. Und er hatte nicht das Geringste dagegen, seine Sünden loszuwerden. Ob das so einfach ginge? Mitspielen und sich besser fühlen? Schön wär's.

Er hatte die E-Mail geöffnet. Sie bestand aus einem einzigen Satz: WILLST DU MITSPIELEN?

Die Regeln waren streng und untersagten den Spielern den Austausch persönlicher Angaben. Benutzen durfte man nur seinen zugewiesenen Decknamen. Vor dem Spiel aber war es okay zu chatten, Strategien zu erörtern und über die jeweiligen Charaktere zu diskutieren, wobei zuweilen auch Informationen über die Spieler selbst einflossen, getarnt als Kommentare zu den jeweiligen Rollen.

Nicht jeder beteiligte sich an den Chats, auch ihm wurde hier viel zu viel gefaselt. Manche Teilnehmer warfen nur hier und da eine Bemerkung ein, und andere lehnten sich einfach zurück und guckten zu. Gibson fiel in die letzte Kategorie. Er lernte mehr, indem er es sich bequem machte und die Diskussionen verfolgte.

Beim ersten Mal hatte er sich wie ein Spanner gefühlt und ein schlechtes Gewissen bekommen, weil er das Geschehen nur still beobachtete. Um teilnehmen zu können, musste man sich einloggen. Das galt eigentlich auch für den Zugang zu den Chatforen, denn die Beiträge wurden per Instant Messaging im Internet hin und her geschickt, wie Onlinetelegramme. Gibson aber kriegte es irgendwie hin, dass er den Chat ohne Einloggen verfolgen konnte. Keiner der Spieler ahnte also, dass Gibson dabei war. Sie bemerkten ihn erst, wenn er sich einloggte, um an dem Spiel teilzunehmen.

Heute war es nicht anders.

Und so wartete er auf den Spielbeginn, gespannt darauf, was diesmal passieren würde. Er hatte die Vorhänge zugezogen, damit ihn die Sonne nicht blendete, und fühlte in dem Halbdunkel seines Zimmers sogar so etwas wie Geborgenheit. Allerdings nur bis er von einem Klopfen an der Tür aufgeschreckt wurde.

„Gibson? Was treibst du denn da drin? Es ist so ein herrlicher Tag draußen!"

Automatisch klappten seine Hände den Bildschirm des Laptops herunter. „Nur 'n paar Computerspiele, Mom!" In Ermangelung der Tastatur fummelte er sich jetzt mit den Fingern im Gesicht herum, auf der Suche nach neuen Kratern, die er aufkratzen konnte – eine Unart, die er beim besten Willen nicht in den Griff bekam.

„Willst du denn nicht lieber ins Schwimmbad? Oder vielleicht mit deinen Freunden Basketball spielen?“

Auf der Stirn, direkt unter seinem Pony, stieß er auf einen frischen Aknepickel. Er wusste, seine Mom meinte es gut. Das rechnete er ihr auch hoch an. Dennoch behandelte sie ihn noch immer so, als wäre er zehn oder elf und nicht bereits fünfzehn. Mit den Freunden Basketball spielen gehen? Mit welchen denn? Hatte sie etwa nicht gecheckt, dass er keine Freunde hatte, jedenfalls keine außerhalb seiner Computerwelt? Aber irgendwie wollte sie nicht von dieser fixen Idee lassen, aus ihm würde mal so ein Supersportler wie sein Vater. Zuweilen fragte er sich, ob seine Eltern ihn wohl deshalb auf seinen Namen getauft hatten. Weil sie glaubten, dann würden sich auch dessen sportliche Talente auf den Sohn zu übertragen. Pah!

„Später vielleicht“, rief er in der Hoffnung, dass sie sich mit dieser Antwort zufrieden geben würde. Es lag ihm nichts daran, dass sie sich seinetwegen sorgte, und er bemühte sich stets, sie in dem Glauben zu wiegen, es sei alles in bester Ordnung. Erführe sie die Wahrheit, würde sie ihm die Hölle heiß machen. Und er wusste jetzt schon, dass er mit Problemen viel besser klarkam als sie.

„Na schön, dann also später. Aber vergiss es nicht, ich möchte nicht, dass du dich den ganzen Tag über in deinem Zimmer verkriechst.“

„Versprochen!“ rief er zurück.

Er wusste, dass sie noch einen Moment still draußen vor der Tür stehen blieb. Das tat sie immer. Früher hatte er sich oft gewünscht, sie würde sich nicht so leicht abwimmeln lassen, doch darauf hatte er vergeblich gehofft.

Dann hörte er die sich leise entfernenden Schritte. Er wartete ab, bis er das verräterische Ächzen der neunten Treppenstufe vernahm, wischte sich die blutverschmierten Fingerspitzen an seiner Jeans ab und klappte den Deckel des Laptops wieder auf.

In der oberen linken Ecke seines Bildschirms wartete eine neue Nachricht. Gibson begann zu zittern. Er wollte den Text markieren und löschen, doch seine Finger waren auf einmal eisig und stocksteif. Also blieb er einfach sitzen, den Blick starr auf die roten Lettern gerichtet.

ICH WEISS, DASS DU DA BIST, GIBSON.
UND ICH HABE DICH GESEHEN.

Gibson ballte die Hände, um das Zittern zu unterdrücken. Er biss sich auf die Unterlippe und versuchte krampfhaft, einen Gedanken zu fassen. Schließlich holte er tief Luft und hämmerte auf die Tasten ein.

WER BIST DU?

Er klickte auf „senden“. Dann wartete er.

Die Zeit kam ihm vor wie eine Ewigkeit. Vielleicht war der Absender ja inzwischen gar nicht mehr online? Es konnte ja sein, dass er gar nicht mit einer sofortigen Antwort rechnete. Möglicherweise wollte er sich auch einfach nicht zu erken …

ICH BIN DER SPIELLEITER. DU HAST GEGEN DIE SPIELREGELN VERSTOSSEN.

Ein frostiger Schauder schoss Gibson über den Rücken. Er starrte auf die rote Zeile und wusste genau, was Sache war. Schlimmer noch – er wusste, dass er keinesfalls in Sicherheit war. Nicht mal hier zu Hause. Nicht mal in seinem eigenen Zimmer. Ab jetzt war er nirgendwo mehr sicher

14. KAPITEL

Platte City, Nebraska

Nick Morrelli spülte den von seiner Mutter zubereiteten Kartoffelsalat mit einem Schluck Eistee herunter. Dabei wäre ihm etwas Stärkeres als Tee weitaus lieber gewesen – kein gutes Zeichen, am helllichten Tag. Er konnte es selbst noch immer nicht ganz glauben, dass er sich tatsächlich freigenommen, seine Rolle als leitender Staatsanwalt im Drogenverfahren Carlucci einem Kollegen übertragen und sogar seine Eintrittskarten für das Spiel der Boston Red Sox weggegeben hatte. Das mit dem verpassten Baseballspiel war natürlich zu verschmerzen, aber trotzdem – das alles nur, um sich eine Woche lang bei seiner Schwester in Nebraska einzuquartieren? Alles wegen der Feier?

„Warum versteckst du dich denn hier hinten?"

Christine, seine ältere Schwester, schreckte ihn aus seinen Gedanken auf. Von wegen verstecken! Der alte Rattansessel hier in der Ecke des Gartens war eben zufällig recht bequem, auch wenn ihm ein neues Polster und etwas frische Farbe gut getan hätten.

„Tu ich doch gar nicht. Aber irgendjemand muss ja schließlich den alten Ralphie bei Laune halten." Er tätschelte dem Hund den zotteligen Kopf, wobei er den Pappteller in die Luft und außer Reichweite des Vierbeiners hielt, obwohl der alte Knabe keinerlei Anstalten machte, seinen Nachmittagsschlaf auch nur für eine Sekunde zu unterbrechen.

„Ja, anscheinend fühlt er sich wohl bei dir." Christine ließ sich ihm gegenüber in dem anderen Sessel nieder. „Ich dachte nur, du wolltest heute ein neues Kapitel in deinem Leben aufschlagen. Du weißt schon, endlich ein verantwortungsbewusster, reifer Erwachsener werden und so."

„Ich bin gar nicht davon überzeugt, dass es besonders erstrebenswert ist, ein verantwortungsbewusster, reifer Erwachsener zu sein", erwiderte er und sah hinüber zu den Gästen, die sich auch ohne ihn offenbar prächtig amüsierten. „Außerdem ist ja kaum jemand da, den ich kenne."

„Wann ist das für dich denn jemals ein Hinderungsgrund gewesen?" fragte seine Schwester und grinste ihn vielsagend an. „Mom und ich dachten nur, es sei besser, die Gästeliste auf die zu beschränken, die ... nun, sagen wir, die, mit denen du nicht geschlafen hast. Aus Rücksicht auf Jill, verstehst du? Was kann ich denn dafür, dass damit nur Hal, Timmy und Vater Tony übrig geblieben sind?"

„Autsch!" brummelte er und gab sich alle Mühe, so zu tun, als hätte ihn ihre Äußerung hart getroffen. Aber natürlich wusste er, dass er den Seitenhieb wohl verdiente. Schließlich hatte er einen beträchtlichen Teil seines Junggesellendaseins mit flüchtigen Abenteuern verbracht. Da war ihr Hinweis auf seine One-Night-Stands durchaus nicht übertrieben gewesen.

„Im Ernst, Nick, ich verstehe dich nicht. Auf der einen Seite behauptest du, dass dir nichts Besseres passieren konnte als Jill Campbell. Und trotzdem verkriechst du dich bei deiner eigenen Verlobungsparty hier hinten im Garten. Zusammen mit einem alten, schnarchenden Hund."

Er wusste nicht recht, was er ihr antworten sollte. Natürlich wollte er das alles. Er wandte den Blick von ihr ab und schaute hinüber zu Jill, die sich mit den Gästen bestens zu amüsieren schien. In dem gelben Kleid wirkte sie eher wie ein Model als wie eine Anwältin. Das blonde Haar trug sie heute offen, sodass es ihr in goldenen Strähnen bis auf die Schultern fiel. Bei Gerichtsterminen kämmte sie es gewöhnlich straff zurück oder steckte es hoch, um selbstbewusster und ein paar Jahre älter zu wirken, als es ihr jugendlich glattes Gesicht vermuten ließ.

„Hörst du mir überhaupt zu?" vernahm er Christines Stimme. „Das ist mir in letzter Zeit schon häufiger aufgefallen, Nicky. Ich habe immer den Eindruck, dass du in Gedanken ganz woanders bist."

Er sah sie an und verdrehte die Augen, als hätte er nicht die geringste Ahnung, was sie wohl meinen könnte. Dabei wusste er ganz genau, worauf sie anspielte. Seit Monaten schon war er kaum noch in der Lage, sich zu konzentrieren. Angefangen hatte das – dieser Auffassung war jedenfalls sein Freund und Kollege Will Finley – an dem Tag, an dem er und Jill den Hochzeitstermin festgelegt hatten. Als er vor Jill „kapituliert hatte", wie Will es ausdrückte.

Das sei doch wohl ganz normal, hatte Nick damals geflachst. „Ist das nicht immer so, wenn man verliebt ist und sich in ein derartiges Wagnis stürzt?"

Einige Monate zuvor erst hatte Will Tess McGowen geheiratet, die große Liebe seines Lebens, wie er nicht müde wurde zu beteuern. Da konnte er doch eigentlich so etwas wie Verständnis erwarten, zumal von einem Freund! Stattdessen hatte Will ihn nur verdutzt angesehen. „Wagnis?" hatte er aufgelacht. „Du bezeichnest die Ehe als Wagnis? Und dann wunderst du dich, dass du plötzlich ganz hibbelig wirst?"

Nick nahm noch einen Schluck von dem eisgekühlten Tee,

als müsse er die Erinnerung hinunterspülen. Was wusste Will Finley denn schon? Glückliche Menschen vergaßen schnell, wie man sich fühlt, wenn einem zum Heulen zumute war.

Zum Heulen?

Was ist denn bloß los mit dir, zum Henker, fragte er sich. So schlecht ging es ihm doch gar nicht. Jill hatte ihn doch immerhin aus seinem Jammertal befreit. Plötzlich wurde ihm bewusst, dass seine Gedanken bereits wieder abschweiften. Er sah Christine an und machte sich schon auf eine ihrer spitzen Bemerkungen gefasst, doch etwas anderes schien ihre Aufmerksamkeit auf sich zu ziehen. Erst als er ihrem Blick folgte, sah er den Streifenwagen, der vor der Einfahrt vorgefahren war.

„Wer hat die denn eingeladen?" fragte er schnippisch. „War das deine Idee oder die von Mom?"

Doch Christine blieb ernst. „Keine Ahnung, was da los ist."

Die beiden uniformierten Polizisten sprachen mit Vater Tony. Nicks erster Gedanke war, dass es vielleicht einen Verkehrsunfall oder etwas ähnlich Schreckliches gegeben hatte und ein Priester gebraucht wurde. Er sah, wie Tony heftig mit dem Kopf nickte und sich dann suchend nach ihm umdrehte, bis er ihn schließlich in seiner Ecke erspähte. Nick winkte ihm zu, um ihm zu bedeuten, es sei schon gut, er könne ruhig gehen. Doch Tony kam direkt auf ihn zu.

„Was ist denn los?" wollte Christine wissen, worauf Tony mit den Schultern zuckte und Nick ratlos ansah.

„Tut mir Leid. Ich muss mitkommen zum Polizeipräsidium, um ein paar Fragen zu beantworten."

Nick konnte seine Verblüffung nicht verhehlen. „Fragen? Was denn für Fragen?"

Wieder zuckte Tony mit den Achseln. „Ich weiß auch nicht genau. Aber gestern Abend wurde Monsignore O'Sullivan tot aufgefunden. In einer Toilette auf dem Flughafen."

„Ach du großer Gott!" flüsterte Christine. „Das war ja bestimmt kein Herzinfarkt, wenn die Polizei hier auftaucht!"

Nick warf ihr einen warnenden Blick zu, denn er wusste, dass sich da instinktiv die Reporterin zu Wort meldete.

„Ich reiße dich natürlich nur ungern aus deiner eigenen Feier, Nick. Aber könntest du wohl mitkommen?"

„Selbstverständlich", gab Nick ohne jedes Zögern zurück. Er und Tony Gallagher waren bereits zusammen in den Kindergarten gegangen, und er meint seinen alten Freund ziemlich gut zu kennen. Wenn ihn nicht alles täuschte, sah Tony nicht gerade aus, als sei er über das plötzliche Ableben des Monsignore sonderlich überrascht.

15. KAPITEL

Washington, D.C.

Das zum Zerlegen einer Leiche am häufigsten verwendete Werkzeug war die Bügelsäge, doch soweit Maggie sehen konnte, hatte der Täter in diesem Fall wohl gerade keine zur Hand gehabt.

Stan Wenhoff gab mehrere Strähnen vom Haar des Opfers in eine Flasche mit einer Lösung, schüttelte die Flüssigkeit kurz durch und stellte den verschlossenen Behälter beiseite. Dann machte er sich an das Entfernen von Haar und Gewebe.

Maggie konnte ihren Blick nicht von der Stelle abwenden, wo der Kopf einmal auf einem Körper gesessen hatte. Eine Säge hinterlässt meist einen ziemlich sauberen Schnitt. Manchmal kommt es zu Knochenabsplitterungen, in der Regel jedoch erweist sich die Bügelsäge als recht effektiv.

Was immer diesen Schnitt hinterlassen hatte, es hatte Bestialisches angerichtet. Von wegen „ein paar Knochensplitter"! Nachdem Stan die verklebte Schicht aus geronnenem Blut und Schlick abgewaschen hatte, gab die klaffende Wunde schartige Schnittspuren preis, tiefe Kerben am Knochen und zerfetztes Fleisch, das aussah, als habe der Mörder den Hals seines Opfers förmlich zerrissen.

Maggie war bis jetzt von einem kaltblütig planenden Täter ausgegangen, denn bei seinen grausigen Morden hatte er einiges an Organisationstalent bewiesen. Nicht nur, dass er sich unbeobachtet dieses abgetrennten Kopfes entledigt hatte, es war ihm gleich dreimal hintereinander gelungen. Ganz zu schweigen von den Rümpfen, die sie noch nicht einmal gefunden hatten. Zudem erforderte das Zerlegen einer Leiche Zeit und Abgeschiedenheit. Einerlei, wo er seine Opfer getötet hatte – er musste sie an einen Ort bringen, wo er sicher sein konnte, nicht überrascht zu werden. Wo er ungestört einen Saustall anrichten konnte.

Aber wenn er tatsächlich systematisch vorging und jeden Schritt sorgfältig organisierte, wieso hatte er dann die vergleichsweise kleine Mühe gescheut, sich eine Bügelsäge anzuschaffen? Oder ein ähnliches Werkzeug, das ihm die Arbeit erheblich erleichtert hätte?

Das Summen eines elektrischen Haarschneiders unterbrach ihre Gedanken. Stan hatte sich daran gemacht, das lange Haar wegzurasieren. Das Gesicht der Frau wirkte nun jünger, als Maggie vermutet hatte. Jetzt, da die verkleisterten Strähnen nicht mehr im Weg waren, bemerkte sie auch die winzigen, brillantenbesetzten Stifte in einem der Ohrläppchen.

„Viele Anhaltspunkte werden wir wohl nicht finden", vermutete Stan gerade, als unter dem Rasierer eine Wunde zum Vorschein kam. Eine kreisrunde Vertiefung auf der oberen linken Schädelseite, die von einem Hieb stammen musste.

„Ein spitzer Hammer, vermute ich mal", sagte er, weder direkt an Maggie oder an Detective Racine gerichtet. „Er hat mächtig zugelangt." Nachdenklich fuhr er mit seinem behandschuhten Finger um die Stelle. „Die Haarproben sollten uns eigentlich Aufschluss geben, ob sie zum Zeitpunkt des Todes unter Drogen stand."

Maggie nickte. Sie wusste, dass sich Betäubungsmittel in den Harren ablagern. Aus einem einzelnen Haar ließ sich der Drogenkonsum von Wochen oder gar Monaten chronologisch ablesen.

„Sie meinen, er könne ihr etwas verabreicht haben, um sie zu betäuben?“ fragte Racine.

„Möglich. Per Haaranalyse lässt sich nachweisen, ob sie Drogen wie Kokain oder Heroin und dergleichen konsumiert hat. Aber wir können natürlich auch Beruhigungsmittel identifizieren oder Ecstasy. Wir könnten sogar bescheinigen, ob sie geraucht hat oder Antidepressiva nahm. Man meint immer, der Kopf allein bringt nicht viel“, dozierte Stan und hielt dann einen Moment inne. „Bei den beiden anderen beiden gab es allerdings wirklich nicht viel zu holen.“

„Ach, was mir da gerade einfällt“, unterbrach ihn Racine. „Ich habe inzwischen in die Wege geleitet, dass die Schädel einem forensischen Anthropologen in Connecticut vorgelegt werden.“

„Schön, schön. Ich kann da wirklich nicht viel machen. Wegen der fortgeschrittenen Zersetzung.“

Er fixierte den Schädel so in seinem selbst gebastelten Schraubstock, dass die Augen der Frau schräg unter die Decke starrten. Maden lösten sich und purzelten mit leisem „Plopp“ auf den Seziertisch aus rostfreiem Stahl – wie Regentropfen auf ein Blechdach.

„Ich glaube nicht, dass die Schädelverletzung die Todesursache war. Schauen Sie“, forderte er sie auf und schnipste ein paar Maden von der rechten Wange. „Sehen Sie sich mal die Umgebung der Augen an.“

Er nahm eine Pinzette und hob ein Augenlid an.

„Sehen Sie, was ich meine?“

„Petechiale Blutungen“, sagte Maggie.

„Bitte was?“ fragte Racine.

„Petechiale Blutungen", wiederholte Stan. „Geplatzte Äderchen." Seine Finger wanderten am Gesicht des Opfers herunter.

„Und?" Racine schien Stans Erklärung nicht erleuchtet zu haben.

„Sie wurde erstickt", erklärte Maggie.

„Sind Sie sicher?"

„Natürlich", bestätigte Stan, ohne aufzuschauen. „Derartige Blutungen entstehen, wenn keine Atemuft mehr in die Lungen gelangt. Sehen Sie, wir brauchen nicht mal den Hals, um nachzuweisen, dass das Opfer erdrosselt wurde."

„Moment mal!" Detective Racine stemmte die Hände in die Hüften. Stans Folgerungen schienen ihr nicht ganz einzuleuchten. „Sie meinen, er hat sie unter Drogen gesetzt ..."

„Das kann ich nicht mit Sicherheit sagen. Die Haarprobe wird das zeigen."

„Jedenfalls hat er ihr den Schädel eingeschlagen. Und das, nachdem er sie gerade erst stranguliert hat. Ach, und zur Sicherheit säbelt er ihr dann noch den Kopf ab?"

„Ich würde das eher abreißen nennen", sagte Maggie.

„Wie bitte?" Julia Racine kam um den Tisch herum, um den Schädel von der gleichen Seite sehen zu können wie Maggie.

Stan drehte sein Gestell so, dass sich ein besserer Blick auf die Schnittstelle bot. „Agent O'Dell hat Recht", bestätigte er.

Detective Racine zuckte unwillkürlich zurück und schlug sich die Hände vors Gesicht. „Ach du heilige Scheiße!" entfuhr es ihr. „Was ist das für ein Typ? Ein Monster?"

16. KAPITEL

Washington, D.C.

Dr. Gwen Patterson war bemüht, Rubin Nash nicht auf die Hände zu schauen. Er nippte an dem Wasser, das sie ihm angeboten hatte, und stellte das Glas beiseite, ohne sich in seinem Redefluss unterbrechen zu lassen. In aller Ausführlichkeit schilderte er gerade, wie ihm als Fünfzehnjährigem von einer Freundin seiner Mutter die Unschuld geraubt worden war – immer waren es Frauen, die ihn seiner Ansicht nach um alles betrogen. Zuerst die Mutter, die ihm den Vater genommen hatte, und dann deren Freundin, die ihn verführte! Die Enthüllung an sich schien für ihn eher nebensächlich zu sein. Weit mehr lag ihm offenbar an der Darstellung der Einzelheiten, die er möglichst detailgetreu wiederzugeben versuchte. Möglich, dass er sie damit schockieren oder zumindest aus der Reserve locken wollte. Aber wenn überhaupt, dann gab es nur wenige sexuelle Verirrungen und Perversionen, geschweige denn Wörter oder Ausdrücke, die sie hätten schockieren können. Im Übrigen hatte sie den Eindruck, als sei er sogar mächtig stolz auf seine einschlägigen Erfahrungen, die er schon in einem noch relativ zarten Alter gemacht hatte. Kein Zweifel, der Vorfall hatte seine Spuren hinterlassen und seine Einstellung zu Sex und Frauen geprägt. Könnte dieses Erlebnis aber auch ausgereicht haben, aus ihm einen Mörder zu machen?

Seine Hände waren groß, mit kräftigen Fingern. Wie stark musste man wohl zudrücken, um das Leben aus einem Menschen herauszupressen? Gwen ärgerte sich insgeheim, dass sie vor der Sitzung die Klimaanlage eingeschaltet hatte. Andernfalls hätte er sich wohl die Hemdsärmel aufgekrempelt. Ob an seinen Armen Kratzspuren waren? Warum sonst sollte er heute lange Ärmel tragen? An einem heißen Julitag?

Sie musterte sein Gesicht. Der Schnitt an der Wange rührte wahrscheinlich von seiner morgendlichen Rasur her. Sein offener Hemdkragen erlaubte ihr einen Blick auf seinen Hals. Eine Frau, die gewürgt oder erstickt wurde, würde sich vehement wehren, würde verzweifelt um sich schlagen und kratzen – es sei denn, der Täter konnte sie überraschen. Sie erinnerte sich daran, wie Nash laut darüber nachgedacht hatte, wie es sich wohl anhören würde, „wenn ein Genick bricht". Doch im gleichen Moment fragte sie sich, ob sie mit ihrem Verdacht, einer ihrer Klienten käme womöglich als Täter infrage, nicht über das Ziel hinausschoss.

„Hab ich nicht Recht, Dr. Patterson?" hörte sie Nash fragen und erschrak darüber, wie sehr sie sich von ihren Gedanken hatte ablenken lassen.

„Entschuldigung. Wie meinten Sie?"

„Warum ältere Frauen so scharf auf junge Burschen sind. Nicht nur wegen des Machtgefühls. Sondern weil sie angehimmelt werden wollen. Ist es nicht das, wonach sie suchen?"

„Haben Sie sie angehimmelt?"

Ehe ihr seine Augen die Antwort hätten verraten können, hatte er schon den Blick abgewandt. Was versuchte er da zu verbergen? War es Verlegenheit oder sein schlechtes Gewissen? Jedenfalls hatte ihn die Frage irritiert.

„Ich fürchte, damit müssen wir uns nächstes Mal beschäftigen", beendete er schließlich sein Schweigen, indem er mit einem Blick auf seine Armbanduhr die Rollen verkehrte und aufstand. „Ich werde mir Mühe geben, dann weniger ausfallend zu sein“, fügte er mit einem Lächeln hinzu, das allerdings eher einem Feixen glich. Es war wohl weniger als Versprechen gemeint, sondern offenbarte vielmehr, wie toll er seinen heutigen Auftritt fand.

„Das liegt ganz bei Ihnen“, gab Gwen zurück und erhob sich ebenfalls aus ihrem Sessel. Sie ließ es grundsätzlich nicht zu, dass ihre Klienten sie körperlich überragten. „Denken Sie immer dran, Rubin. Alles, was Sie tun, liegt letztlich allein bei Ihnen!“

Er sah sie unverwandt an und ließ seinen Blick über ihre Bluse streifen. Dunkelgraue Augen, die Gwen an einen Wolf gemahnten. Wollte er sie damit vielleicht daran erinnern, dass er Frauen generell – wie hatte er es noch selbst formuliert? – „als potentielle Beute“ sah?

„Bis zum nächsten Mal“, sagte er dann und wandte sich zum Gehen.

Sie wartete, bis die Tür hinter ihm zugefallen war. Erst dann begann sie mit ihren Notizen, schrieb fieberhaft jede einzelne Beobachtung nieder, ohne Rücksicht darauf, ob sie ihr zum jeweiligen Zeitpunkt wichtig erschienen war oder nicht. Irgendein Hinweis würde sich im Laufe der Zeit schon ergeben. Vielleicht, so ihre Hoffnung, würde etwas, das Maggie im Zuge der Obduktion entdeckte, ein neues Licht auf ihre Beobachtungen werfen! Gerade blätterte sie die sechste Seite ihres Stenogrammblocks um, als ihre Bürogehilfin ihr mit einem Summton den nächsten Klienten ankündigte.

Gwen riss die Seiten von dem Block und schob sie in einen

Aktenhefter. Als James Campion eintrat, kreisten ihre Gedanken noch immer um Rubin Nash.

„Tag, Dr. Patterson."

„James." Sie wies auf den Sessel, obwohl sie wusste, dass er so lange stehen bleiben würde, bis sie selbst Platz nahm. Er war höflich, stets Kavalier – ein frappierender Gegensatz zu Nash. Ganz zu Anfang hatte er ihr erzählt, die Schwestern im „Blessed Sacrament"-Kloster hätten in ihrem Bemühen, ihm gute Manieren und Respekt einzubläuen, ganze Arbeit geleistet, auch wenn sie in anderer Hinsicht bei ihm versagt hatten.

Gwen setzte sich und bedeutete ihm mit einem Nicken, dasselbe zu tun. Er streckte die langen Beine aus und schlug sie übereinander. Was Lässigkeit betraf, war das für ihn das Höchste der Gefühle.

Mehr denn je fiel Gwen der starke Gegensatz zwischen den beiden Männern auf, vermutlich auch deshalb, weil sie die beiden bisher noch nie in zwei aufeinander folgenden Sitzungen gesehen hatte. So prahlerisch und selbstherrlich Nash auftrat, so sehr stellte James Campion das genaue Gegenteil dar. Er war introvertiert, gehemmt und trug sich oft mit Selbstmordgedanken. Dass er stets, egal bei welchem Wetter, langärmelige Oberhemden trug, hatte er ihr gegenüber damit begründet, dass er die Spuren einer nervösen Angewohnheit verbergen wolle, dieses Kratzen, das er einfach nicht in den Griff bekam. Gwen war der Schorf an seinen Handgelenken bereits während ihrer ersten Sitzung aufgefallen. Aber selbst wenn er von den Misshandlungen berichtete, denen er unter einem katholischen Priester, der damals sein Vertrauen und seine Bewunderung genoss, ausgesetzt war, blieb er ruhig, ohne aufbrausende Emotionen, geradezu schüchtern. Er wie auch Nash waren beide als Heranwachsende missbraucht worden, und zwar von Erwachsenen, denen sie vertraut hatten. Allerdings hörten die Gemeinsamkeiten damit auch schon auf.

Gwen lehnte sich zurück und spürte, dass die Spannung allmählich aus ihren Schultern wich. Erst jetzt wurde ihr bewusst, wie es Rubin Nash immer wieder gelang, sie aus dem Konzept zu bringen. Sie sah, wie James Campion die Arme kreuzte und die Finger unter seinen Achseln verschwinden ließ. Dann überlegte er es sich anders und faltete die Hände über dem Schoß. Sein jungenhaftes Gesicht mutete schwermütig an. Sein Blick war wach und aufmerksam, als warte er brav auf Gwens Erlaubnis, anzufangen.

Gwen war überzeugt, dass sie James Campion helfen konnte, ganz gleich, wie lange es dauern mochte. Bei Rubin Nash hingegen war sie sich ihrer Sache nicht so sicher.

17. KAPITEL

Polizeipräsidium Omaha

„Das ist doch lächerlich!“ raunzte Nick Morrelli die beiden Beamten an, die sich als Detective Carmichael und Detective Pakula vorgestellt hatten. Sie gaben ein eigenartiges Duo ab – eine untersetzte, pummelige Asiatin und ein Glatzkopf mittleren Alters mit einem Kreuz wie ein Footballspieler. Dem Hollywoodklischee vom guten und vom fiesen Cop entsprachen sie kaum. „Sie wollen Vater Tony doch nicht etwa verdächtigen!“

„Wie war noch ihr Name?“ fragte Jim Carmichael.

„Nick Morrelli. Ich bin Tonys Freund.“

„Und zufällig Jurist“, fügte Tony hinzu.

Dieser Umstand würde auch nichts ändern, das sah Nick sofort. Detective Carmichaels Gesicht hatte schon jenen Ausdruck angenommen, der Tony bestens bekannt war, und der so etwas ausdrückte wie „Ist mir scheißegal“.

„Morrelli?“ Pakula kratzte sich den rasierten Schädel und wandte sich dann wieder Tony zu. „Kann es sein, dass ich Sie von irgendwoher kenne?“

„Nicht, dass ich wüsste“, erwiderte Nick.

Pakula sah ihn schweigend an.

„Bedaure, wenn die Beamten den Eindruck erweckt haben sollten, Sie seien in irgendeiner Weise verdächtig“, sagte Carmichael in die Stille hinein, an Tony gewandt. „Und dass man Sie heute herbemüht hat. Wir müssen Ihnen bloß einige Fragen stellen.“

Tony sah seinen Freund an, als erwarte er dessen Rat. Nick

reagierte mit einem zustimmenden Kopfnicken. Gleichzeitig fiel ihm auf, dass Tony ungewöhnlich nervös wirkte. Hatte er vielleicht doch etwas zu verbergen?

„Nur zu!“ sagte Tony schließlich. „Selbstverständlich werde ich alle Ihre Fragen beantworten. Soweit es mir möglich ist natürlich.“

Detective Pakula erhob sich von seinem Schreibtisch. „Trifft es zu, dass der Monsignore Sie vom Flughafen aus angerufen hat?“ begann er und stapfte, die Stirn in nachdenkliche Falten gelegt, in seinem Büro auf und ab. Seine Kollegin blieb sitzen, aber Nick entging nicht, dass sich ihre Anspannung unter dem Tisch in nervösem Fußwippen äußerte.

„Richtig, das stimmt.“

„Möglicherweise waren Sie der Letzte, der mit ihm gesprochen hat. Der letzte, von dem wir wissen, wohlgemerkt. Können Sie uns etwas über den Inhalt des Gesprächs sagen?“

„Wir hatten am Morgen über den Dienstplan gesprochen. Ich sollte ja während seiner Abwesenheit für ihn einspringen. Er war sich nicht mehr sicher, ob er mich über die Gemeinderatssitzung informiert hatte und darüber, wo ich seine Aufzeichnungen finde.“ Tony schlug die Beine übereinander, sodass der rechte Knöchel auf dem linken Knie ruhte. Nick kam er jetzt wieder vollkommen ruhig vor, fast schon übertrieben entspannt.

„Wo waren Sie, als der Anruf kam?“

„Im Pfarramt“, antwortete Tony, ohne mit der Wimper zu zucken.

Alles nur Routinefragen, dachte Nick. Wirklich kein Grund zur Besorgnis.

„Im Pfarramt?“ hakte Pakula nach.

Nick kannte diesen typischen Blick, der zwischen Erstaunen und Sarkasmus lag. Tony jedoch verzog keine Miene.

„Sind Sie ganz sicher, dass Sie im Pfarrhaus waren?“

„Aber selbstverständlich! Freitags erledige ich da immer den Papierkram.“

„Und das war Monsignore O’Sullivan bekannt?“ Pakula lief weiter auf und ab.

„Natürlich.“

„Warum hat er Sie dann auf dem Handy angerufen, anstatt über das Diensttelefon?“

„Keine Ahnung“, bekundete Tony und zuckte die Schultern.

Nick kam sich vor wie ein Zuschauer bei einem Tennismatch. Nur vermochte er nicht recht einzuschätzen, was der Detective noch in der Hinterhand hatte.

„Moment mal!“ Plötzlich blieb Pakula stehen und starrte Nick an. „Morrelli! Nick Morrelli! Jetzt fällt es mir wieder ein! Sie waren Quarterback bei den Nebraska Huskers! Saison 82/83!“

Nick brauchte ein paar Sekunden, bis er den Themenwechsel begriff. Zuvor, als Pakula geäußert hatte, der Name Morrelli käme ihm irgendwie bekannt vor, hatte er kurz an seine Dienstzeit als Sheriff in Platte City gedacht. Das lag schon etliche Jahre zurück, doch ein Fall, mit dem er damals zu tun gehabt hatte, hatte seinerzeit ganz Nebraska erschüttert. Nach dem Medienrummel war es keinem in der Gegend leicht gefallen, den Mord an den zwei kleinen Jungen zu vergessen. Obgleich zwei Männer zu lebenslangen Haftstrafen verurteilt worden waren, war Nick keineswegs davon überzeugt, dass er die tatsächlichen Mörder gefasst hatte. Aber jetzt stellte er erleichtert fest, dass Pakula ihn aus einem anderen Grund kannte, aus einer erfolgreicheren Zeit seines Lebens.

„Stimmt“, bestätigte er.

„Wusste ich's doch!“ Und damit wandte sich Pakula ebenso abrupt, wie er eben seine Befragung unterbrochen hatte, wieder Tony zu. „Also, Vater Gallagher. Seit wann kannten Sie Monsignore O'Sullivan?“

„Ich bin seit drei Jahren Gastpfarrer der Gemeinde ‚Our Lady of Sorrow‘.“

„Mögen Sie ihn?“

„Wie meinen Sie das?“

„Kamen Sie gut miteinander aus?“

„Natürlich. Wir waren Amtsbrüder.“

Nick bemerkte, wie Tony das übergeschlagene Bein zurück auf den Boden setzte und die Hände auf seine Knie legte. Auf einmal wirkte er wieder nervös.

„Verreiste er häufig?“

„Das kommt drauf an, was Sie unter häufig verstehen.“

„Was wollte er in Rom?“

„Ich glaube, der Erzbischof hatte ihn mit etwas beauftragt. Der Monsignore war zuvor noch nie im Vatikan gewesen.“

„Dann freute er sich also auf die Reise?“

„Ja, sicher. Zumindest nehme ich das an.“

„Sollte er im Auftrag des Erzbischofs denn irgendetwas überbringen?“

„Ich habe keine Ahnung“, erwiderte Tony.

Nick bemerkte, wie die beiden Polizisten sich ansahen. Sie gaben zwar vor, lediglich die Fakten zu überprüfen, doch er hätte wetten mögen, dass sie auf etwas ganz Bestimmtes aus waren. Was konnte das sein? Was verschwieg ihnen Tony ihrer Meinung nach?

„War nur eine Frage." Jetzt übernahm die Mollige, während Pakula sich an die Wand lehnte, als brauche er eine Pause. „Der Erzbischof", fuhr Carmichael fort, „schickt Monsignore O'Sullivan also in den Vatikan. Besaß der Monsignore eine Aktenmappe aus braunem Leder?"
Nun hatte Nick wieder den Eindruck, die beiden stocherten doch nur im Nebel herum.

„Ja, ich meine, mich daran erinnern zu können", bestätigte Tony.

„Trug er sie gestern bei sich?"

„Ich habe ihn nicht zum Flughafen aufbrechen sehen."

„Aber unmittelbar davor schon?"

„Ja."

Carmichael sah Tony abwartend an, der jedoch bloß mit den Achseln zuckte. „Ich kann mich beim besten Willen nicht daran erinnern."

„Okay", seufzte sie. „Letzte Frage für heute. Haben Sie irgendeine Vermutung, warum jemand dem Monsignore nach dem Leben trachten könnte?"

„Das Leben ist Gottes allergrößtes Geschenk", belehrte sie Tony. „Ich kann mir wahrhaftig nicht vorstellen, wer zu einer solchen Tat fähig sein sollte."

Detective Carmichael nickte, ohne von ihren Notizen aufzublicken. Dann sah sie ihren Kollegen an und wandte sich anschließend an Nick. „Falls wir noch Fragen haben, lassen wir von uns hören."

Jetzt war sich Nick ganz sicher, dass sie und Pakula mehr wussten. Die ganze Zeit über hatten sie ihn kaum beachtet. Und auf einmal teilten sie ihm mit, es kämen wahrscheinlich noch weitere Fragen auf Tony zu – wohlgemerkt ihm, Tonys Freund. Dem Anwalt.

18. KAPITEL

Washington, D.C.

Gwen Patterson packte ein paar Akten zusammen, die sie mit nach Hause nehmen wollte. Endlich Wochenende! Sie überlegte, ob sie bei Mr. Lees Delikatessenmarkt vorbeifahren und einkaufen solle – frischen Mozzarella, Knoblauch und italienische Wurst, um sich ihre gefüllten Manicotti mit Sauce Bolognese zu zaubern. Beim Kochen konnte sie am besten abschalten. Am Herd zu stehen empfand sie als entspannend, und es beruhigte ihre Nerven. Wenn sie dann auch noch für jemanden mitkochen konnte, funktionierte das doppelt gut.

Mit Maggie war sie erst am Abend zuvor essen gegangen. Und sie wollte auf keinen Fall den Eindruck erwecken, als hätte sie's nötig, erst recht nicht jetzt. Sie dachte an R. J. Tully, Maggies Kollegen und Partner, doch der würde erst in einer Woche zurück sein. Wenn sie ihn nur nicht so vermissen würde! Er machte zwei Wochen Urlaub mit seiner Tochter Emma irgendwo in Florida, und schon jetzt … Verflixt, sie gestand es sich nur ungern ein, doch er fehlte ihr tatsächlich! Kein gutes Zeichen, denn sie hatten sich ganz bewusst vorgenommen, es langsam angehen zu lassen, sich erst einmal besser kennen zu lernen, und zwar jenseits ihrer Arbeit für das FBI, durch die sie sich kennen gelernt hatten.

Schon seltsam. Da versuchte sie Maggie andauernd zu ermuntern, sie solle sich doch mal ein Abenteuer gönnen und nach Herzenslust eine Romanze genießen, und dabei bekam sie es selbst nicht hin! *Kannst du nicht? Oder willst du nicht?*

Ein leises Klopfen an der Tür zu ihrem Büro unterbrach sie in ihren Gedanken.

„Herein!"

Dena, ihre Bürohilfe, kam herein. „Fertig für heute. Ich bin dann weg. Brauchen Sie noch was?"

„Nein, alles klar. Und danke, dass sie gekommen sind, heute am Sonnabend."

„Keine Ursache. Ich musste ohnehin mal die Ablage auf Vordermann bringen."

Das Mädchen machte seine Sache prima. Dena konnte gut mit ihren Klienten umgehen, da fiel es nicht groß ins Gewicht, dass sie ab und zu eine Akte verlegte oder auch mal eine Stunde lang am Telefon Privatgespräche führte.

„Schon was für morgen geplant?" fragte Gwen.

„Allerdings. Heute früh hat mich eine Freundin angerufen, und wir wollen mal gucken, was in diesem neuen Nachtclub los ist. Und Sie?"

„Ich hoffe, ich kann etwas Schlaf nachholen."

„Bestimmt 'ne gute Idee. In letzter Zeit wirken Sie etwas … na, sagen wir, angespannt. Alles in Ordnung mit Ihnen?"

„Aber sicher. Ich bin bloß etwas müde. Da kommt mir ein freier Tag äußerst gelegen."

„Schön. Dann wünsche ich Ihnen ein schönes Wochenende."

„Danke, Dena. Ihnen auch"

„Also, bis Montag. Ach, halt, das hätte ich beinahe vergessen." Sie ließ die Tür offen stehen und verschwand, um sodann mit einem Umschlag wieder aufzutauchen. „Der wurde für sie abgegeben", sagte sie.

Gwen konnte auf dem Umschlag zwar keinen Absender

entdecken, wusste aber sofort Bescheid. Ihr war, als bliebe ihr schlagartig die Luft weg.

„Wissen Sie, wer den gebracht hat?“

„Nee. Muss wohl reingeschneit sein, als ich gerade Kaffee gekocht hab oder beim Kopieren war.“

„Wann?“

„Wie bitte?“

„Als Ihnen der Umschlag auffiel – wie spät war es da?“

„Ach, du liebe Zeit, so genau weiß ich das nicht mehr. Zwischen den Terminen von Mr. Nash und Mr. Campion, würde ich sagen.“

Gwen bemühte sich krampfhaft, ihr Zittern zu verbergen. Natürlich! Er musste ihn mitgebracht haben. Aber war das nicht viel zu riskant, um nicht zu sagen unverfroren? Würde er das Ding tatsächlich mitschleppen und einfach auf dem Empfangstresen deponieren? Hatte er sich vielleicht diesmal einen Schnitzer erlaubt und seine Fingerabdrücke hinterlassen? In der Julihitze trug er doch mit Sicherheit keine Handschuhe.

„Ist es was Wichtiges?“

Gwen zuckte die Schultern. „Glaube ich kaum. Sonst hätte der Überbringer den Umschlag bestimmt nicht einfach so auf den Tresen gelegt.“

„Sicher … Also, dann bis Montag.“

In der Tür drehte sie sich noch mal um. „Sie sollten jetzt auch Feierabend machen und den Rest ihres Wochenendes genießen.“

Gwen erwiderte ihr Lächeln. Es kam ihr vor, als sei Dena ihre erste Bürokraft seit zwei Jahren, die sich aufrichtig um ihre Chefin sorgte. Andere mochten ihr vielleicht in Sachen Organisationstalent voraus sein – das war nicht gerade Denas starke Seite –, doch dafür mangelte es ihnen an etwas, das Gwen nur als menschliche Wärme bezeichnen konnte. Etwas, das unerlässlich war für die Person in ihrem Vorzimmer.

„Ich werde Ihren Rat wohlwollend prüfen. Nun aber nach Hause mit Ihnen."

„Zu Befehl, Chefin!"

Damit drehte sie sich um und schloss die Tür hinter sich.

Als sie sicher war, dass sie allein war, wandte sich Gwen dem Umschlag zu. Um keine etwaigen Fingerabdrücke zu verwischen, fasste sie ihn mit Daumen und Zeigefinger an einer Ecke und hob ihn hoch. Die Unterseite ließ eine leichte Wölbung erkennen, die ihr auf den ersten Blick nicht aufgefallen war. Mit der freien Hand griff sie sich den Brieföffner und schlitzte das Kuvert auf. Tief Luft holend stülpte sie es mit der Öffnung nach unten und ließ den Inhalt auf den Schreibtisch gleiten. Diesmal war es keine Anweisung. Gwen vergewisserte sich, dass sich im Inneren des Umschlags nichts verhakt hatte, doch er war tatsächlich leer.

Vor ihr lag die Ursache für die Wölbung. Ein durchsichtiges Kunststoffetui mit Reißverschluss. Und darin etwas, das aussah wie ein goldener Ohrring.

19. KAPITEL

Außerhalb von Omaha

Nick wusste, dass es besser wäre, zu warten.
Er merkte, wie er sich hinter dem Lenkrad verkrampfte und dass er die Kurven forscher nahm als gewöhnlich. Er sollte tatsächlich warten, bis er sich wieder beruhigt hatte.

Er warf einen Blick auf Tony, der neben ihm auf dem Beifahrersitz saß und wortlos aus dem Seitenfenster des Mietwagens in die Gegend starrte. Was Nick am schmerzlichsten vermisste, wenn er zu Hause in Nebraska war, war sein Jeep. Mit einem Vierradantrieb konnte man als Fahrer wenigstens Dampf ablassen, auf Nebenstrecken ausweichen, um mal richtig Staub aufzuwirbeln und die Herausforderung von Schotter und Schlamm unter dem Fahrwerk zu spüren. Mit dieser gemieteten Familienkutsche war das natürlich undenkbar.

Während der letzten Jahre hatte er oft das Gefühl gehabt, in zwei Welten zu leben. An manchen Tagen glaubte er, dass er keine bessere Entscheidung hätte treffen können, als nach Boston zu ziehen. Nur so hatte er dem Schatten und den Erwartungen seines Vaters entfliehen können. Außerdem gefiel ihm sein Job als stellvertretender Staatsanwalt von Suffolk County. Er hatte interessante Leute kennen gelernt, nicht zuletzt Jill. Aber an Tagen wie diesem kam es ihm vor, als habe er Nebraska niemals verlassen. Es gab noch immer viele intensive Bindungen, und ihm war, als sei ein Teil von ihm niemals fort gewesen. Er hatte versucht, sein Leben zu ändern und seinen eigenen Weg zu gehen, doch im Grunde war er immer derselbe geblieben. Noch immer machte ihm seine Ungeduld zu schaffen, wovon seine Schwester Christine ein Lied singen konnte. Natürlich wusste er, dass es besser wäre zu warten. Sich zu beruhigen. Doch wider dieses Wissen platzte ihm ganz einfach der Kragen.

„Was wird hier eigentlich gespielt, verdammt noch mal?"

„Ziemlich abstruse Geschichte, was? Dass ausgerechnet so was passiert!"

„Nee, das Abstruse ist, dass du meinst, du könntest mir was vormachen!"

„Wie bitte?" Endlich löste sein Freund den Blick von der vorbeiziehenden Landschaft.

„Ich kenne dich, Tony. Mir kannst du nichts vormachen. Und soll ich dir mal was sagen? Die beiden Detectives sind auch nicht von gestern. Die laden dich mit Sicherheit noch mal vor."

„Sag mal, was redest du da eigentlich? Ich habe doch alle Fragen korrekt beantwortet."

„Ach nee! Weißt du, woran mich das erinnert hat?" Nick bemühte sich, seine Wut einen Tick zu zügeln. „An unser sechstes Schuljahr. Als wir Mrs. Wilke die Blumenvase vom Pult klauten, weil die uns immer so bescheuerte Gedichte über das Ding schreiben ließ."

„Gedichte? Japanische Haiku-Verse."

„Na, von mir aus. Umso beknackter."

„Ich entsinne mich", murmelte Tony, doch seine Miene verriet, dass er den Vorfall wohl ganz anders in Erinnerung hatte, als Nick, den noch heute manchmal das schlechte Gewissen einholte.

„Diese potthässliche Blumenvase", fuhr Nick fort. „Die musste weg. Dabei wollten wir sie nur verstecken. Damit die

Wilke ordentlich ins Schwitzen geriet. Dann wollten wir das Ding angeblich finden und uns so lieb Kind machen bei ihr."

„War doch eine blendende Idee", bekannte Tony lachend.

„Ja ... Wenn dir das Ding nicht runtergefallen wäre."

„Es ist mir aus der Hand gerutscht."

„Und in tausend Scherben zerdeppert."

„Dafür konnte ich nichts."

„Wir wurden zum Direktor bestellt." Nick stellte mit einiger Schadenfreude fest, dass seinem Freund die Sache offenbar doch unangenehmer war, als es anfangs den Anschein hatte. „Er fragte uns, ob wir die Vase gestohlen hätten. Du strittest es ab, was nicht mal gelogen war, da die Aktion ja nur ein vorrübergehendes Kidnapping hatte sein sollen. Ob wir die Vase zerschlagen hätten, wollte er wissen. Nee, hätten wir nicht, sagtest du. Auch das war streng genommen nicht gelogen, denn sie war ja aus Versehen kaputtgegangen. Vorhin im Präsidium, da bin ich mir vorgekommen wie damals beim Direx. Du bist sämtlichen Fragen einfach ausgewichen."

Er sah seinen Freund an. Ihre Blicke trafen sich, wenn auch nur für einen Wimpernschlag. „Ich muss dich das fragen, Tony. Was verschweigst du denen?"

Nick hatte mit allem gerechnet, mit Ausflüchten oder mit Beschimpfungen, dass er doch nicht alle Tassen im Schrank habe. Aber Tony sagte nur: „Darf ich dir nicht sagen, Nick." Dann wandte er sich abrupt ab und starrte aufs Neue aus dem Seitenfenster.

20. KAPITEL

Omaha, Nebraska

Gibson hatte gar nicht mitbekommen, dass er schon seit Stunden vor seinem Laptop saß. Das Spiel hatte begonnen und war längst zu Ende, und er hatte die ganze Zeit auf den Bildschirm gestarrt, aber nicht teilgenommen. Es war das erste Mal, dass er nicht mitgespielt hatte.

Er hörte, wie unten die Haustür ins Schloss fiel, und sah auf die Zeitanzeige in der Taskleiste. 17:25 Uhr, fast halb sechs! Mom würde stinksauer sein und ihm Vorträge halten, dass er sich nicht dauernd in seiner Bude verschanzen solle. Dass er sonst zum Eigenbrötler würde wie Emily Dickinson und einmal sterben werde, ohne dass ihn je einer richtig gekannt habe. Zur Zeit musste gerade die arme, alte Emily herhalten, weil im Literaturkurs des Sommerkollegs, das seine Mom besuchte, tote Dichter durchgenommen wurden. Vor ein paar Wochen noch war ein vierzehnjähriger palästinensischer Selbstmordattentäter dran gewesen. Nach Aussage der gramgebeugten Eltern ein eher schweigsamer Junge, klug und in sich gekehrt – bis er mit einem Sprengstoffgürtel am Leib in ein israelisches Café marschierte, sich dort in die Luft sprengte und fünfzehn unschuldige Gäste mit in den Tod riss. Im Schnitt kam seine Mom etwa alle vierzehn Tage mit einem neuen schlechten Vorbild um die Ecke.

Als sein Vater noch lebte, da war sie ganz anders gewesen. Jetzt regte sie sich über jede Kleinigkeit auf, wegen jedem Blödsinn. Sie war so nervös und verkrampft, dass sie nie eine Entscheidung treffen konnte und in einer Tour flennte, inzwischen vielleicht nicht mehr ganz so schlimm wie am Anfang. Seit sie das Mittel gegen Depression nahm.

Zu Lebzeiten seines Vaters, das wusste Gibson genau, da hatte sie nie geheult. Vielleicht lag das an der Art, mit der Dad ihnen allen Geborgenheit zu vermitteln verstand. Solange er da war, brauchte man keine Angst zu haben. Er passte schon auf. Er war der stärkste und selbstbewussteste ... ach was, der beste Mensch, den Gibson jemals gekannt hatte.

Und dieser Meinung war er nicht etwa deshalb, weil sein Dad seine platten Fahrradreifen flickte oder sich nicht gescheut hatte, Gibsons faschistoidem Englischlehrer beizubiegen, sie, die Schüler, bräuchten mehr Zeit bei den Klassenarbeiten. Nein, es war einfach, dass man sich in seiner Nähe keine Sorgen machen musste. Schlicht und einfach das Gefühl, glücklich zu sein – etwas, das Gibson seit langem vermisste.

Denn eines Tages war seinem Dad nichts Besseres eingefallen, als einem besoffenen Autofahrer vor die Karre zulaufen und sich totfahren zu lassen. Das war der Moment, in dem Monsignore O'Sullivan damit anfing, Gibson in sein Dienstzimmer zu bestellen, immer unter dem Vorwand, er mache sich seinetwegen Sorgen und wolle sich bloß überzeugen, dass auch alles in Ordnung sei mit ihm. Danach musste Gibson mit ihm beten. Zusammen leierten sie das Vaterunser runter, und hinterher blubberte der Monsignore ihm vor, wie sehr er ihm am Herzen liege. Dabei kam er ihm so nahe, dass Gibson seine Alkoholfahne riechen konnte, und begrabbelte ihm den Hals und die Schultern und später dann nicht nur das. Beim ersten Mal hatte Gibson gar nicht gerafft, wie ihm überhaupt geschah.

Er schüttelte den Kopf und stieß sich von seinem Schreibtisch ab. Er wollte nicht mehr an die Sache denken. Das Ganze war schlicht eine Sauerei gewesen, egal, was der Schweinepriester laberte. So etwas gehörte sich nicht! Und das wusste der Drecksack auch! Warum sonst hätte er Gibson dazu verdonnert, bloß keiner Menschenseele etwas zu sagen? Aber selbst, wenn er es gewagt hätte – an wen hätte er sich denn wenden sollen? Wer hätte ihm geglaubt? Niemand. Bis dann der „SinEater" aufgetaucht war.

Das Bersten von Feuerwerkskörpern drang an sein Ohr. Offenbar ballerte da jemand Knallfrösche in der Gegend ab, irgendwo weiter unten, am Ende der Straße. Tyler und dessen Freunde vielleicht. Fast hätte Gibson vergessen, dass morgen der 4. Juli war! Früher war das immer sein Lieblingsfeiertag gewesen. Jetzt verband er den Unabhängigkeitstag lediglich mit Lärm, der ihn nur noch nervte.

21. KAPITEL

Omaha, Nebraska

Nick ließ sich seine Erleichterung nicht anmerken, als Jill, noch immer in Hochstimmung von der Feier, in den BMW kletterte, in dem sich schon vier ihrer Freundinnen aus alten Studienzeiten drängelten. So aufgedreht hatte er seine Verlobte noch nie erlebt. Er winkte ihr nach, als der Wagen hupend davon fuhr.

„Sieht so aus, als müsstest du heute Abend mit mir vorlieb nehmen“, sagte Christine, die in diesem Moment aus dem elterlichen Farmhaus kam. Sie ließ die Fliegentür hinter sich zufallen, trat auf die Veranda hinaus und reichte ihrem Bruder eine der beiden langhalsigen Bierflaschen, die sie in den Händen hielt.

Er rutschte zur Seite und machte ihr Platz auf der alten hölzernen Hollywoodschaukel, die sich daraufhin quietschend in Bewegung setzte. Das Bier war kalt, das Glas so beschlagen, dass seine Finger feucht wurden – genau das, was er jetzt brauchte. Er hatte schon fast die halbe Flasche in einem Zug geleert, als Christine ihn ansah.

„Ist doch hoffentlich keine Zumutung, den Abend mit der großen Schwester zu verbringen, oder?“

„War ein langer Tag“, erwiderte er, wobei er die Bierflasche zwischen seinen Handflächen rollte und zusah, wie das bernsteinbraune Gebräu schäumend gegen die Innenwände schwappte. „Wie wär’s, wenn ich dich und Timmy zu ’ner Pizza einladen würde? Und Mom natürlich.“

„Du kannst sie von mir aus ja fragen, aber ich glaube, die ist todmüde. Und Timmy ist mit ein paar Freunden ins Kino.“

„Was guckt er sich denn an?"

„Was weiß ich. Ist mir auch ziemlich egal. Hauptsache, er unternimmt etwas mit seinen Kumpels. Der hockt mir viel zu viel allein in seiner Bude vor seinem PC."

Nick musterte seine Schwester von der Seite. Es war mit Sicherheit kein Zuckerschlecken, einen halbwüchsigen Bengel ohne den Vater großzuziehen. Christine mochte sich ja über so manches aufregen, doch über Timmy schimpfte sie eher selten. Nachdem ihr Göttergatte Bruce zum zweiten Mal fremdgegangen war, hatte sie den Kerl vor die Tür gesetzt, diesmal allerdings ohne das Trara und die Gefühlsdramen des ersten Rausschmisses. Fast schien es, als hätte Christine damit gerechnet, dass er's nicht würde lassen können.

Doch manchmal fragte Nick sich, ob der emotionale Nackenschlag wohl noch kommen würde, wie ein verspäteter Schock, der seine Schwester erst lange nach dem Knall umhauen würde. Christine neigte dazu, impulsiv zu reagieren, ohne großes Nachdenken und oft auch, ohne sich die Folgen vorher zu überlegen. Hoffentlich galt das nicht auch im Bezug auf Bruce. Andererseits: Konnte er sich ein Urteil erlauben? Ein Experte für Beziehungen war er ja nun weiß Gott nicht. Sonst würde er jetzt bestimmt nicht, obwohl er sich gerade frisch verlobt hatte, vor dem Haus seiner Eltern sitzen und seine Schwester zu einer Pizza einladen. An einem Samstagabend!

„Wie lief es denn mit Vater Tony?"

„Fragst du als meine Schwester oder als Reporterin?"

„Nun hab dich mal nicht so, kleiner Bruder", gab Christine mit gespielter Empörung zurück. „Es heißt, der Monsignore sei ermordet worden."

„Wo hast du das denn schon wieder her?“

Sie sah sie ihn an und verdrehte die Augen. „Hör mal, schließlich arbeite ich für die auflagenstärkste Zeitung in ganz Nebraska.“

„Was zu meiner Ausgangsfrage zurückführt. Fragst du aus privater oder beruflicher Neugier?“

„Mir stünden doch ganz andere Quellen zur Verfügung, wenn ich mehr über die Sache wissen wollte. Also stell dich nicht so an. Es ist schließlich vier Jahre her.“

Nick nahm noch einen Schluck, wobei er seine Schwester aus den Augenwinkeln musterte und ihr auf diese Weise zu verstehen gab, dass es so einfach nicht war, „Schwamm drüber“ zu sagen und zur Tagesordnung überzugehen. Damals, vor jetzt fast vier Jahren, als er noch Sheriff in Platte City war, da hatte sie die Ermittlungen ihres Bruders in einem Mordfall ernsthaft gefährdet, nur um einen Aufmacher zu landen und damit ihr Name unter der Schlagzeile stand.

„Die haben Tony bloß ein paar Fragen gestellt“, brummte er schließlich.

„Einfach nur Fragen? Du meinst, wer dem armen Monsignore denn wohl ans Leder wollte und so?“

„So ungefähr.“

Sie bedachte ihn mit einem Kopfschütteln und schien zu akzeptieren, dass wohl nicht mehr aus ihm herauszuholen war. Nick prostete ihr zu und nahm noch einen Schluck. Sie kannten einander eben zu gut. Wann hatte das eigentlich angefangen, dass alles und jedes zwischen ihnen zu einer Art Katz-und-Maus-Spiel ausartete? Zwei Schritte vor, drei zurück, so pflegte sein Vater das immer zu kommentieren, obwohl Nick seinerzeit nicht gewusst hatte, was der wohl damit meinen mochte. Antonio Morrelli war eine Koryphäe im Erfinden von Denkspielen – damals, wohlgemerkt. Mittlerweile gab's für den alten Herrn nicht mehr viel auszuknobeln. Nach einem schweren Schlaganfall ans Bett gefesselt, konnte er weder sprechen noch sich bewegen, und mitzuteilen vermochte er sich allein durch Blicke.

„Im Grunde dürfte ich dir ja nichts davon sagen …" Christine machte bewusst eine Pause, um sich der Aufmerksamkeit ihres Bruders zu versichern. „Wir recherchieren gerade für eine Story über die Erzdiözese Omaha. Da spielt natürlich auch O'Sullivan eine Rolle."

Ihre Andeutung verfehlte ihre Wirkung keineswegs. Unwillkürlich fragte sich Nick, ob es dabei um die gleiche Sache ging, über die Tony Stillschweigen bewahren wollte.

„Inwiefern?" Er bemühte sich, die Frage eher beiläufig klingen zu lassen, so, als interessiere ihn das alles nicht wirklich.

„Na, wie wohl? Die Sache belastet die katholische Kirche doch schon die ganzen letzten Jahre, landauf, landab!"

„Du meinst, der fromme Monsignore könne sich an kleine Jungs herangemacht haben?"

„Menschenskind, nicht so laut!" zischte Christine und warf einen Blick in Richtung Verandatür. „Wenn Mom spitz kriegt, dass ich der Kirche am Zeuge flicke, dann zündet sie auf Wochen hinaus Kerzen für mein Seelenheil an." Sie nippte an ihrer Bierflasche. „Was uns bis jetzt vorliegt, sind überwiegend Spekulationen oder Gerüchte", fuhr sie fort. „Weil sich keiner traut, an die Öffentlichkeit zu gehen."

„Vielleicht deshalb, weil's eben nur Gemunkel ist." Nick

pflegte eine gewisse Verachtung für Medien und ihre Sensationsheischerei, auch wenn seine Schwester Teil jener verrückten Welt war. Und es nervte ihn gewaltig, dass sie offenbar nichts dabei zu finden schien, O'Sullivans Tod als Indiz für etwas zu nehmen, das seiner Meinung nach in die Kategorie Gerüchteküche gehörte. Als Beleg für irgendeine Story, die sie gerade zusammenstoppelte. War sie denn aus dem Schaden, den sie vor Jahren angerichtet hatte, kein bisschen klüger geworden?

„Wo Rauch ist, ist gewöhnlich auch Feuer."

„Und zuweilen wird Feuer von Leuten gelegt, die der Meinung sind, sich für irgendwas rächen zu müssen", konterte er.

„Es heißt, O'Sullivan sollte Geheimdokumente nach Rom bringen. Und genau die sind plötzlich unauffindbar."

Seine Verblüffung stand ihm wohl so deutlich ins Gesicht geschrieben, dass Christine ihn triumphierend ansah und nickte, als wolle sie sagen: „Siehst du? Da haben wir's!"

„Was für Dokumente denn?"

„Hat die Polizei dazu nichts gesagt?"

„Die haben Tony lediglich gefragt, ob O'Sullivan irgendwas im Auftrag von Erzbischof Armstrong beim Vatikan abliefern sollte. Und ob Tony etwas von einer braunen Aktenmappe wüsste."

„Sag bloß. Dann scheinen die Papiere tatsächlich verschwunden zu sein."

„Was für Papiere denn?"

Sie zögerte, als müsse sie überlegen, was sie preisgeben durfte und was nicht.

„Es sind beileibe nicht nur Gerüchte," fuhr sie schließlich mit gedämpfter Stimme fort. „Es gab tatsächlich Anschuldigungen gegen O'Sullivan, allerdings nicht bei der Polizei, sondern nur beim Erzbischof." Ihr Blick glitt wieder zur Tür, als fürchte sie immer noch, ihre Mutter könne sie belauschen. „Es wurden eidesstattliche Erklärungen unterzeichnet, Geldbeträge gezahlt, Vereinbarungen getroffen. Und das alles unter dem Siegel der Verschwiegenheit."

„Und wie bist du dann dahinter gekommen?"

„Wenn eine Seite ihre Versprechen bricht, dann fühlt sich auch die andere nicht mehr daran gebunden. Sagen wir's mal so: Armstrong hält sich nicht an seinen Teil der Abmachung."

„Warum jagt er dann nicht kurzerhand alle angeblichen Belege durch den Reißwolf? Warum sollte er sich stattdessen die Mühe machen, den ganzen Kram in den Vatikan zu schaffen?" Nick wusste nicht recht, was er von der Sache halten sollte. Ihm klang das zu sehr nach Verschwörungstheorie.

„Das solltest du eigentlich wissen, Nicky. Die Vernichtung solcher Unterlagen verstößt gegen die Bestimmungen." Christine ließ ein überlegenes Grinsen aufblitzen, wurde aber gleich wieder ernst. „Als der *Boston Globe* mit seinen Recherchen über Kardinal Law und die Bostoner Erzdiözese begann, da stellte sich heraus, dass die Bischöfe angewiesen waren, sämtliche einschlägigen Unterlagen zur Aufbewahrung an den Vatikan zu schicken. Der genießt nämlich Immunität."

„Und das, meinst du, läuft jetzt hier ab? Hier bei uns in Omaha?"

Wieder grinste sie wissend und nippte schulterzuckend an ihrer Bierflasche.

Vielleicht war an der Geschichte ja doch mehr dran, als er anfangs gemeint hatte. Und vielleicht war das der Grund für Tonys Schweigen während der Rückfahrt. Er war loyal bis auf die Knochen, vor allem natürlich gegenüber der Kirche. Allerdings müsste er wissen, dass sein Freund das nicht auf sich beruhen lassen würde, falls es nur den geringsten Anhaltspunkt dafür gab, dass die Vorwürfe möglicherweise zutrafen. Und zudem würde Tony niemals einen Kinderschänder decken – selbst wenn der sein Amtsbruder und Vorgesetzter war.

„Was meinst du, ob Tony wohl davon weiß?" fragte Nick.

„Das würde ich auch gern wissen", seufzte sie.

22. *KAPITEL*

Washington, D.C.

Gwen wurde das Gefühl nicht los, dass ihr jemand folgte. Den Blick auf den Rückspiegel geheftet, bog sie auf den winzigen Parkplatz hinter Mr. Lees Feinkostmarkt ein. Was für ein Glück, eine der vier Parkbuchten war tatsächlich frei. Drei Mal war sie um den Häuserblock gekurvt, und der schwarze Kombi war die ganze Zeit hinter ihr geblieben. Bis eben. Jetzt war er plötzlich weg. *Siehst du etwa Gespenster?*

Wegen der dunkel getönten Frontscheibe war der Fahrer nicht zu erkennen gewesen. Nur als sie an der letzten Kreuzung links abgebogen war, hatte sie gemeint, kurz die Umrisse einer Männergestalt zu erspähen. Samstagabends herrschte ein Wahnsinnsverkehr in der Stadt, an einem Feiertagswochenende erst recht. Und besonders in diesem Viertel mit all den kleinen Läden musste man zuweilen erst etliche Runden ums Karree drehen, ehe man eine Lücke fand. Vermutlich war's genau das, dachte Gwen, da suchte nur jemand einen Parkplatz. Trotzdem blieb sie noch eine Weile im Wagen sitzen, nachdem sie den Motor abgestellt hatte, und beobachtete im Rück- und Seitenspiegel die Einfahrt.

Der Killer hatte keinen Grund, ihr nachzufahren. Mittlerweile musste er eigentlich wissen, dass seine Drohungen den gewünschten Erfolg zeigten und sie tat, was er von ihr verlangte. Sie hatte sämtliche Anweisungen ausgeführt und bei seiner perversen Schnitzeljagd mitgespielt. Wieso sollte er auf den Gedanken kommen, sie würde nun auf einmal zur Polizei rennen?

Das letzte Puzzleteil unterschied sich allerdings von den bisherigen. Bislang hatte er ihr Instruktionen zukommen lassen, Karten, Hinweise und sogar ein Handy, um sie so zu lotsen und zu dirigieren, dass sie auf die Opfer stoßen musste. Ihrer Auffassung nach wollte er ihr demonstrieren, was er getan hatte und wozu er imstande war. Aber wieso hatte er ihr jetzt einen einzelnen Ohrring geschickt? Unwillkürlich drängte sich ihr die Frage auf, ob sein jüngstes Opfer vielleicht noch lebte. Und war das Schmuckstück dann nur grausamer Hohn, oder wollte er ihr eine Gelegenheit bieten, ihm das Handwerk zu legen?

Gwen drehte sich auf ihrem Sitz um und spähte durch die Rückscheibe, konnte jedoch nirgendwo einen Kombi mit getönter Frontscheibe ausmachen. Offenbar hatte ihr ihre Fantasie einen Streich gespielt.

Ihr Blick fiel auf den Umschlag auf dem Beifahrersitz. Daneben lag, ebenfalls in einem durchsichtigen Plastikbeutel, das Wasserglas, aus dem Rubin Nash während ihrer Sitzung heute getrunken hatte. Vor dem Verlassen der Praxis hatte sie Benny Hassert angerufen, der in einem unabhängigen Labor arbeitete, und ihm angekündigt, dass sie auf dem Heimweg dort vorbeikommen würde. Benny hatte sich bereit erklärt, die beiden Gegenstände ganz oben auf seine Dringlichkeitsliste zu setzen. Er war schon daran gewöhnt, dass sie ihm alles Mögliche anschleppte, angefangen bei menschlichen Speichelabstrichen für DNA-Analysen bis hin zu Bodenproben. Danach, ob auch dieser Auftrag im Rahmen einer ihrer Ermittlungen für das FBI erfolgte, hatte er nicht gefragt. Das Entscheidende war, dass sie sich die Befunde am Montag abholen konnte. Dann würde sich herausstellen, ob die Fingerabdrücke auf dem Kuvert mit denen auf dem Wasserglas übereinstimmten, und ob Rubin Nash der Mann war, den sie suchte.

Und wenn es tatsächlich Nash sein sollte, dann hätte sie etwas Konkretes in der Hand, etwas, das sie Maggie übergeben konnte. Sie würde einen Weg finden, die ärztliche Schweigepflicht zum umgehen. Wenn der Mann ein gemeingefährlicher Killer war, dann gehörte er aus dem Verkehr gezogen, bevor er noch weiteren Frauen etwas antun konnte. Oder ihrem Vater.

Gwen sah sich noch einmal um, bevor sie ausstieg. Kein Kombi zu sehen. Offenkundig hatte sie sich getäuscht. Sie brauchte Abstand, sollte zur Abwechslung mal ordentlich ausschlafen, sagte sie sich. In Mr. Lees Laden steuerte sie deshalb als Erstes das Weinregal an, um nach einem guten Chardonnay Ausschau zu halten. Der würde sie beruhigen und müde machen.

Die Düfte von Ingwer, Knoblauch und frischgebackenem Brot stiegen ihr in die Nase. Sie hätte wahrlich kein Diplom in Psychologie gebraucht, um zu wissen, dass Essen nicht nur der reinen Nahrungsaufnahme diente, sondern auch Trost spendete. Ob sie wohl deshalb so leidenschaftlich gern kochte, sowohl für sich selbst als auch für Gäste? Diesen Zug verdankte sie ihrer italienischstämmigen Mutter, für die Mahlzeiten stets fröhliche und genussvolle Ereignisse waren. Streitgespräche bei Tisch waren grundsätzlich tabu, und jedermann, etwaige Besucher eingeschlossen, wurde an der Zubereitung beteiligt. Fast jedes wichtige Gespräch, das Gwen jemals mit ihren Eltern geführt hatte, hatte während des Essens stattgefunden. Kein Wunder also, dass die Familie gerade bei den Vorbereitungen für ihre berühmte gefüllte Cannoli war, als Gwen ihren Vater dazu bewegen konnte, sie nach New York aufs College gehen zu lassen.

Ihre Mom hatte ihr damals stillschweigend den Rücken gestärkt, ohne jedoch vorauszusehen, dass ihre Tochter nicht wieder zurückkehren und auch nicht in die Praxis ihres Vaters einsteigen würde.

Erst nachdem sie ihren Doktor gemacht hatte, begriff Gwen, welch hohe Schule des Schlichtens und Vermittelns die Mahlzeiten ihrer Mutter gewesen waren. Ab und zu hatte sie diese Methode sogar dem einen oder anderen ihrer Klienten empfohlen, vor allem denen, die ein Faible für Rituale hatten. Gab es zum Beispiel Probleme mit dem Partner, dann riet sie dazu, das Ungeklärte bei einem gemeinsamen Essen zur Sprache zu bringen.

„Tag, Doc! Na, wie stehen die Aktien?“ Mr. Lee stand hinter der Fleisch- und Käsetheke und schnitt gerade einen wurstartigen Batzen in Scheiben, allem Anschein nach Corned Beef.

„Ich brauche etwas Mozzarella.“ sagte Gwen. „Vom Büffel.“

„Ja, habe ich da. Und ich tue Ihnen auch noch etwas Knoblauchbutter dazu. Hab ich gerade gemacht. Frisch. Ordentlich Knoblauch, ganz nach Ihrem Geschmack.“

„Hört sich ja wunderbar an.“ Gwen lächelte ihm zu, denn sie genoss es sehr, dass ein Mann ihre Vorlieben und Bedürfnisse kannte. Da konnte er ruhig einundachtzig sein und einen ganzen Kopf kleiner als sie, dazu geplagt mit einer eifersüchtigen Ehefrau, die ihm ständig vorhielt, er schäkere mit seinen Kundinnen.

Wie immer schlurfte er nun nach hinten in seinen Lagerraum, ganz so, als nehme er das Gewünschte aus der privaten Reserve und nicht von der vorne im Laden ausliegenden Ware. Die sah zwar gleichermaßen lecker und frisch aus, aber hinten verpackte er seine Köstlichkeiten in kleine Tupperwares. So kam man sich stets vor, als nehme man eine Portion Selbstgemachtes von einem Verwandten oder Freund mit nach Hause und musste die Plastikbehälter natürlich brav wieder zurückbringen.

Während sie wartete, schaute Gwen sich im Laden um, auf der Suche nach einer weiteren Leckerei, die dazu beitragen konnte, ihre Stimmung zu heben. Dabei streifte ihr Blick zufällig eine Frau, die sich im gleichen Moment umdrehte und hinter einer Stellage verschwand.

„Dena?“ rief Gwen, blieb aber stehen wo sie war.

Es dauerte eine Weile, bis Dena hinter dem Regal hervorkam, und hektisches Rot färbte ihre blassen Wangen, als habe man sie an einem Ort ertappt, an dem sie nichts verloren hatte.

„Hi, Dr. Patterson! War mir doch gleich so, als hätte ich Sie gesehen.“ Mit einer ruckartigen Kopfbewegung schnippte sie sich das widerspenstige Haar aus den Augen, als hätte es an dieser Strähne gelegen, dass sie ihre Chefin nicht gleich erkannt hatte.

„Hab gar nicht gewusst, dass Sie hier einkaufen“, bekundete Gwen, wobei ihr auffiel, dass Denas Einkaufskorb mit mehreren Käsesorten gefüllt war, dazu mit einer Flasche Wein und Trüffelpralinen – eine Mischung, wie man sie für einen romantischen Abend zusammenstellen würde. Soweit Gwen es jedoch beurteilen konnte, war Dena allem Anschein nach nicht liiert. Oder vielleicht doch? Gwen sah nämlich, wie sie nervös über die Schulter spähte.

„Ach, mir fiel ein, dass Sie in höchsten Tönen von dem Laden geschwärmt hatten“, haspelte Dena. Und als schulde sie ihrer

Chefin eine Erklärung, fügte sie etwas leiser hinzu: „Ich hab doch seit kurzem 'nen Neuen!"

„Da sind Sie hier genau richtig." Gwen ertappte sich dabei, einen flüchtigen Blick in die Richtung werfen zu wollen, in die Dena eben gesehen hatte.

„Kann man wohl sagen. Echt Spitze, der Laden. Aber ich hab's ein wenig eilig." Sie trat den Rückzug an. „Dann also bis Montag."

„Schönes Wochenende!" rief Gwen ihr noch nach, doch da war das Mädchen bereits wieder um die Regalecke verschwunden.

War es Dena etwa unangenehm, ihr ein Stück ihres Privatlebens preiszugeben? Andererseits: Gwen wusste wohl, dass sie zu dieser Befangenheit selbst beigetragen hatte. Eine Art persönliche Beziehung zu ihrer Bürokraft hatte sie ganz bewusst vermieden und ihr kaum etwas Privates offenbart.

Es stand Dena frei, dort einzukaufen, wo sie wollte. Wozu also brauchte sie eine Ausrede? *Warum hat sie dir vorgeflunkert, du hättest ihr von Mr. Lees Delikatessenmarkt erzählt?*

23. KAPITEL

Samstagabend
Columbia, Missouri

Vater Gerald Kincaid entschuldigte sich und wandte sich von dem plaudernden Damenkränzchen ab. Wenn die Frauen ihren Ehemännern und Kindern nur halb so viel Aufmerksamkeit schenken würden wie ihm, dachte er bei sich, dann hätten sie auch weniger Grund zum Klagen. Kein Zweifel, das war ein Teufelskreis.

Allerdings genoss er ihre Zuwendung durchaus. Es tat gut, wieder gefragt zu sein. Er wusste, aus ihren Schwächen, ihren Verfehlungen, ihren Sünden ließen sich für ihn Kraft und Energie gewinnen. Möglicherweise brauchte er sie ebenso sehr wie sie ihn.

Offiziell galt die Feier dem fünfundzwanzigjährigen Bestehen der „All Saints Catholic Church", aber von manchem wurde sie sicher auch als vorgezogene Unabhängigkeitstagsparty gesehen. Für ihn gab es noch einen weiteren Anlass. Genau heute vor sechs Monaten hatte Vater Kincaid hier nämlich sein Amt wieder aufgenommen, nach seiner unumgänglich gewordenen Beurlaubung. Das halbe Jahr Atempause hatte ihm gut getan. Obschon die Sonne von New Mexico ihm die Haut ausgedörrt hatte, waren seine Gastgeber, die „Diener des Heiligen Geistes", doch gütig und generös gewesen. Nunmehr war er bereit, wieder an die Arbeit zu gehen. Ja, er brannte förmlich darauf, sich seinen Schäfchen hingebungsvoll zu widmen.

Er schlenderte über den belebten Parkplatz und begrüßte

jedermann mit Namen. Die Überraschung auf den Gesichtern, das Staunen über sein Namensgedächtnis, sie waren das selbst auferlegte Gedächtnistraining allemal wert.

Die gesamte Gemeinde hatte zwei Tage lang Hand angelegt, um den Parkplatz und das Spielgelände in einen bunten Jahrmarkt zu verwandeln. Es gab fahrbare Stände mit allen möglichen Leckereien, von frittierten Waffeln und Zuckerwatte bis hin zu Softeis und Hot Dogs im Maisteigmantel. Spielbuden säumten die hintere Parkplatzseite, und der örtliche Baumarkt hatte sogar ein „Fun House“ aufgebaut, eine Art Labyrinth aus unterschiedlich gebogenen Spiegeln, die lustige Zerrbilder hervorriefen. In der Sommerbrise tanzten knatternde Flatterbänder und bunte Luftballons, von denen sich einige losrissen und in den wolkenlosen Himmel entschwebten. Eine vierköpfige Jazzcombo, bestehend aus zwei Gemeindemitgliedern sowie dem Diakon nebst Filius, war dicht umlagert, auch wenn sich der Verdacht aufdrängte, dass ihre Popularität wohl auch auf der unmittelbaren Nähe zum Backwarenstand beruhte, den die Frauen- und Müttergemeinschaft dort organisiert hatte.

Auf den Rasenflächen hatten Familien ihre Decken ausgebreitet und ihre Picknicksachen ausgepackt, um dem Feuerwerk beizuwohnen, das kurz nach Einbruch der Dunkelheit losgehen sollte. Die Jüngsten wirbelten bereits mit Leuchtschwertern herum und veranstalteten schon mal ihre eigene Lightshow. Ganz hinten, am entlegensten Ende des Parkplatzes, lümmelten sich ein paar von den Halbwüchsigen auf den Motorhauben der Limousinen.

Auf der angrenzenden Wiese bolzte eine Schar Jungen mit einem Ball herum. Obwohl Vater Gerald noch Einiges zu erledigen hatte, zogen die pubertierenden Bengel ihn doch wie magisch an. In ihrer Nähe fühlte er sich am wohlsten. Das lag, so glaubte er nach wie vor, in erster Linie daran, dass seine eigene Kindheit ein so abruptes Ende gefunden hatte. Ja, wenn seine Mutter ihm erlaubt hätte, die High School abzuschließen. So wie all seine Klassenkameraden! Aber nein, sie musste ihn unbedingt zwei Jahre früher aufs Priesterseminar schicken. Ja, wenn …

Der Umgang mit den Jungen gab ihm das Gefühl, wieder jung zu sein, und schien ihn für das, was er als Kind verpasst hatte, zu entschädigen. Ihre Nähe wirkte auf ihn wie eine Verjüngungskur. So hatte er versucht, es Dr. Marik zu erklären, doch der alte Knabe hatte das nicht begriffen. Vermutlich wollte er es auch gar nicht verstehen. Stattdessen hatte er Berichte in glühenden Formulierungen verfasst, um damit Kardinal Rose zu beglücken.

Zwei der Jungen winkten Vater Gerald zu, woraufhin der in Laufschritt verfiel. Irgendjemand warf ihm den Ball zu, und nach mehreren Sprints und einigen Pässen fand er sich plötzlich am Boden wieder, über sich einen Haufen kreischender, balgender Bengel. Sean Harris lag laut lachend quer über ihm, und er spürte dessen warmes, festes Gesäß an seinen Lenden. Und ungeachtet, dass ihm der eine den Ellbogen in die Seite rammte und der andere ihm den Fuß übers Gesicht schrappte, presste er seine Erektion vorsichtig gegen Seans Pobacken. Gerade noch rechtzeitig, bevor er die Kontrolle über sich verlor, schüttelte er den Jungen mit dem strohblonden Schopf und dem Grübchen über dem rechten Mundwinkel von sich ab und setzte sich auf, bemüht, dass niemand die Ausbeulung zwischen seinen Beinen bemerkte. Dann bat er Sean Harris, ihm nach dem Feuerwerk beim Aufräumen zu helfen.

Soweit er wusste, hatte Seans Vater erst kürzlich seine Stelle verloren. Die Familie war knapp bei Kasse, und die zwanzig Dollar, die er dem Jungen für den kleinen Gefallen geben würde, wären bestimmt sehr willkommen. Seine Mutter wäre sicher damit einverstanden, wenn er ihn dann anschließend mit seinem Wagen nach Hause führe.

Er mischte sich wieder unter die Leute, die bereits unter „Ohs“ und „Ahs“ das Feuerwerk bestaunten, die Gesichter himmelwärts gerichtet, hinauf zu dem Lichtspektakel, das in diesem Moment begonnen hatte. Die Szenerie wurde allein von den Explosionen der Feuerwerkskörper illuminiert, alle anderen Lichter, selbst die Parkplatzbeleuchtung, waren ausgeschaltet.

Behutsam stakste Vater Kincaid über etliche Deckenzipfel, darauf bedacht, niemandem auf die Füße zu treten. Die Lichtblitze ließen alles seltsam verzerrt erscheinen und irritierten ihn. Er stolperte über eine Kühlbox, wehrte die Entschuldigung des Eigentümers mit einem Wink ab und kollidierte dann auch noch mit einem Grüppchen Jungen, die sich der besseren Sicht wegen nach vorne drängten.

„Entschuldigung, Vater!“ rief einer von ihnen fröhlich.

Die Donnerschläge folgten jetzt Schlag auf Schlag, und Vater Gerald spürte die Druckwellen der Explosionen. Endlich hatte er's fast durch die Menschenmenge geschafft, da stieß er schon wieder mit jemandem zusammen, diesmal indes mit voller Wucht und ohne ein Wort der Entschuldigung. Der Zusammenprall war so heftig gewesen, dass ihm glatt die Luft wegblieb. Nach Atem ringend griff sich Vater Gerald an die Brust. Seine

Finger, die Hand, alles war plötzlich klebrig und nass. Nur sah er nichts in der Dunkelheit.

Wieder flammte der Himmel auf, und da entdeckte Vater Kincaid den Fleck, der sich vorn auf seinem Hemd ausbreitete. Ein stechender Schmerz raste ihm durch den Leib. Wann, fuhr es ihm durch den Kopf, bist du denn in die Knie gesunken? Das Krachen und Bersten verschwand zunehmend in der Ferne.

Das Feuerwerk war noch gar nicht vorbei, und trotzdem war um Vater Gerald herum alles schwarz.

24. KAPITEL

Sonntag, 4. Juli
Interstate 95

Sie waren schon fast zwei Stunden unterwegs, als Maggie auffiel, dass sie und Julia Racine den Fall ohne jede Meinungsverschiedenheiten diskutierten, ohne Seitenhiebe oder Rivalität. Racine war sogar einverstanden gewesen, dass Harvey mitfuhr. Sie hatte ihm die Rückbank ihres Nissan G35 Coupé zur Verfügung gestellt, und zwar ohne angesichts seiner Riesenpfoten auf ihren makellosen Lederbezügen auch nur eine Miene zu verziehen.

Zunächst hatte Maggie geglaubt, das sei nur Theater, um sie für sich einzunehmen. Allerdings wusste sie auch, dass es Julia Racine an Geduld und Höflichkeit mangelte, um etwas, das ihr gegen den Strich ging, einfach großzügig zu übersehen. Und ein Labrador-Retriever in einem Vierzigtausend-Dollar-Schlitten war recht schwer zu übersehen, auch wenn er schlief.

„Was sagen Sie – wie viele Punkte geben Sie dem Typ auf Ihrer Durchgeknallten-Skala?"

„Auf der Durchgeknallten-Skala?"

„Kommen Sie! Sie haben doch schon so manches perverse Miststück am Arsch gekriegt!" Dann lachte sie plötzlich auf. „Entschuldigen Sie meine Ausdrucksweise. Ich gebe mir zwar alle Mühe, mich zu bremsen, aber selbst Daddy ist der Meinung, ich hätte eine nicht so feine Gossenschnauze. Nun, was meinen Sie, gehört er eher in die Kategorie von Simon Shelby oder in die von Albert Stucky?"

Die beiden Fälle, mit denen Maggie vor einiger Zeit zu tun gehabt hatte, waren recht verschieden gewesen. Shelby hatte seine Opfer getötet, um sich ihre körperlichen Gebrechen anzueignen. Er sammelte Hirntumore in Flaschen und pfropfte todkranke Herzen in Einmachgläser, um auf diese Weise eine Krankheit zu kompensieren, an der er als Kind beinahe gestorben wäre. Shelby war selbst krank, allerdings nicht körperlich, sondern geistig. Albert Stucky hingegen war einfach nur bösartig gewesen. Zumindest konnte sich Maggie nicht anders erklären, warum ein Irrer seinen Opfern die Organe entfernte und diese dann in Fastfoodschachteln verpackt einfach irgendwo ablegte, bis jemand sie entdeckte.

Bei Serienkillern gehörte zur Täteranalyse ein bisschen mehr, als den Mörder nur zu klassifizieren, um dann wie bei einer Schachpartie seinen nächsten Zug vorauszuberechnen. Man musste vielmehr die Fähigkeit haben, sich in seine Gedankengänge hineinzuversetzen und in die finstersten Winkel seines Hirns vorzudringen.

„Es gibt da keine einfache Typologisierung“, versuchte sie schließlich Racines Frage zu beantworten.

„Okay, aber helfen Sie mir trotzdem mal auf die Sprünge. Was ist das für ein Irrer, der Frauen erwürgt und ihnen anschließend den Kopf absäbelt? Was macht der Kerl da, geilt den das auf?“

„Ich glaube, bei dem hier geht's wahrscheinlich mehr um Aggression als um sexuelle Befriedigung.“

„Aggression also? Dann meinen Sie nicht, dass der sich die Torsos aufbewahrt hat, um sie zu pimpern?“

„Pimpern?“

„Klar, so wie diese aufblasbaren Sexpuppen. Nur eben ohne die Luft.“

Der Jargon und ihre Sicht der Dinge entlockten Maggie ein Schmunzeln. Sie musterte Racine von der Seite. Superschicke Designersonnenbrille, kesse Frisur, pinkfarbenes Markentanktop und Khakihosen von Ralph Lauren. Sie selbst konnte sich nicht entsinnen, jemals so schnieke, so jung und unbekümmert ausgesehen oder sich so gefühlt zu haben. Erst in jüngster Zeit war Maggie dazu übergegangen, sich ab und zu auch mal Designerklamotten zu gönnen, etwa das Paar Lederslipper, die Gwen ihr aufgeschwatzt hatte. Selbst ihr zweigeschossiges Tudorhaus in Newburgh Heights, unmittelbar am Stadtrand gelegen und erstanden mit dem Geld aus einem Treuhandfond ihres verstorbenen Vaters, war in einem Stil eingerichtet, den man wahrscheinlich als einen Mix aus traditionell und praktisch bezeichnet hätte.

Sie hielt sich für rational und diszipliniert, für beharrlich und zielstrebig. Ihrer Meinung nach lag das daran, dass sie zu schnell und zu früh hatte erwachsen werden müssen, dass sie so früh den Vater verloren und eine alkoholsüchtige und suizidgefährdete Mutter hatte, die ihre Hilfe und Pflege brauchte. Das war schon mit zarten zwölf Jahren ihr Leben gewesen.

Das bisschen, was sie an Unbekümmertheit noch besessen haben mochte, das war damals auf der Strecke geblieben. Sie hatte mehr als genug damit zu tun gehabt, der Mutter die betrunkenen Freier vom Halse zu halten, Geld für die Stromrechnung zu überweisen oder etwas zum Frühstück aufzutreiben, bevor sie morgens zur Schule aufbrach. Von ihrem ausgeprägten Pflicht- und Verantwortungsgefühl und ihrer reifen Art hatte sich später ihr Exmann Greg angezogen gefühlt. Pech, dass es ausgerechnet dieselben Charakterzüge waren, die ihn am Ende vergrault hatten. Seit dieser Zeit hatte vor allem das FBI davon profitiert.

Sie wusste, dass auch Racine früh ein Elternteil verloren hatte. Wieder etwas, das sie gemeinsam hatten. Auch sie konnte nicht gerade auf eine märchenhafte, sorglose Kindheit zurückblicken. Allerdings hatte sie in Luc Racine einen liebevollen Vater, der sie trösten und umsorgen konnte. Es war schon pure Ironie, dass Julia Racine sich so anstrengte, Maggie zu beeindrucken und ihr nachzueifern, wo doch im Grunde Maggie sie beneidete. Komisch, dachte sie, wie das Leben einem zuweilen unvermutet vors Schienbein trat, und ausgerechnet dann, wenn man sich einbildete, man habe alles im Griff. Wenn man meinte, man könne auf seine Menschenkenntnis vertrauen.

„He, hallo! Bodenstation an O'Dell! Hören Sie mich noch? Sollen wir mal anhalten und eine Pause machen, damit Sie sich die Füße vertreten können?"

Maggie merkte, dass sie in ihren Gedanken abgedrifftet war. „Nein, lassen Sie nur", winkte sie ab und wand sich in ihrem Sitz um, um nach Harvey zu sehen. Der Hund lag der Länge nach ausgestreckt und schlief.

„Sicher? Alles okay?"

„Nur etwas müde, schätze ich."

„Kurze Nacht gehabt?"

Erst als Racine sie forschend über den Rand ihrer Brille musterte, erinnerte Maggie sich an Harveys Geschlabber am Telefon, als Racine so spät noch angerufen hatte. Sie brach in schallendes Gelächter aus.

„Oh, bitte, geht mich nichts an“, brummte Racine und hob abwiegelnd die Hand, als wolle sie andeuten, schließlich habe sie es doch gar nicht so gemeint. „Geht mich wirklich nichts an.“

Maggie lachte inzwischen aus vollem Halse. Sie konnte einfach nicht anders. „Das war Harvey“, prustete sie dann.

„Was?“

„Das war Harvey, den Sie da am Telefon gehört haben.“

Racine brauchte einen Moment, bis der Groschen fiel. Maggie war, als bemerke sie ein leichtes Erröten. Wegen der Sonnenbrille war das aber schwer zu sagen. Erneut fing sie an zu lachen. Und schließlich lachte auch Julia Racine.

25. KAPITEL

Omaha, Nebraska

Tommy Pakula war sich bewusst, dass er diesmal monatelang würde Abbitte leisten müssen. Er und Clare hatten sich schon vor langer Zeit darauf geeinigt, dass der Sonntagmorgen der Familie gehören sollte. Um ihr zu zeigen, wie ernst es ihm mit der Vereinbarung war, hatte er sich bei „Saint Stanislaus" sogar als Kirchendiener zur Verfügung gestellt. Seitdem waren sie erst gemeinsam in die Frühmesse und anschließend zum Brunch gegangen. Ein Ritual, auf das er sich bereits die ganze Woche über freute.

Nur drei Mal hatte er in den Jahren seit Abschluss dieser Vereinbarung an einem Sonntagmorgen weggemusst. Das hatte Clare ihm an sich immer recht schnell verziehen, aber diesmal schien sie sich damit schwerer zu tun. Er hatte versucht, ihr zu erklären, wie wichtig dieser Termin war, und als das keine Wirkung zeigte, hatte er gewitzelt, statt in die Messe ginge er doch nur zu einer Privataudienz beim Monsignore.

Als er jetzt die graue Leiche von Monsignore William O'Sullivan betrachtete, die vor ihm auf dem stählernen Seziertisch lag, da ging ihm auf, dass in dem Witz auch ein bitteres Körnchen Wahrheit gelegen hatte. Denn hier handelte es sich tatsächlich um eine Art Zwiegespräch mit dem Toten, von dem sich Pakula Aufschluss darüber erhoffte, was sich vorgestern in der Flughafentoilette abgespielt hatte.

Martha Stofko, die Leitende Ärztin am Rechtsmedizinischen Institut von Douglas County, hatte die Leiche bereits äußerlich vermessen und Abstriche gemacht. Bevor sie den Y-Schnitt ausführte, nahm sie den Brustkorb des Priesters in Augenschein und führte, nachdem sie einige Fotos gemacht hatte, den behandschuhten Finger in den Stichkanal.

„Erklären Sie mir mal, warum das hier an einem Sonntagmorgen sein muss“ sagte sie, wobei sie den Blick hob und den Detective ansah.

„Das haben Sie Erzbischof Armstrong zu verdanken. Irgendwie hat er den Chief davon überzeugen können, dass Zweckdienlichkeit den Sonntag heiligt.“ Pakula war sich nicht sicher, ob die Forensikerin das kapierte. Sie stammte aus irgendeinem Kaff in Kalifornien und war erst kürzlich hierher übergesiedelt, hatte also nicht die geringste Vorstellung von der Macht und den Machenschaften des Erzbischofs.

„Dann ist Chief Ramsey also katholisch?“

Vielleicht blickte Stofko doch besser durch, als Pakula ihr zugetraut hatte.

„Angeblich will die Schwester des Monsignore den Verstorbenen so schnell wie möglich nach Connecticut überführen lassen.“ Pakula zuckte die Schultern. „Sie wissen doch, Martha. Ich führe nur Anweisungen aus.“

„Na, wenn das so ist, dann kommen Sie mal her und gucken Sie sich das hier an!“

Pakula sah, wie sie in der Wunde stocherte und die Hautlappen beiseite drückte. „Sehen sie den zickzackartigen Schnitt?“

„Sieht aus wie ein X.“

„Oder ein Kreuz. Eine solche Wunde entsteht gewöhnlich, wenn die Stichwaffe beim Herausziehen gedreht wird. Es war eine zweischneidige Klinge, dick in der Mitte, aber nur knapp zwei Zentimeter breit. Vermutlich kann ich Ihnen auch die Länge sagen, sobald ich die Leiche seziere und den Stichkanal freilege."

Wieder tastete sie sich in die Öffnung vor, diesmal so tief, dass ihr Zeigefinger beinahe ganz darin verschwand. „Aufwärts geführter Stoß", meldete sie. „Wenn ich den Stichkanal geöffnet habe, weiß ich mehr."

„Links- oder rechtshändig?"

„Kann ich noch nicht sagen."

Die Forensikerin sah sich die Hände und Arme des Toten an. „Offenbar keine Anzeichen, dass er sich gewehrt hätte."

„Ist mir auch schon aufgefallen", bestätigte Pakula. „Wir haben ihn vor dem Waschbecken gefunden. Ich denke, der Mörder hat sich von hinten angeschlichen und das Opfer damit überrascht."

„In dem Falle würde ich sagen, wir gehen von einem Rechtshänder aus. Vermutlich kam er von hinten oder von rechts, führte den Stoßarm um den Stehenden herum und stach dann zu, direkt unter dem untersten Rippenbogen."

„Glück? Oder woher weiß man, wo man zustechen muss, ohne auf Knochen zu treffen?"

„Die Chancen stehen fifty-fifty", erklärte die Medizinerin. „Er hat mit ziemlicher Wucht zugestoßen. Sehen Sie sich mal das Hämatom an." Sie wies auf den etwa fünf Zentimeter langen Bluterguss unter dem Einstich, eine schmale, gerade, blauviolett verfärbte Linie. „Das stammt vom Heft der Waffe."

„Lässt das vielleicht auf die Statur des Täters schließen?"

„Nicht unbedingt. Die Schnelligkeit der Bewegung ist entscheidender als Körpergröße oder Kraftaufwand. Dieser ganze Bereich hier", fuhr Stofko fort, wobei sie mit ihrer behandschuhten Rechten über den Unterleib des Toten fuhr, „ist ziemlich empfindlich. Die Haut ist das widerstandsfähigste Gewebe des menschlichen Körpers. Ist das durchstoßen, bedarf es kaum noch großer Anstrengung, um andere Organe oder anderes Gewebe zu verletzen. Dieser Abdruck erleichtert mir das Ermitteln der Messerlänge erheblich, auch wenn bei einem so wuchtigen Stoß der Stichkanal oft länger ist als die Klinge selbst. Das muss ich also ebenfalls in Betracht ziehen."

„Irgendeine Vorstellung, was für ein Messer das war?"

„In Anbetracht der langen, schmalen Klinge ist der Griff eher breit. Eine Art Dolch, würde ich spontan sagen. Und sehen Sie diese dunkle Verfärbung in der Mitte des Hämatoms?" Sie wies mit dem Finger darauf.

Pakula war überrascht, dass er die Stelle nicht früher bemerkt hatte. „Was ist das denn?"

„Auch nur eine Vermutung, aber ich könnte mir denken, dass Griff und Heft verziert waren. Durchaus denkbar, wenn es sich um einen Dolch oder Brieföffner handelt."

Die Rechtsmedizinerin öffnete nun den Brustkorb und machte sich daran, die Haut- und Fettschichten beiseite zu ziehen, wobei sie sorgsam darauf achtete, dass der Stichkanal so lange unbeschädigt blieb, bis sie ihn ebenfalls aufschneiden konnte.

Obgleich er das Knacken von Knorpel auf den Tod nicht ausstehen konnte, wandte Pakula den Blick nicht ab, sondern sah zu, wie die Ärztin die Öffnung zunächst mit wäscheklammerähnlichen Spangen sicherte und dann zu schneiden begann. Was er wissen wollte, hatte er zwar erfahren, aber er gedachte

Dr. Stofko noch ein paar Minuten Gesellschaft zu leisten und anschließend zum kriminaltechnischen Institut zu fahren. Möglicherweise hatte die Spurensicherung ja etwas gefunden, das bei der Suche nach der Identität des Täters Licht ins Dunkel bringen konnte.

Der Erzbischof sowie Bruder Sebastian hätten sich wohl mit der Annahme zufrieden gegeben, der Monsignore sei das unglückliche Opfer eines zufälligen Gewaltverbrechens geworden. Weit mehr als das Schicksal ihres Amtsbruders beschäftigte sie offenkundig die Frage, was aus der ledernen Aktenmappe geworden war. Sein Instinkt sagte Pakula, dass an diesem Mord ganz und gar nichts zufällig war. Und wenn er Recht hatte, dann ging es hier mit Sicherheit um weit größere Geheimnisse, als in der verschwundenen Tasche Platz gehabt hätten.

„Hier hab ich was Interessantes!“ meldete sich die Ärztin, womit sie Pakula aus seinen Gedanken riss.

Sie holte einen gelblichen Klumpen aus dem geöffneten Brustkorb hervor und legte ihn auf eine Waage. „Fünfzehnhundert Gramm“, murmelte sie, notierte die Zahl und packte den Klacks auf eine Sezierschale.

„Was haben wir denn da?“ fragte Pakula und trat neben sie. So sehr er sich auch bemühte, er selbst sah immer nur einen Klumpen Gewebe, wo Mediziner bereits Tumore und Knötchen erkannten.

Stofko griff nach einem Gerät, das ihn an ein Buttermesser erinnerte, und zerschnitt damit eine Masse, die aussah wie Hühnerfett. „Eine gesunde Leber hat in der Regel die Konsistenz und Farbe von Kalbsleber. Kennen Sie vermutlich vom Einkaufen.“

„Wie Kalbsleber sieht das hier tatsächlich nicht aus.“ Angewidert verzog Pakula das Gesicht. „Also – was fehlte denn unserem Monsignore O'Sullivan?“

„Ich würde sagen, der fromme Gottesmann hat sich des Öfteren einen hinter die Binde gekippt. Genauer gesagt nicht nur einen, und außerdem über einen längeren Zeitraum.“

„Das wird ja immer schöner. Ein trunksüchtiger Kleriker.“ Der Detective fuhr sich mit der Hand über den kahl geschorenen Schädel. Noch ein Geheimnis in diesem ganzen undurchsichtigen Durcheinander!

26. KAPITEL

Venezuela

Sorgfältig faltete Vater Michael Keller das Messgewand zusammen und verstaute es in seiner hölzernen Truhe, gleich neben den Zeitungsausschnitten. Er war zufrieden mit sich. Trotz seiner Übelkeit war die Frühmesse besser gelaufen als erwartet. Wenn er nur wüsste, warum ihm so schwummrig war!

Er hatte sich an die Hitze und Schwüle gewöhnt und gelernt, sich die Insekten vom Leibe zu halten, mit denen er nur noch selten seine Behausung teilte. Nur gegen die Moskitos war einfach nicht anzukommen. Ob er sich wohl Malaria eingefangen hatte oder vielleicht sogar das West-Nil-Virus?

Wieder wischte er sich den Schweiß von der nassen Stirn und legte die flache Hand tastend auf die heiße Haut. Fieber, kein Zweifel. Vielleicht sollte er sich noch eine Tasse Tee kochen. Das hatte ihm vorhin bereits Linderung verschafft und ihn nicht nur die Messe überstehen lassen, sondern auch das anschließende Händeschütteln.

Die Gespräche mit den Kirchgängern nach dem Gottesdienst, bei denen er immer so tun musste, als verstünde er ihr gebrochenes Englisch, waren ihm ein Gräuel. Aber er hatte sich eine Floskel angewöhnt, mit der offenbar jeder so zufrieden war, dass er glücklich von dannen zog: „Ich werde dich in meine Gebete einschließen." Das funktionierte immer. Sie hatten es auch wirklich nötig, die armen Schweine, dass jemand für sie betete. Aber irgendwie war er auch froh, Teil ihrer erbärmlichen kleinen Gemeinde geworden zu sein.

Er war es leid gewesen, mitten in der Nacht seinen Kram packen und weiterziehen zu müssen. Deswegen hatte er sich für dieses Dorf am Ende der Welt entschieden, obwohl es sich von den anderen nicht im Geringsten unterschied. Sie sahen alle gleich aus – die gleichen verwitterten Hütten und Bretterbuden, zusammengehalten nur noch von Gottes Gnade. Und auch ihre Bewohner unterschieden sich kaum, offenbar zufrieden mit Kleidung aus Lumpen und Haferschleim als Nahrung, aber hungrig nach Zuwendung, insbesondere von Gott und folglich natürlich von ihm, Vater Michael. In ihren Herzen kam er direkt nach dem Allmächtigen.

Nein, er würde nicht wieder aufbrechen und weglaufen. Dieser Entschluss stand für ihn fest. Obwohl er für einen kurzen Moment durchaus mit dem Gedanken gespielt hatte, das Nötigste zusammenzuklauben und sich auf den Weg zu machen. Als ihn vorgestern auch nach stundenlanger Panik angesichts der Halloweenmaske, dieser Todesmaske aus seiner Vergangenheit, die Panik überwältigte. Aber dann hatte er sich damit beruhigt, dass sich da jemand einen üblen Scherz erlaubt haben musste. Es konnte gar nicht anders sein. Dass jemand ihn hier gefunden haben könnte, war ausgeschlossen, ein Ding der Unmöglichkeit. Nein, er würde sich von niemandem mehr hinaus in die Nacht jagen lassen.

Der Teekessel begann in dem Moment zu fauchen, als draußen der Regen einsetzte – schon wieder. Vater Michael versuchte, sich zu erinnern, wie lange er keine Sonne mehr gesehen hatte. Allmählich forderte dieser Mangel an Licht seinen Tribut. Das altbekannte Pochen in seinen Schläfen machte sich wieder bemerkbar. Vielleicht waren es ja nur die Nebenhöhlen. Diese verdammte Luftfeuchtigkeit. Ob da vielleicht der Grund lag für seine erhöhte Temperatur? Für seine Übelkeit? Und die verdammten Kopfschmerzen!

Er goss sich den Tee ein, inhalierte den wärmenden Duft und fühlte sich sofort besser. In Momenten wie diesem schlich sich doch manchmal Wehmut in sein Herz, und er erinnerte sich an die Teezeremonie seiner Mutter, seiner geliebten, frommen Mutter. Heißer Tee und Kekse, das war der einzige Genuss, den sie sich gönnte, und selbst dieses letzte Vergnügen musste sie vor ihrem Mann verbergen, sonst hätte er ihr auch noch das genommen. An dem Tag, an dem sie ihren Sohn eingeweiht und in das Teeritual eingeführt hatte, da hatte er gespürt, dass etwas sie auf ewig verband. Es war für sie beide ein ganz besonderer Hochgenuss gewesen, ein ganz besonderer Augenblick der Gemeinsamkeit. Möglich, dass seine Teestunden deshalb so beruhigend und Trost spendend auf ihn wirkten. Sie waren zu einem Anlass geworden, bei dem er jene schönen Erinnerungen an die Vergangenheit heraufbeschwören konnte.

Er schaute zur Uhr und brachte die Tasse hinüber zu dem Holztisch, auf dem sein Laptop stand. Mit dem Kauf des Computers hatte er sich einen gewaltigen Luxus erlaubt, der ihm noch immer Gewissensbisse bereitete. Zugleich aber war der Rechner auch ein Geschenk des Himmels. Er stellte seine einzige Verbindung zur Außenwelt dar, zur Zivilisation, und oftmals hatte ihn nur ein Tastendruck davor bewahrt, den Verstand zu verlieren. In jedem Dorf fanden sich wahre Zauberkünstler, denen es gelang, eine Internetverbindung herzustellen, solange es nur eine Telefonleitung in der Nähe gab. Leider dauerte das Einwählen immer eine halbe Ewigkeit.

„Sie haben eine neue Nachricht", verkündete die Computerstimme – ein Hinweis, der beinahe so tröstlich wirkte wie der Tee. Kein Zweifel, das musste sein Freund in den USA sein, der Einzige, dem er seine E-Mail-Adresse mitgeteilt hatte. Obwohl sie bisher nur wenige persönliche Informationen ausgetauscht hatten, waren sie doch so weit gekommen, eine Reihe von tief schürfenden Diskussionen über aktuelle Ereignisse und moralische Fragen zu führen. Sein Internetbekannter war der erste Mensch seit Jahren, wenn nicht überhaupt, der einem Freund am nächsten kam.

Er klickte auf „Posteingang". Richtig, er war es tatsächlich, und seine E-Mail-Adresse brachte Vater Michael wie stets zum Schmunzeln: TheSinEater@aol.com. Auf die üblichen Begrüßungsfloskeln hatten sie bereits vor geraumer Zeit verzichtet, was ihm nur recht war, denn so konnte man gleich zur Sache kommen, sich auf das Wesentliche konzentrieren. Die eingetroffene Mail enthielt zwei Links, offenbar Hinweise auf Zeitungsartikel. So hatte sein Freund ihn schon häufiger auf etwas aufmerksam gemacht, das ihm aufgefallen war und worüber dann eine neue Diskussion begann. Unter den Links stand nur eine einzige Zeile.

BIST DU DER NÄCHSTE?

Er klickte den ersten Link an und lehnte sich zurück, um auf das Laden der Seite zu warten. Als sie sich endlich aufgebaut hatte, blieb Vater Keller fast das Herz stehen. Er starrte auf die Schlagzeile über dem Zeitungsartikel vor sich auf dem Bildschirm. *Monsignore auf Flughafentoilette in Omaha erstochen.*

27. KAPITEL

Universität von New Haven, Connecticut

Als Professor Adam Bonzado den Schädel mit den Fingerspitzen aufnahm und behutsam begutachtete, als mustere er eine archäologische Kostbarkeit, fielen Maggie wieder seine kräftigen Finger auf. Sie waren lang wie die eines Pianisten und wirkten geradezu sanft, als sie vorsichtig die Fleischfetzen an dem Knochen betasteten. Sie erinnerte sich daran, wie Gwen unlängst gefrotzelt hatte, Bonzado würde doch perfekt zu ihr passen, da das Böse ihn ebenso in den Bann zog wie sie.

„Ich weiß, sie geben nicht viel her", sagte Racine. „Aber mehr haben wir leider nicht zu bieten." Sie hatte den metallenen Kühlbehälter auf einen der Tische gestellt, an denen gewöhnlich die Medizinstudenten saßen, und es dem Professor überlassen, ihn zu öffnen. Maggie fragte sich, ob das eher aus Respekt geschehen war oder nicht vielmehr, weil sie nicht sonderlich scharf auf das Hantieren mit menschlichen Köpfen war, egal, ob ihnen Maden aus den Öffnungen quollen oder nicht.

„Das ist noch gar nichts gegen das, was wir hier sonst manchmal auf den Tisch kriegen", versicherte Bonzado, wobei er den Schädel zwischen seinen Fingern hin und her drehte und von allen Seiten betrachtete. „Das Lehren macht mir zwar Spaß, aber so etwas hier interessiert mich bei weitem mehr. Und es bietet mir zudem noch die Gelegenheit, die Gesellschaft zweier attraktiver Damen zu genießen."

Maggie schien es, als würde Racine erröten, aber sie wandte den Blick ab, um Bonzado zu beobachten. Ob sie wohl ein Auge auf ihn geworfen hatte? Schon lange bevor sie versucht hatte, sie anzumachen, waren Maggie Gerüchte zu Ohren gekommen, Julia Racine sei bisexuell. Trotzdem war Maggie völlig verdattert gewesen. Sie war damals noch verheiratet, von ihrer Arbeit regelrecht besessen und zudem so naiv – oder besser gesagt arglos –, dass sie es in der Regel gar nicht registrierte, wenn jemand ihr Avancen machte, ganz gleich, ob es Männer oder Frauen waren. Viel geändert hatte sich seitdem kaum, dachte sie manchmal. Von der Erfahrung ihrer Ehe einmal abgesehen, hielt sie sich nach wie vor für ziemlich arglos.

„Und keine Angst, Maggie, es gibt bestimmt keine über dem Bunsenbrenner erhitzte Gemüsesuppe!"

Er sah sie an, als wolle er sich vergewissern, ob sie sich erinnerte. Oder war es ein Flirtversuch? Sie hatte nicht zum ersten Mal das Gefühl, er könne Gedanken lesen. Maggie konnte sich ein Schmunzeln nicht verkneifen. Natürlich erinnerte sie sich! Bei ihrem letzten Besuch in seinem Labor rührte er sich gerade ein Süppchen an, direkt neben einem Topf mit brodelndem Wasser, in dem Menschenknochen lagen. Als er dann auch noch mit einem Löffel kostete, hätte sie beinahe einen Anfall gekriegt. Da wusste sie noch nicht, dass in dem zweiten Topf keine menschlichen Überreste köchelten, sondern sein Mittagsimbiss.

Bonzado legte den Kopf behutsam ab, zog eine kleine Stablampe aus der Hosentasche und beugte sich vor, um in die inneren Hohlräume zu leuchten. Überall auf den Tischen und in den Regalen um sie herum stapelten sich Kartons voller Gebein. Manche der Knochen waren mit Etiketten versehen, andere warteten wohl noch darauf – vielleicht für immer –, zugeordnet zu werden. Ein Sonnenstrahl fiel durch das Doppelfenster und tauchte den Raum in ein orangefarbenes Licht. Während Maggie beobachtete wie Bonzado in dieser bizarren Szenerie mit dem Schädel hantierte, musste sie unwillkürlich an Shakespeares *Hamlet* denken.

„Der Kopf, den wir am Freitag gefunden haben, ist in einem eindeutig besseren Zustand", sagte Racine, wobei Maggie den Eindruck hatte, dass sie mit ihrer Bemerkung wohl einfach nur das Schweigen brechen wollte. „Na ja, wenn man von den Maden absieht, natürlich. Menschenskinder, so viele von diesen Mistviechern habe ich schon lange nicht mehr gesehen!"

„Bei dieser Hitze geht das ratzfatz mit den Biestern", bestätigte Bonzado." Wo wurde dieser denn gefunden? Auch am Wasser?"

„Ist das Opfer A oder Opfer B?" fragte Racine und suchte nach dem Anhänger, den Stan Wenhoff an den Plastikbeuteln befestigt hatte. Ohne das Kärtchen waren die beiden Schädel kaum zu unterscheiden.

„Opfer A", stellte sie schließlich fest, und hielt wie als Beweis den Anhänger in die Luft. „Aufgefunden im Rock Creek Park. Ein Waldstück gleich unterhalb einer Joggingpiste. Eine Frau, die ihren Hund ausführte, hat ihn entdeckt."

„Dafür, dass er im Wald gelegen hat, sieht er gar nicht mal so übel aus", bemerkte Bonzado.

Racine konsultierte den Bericht in ihrem Aktenhefter. „Er war mit Laub und Erde bedeckt."

„Eine Frau hat ihn gefunden, sagen Sie?" Maggie konnte sich nicht erinnern, etwas darüber in der Ermittlungsakte gelesen zu haben. „Hat sie Sie zum Fundort geführt?"

„Nein, die hat sich nicht mal blicken lassen, um ein Protokoll zu unterschreiben. Hat nur den Notruf angerufen und ihren Fund gemeldet."

„Und einen Namen gibt es auch nicht?"

„Fehlanzeige." Racine sah von der Akte auf, und ihre Blicke trafen sich.

Maggie erkannte, dass sie offenbar denselben Gedanken hegten: Konnte es sich womöglich um dieselbe Anruferin handeln, die sie am Freitag auch zum Ufer des Potomac gelotst hatte?

„Was ist mit dem anderen Kopf? Hat da auch eine Frau angerufen?"

Racine zog eine zweite Akte hervor und begann zu blättern. „Opfer B wurde an einer Parkhausbaustelle gefunden. ... Nein ... der Polier, ein Mr. Bradford Zahn, hat die Polizei verständigt." Sie zuckte die Schultern und sah Maggie an. „Das wär's dann wohl mit unserer Theorie."

Bonzado schien ihr Gespräch nicht zu verfolgen und hatte sich inzwischen an die Untersuchung der Stelle gemacht, an der der Kopf vom Rumpf abgetrennt worden war. „Was er benutzt hat, kann ich nicht mit Sicherheit sagen. Scheint aber so, als hätte er mehr gehackt als gesägt."

„Gehackt und abgerissen", betonte Maggie. „Der Hals des letzten Opfers wies ähnliche Verletzungen auf."

„Erinnert mich an einen Fall, den ich vor einigen Monaten hatte." Bonzado schien ihre Äußerung gar nicht gehört zu haben. „Ein rechtes Bein, schon ziemlich zersetzt. Hatte jemand aus dem Connecticut River gefischt. Die Verletzungen sahen ähnlich aus wie diese hier. Was der Sache damals am nächsten kam, war eine Axt, wie sie beispielsweise Camper benutzen."

„Im wahrsten Sinne des Wortes die Axt im Walde, was?“ kommentierte Racine und kicherte über ihren eigenen Scherz.

Auf Bonzados Gesicht zeigte sich immerhin die Andeutung eines Schmunzelns. Er wies auf den durchtrennten Halswirbel. „Beim Zerstückeln einer Leiche werden die Gelenke und Knochen zumeist zersägt oder mit einer Klinge durchtrennt. Ein Werkzeug wie ein Beil oder eine Axt, eventuell sogar eine Machete, egal, ob scharf oder stumpf, hinterlässt am Knochen in der Regel Kerben, wie wir sie hier erkennen können.“

„Eins will mir nicht in den Kopf“, bemerkte Maggie, während Bonzado eine Lösung auf die Knochen träufelte, wodurch die Kerben sofort hell hervortraten. „Der Täter geht planvoll und methodisch vor, trotzdem hat es den Anschein, als raste er völlig aus, wenn er seine Opfer enthauptet. Das Letzte wies nicht nur Würgemale auf, sondern auch Stellen, die von Schlägen mit einem Hammer herrührten. Ich würde auf ein Beil oder eine Machete tippen. Irgendwie würde das ins Bild passen.“

„Vielleicht nimmt er einfach, was gerade zur Hand ist“, wandte Racine ein.“

„Mein alter Herr zum Beispiel hat eine Machete in seinem Gartenschuppen“, ließ Bonzado sich vernehmen. „Er behauptet, das Ding tauge zu allem, vom Abschlagen von Ästen bis hin zum Ausbuddeln von Löwenzahn. Und ein Beil hat sicher jeder im Kofferraum, der regelmäßig zeltet. Mit seinen anderen Campingsachen ... Oh, was haben wir denn hier?“

Maggie trat neben ihn, konnte jedoch nicht erkennen, was seine Aufmerksamkeit erregt hatte. „Was ist das?“ fragte sie schließlich.

Behutsam löste der Professor einen der völlig verfaulten

Hautfetzen vom Knochen ab und hielt ihn gegen das Licht. „An ihrem Nacken wurde die Oberhaut entfernt. Wenn mich nicht alles täuscht, saß hier mal eine Tätowierung. Der Mörder hat sie wahrscheinlich entfernt, weil er die Identifizierung erschweren wollte. Aber Tattoos hinterlassen Spuren auch in den tieferen Hautschichten."

„Könnte das ausreichen, um herauszufinden, wer sie war?"

„Schwer zu sagen. Aber es gibt viele Fälle, bei denen eine Leiche aufgrund von Tätowierungen identifiziert wurde."

„Sieht ja ganz so aus, als ob sich der Täter einen Schnitzer geleistet hätte." Racines Stimme klang hoffnungsvoll.

„Ich würde sogar sagen, er hat richtig Scheiße gebaut."

28. KAPITEL

Omaha, Nebraska

Tommy Pakula sah durch das Fenster Clare und die Mädchen draußen im Garten unter dem Sonnensegel sitzen. Sie hatten ihn nur allzu bereitwillig entschuldigt, denn so konnten sie über die später im Memorial Park stattfindende Party zum Unabhängigkeitstag diskutieren, ohne dass er ständig seine schrägen Versionen von Hits der Beach Boys zum Besten gab. Die Beat-Oldies gehörten nämlich zu den Bands, die heute Abend auftreten sollten.

Somit hatte er das Wohnzimmer für sich und auch, was noch besser war, die Fernbedienung. Er schaltete den Fernseher ein, zappte durch die Kanäle und ließ schließlich Fox News laufen, während er die Hefter mit Ermittlungsakten aus seiner Aktentasche zog. Normalerweise nahm er sich keine Arbeit mit nach Hause, aber diese seltsamen Andeutungen, die Weston gestern gemacht hatte, wollten ihm irgendwie nicht mehr aus dem Kopf gehen. Was, wenn da draußen tatsächlich jemand rumlief und Gottesmänner aufschlitzte?

Als Erstes nahm er sich den Bericht der Polizei in Minneapolis vor. Die dortigen Kollegen begrüßten offenbar seine Nachforschungen, denn ihre eigenen Ermittlungen hatten bislang ins Leere geführt. Im Augenblick ging man dort von einem Zufallsmord aus. Pakula war sich diesbezüglich indes gar nicht so sicher.

Das Kriminaltechnische Institut hatte ihm noch nicht viel zu bieten. Es war noch zu früh. Immerhin hatte Terese Medina einige ihrer Fundstücke sorgsam eingetütet und etikettiert. Sich auf das Locard'sche Prinzip zu verlassen, brachte in diesem Fall wohl am meisten. Nach dem Gesetz des französischen Forensikers Edmond Locard kam es beim Kontakt zwischen Täter und Opfer stets zu einem Austausch von Kleinstpartikeln, egal, wie umsichtig der Mörder auch vorgehen mochte. Solange er seine Tat nicht in einem keimfreien Schutzanzug ausführte, blieb es nicht aus, dass er etwas hinterließ – Textilfasern oder Hautschuppen etwa und vielleicht sogar Haare. Das war sehr beruhigend an Naturwissenschaften.

Im ersten von Medinas Plastikbeuteln befand sich etwas, das wie Brotkrumen aussah. Auf dem Etikett stand:

Fundstelle: Hemd des Opfers, Vorderseite
Ergebnis KT-Untersuchung: Weißbrot, ungesäuert

Pakula kratzte sich den Schädel. Er verstand das immer noch nicht. Woher, verdammt noch mal, stammten diese Brotkrumen? Hatte vielleicht einer der Schaulustigen, die durch den Tatort getrampelt waren, gerade ein Sandwich gemampft? Andere Essensreste hatte man nicht gefunden, der Monsignore konnte die Krümel also nicht selbst auf seinem Hemd hinterlassen haben. Es sei denn, jemand hätte nach dem Pinkeln Hunger verspürt und ihm das angebissene Butterbrot geklaut. So absurd der Gedanke auch war, da hatte er schon ganz andere Sachen erlebt!

Der nächste Beutel enthielt ein paar kurze Haare. Er las das Etikett und gab ein enttäuschtes Stöhnen von sich. Am liebsten hätte er das Ding quer durchs Wohnzimmer gepfeffert.

Fundstelle: Hemd des Opfers, Rückseite
Ergebnis KT-Untersuchung: Hundehaar.
Rasse unbekannt

Da hatte also ein Hund das Hemd des Monsignore beschnüffelt. Pakula warf einen Blick durch das Fenster. Seine Frau und die beiden Töchter hockten noch quietschvergnügt unter dem Segeldach. Er sah ihnen einen Moment zu, wandte sich dann aber dem Tatort zu und breitete einen Stapel Fotos vor sich auf dem Couchtisch aus.

Ein Foto zeigte den Monsignore zusammenkrümmt am Boden, auf der Seite liegend, die Beine verdreht, die zerbrochene Brille neben sich. Pakula griff nach einer Großaufnahme der Brille. Die Gläser waren ganz offensichtlich nicht einfach beim Sturz zersplittert. Jemand war darauf getreten. Möglicherweise der Täter, vielleicht sogar absichtlich.

Was war da passiert auf der Flughafentoilette? Allem Anschein nach ist der Täter hereinmarschiert, hat den Monsignore abgestochen und den Abflug gemacht, ohne sich auch nur die Hände zu säubern. Im Mülleimer hatte sich nicht ein einziges blutiges Papiertuch gefunden. Er war also mit dem bluttriefenden Messer zum Klo hinausspaziert, und niemand hatte die Waffe bemerkt, nicht mal der Mann, der mit ihm zusammengestoßen war. Wie sollte das denn gehen?

Pakula nahm sich noch mal den Bericht aus Minneapolis vor. Alles hatte sich genau so abgespielt, wie Weston es geschildert hatte – ein Open-Air-Festival, das Opfer inmitten einer Menschenmenge getötet, und zwar mit einem Stich in die Brust. Niemand hatte etwas gemerkt. War das tatsächlich Zufall? Er lehnte sich zurück und starrte geistesabwesend auf den Fernseher. Er war übermüdet und frustriert, und es graute ihm schon davor, Chief Ramsey mitteilen zu müssen, dass er nichts, aber auch gar nichts in der Hand hatte. Dem Erzbischof ging es doch mit Sicherheit nicht nur darum, die Trunksucht des Monsignore zu vertuschen. Was mochte bloß in dieser verschwundenen Ledermappe gewesen sein?

Plötzlich fiel ihm ein, dass der Bischof einige Monate zuvor zwei Schüler von der katholischen High School gefeuert hatte, weil sie sich auf dem Schulcomputer Pornoseiten heruntergeladen hatten. Seiten, die ihnen der Theologiedozent, so hatten sie jedenfalls behauptet, am Vortag gezeigt hatte. An den Namen des Lehrers konnte sich er nicht mehr erinnern. Pakula hatte sich die drastische Maßnahme seinerzeit damit erklärt, dass Bischof Armstrong selbst den geringsten Verdacht ungebührlichen Verhaltens von der Kirche abzuweisen versuchte, besonders nach den Skandalen um sexuellen Missbrauch, die die Diözesen landauf, landab erschütterten.

In diesem Moment erschien das Foto eines Priesters auf dem Fernsehschirm. Pakula griff nach der Fernbedienung und stellte lauter. „... wurde der katholische Geistliche gestern Abend in Columbia während des Feuerwerks erstochen. Zurzeit liegen keine weiteren Informationen vor. Vater Gerald Kincaid wurde zweiundfünfzig Jahre alt."

Pakula spürte, wie sich sein Nacken verkrampfte und sich tief unten in seinem Leib etwas zusammenzog. Er riss sein Handy aus der Jackentasche und gab Ramseys Privatnummer ein. Bob Weston hatte Recht gehabt. *Da draußen macht tatsächlich einer Jagd auf Priester.*

29. KAPITEL

Meriden, Connecticut

Maggie O'Dell sah zu, wie Harvey und der wesentlich kleinere Jack-Russell-Terrier Haken schlugen und einander um die Wette jagten. So ausgelassen hatte sie ihren Hund selten erlebt. Und auch Luc Racine hatte ihr bereits drei Mal versichert, er habe gar nicht gewusst, dass Scrapple so gern mit anderen Artgenossen herumtollte. Und das lag wohl nicht allein daran, dass er an Alzheimer litt und seine Bemerkungen gleich wieder vergessen hatte. Nein, er schien tatsächlich freudig überrascht. Und das, so hoffte sie, musste auch seine Tochter Julia eigentlich ein wenig freuen, vor allem nach ihrer verstörenden Begrüßung vorhin.

Racine hatte ihren Vater von unterwegs angerufen. Anscheinend freute er sich auf den Besuch und hatte vorgeschlagen, Bonzado könne doch, da er ja sowieso einen Happen zum Lunch mitbringen wolle, kurz bei Vinnys Deli vorbeischauen. Offenbar ging es Luc blendend, doch als sie wenig später vor seiner Tür standen, erkannte er weder Maggie noch seine Tochter. Er hatte keinen Schimmer, wer die beiden Frauen waren oder was sie von ihm wollen könnten.

Maggie musste an jenen leeren, verwirrten Blick in seinen Augen denken, der verriet, dass er seine Aussetzer hatte, so sehr er sich auch bemühen mochte. Am Ende war es Harvey gewesen, der sie alle aus der unangenehmen Situation befreit hatte. Der große Hund war einfach an Maggie vorbeigetrottet, um den Hausherrn schnüffelnd zu begrüßen und dann dessen Terrier

Scrapple zu beschnuppern. Nun waren die beiden Vierbeiner die dicksten Freunde.

Während ihres kleinen Mittagsimbisses hatte Luc sich wieder gefangen, hatte sich an ihrer Unterhaltung beteiligt und sich mit Bonzado sogar Pathologenwitze erzählt. Auch als er loszog, um mit den beiden Hunden zu spielen, schien er durchaus zu wissen, wo er sich befand.

„Ich werde mal nach ihm sehen“, sagte Julia und stand auf. Sie griff sich den schmutziggelben Tennisball, den Scrapple vorhin angeschleppt hatte, und ging in den Garten zu ihrem Vater und den beiden Hunden.

„Er macht sich Sorgen um sie“, bemerkte Bonzado, als sie außer Hörweite war. „Sie wissen schon – ob sie ohne ihn klarkommt. Sie stehen sich recht nahe. Ich weiß nicht, ob Julia das Ihnen gegenüber zugeben würde.“

„Vermutlich nicht“, erwiderte Maggie. „So gut kenne ich sie ja schließlich gar nicht.“

„Ach?“ Bonzado wirkte überrascht. „Dabei spricht sie ziemlich häufig von Ihnen. Ich hatte angenommen, Sie seien recht eng befreundet.“

Wenn sie dich schon als Freundin betrachtet, dachte Maggie, wer war da dann noch? Doch sie enthielt sich eines Kommentars, denn sie wusste, dass das typisch war für ihren Job. Mit wem – von Polizisten einmal abgesehen – konnte man schon einen trinken gehen, einfach nur quatschen oder auch bloß den Abend zusammen genießen, wenn man zuvor abgetrennte Menschenköpfe voller Maden aus dem schlammigen Ufer des Potomac gebuddelt hatte? Wieder hatte sie den Eindruck, als sei Racine ihr gar nicht so unähnlich. Wen außer

Gwen und vielleicht noch Tully würde ich als guten Freund bezeichnen, fragte sie sich?

Sie spürte, dass Adam sie ansah. „Ist etwas? Habe ich irgendwo Mayo im Gesicht?“

„Nein, nein, alles in Ordnung. Sie sehen wunderbar aus, wirklich.“

Erst sein Lächeln brachte sie darauf, dass er mit ihr flirtete. „Was meinen Sie – was will er uns mit den Köpfen sagen?“ Sie beschloss, streng bei ihrem Fall zu bleiben. Sie war sich nicht ganz sicher, ob sie noch wusste, wie das ging mit dem Flirten.

„Wie bitte?“

„Na, der Mörder. Er geht ja ein ganz schönes Risiko ein, die Köpfe so in der Landschaft zu platzieren, dass wir sie finden. Soll das vielleicht eine Art Botschaft sein? Will er uns etwas mitteilen, uns einen Hinweis geben?“

Adam schüttelte den Kopf. „Immer im Dienst“, frotzelte er dann grinsend.

„Reine Gewohnheit.“ Sie gab sich jedoch Mühe, das nicht wie eine Entschuldigung klingen zu lassen. Sie liebte ihren Beruf. Jeder, der sie kannte, wusste das. Und irgendwie ging sie davon aus, dass auch jeder, der sie kennen zu lernen versuchte, das hinnehmen müsse.

„Etwas Persönlicheres als den Kopf gibt es nicht. Aber ob der Täter damit vielleicht etwas ausdrücken will, nun, das fällt in Ihren Fachbereich. Eins will mir allerdings nicht einleuchten“, fuhr er fort, wobei er die Hände flach vor sich auf den Campingtisch legte. „Der Kerl hat den Hals nicht einfach gerade durchtrennt.“ Er verdeutlichte seine Aussage, indem er mit dem Zeigefinger der rechten Hand eine unsichtbare Linie über die Tischplatte zog.

„Er setzt unter dem linken Ohr an, aber dann …“ – er fuhr sich an die Kehle – „… vollendet er sein Werk keinesfalls mit dem geringsten Aufwand, sondern die Verletzung deutet darauf hin, dass er seine Waffe, was immer es war, wiederholt neu und aus immer anderen Winkeln angesetzt hat.“

„Und was hat das Ihrer Meinung nach zu bedeuten?“

„Da bin ich überfragt.“

„Verliert er die Kontrolle über sich? Oder ist er einfach nur ein Dilettant?“

„Beides denkbar. Allerdings zeigen die Schädel fast identische Spuren. Höchst seltsam. Sagen Sie Ihrem Kollegen mal, er soll prüfen, ob auch das dritte Opfer ähnliche Merkmale aufweist.“

„Ja, werde ich tun.“ Sie ließ sich seine Beobachtung durch den Kopf gehen und versuchte sich vorzustellen, was in dem Mörder wohl während seiner Taten vorgehen mochte.

Adam musterte sie. „Nächsten Monat findet in Washington der Landeskongress für Forensik statt. Ich werde die ganze Woche über an der Tagung teilnehmen und habe auch noch etwas am Smithsonian Institute zu tun. Wie wär's, wenn wir mal zusammen essen gehen würden?“

Er lächelte, doch in seinen sanften braunen Augen meinte Maggie plötzlich so etwas wie Unsicherheit zu erkennen, als ob er nicht wusste, ob er mit seiner Einladung nicht ein Stück zu weit gegangen war. Noch ehe sie etwas erwidern konnte, fuhr er fort. „Ich verspreche auch, dass ich Ihre Gewohnheiten nicht kritisieren werde.“

Sie konnte sich ein Lächeln nicht verkneifen. „Keine Angst, mich interessieren durchaus auch andere Themen als abgetrennte Menschenköpfe.“

In diesem Moment klingelte ihr Handy. „Entschuldigen Sie mich kurz", bat sie und klappte das Mobiltelefon auf. „Maggie O'Dell?"

„O'Dell? Gut, dass ich Sie erwische. Tut mir Leid, wenn ich am Feiertag störe."

Das war die Stimme von Assistant Director Cunningham. Im Hintergrund hörte sie das Rascheln von Papier, und sie stellte sich vor, wie er an seinem Schreibtisch saß und Akten wälzte, den Hörer zwischen Schulter und Wange geklemmt. Feiertage kannte er nicht. Sie machte Bonzado gegenüber eine entschuldigende Handbewegung, stand auf und ging ein paar Schritte, damit sie ungestört war.

„Genau genommen bin ich heute im Dienst, Sir. Detective Racine und ich haben die Köpfe der beiden ersten Opfer nach Connecticut gebracht und sie Professor Bonzado zur Begutachtung vorgelegt."

„Wie sicher sind Sie sich denn, dass alle drei Morde vom selben Täter begangen wurden?"

Typisch Cunningham. Er kam stets ohne Umschweife zur Sache. Sie hatte sich längst an seine emotionslose Art gewöhnt. Wieder raschelte Papier, und jetzt meinte Maggie, im Hintergrund einen Fernseher laufen zu hören. War er etwa gar nicht in seinem Büro?

„Für abschließende Aussagen ist es noch zu früh", betonte sie, obgleich sie wusste, dass er trotzdem ihren ersten Eindruck würde hören wollen. „Alle drei Fälle weisen zahlreiche Übereinstimmungen auf. Bonzado meint, der Kerl könne vielleicht ein Beil oder eine Machete benutzen. Er scheint wie im Rausch zu metzeln, wie ein Berserker. Aber dann, bei der Beseitigung der

Köpfe, geht er äußerst diszipliniert und planvoll vor. Was er mit den Rümpfen anstellt, wissen wir allerdings noch immer nicht."

„Klingt doch gar nicht so schlecht für den Anfang. Ich ziehe Sie ja nur ungern von dem Fall ab, O'Dell, aber mir steht im Moment leider niemand sonst mit Ihrer Erfahrung zur Verfügung, zumal Tully noch im Urlaub ist. Es geht um eine Sache, die äußerst brisant ist. Die Leiche wurde bereits obduziert, könnte aber unter Umständen noch einen weiteren Tag in der Pathologie verbleiben. Bezüglich des Frauenmörders stellen Sie für Chief Henderson und Detective Racine am besten einen ersten Bericht zusammen."

„Der wäre zwar ziemlich lückenhaft, aber natürlich, klar."

„Gut, dann könnten die immerhin weitermachen ... Moment, bleiben Sie bitte einen Augenblick dran."

Jetzt hörte Maggie im Hintergrund Stimmen, und Cunnigham sagte jemandem, er käme gleich. Rief er sie etwa von zu Hause aus an? Maggie konnte sich das beim besten Willen nicht vorstellen, obwohl sie wusste, dass Cunningham verheiratet war. In seinem Büro allerdings gab es nicht den geringsten Hinweis darauf, dass er auch ein Privatleben hatte, nicht einen persönlichen Gegenstand und auch keine Familienfotos. Plötzlich fiel ihr auf, dass sie selbst nach den zehn Jahren ihrer Zusammenarbeit keine Ahnung hatte, wo er eigentlich wohnte – in einem Einfamilienhäuschen am Stadtrand oder in einem schicken Apartment in einem der Nobelvororte.

„Also, ich habe Sie auf einen Flug für morgen früh gebucht", meldete er sich schließlich zurück, ohne sich vorher zu vergewissern, ob sie noch dran war.

„Und wohin, Sir?"

„Omaha."

30. KAPITEL

Memorial Park, Omaha

Tommy Pakula waren Großveranstaltungen ein Gräuel, selbst wenn es sich um die Feier zum Unabhängigkeitstag handelte. Er hasste Menschenmengen. Er hasste das Gedränge und den Lärm, das warme Bier und die Entertainer aus den Sechzigerjahren, abgehalfterte Künstler, die längst zu Karikaturen ihrer selbst geworden waren. Obschon er zugeben musste, dass Frankie Avalon, der gerade auf der Bühne stand, noch verdammt gut aussah für sein Alter. Nur seine albernen weißen Schuhe hätte er ruhig zu Hause lassen können.

Am meisten aber hasste er diese Wichtigtuer aus den kommunalen Gremien, die ihm kumpelhaft auf die Schulter klopften und taten, als sei er einer von ihrer Sorte. Wie Chief Ramsey das aushielt, war Pakula ein Rätsel. Aber als waschechte Omaha-Boys – Pakula hatte sein Abitur an der South Omaha High School gemacht, Ramsey auf einem privaten Gymnasium in Creighton, allerdings fünf oder sechs Jahre vor dem Detective – mussten sie sich eben mit dem Theater abfinden. Der Polizeichef mehr noch als Pakula, weil er seinen Aufstieg in den letzten Jahren vor allem der Politik und alten Seilschaften verdankte.

Obwohl sie mit ihren Familien hier waren, hatte Pakula von Anfang an den Eindruck gehabt, als wolle Chief Ramsey etwas mit ihm besprechen, das seinen Fall betraf. Die gesamte nordwestliche Rasenfläche des Parks war übersät mit Kühlboxen und tragbaren Sonnenschirmen, und zwischen den Decken und Liegestühlen führte nur noch ein Gewirr schmaler Pfade hindurch.

Sie hatten ihre Familien irgendwo in dem Meer aus rot-weiß-blauen Nationalfarben zurückgelassen, und zwar mit der Ausflucht, sie wollten sich etwas Kaltes zu trinken besorgen. Am oberen Ende des Parks säumten Imbiss- und Getränkestände den Kiesweg rund um das Denkmal, das weit genug entfernt war von den meterhohen Lautsprechertürmen, die für Frankie und seine Band aufgebaut worden waren. Pakula entschied sich für einen Hot Dog mit Sauerkraut und eine große Cola, fast schon ein kleiner Eimer. Der Chief nahm einen einfachen Hot Dog und ein Zitronengetränk, ebenfalls im Jumbo-Format.

Chief Ramsey biss in seinen Hot Dog, der gegen Pakulas dampfende Riesenportion recht armselig wirkte, und beobachtete kauend ein Grüppchen Halbwüchsiger auf Fahrrädern. Die Jungs sondierten das zu ihren Füßen liegende Terrain, als wären sie drauf und dran, direkt hinunter in die Menschenmenge zu donnern. Pakula kannte die Angewohnheit seines Chefs und ertappte sich dabei, wie er selbst misstrauisch in Richtung eines Lieferwagens äugte, der gleich zwei Parklücken auf einmal blockierte. Die Hintertüren sperrangelweit offen, aber vom Halter keine Spur. Eine typische Polizistenmacke, wie ihm Clare immer vorwarf, wenn sie mal wieder das Gefühl hatte, er höre ihr gar nicht richtig zu.

„Ich muss dir was sagen, Tommy." Chief Ramsey wandte seinen Blick von den Teenagern ab und sah Pakula an. „Die Sitte hatte O'Sullivan im Auge. Und auch diese katholische High School, ‚Our Lady of Sorrow'."

„Verdammte Scheiße", würgte Pakula mit vollen Backen hervor und hätte sich fast an einer Ladung Sauerkraut verschluckt. Er fuhr sich mit dem Handrücken über die Mundwinkel. „Warum hast du mir das nicht gestern gesagt, zum Henker?"

„Weil nichts Offizielles vorliegt, nicht mal eine einzige schriftliche Beschwerde. Aber irgend so eine Reporterin vom *Herald* schnüffelt hier rum und ist wohl Sassco auf die Füße getreten. Er leitet das Sittendezernat zwar erst seit einem halben Jahr, aber du kennst ihn ja. Wenn's um Kinder geht, ist der nicht zu halten. Glaub mir, gäbe es nur einen einzigen handfesten Hinweis, wäre er schon mit der Nationalgarde aufmarschiert. Vielleicht ist diese Pressetante einfach nur auf eine Story aus. Du weißt ja, wie das läuft."

Pakula entging nicht, dass sich der Chief umsah, ob jemand in ihrer Nähe ihr Gespräch belauschen konnte. Er war also noch nicht fertig.

„Andererseits ist es natürlich schon verwunderlich, dass sich der Erzbischof von der Geschichte so hat aufscheuchen lassen. Er tut zwar so, als wäre alles bloß eine Bagatelle, aber es muss schon eine verflucht brisante Bagatelle sein. Sonst würde er wohl kaum seinen Laufburschen das Gepäck des Monsignore abholen lassen, damit es uns bloß nicht in die Finger fällt."

„Vielleicht zieht er die gleichen Schlüsse wie wir?" spekulierte Pakula. „Nur eins verstehe ich dann nicht. Wenn da tatsächlich so ein Durchgeknallter durch die Gegend läuft und Priester absticht – warum sollte der Erzbischof dem nicht unter Aufbietung aller Kräfte das Handwerk legen wollen? Hab ich irgendwas übersehen?"

Pakula schob seine Sonnenbrille hoch, ließ seine zusammengeknüllte Serviette einfach auf den Boden fallen und sah hinüber zum Hot-Dog-Stand. Sollte er sich noch einen gönnen? Immerhin hatte er noch mehr als die Hälfte von seiner extragroßen Cola. Aber dann fielen ihm die Sandwiches mit Frikadellen ein, die Claire vorhin eingepackt hatte.

„Angenommen, bei ‚Our Lady of Sorrow' läuft irgend eine Scheiße ab und O'Sullivan steht kurz davor, die gesamte Diözese in den Dreck zu ziehen", spann der Chief den Gedanken weiter. „Dann käme dem guten Bischof der Mord doch nur recht, vor allem, wenn er als zufälliger Raubmord klassifiziert würde. Fall erledigt, und kein Mensch kommt auf die Idee, tiefer zu bohren. Das Drängeln von O'Sullivans trauernder Schwester, die den Leichnam lieber heute als morgen nach Hause nach Connecticut holen will, erweckt in mir eher den Eindruck, als solle der Monsignore sein Geheimnis möglichst bald mit ins Grab nehmen."

„Du meinst, O'Sullivans Tod ist für ihn so etwas wie Glück im Unglück?"

„Er kommt ihm jedenfalls nicht ungelegen."

„Also, was meinst du?"

„Ich habe die Schnauze gestrichen voll davon, mich von seiner hochheiligen Eminenz weiter zum Affen machen zu lassen. Er meint anscheinend, er könne mich rumkommandieren. Dabei ist er nicht mal Manns genug, mir das ins Gesicht zu sagen. Das überlässt er seinem Büttel, diesem Bruder Sebastian." Chief Ramsey hielt inne, als müsse er sich erst einmal beruhigen, und saugte an seinem Strohhalm. „Ich habe da einen Kumpel aus alten Zeiten beim FBI. Kyle Cunningham. Ist eine lange Geschichte, aber er schuldet mir einen Gefallen. Wenn sich der Erzbischof offenbar für allmächtig hält, dann soll er sich doch zur Abwechslung mit den Jungs auseinandersetzen."

„Du willst tatsächlich die Bundespolizei einschalten?"

„Ich habe schon mit Cunningham gesprochen. Und er hat mir einen seiner besten Profiler zugesagt."

„Wie sieht es aus mit der Zuständigkeit? Sollte die nicht trotzdem bei uns bleiben?" Pakula wollte nicht den Eindruck erwecken, als sei er mit Ramseys Entscheidung nicht einverstanden. Allerdings bezweifelte er, dass das FBI sie großartig nach vorne bringen würde. Andererseits ließen sich auf diese Weise sicher auch besser Informationen über die anderen Fälle beschaffen. Trotzdem, wenn es hart auf hart kam, dann würde ohnehin er es sein, der als leitender Ermittler den Kopf hinhalten musste, und nicht irgendein Bundesagent, der glaubte, der Killer zöge sich die Hosen anders an als der Rest der Welt.

„Ich bin der gleichen Ansicht", antwortete Ramsey nach einer Weile auf Pakulas Frage. „Aber stell dich schon mal darauf ein, dass die Zuständigkeit unser geringstes Problem sein wird, wenn der Zirkus hier erst mal richtig losgeht."

31. KAPITEL

Washington, D.C.

Er saß vor dem Computer und fühlte sich völlig ausgelaugt. Alles verschwamm vor seinen Augen, und jeder Muskel in seinem Körper schmerzte. Es war jedes Mal dasselbe, so als habe man ihm die Energie vollständig aus dem Leib gesaugt. Dennoch blieb er vor dem Bildschirm sitzen und verfolgte mit leerem Blick, was sich im Chatroom tat. Profanes, hohles Geschwätz, ohne Sinn und Bedeutung. Er beteiligte sich nicht daran. Das tat er nie. Er wartete nur darauf, dass das Spiel endlich begann.

Er hatte das Fenster aufgelassen, ungeachtet des heißen und schwülen Hauchs, der durch die Öffnung quoll und ihm über den Nacken strich. Von unten hallten Geräusche herauf, die Straße war heute weit stärker belebt als normalerweise um diese Uhrzeit. Auch das Knallen und Krachen des Feuerwerks drang von Ferne herein, und hin und wieder flammte in seinem Zimmer sogar ein schwacher Schein auf und tauchte die Wände für einen Moment in ein zartes Grün oder Rosa. Eben war ein Knall wie ein Paukenschlag erschallt, und jetzt folgte im hektischen Stakkato ein Lichtblitz auf den anderen.

Er hasste den 4. Juli, hasste den Unabhängigkeitstag und die Erinnerungen, die er heraufbeschwor. Es waren diese verdammten Erinnerungen, die ihm den ganzen Schlamassel eingebrockt hatten. Jedes Mal wieder. Sie konnten aus dem Nichts kommen, unerwartet und ohne Vorwarnung. Zuweilen brachen sie mit solcher Wucht über ihn herein, dass sie ihn förmlich überwältigten. Dann wieder schlichen sie sich still und verschlagen an … heimtückisch, hinterrücks. Sie ließen sich nicht beherrschen, so sehr er sich auch bemühte.

Er warf einen Blick auf die Uhr in der Taskleiste. Noch fünfzehn Minuten. Eigentlich wollte er nichts weiter, als seinem erschöpften Körper Ruhe gönnen. Er war hundemüde. Das Spiel hatte ihn stets beruhigt, aber seit einiger Zeit schien es seine angestaute Wut immer seltener besänftigen zu können. Anfangs war ihm die Einladung zum Mitspielen wie ein Geschenk des Himmels erschienen, genau das, was er brauchte. Ein Ort, wo er ungehemmt seinen ganzen Zorn ausleben und seinen Feind ausmerzen durfte. Das hielt die Erinnerungen zwar nicht im Zaum, aber es leitete sie in andere Kanäle.

Er konnte nicht mal mehr genau sagen, seit wann das Spiel ihm nicht mehr gereicht hatte, von welchem Moment an der Drang nach Erleichterung immer stärker geworden war. Wie sollte ein Spiel auch genügen, wenn das Objekt seines unbändigen Zorns nach wie vor unbehelligt auf Erden wandelte? Wie konnte man das weiter zulassen?

Erst jetzt fiel ihm auf, dass seine Finger, seine Hände noch voller Blut waren. Er hatte die Tastatur beschmiert und seinen Schreibtisch vollgesaut. Der unerwartete Anblick ließ ihn förmlich erstarren, den Blick ungläubig auf die ausgestreckten Hände gerichtet, als gehörten sie einem anderen. Und sie gehörten ja auch jemand anderem! Jemandem, an den er sich kaum noch erinnern konnte. Es wurde zusehends schlimmer, schien sich unaufhaltsam durch Haut und Haar in jede seiner Adern zu fressen, durch sämtliche Knochen bis tief ins Mark. Das Böse, das ihn vernichten würde, wenn er nicht bald einen Weg fand, es für immer auszulöschen. Er wusste, woher dieses Unheil rührte.

Er musste nur den Mut aufbringen, es an der Wurzel zu packen und mit Stumpf und Stil auszurotten.

Er atmete tief durch und sah nochmals auf die Uhr. Gerade noch Zeit, sich sauber zu machen. Als er aufstand, fiel sein Blick auf den Wohnzimmertisch, von dem aus ihn der blutüberströmte Kopf anglotzte. Er ging ins Badezimmer und wusch sich die Hände.

32. KAPITEL

Montag, 5. Juli
Erzbischöfliches Sekretariat, Omaha

Tommy Pakula veränderte seine Sitzhaltung, doch das machte den Stuhl auch nicht bequemer. Wie er es auch anstellte, die harten Sprossen der Rückenlehne drückten unbarmherzig in sein Kreuz. Dass man auf dem Ding zudem so niedrig saß, war Pakulas Meinung nach beabsichtigt, damit der Erzbischof von seinem Platz hinter dem klotzigen, verschnörkelten Schreibtisch aus auf ihn herabsehen konnte. Bislang hatte Armstrong seinen Gast allerdings noch nicht mit seiner Anwesenheit beglückt. Pakula war überzeugt, dass auch das einem Zweck diente – die Warterei sollte ihn einschüchtern.

Was blieb ihm also anderes übrig, als die riesigen gerahmten Portraits seiner Amtsvorgänger zu betrachten. Pakula erkannte nur Curtiss und Sheehan, wobei er den Eindruck nicht loswurde, als wolle auch Curtiss ihn durch sein eindringliches Starren aus der Fassung bringen. Er rutschte unbehaglich auf seinem Stuhl herum und ließ den Blick weiter durch das Zimmer schweifen. Unwillkürlich kam ihm das Wort *steril* in den Sinn. Am liebsten wäre er mit dem Zeigefinger über die Fensterbank gefahren, vielleicht auch oben über das Bücherregal, um herauszufinden, ob irgendwelche Staubkörnchen es wagten, im Angesicht seiner Eminenz zu existieren.

Sein Besuch hatte vor allem den Grund, Chief Ramsey abzusichern, damit hinterher niemand sagen konnte, er habe nicht alles versucht, bevor er sich schließlich dazu durchrang, das FBI einzuschalten. Der Chief war überrascht gewesen, dass Pakula den Erzbischof nicht persönlich kannte. „Aber latscht du nicht in ‚Sankt Stanislaus' mit dem Klingelbeutel rum oder so'n Käse?" Ramsey demonstrierte gern, dass er selbst vor geraumer Zeit schon aus der katholischen Kirche ausgetreten war.

Tatsächlich war es so, dass ihm die Konfession längst nicht soviel bedeutete wie Clare. Pakula hatte auch immer darauf bestanden, dass seine Töchter in dieser Hinsicht einmal ihre eigene, freie Entscheidung treffen sollten. Und so falsch konnte diese Erziehung zur Mündigkeit ja nicht gewesen sein, denn Angie, ihre Älteste, hatte immerhin beschlossen, in Omaha zu bleiben und sich an der Creighton University zu immatrikulieren, der Alma Mater ihrer Mutter. Während ihrer High-School-Zeit hatte sie hervorragende Noten mit nach Hause gebracht und zudem ein Stipendium ergattert. Dankenswerterweise, denn die Studiengebühren an dem renommierten College waren wahrlich nicht ohne.

Er konnte wirklich stolz sein auf seine Tochter. Zwar hatte er, als es so aussah, als würde sie Omaha wegen ihres Studiums den Rücken kehren, schon mit dem Gedanken gespielt, seinen Boxsack und seine gesamten Gewichte aus der Garage zu räumen und stattdessen ihr Zimmer in Beschlag zu nehmen. Doch war es ihm natürlich wesentlich lieber, sie weiter in seiner Nähe zu wissen und dadurch in der Lage zu sein, noch ein paar weitere Jahre ein Auge auf sie zu haben. Er freute sich auch darauf, im Herbst zu ihren Spielen gehen zu können, wenn sie im Dress der Creighton University auflief. Angeblich sollten die Eltern der Spielerinnen Plätze im VIP-Bereich bekommen.

Die Seitentür ging auf, und er ertappte sich dabei, wie er sich in Positur setzte, kerzengerade und schuldbewusst, als sei er während der Predigt in der Kirchenbank eingenickt. Er war unsicher, wie er sich nun verhalten sollte. Sollte er aufstehen? Wieso denn, zum Teufel?

„Mr. Pakula!" Aus Erzbischof Armstrongs Mund klang sein Name wie eine Ankündigung. Allerdings sprach er ihn falsch aus, mit der Betonung auf der ersten Silbe statt auf der zweiten, PAA-kula statt Pa-KU-la.

„Pa-KUU-la, und nicht Mister, sondern Detective", korrigierte er, nicht willens, sich kleiner machen zu lassen als er war. Der Würdenträger blieb neben dem Schreibtisch stehen. Wartete er etwa darauf, dass sein Besucher sich erhob? Chief Ramsey hatte Pakula instruiert, er müsse zwar höflich sein, brauche seiner Eminenz aber nicht in den Allerwertesten zu kriechen. Pakula blieb sitzen.

„Tschechisch?"

„Polnisch."

„Ah ja, gewiss", hüstelte Armstrong, als habe er, bevor er sich endlich in seinen Sessel hinter dem Schreibtisch gleiten ließ, zunächst den Ursprung von Pakulas Namen klären müssen. Als sei das unentbehrlich, um seinen Besucher zu verstehen.

Der Sessel drohte die hochgewachsene, hagere Gestalt des Bischofs regelrecht zu verschlucken, doch augenscheinlich war er sich dieses Eindrucks bewusst, denn er rückte umgehend vor bis zur Sesselkante und bettete die gefalteten Hände andächtig vor sich auf den Tisch. Es waren die kleinsten Hände, die Pakula je bei einem Mann gesehen hatte – glatt, ohne Schwielen, die Nägel poliert, penibel gefeilt und mit perlweißen Spitzen, ohne Zweifel das Ergebnis professioneller Maniküre. So viel zum Thema Demut, dachte Pakula.

„Wie kann ich Ihnen behilflich sein, Mr. Pakula?“ fragte Armstrong, den Kopf leicht schräg gelegt und mit vermeintlich teilnahmsvollem Blick.

„Sie haben uns über Bruder Sebastian Ihre Unterstützung angeboten.“ Pakula beschloss, darüber hinwegzusehen, dass Armstrong seinen Dienstgrad ignorierte. „Deshalb wollte ich mich erkundigen, ob Sie uns vielleicht einige Gedanken oder Einsichten mitzuteilen hätten bezüglich … Nun ja, Sie verstehen, bezüglich der Frage, wer Monsignore O'Sullivan umgebracht haben könnte?“ Es brachte nichts, um den heißen Brei herumzureden.

„Ja, wer könnte so etwas nur tun?“ seufzte der Erzbischof mit tiefer Stimme, als setze er zu einer Predigt an. Er öffnete seine verschränkten Hände, hielt sie mit den Handflächen nach oben und legte sie wieder flach auf den Schreibtisch. Dann trommelte er mit sämtlichen zehn Fingern auf die polierte Tischplatte. Die Bewegung erinnerte Pakula an einen Ritus unmittelbar vor einer Segnung, obwohl er bezweifelte, dass seine Eminenz ihm in diesem Moment den Segen gespendet hätte.

„Ein Rauschgiftsüchtiger vielleicht? Eine arme Seele, die auf Geld für den nächsten Schuss aus war?“

Pakula musste sich das Lachen verbeißen. Meinte der Bischof das tatsächlich ernst? Seine Fingerspitzen trommelten weiter einen geheimen Code, als er hinzufügte: „Es war doch ein willkürliches Gewaltverbrechen. Oder etwa nicht?“

„Die Frage lässt sich noch nicht abschließend beantworten.“

„Einen Tatverdächtigen haben Sie also nicht?“

„Derzeit nicht.“ Pakula achtete auf ein Anzeichen von Enttäuschung oder Erleichterung, doch der Bischof ließ sich von beidem nichts anmerken.

„Könnte es sein, dass der Monsignore vielleicht Probleme mit seinen Schülern hatte?" schlug Pakula vor.

„Mit seinen Schülern?"

„Er leitete doch die Bekenntnisschule ‚Our Lady of Sorrow', richtig?"

„Allerdings, und zwar in hervorragender Weise."

Interessant, stellte Pakula fest. Er hatte gar nicht nach der Führungsqualität des Monsignore gefragt. Nur danach, ob es Probleme gegeben habe.

„Hat er Ihnen gegenüber in letzter Zeit Sorgen geäußert?" Noch ein Versuch. „Hatte er Ärger mit anderen Lehrpersonen? Mit einem Schüler vielleicht?"

„Mit Schülern …?" staunte Armstrong, als habe er daran bisher überhaupt nicht gedacht. „Er hat nie eine Drohung erwähnt."

Pakula feixte innerlich. Er hatte sich nach Ärger erkundigt, und der Bischof sprach von Drohungen. *Was verheimlicht der Kerl, zum Teufel?*

„Wir haben vorgestern Vater Tony Gallagher befragt. Unten im Präsidium." Auch wenn Armstrong das mit Sicherheit schon wusste, war Pakula doch gespannt auf die Wirkung seiner Bemerkung. Ob es wohl sündig war, mit einem Erzbischof Katz und Maus zu spielen? „Warum haben Sie den Monsignore nach Rom geschickt? Sollte er in Ihrem Auftrag etwas in den Vatikan bringen?"

„Ach, hat Vater Tony Ihnen das gesagt?" Er schüttelte den Kopf, scheinbar enttäuscht und noch unentschieden, ob er das, was ihm auf der Zunge lag, auch bekennen sollte. Wieder öffnete er die Hände, als wolle er seinem Amtsbruder vergeben. „Leider bleibt es an einer Bekenntnisschule manchmal nicht aus, dass es zu … nun sagen wir – Enttäuschungen kommt, was die Verteilung unserer bescheidenen Mittel betrifft. Darüber könnte Ihnen sicher auch Schwester Kate ihr Leid klagen. Beide verfolgen Projekte, die unsere Möglichkeiten übersteigen." Er hob die Schultern und sah Pakula an, als sei er sich sicher, auf das Verständnis seines Besuchers zählen zu können.

„Schwester Kate?"

„Schwester Katherine Rosetti. Sie gibt Geschichte, organisiert Exkursionen zu Museen und dergleichen. Sie veranstaltet auch Seminare außerhalb der Schule. Zum überwiegenden Teil decken die Einnahmen aus ihren Vorträgen ihre eigenen Reisekosten, aber offenbar ist sie der Ansicht, dass ihren Schülern ebenfalls eine solche Kostenerstattung zusteht. Allerdings können wir uns diese Ausgaben ebenso wenig leisten, wie wir die Haftung für die Schüler außerhalb der Schule übernehmen können. Leider neigt Schwester Kate dazu, etwas ausfallend zu werden, wenn etwas nicht ihren Vorstellungen entspricht. Wir sahen uns erst kürzlich gezwungen, ihren Etat zu kürzen."

„Das heißt, zurzeit entspricht einiges an der Schule nicht ihren Vorstellungen?"

„Das könnte ich mir durchaus vorstellen."

Pakula fragte sich, ob Schwester Kate wohl wegen der Etatkürzung laut geworden war, oder ob umgekehrt der Bischof ihr die Mittel gekürzt hatte, weil die Schwester nicht folgsam genug war. Doch tat das nichts zur Sache. Die Hauptsache war, dass Armstrong die Romreise des Monsignore nicht abgestritten hatte. Offenbar galt seine ganze Sorge den treulosen Schäfchen in seiner Herde.

„Was war denn Ihrer Meinung nach in der Aktenmappe, die der Monsignore in den Vatikan bringen sollte?"

„Anscheinend gibt es keine Aktenmappe." Armstrongs Finger stellten das Getrommel ein und verschränkten sich wieder.

„Ach, natürlich, das hätte ich ja fast vergessen! Nein, es sieht tatsächlich nicht so aus, als habe der Monsignore eine Mappe dabeigehabt. Natürlich entzieht es sich meiner Kenntnis, ob sie sich nicht bei dem bereits abgefertigten Gepäck war, da das ja von Bruder Sebastian vom Flughafen abgeholt wurde." Er hielt einen Herzschlag lang inne. „Unzulässigerweise."

„Ich habe ihn angewiesen, alles für heute Morgen bereitzuhalten, damit Sie es mitnehmen können."

Dass Sie es gründlich durchwühlt haben, stört uns ja auch nicht weiter, hätte Pakula am liebsten erwidert, ließ stattdessen aber nur den Anflug eines Lächelns um seine Mundwinkel spielen.

„Hoffentlich ist das alles bald überstanden!" Der Erzbischof wedelte mit der Hand und erhob sich, womit er verkündete, dass er die Audienz als beendet ansah. „Ich darf doch annehmen, dass Sie mich auf dem Laufenden halten werden?"

Pakula spürte, dass er nicht widerstehen konnte. Dem Chief würde das zwar gar nicht gefallen, aber schließlich erfuhr Armstrong es ja ohnehin in den nächsten Stunden. Spätestens durch die Abendnachrichten.

„Ich bin Ihnen sehr zu Dank verpflichtet, dass Sie sich die Zeit genommen haben." Pakula stand ebenfalls auf. „Ich bin sicher, die Leute vom FBI werden noch weitere Fragen haben."

„Vom FBI?"

Pakula nickte, bereits im Gehen begriffen.

„Hält Bürgermeister Franklin das wirklich für erforderlich?"

Pakula blieb an der Tür stehen. Ramsey hatte also Recht, der Machtpoker war eröffnet. Und der Erzbischof hatte soeben seinen ersten Spielzug angesagt.

„Genau genommen liegt das nicht in der Befugnis des Bürgermeisters. Bei einem so heiklen Fall wie diesem ist es reine Routine, weitere Spezialisten hinzuzuziehen. Das werden Sie sicher verstehen."

„Aber natürlich", erwiderte der Erzbischof mit einem Wink, der wohl ausdrücken sollte, wie wenig ihn so weltliche Dinge wie Polizeiroutine berührten. Er wandte sich zum Gehen, drehte sich dann aber noch einmal um, sodass die beiden Männer sich wie zwei Revolvermänner in einem Western gegenüberstanden. „Natürlich verstehe ich das. Auch wir haben unsere Formalitäten einzuhalten. Beispielsweise bei der Bewilligung unserer College-Stipendien. Das werden Sie sicher ebenso verstehen. Guten Tag, Mr. Pakula."

Er verschwand durch die Seitentür, ohne Pakula Gelegenheit zu geben, das Feuer zu erwidern. Es spielte indes keine Rolle. Pakula hätte ohnehin keinen weiteren Schuss mehr abgeben können – nicht bei dem Knoten, der ihm plötzlich die Brust zusammenschnürte.

33. KAPITEL

Katholische High School „Our Lady of Sorrow“, Omaha

Gibson McCutty ließ den Blick betont gelangweilt über die Regale schweifen. Doch insgeheim liebte er diesen Raum, für ihn war er der faszinierendste Ort in der gesamten High School. Nur wollte er das nicht unbedingt zeigen, denn sonst hätte er bestimmt als totaler Streber gegolten.

Wie Schwester Kate es schaffte, die Sammlung immer wieder um neue interessante Stücke zu erweitern, blieb ihm ein Rätsel. Obwohl „neu“ streng genommen natürlich nicht ganz zutreffend war, denn das meiste war hunderte von Jahren alt, empfindliche, kostbare Stücke, die sie in Glasvitrinen unter Verschluss hielt. Wie etwa diese komische Drehleier, eine Art Fiedel mit einer Kurbel und einer Reihe Tasten. Das Ding wurde im Europa des 12. Jahrhunderts von fahrenden Spielleuten benutzt.

Mann, ey! Nicht zu fassen, an was er sich alles erinnerte! Wahrscheinlich, weil er den Unterricht bei Schwester Kate eben immer so spannend gefunden hatte.

Er beobachtete sie, wie sie die Neuen begrüßte. Echt cool, wie gelassen sie immer war, egal in welcher Situation. Sie hatte so eine Art, die ihn irgendwie beruhigte, und zudem sah sie einfach spitze aus. Seine Mom hatte die Schwester einmal eine „natürliche Schönheit“ genannt, wahrscheinlich, weil sie gar nicht wie eine Lehrkraft aussah. Sie wirkte eher wie eine Schülerin, besonders wenn sie wie heute in Khakihosen und T-Shirt aufkreuzte. Aber auch an normalen Tagen hob sie sich durch ihre Klamotten vom Lehrkörper ab. In der Regel trug sie zwar traditionell geschnittene Jacken, mal zum Rock, mal zu langen Hosen, aber ihre Sachen stachen stets durch lebensfrohe Farben heraus – Gold, Rot, Hellblau, sogar Lindgrün. Aber egal, was sie auch anhatte, immer sah sie scharf aus, und mit dieser Meinung war Gibson beileibe nicht allein. Auch die anderen Schüler sahen das so, sogar die Obercoolen, die Geschichte als langweiligen, öden Kram abtaten.

Die Schlaffis, die da zur Tür herein kamen, wirkten auf Gibson allerdings alles andere als cool. Das jährliche Schnupperprogramm stand interessierten Schülern aus allen kirchlichen High Schools offen, vorausgesetzt, sie hatten sich qualifiziert und die Aufnahmeprüfung bestanden. Von Schwester Kate ins Leben gerufen und geleitet, fanden die Schnupperkurse jeden Sommer hier an seiner Schule statt, der „Lady of Sorrow", der „leidenden Gottesmutter". Gibson hatte also eine Art Heimvorteil. Er wusste, wo die Toiletten waren und wie man es hinkriegte, dass der Getränkeautomat eine kostenlose Dose ausspuckte. Im letzten Schuljahr hatten ihm seine Insider-Kenntnisse allerdings wenig genützt. Da hatte er sich vergebens den Kopf darüber zermartert, wie man in den Geschichtsraum im ersten Stock gelangen konnte, ohne am Direktorenzimmer vorbei zu müssen. Das lag nämlich unten im Erdgeschoss, direkt gegenüber dem Treppenaufgang. Möglich, dass Monsignore O'Sullivan dieses Büro genau deswegen gewählt hatte.

Gibson hatte sich vorgenommen, an dem Zimmer vorbeizugehen, ohne nach links oder rechts zu gucken. Er war bereits an der Treppe gewesen, als er gemeint hatte, ihn zu sehen. Er stand vor dem Schreibtisch und trug wie der Monsignore ein schwarzes Polohemd und schwarze Hosen. Wie angewurzelt hatte Gibson in seiner Bewegung innegehalten. Zuerst hatte er gedacht, seine Fantasie spiele ihm einen Streich. Der kalte Schweiß war ihm ausgebrochen, und er hatte schon gemeint, einen Geist zu sehen, als der Mann plötzlich umgedreht hatte. Natürlich war es nicht der Monsignore gewesen, sondern ein hochgewachsener Typ mit Hakennase und puderweißem Gesicht.

„Suchst du etwas?" Die tiefe Stimme war Gibson irgendwie bekannt vorgekommen.

„Ich … äh … ich dachte, Sie wären Monsignore O'Sullivan …" Gibson wusste, dass sich das nun echt bescheuert anhören musste, aber es war ihm einfach so herausgerutscht.

„Monsignore O'Sullivan kommt nicht mehr", hatte der Mann mit der Hakennase erwidert und sich angeschickt, die Tür zu schließen, war dann aber stehen geblieben und hatte Gibson aus seinen kohlschwarzen Augen gemustert. Gibson hatte das Gefühl gehabt, der stechende Blick würde ihn wie eine Messerklinge durchbohren und förmlich am Treppengeländer festnageln. Es war ihm kalt den Rücken heruntergelaufen, blitzschnell war er herumgewirbelt die Treppe hinaufgerannt, bis zum Klassenraum von Schwester Kate.

Der Mann war ihm zwar nicht gefolgt, aber ganz abschütteln konnte Gibson das flaue Gefühl in seinem Magen noch immer nicht.

Bloß nicht mehr daran denken! Er versuchte sich daran zu erinnern, wie wohl er sich sonst immer hier gefühlt hatte, doch es funktionierte nicht. Er musste sich auf etwas anderes konzentrieren, egal, auf was! Also richtete er sein Augenmerk auf die Kids, die sich jetzt um Schwester Kate scharten, drei Mädchen und neun Jungen. Gibson hatte einen Blick auf die Teilnehmerliste riskiert, die auf Schwester Kates Schreibtisch lag, und wusste daher, dass er von seiner Schule als Einziger teilnahm.

Seine Mom war hin und weg gewesen, als wäre das hier so etwas wie eine Auszeichnung. Und sie hatte sich die Sache auch nicht ausreden lassen, als sie erfuhr, dass sie fünfhundert Dollar für die Sommerexkursionen und -ausflüge blechen sollte. Sie hatte bloß mit den Achseln gezuckt und gemeint, die Summe würde sie schon seiner Großmutter aus dem Kreuz leiern. Die drei Wochen würden ihm den ganzen Sommer vermasseln, hatte Gibson genörgelt, doch war ihm schnell klar geworden, dass er von vornherein auf verlorenem Posten stand. Er hatte nämlich das Telefongespräch mitgehört, bei dem seine Mom der Großmutter untergejubelt hatte, was das für eine Ehre sei, dass ihr Enkel an den Veranstaltungen teilnehmen dürfe. Ja, wenn sie nur die tausend Dollar an Gebühren aufbringen könne, dann bräuchte der Junge auf diese ehrenvolle Anerkennung nicht zu verzichten. Da lag also der wirkliche Grund, warum sie sich so freute. Es ging gar nicht darum, dass er sich qualifiziert hatte und auch nicht darum, dass er den Sommer über aus dem Haus kam und nicht nur vor seinem Rechner hockte. Nein, seine Mutter hatte vielmehr mal wieder eine Gelegenheit gewittert, seine Oma auszunehmen.

„Was soll denn das hier sein?“ fragte plötzlich ein Knirps mit Sommersprossen und rötlich blondem Haar.

Gibson hatte den Bengel gar nicht bemerkt. Er zeigte auf eins von Gibsons Lieblingsstücken, traute sich offensichtlich aber nicht, das Ding, das aussah wie eine primitive Trinkschale, zu berühren.

„Das ist eine Schädelschale“, belehrte ihn Gibson und nahm

das antike Stück behutsam in die Hände. Der Junge kriegte große Augen, als würde Gibson etwas Verbotenes tun. Gibson wusste jedoch, dass Schwester Kate nichts dagegen hatte. Die Gegenstände, die nicht in den Vitrinen verwahrt wurden, konnte man ruhig anfassen und genauer in Augenschein nehmen, vorsichtig natürlich. Er drehte die Schale um, um dem sommersprossigen Jungen zu demonstrieren, wie sie wie ein Deckel genau auf einen menschlichen Schädel passte.

„In Tibet wurden die von Priestern verwendet", erklärte er. „Bei Zeremonien und so. Die sägten 'nen Schädel durch und benutzten die obere Hälfte als Trinkgefäß. Das sollte symbolisieren, dass sie den Geist des Toten in sich aufnahmen. So in der Art."

Der Rotschopf starrte ihn an, als wolle er sich vergewissern, dass Gibson ihn nicht auf den Arm nahm. Und auf einmal stieg in Gibson das Gefühl auf, dass dieser Sommer ja vielleicht doch nicht so übel werden würde.

34. KAPITEL

Reagan National Airport
Washington, D.C.

Gwen Patterson klappte ihr Handy zu und ließ es in ihre Jackentasche gleiten.

„Ist sie immer noch nicht da?“ fragte Maggie, während die beiden sich ihren Weg durch das montagmorgendliche Gedrängel auf dem Flughafen bahnten.

„Dena hat Samstag gearbeitet, an ihrem freien Tag. Ist also in Ordnung, wenn sie heute mal später kommt. Wäre mir nur lieber gewesen, wenn sie’s mich hätte wissen lassen.“

„Du musst nicht mit mir warten, wenn du lieber in die Praxis willst. Hier ist heute ein Betrieb wie im Zoo!“

„Schon okay. Und du bist sicher, Harvey hält’s allein im Auto aus?“

„Heute Morgen ist es kühl. Das Fenster ist einen Spaltbreit auf, da wird’s schon gehen.“

Sie ergatterten eine noch freie Sitzgelegenheit unweit der Sicherheitsschleuse. Maggie verstaute ihre Brieftasche im Seitenfach ihres Handgepäcks, einer großen Laptop-Tasche, und zog den Reißverschluss zu. Das Flugticket verschwand in ihrer linken Jackentasche, Armbanduhr und Armreif wanderten in die rechte. Ihre Dienstwaffe samt Schulterhalfter hatte sie bereits beim Sicherheitsdienst abgegeben. Eine unumgängliche Prozedur, um durch die Sicherheitskontrolle zu kommen und anschließend durch die sonnigen Lüfte zu düsen.

Obwohl sie nach außen hin die Ruhe selbst zu sein schien,

hatte Gwen doch das Gefühl, als schreie alles in ihr danach, Maggie zum Bleiben zu bewegen. Sie konnte doch jetzt nicht einfach abreisen! Im Laufe des Tages sollten die Befunde aus Benny Hasserts Labor kommen, aber dann würde Maggie nicht mehr hier, sondern in Nebraska sein, hunderte Meilen entfernt. Am liebsten hätte Gwen ihrer Freundin auf der Stelle reinen Wein eingeschenkt. Vorhin hatte sie sich gerade noch bremsen können, ihr von dem goldenen Ohrring zu erzählen, den sie am Samstagmorgen erhalten hatte. Doch damit hätte sie die Büchse der Pandora geöffnet und wäre genötigt gewesen, alles zu offenbaren, die schriftlichen Anweisungen, die Karte und das Handy. Es half nichts, Maggie reiste ab, und sie, Gwen, musste ihre Pläne ändern.

„Bonzado ist offenbar der Meinung, dass der Mörder ein Beil oder eine Machete benutzt hat", sagte Maggie wie aus heiterem Himmel. Anscheinend wollte auch ihr der Fall nicht aus dem Kopf gehen.

„Wie geht's denn dem Professor?" fragte Gwen, bemüht, das Thema zu wechseln, obwohl sie gleichzeitig überlegte, ob Rubin Nash wohl ein Beil oder eine Machete besaß.

„Prima."

Sie bemerkte Maggies Lächeln und freute sich darüber, denn seit der Sache mit diesem zum Staatsanwalt mutierten Cowboy aus Nebraska hatte sich ihre Freundin für keinen Mann mehr interessiert. Dabei hatte es mit Nick Morrelli ganz viel versprechend begonnen, doch dann er war plötzlich mir nichts dir nichts wieder aus ihrem Leben verschwunden. Adam Bonzado schien ihr indes jemand zu sein, der wusste, was er wollte, und der geduldig warten würde, bis Maggie so weit war.

„Nächsten Monat ist er hier in Washington auf einer Tagung“, fuhr Maggie fort.

„So?“

„Vielleicht gehen wir dann gemeinsam essen.“

„Schön!“

„Und was ist mit Tully?“ fragte Maggie plötzlich. „Hat er schon von sich hören lassen, seit er im Urlaub ist?“

Gwen spürte, wie sich ihr Magen verkrampfte. Obwohl sie Maggie hinsichtlich ihrer Gefühle für R. J. Tully eingeweiht hatte, wollte sie doch nicht zugeben, wie sehr sie ihn vermisste.

„Warum schickt Cunningham eigentlich nicht Tully nach Nebraska, wenn er zurück ist?“

„Gwen!“ Maggie lachte auf. „Der ist doch noch die ganze Woche über weg. Außerdem dachte ich, du würdest dich darauf freuen, ihn wiederzusehen.“

„Na klar, das schon. Ich verstehe nur nicht ganz, wieso Cunningham dich auf einen neuen Fall ansetzt, wo du doch gerade den hier übernommen hast.“

„Ich hab Cunningham heute Morgen meinen vorläufigen Bericht rübergemailt“, erwiderte Maggie, wobei sie ihre Armbanduhr aus der Jackentasche zog und einen Blick darauf warf – für Gwen das Zeichen, dass ihre Freundin sich allmählich zur Sicherheitsschleuse begeben musste.

„Gibt es denn schon einen konkreten Hinweis?“

„Sobald wir mehr über die Opfer wissen, erfahren wir auch etwas über den Mörder. Stan und Detective Racine haben Opfer Nummer drei bereits identifizieren können. Das hilft uns weiter.“

„Die wissen, wer sie ist?“

„Der Gebissabgleich passt zu einer Studentin am Virginia Tech College. Libby Hopper heißt sie. Ist seit Anfang voriger Woche als vermisst gemeldet."

„Vermisst? Du meinst, sie ist einfach so verschwunden?" Gwen gab sich zwar alle Mühe, aber es wollte ihr nicht einfallen, wo diese Hochschule war. Sollte sich Nash etwa auf dem Gelände von Colleges herumtreiben? Warum nicht, junge Studentinnen waren eine leichte Beute.

„Sie sollte während des Sommersemesters eigentlich bei Verwandten hier in der Stadt unterkommen. Ihr Wagen wurde auf dem Parkplatz eines Nachtclubs in Richmond gefunden."

„Und warum sollte er das Risiko eingehen, sie dann wieder hierher zu bringen?"

„Vielleicht hat er das gar nicht", wandte Maggie ein.

„Aber du hast doch ihren Kopf am Ufer des Potomac gefunden!"

„Möglicherweise hat er sie irgendwo zwischen Richmond und hier umgebracht. Das würde auch erklären, warum wir den Rumpf noch nicht gefunden haben. Es ist weniger riskant, nur mit dem Kopf durch die Gegend zu fahren."

„Wenn du diese Informationen hast – heißt das, dass du in dem Fall parallel weiter ermittelst?" Gwen bemühte sich, nicht verzweifelt zu klingen, sondern einfach nur neugierig.

„Ich bin jedenfalls überzeugt, dass Racine mich gerne weiter an Bord hätte. Ich werde dich auf dem Laufenden halten." Maggie stand auf. „Ich muss los." Sie breitete die Arme aus und wartete, bis Gwen sich erhoben hatte, um sie zu umarmen. „Danke, dass du dich um Harvey kümmerst."

„Wir werden uns gut amüsieren. So komme ich wenigstens

mal wieder zu ein paar ausgedehnten Spaziergängen im Rock Creek Park." Sie gab sich Mühe, nicht an die krakelige Skizze zu denken, die zu dem zweiten Schädel geführt hatte, ganz in der Nähe eines der Parkwege. Stattdessen drückte sie Maggie. „Ach, ich hab ja ganz vergessen zu fragen, um was es da drüben in Nebraska überhaupt geht."

„Wie es scheint, haben die da ebenfalls einen Serienmörder. Allerdings hat der es auf Priester abgesehen."

„Tatsächlich?" Auf einmal fiel Gwen ein, dass sie viel zu sehr mit ihrem eigenen Dilemma beschäftigt gewesen war und sich noch gar nicht danach erkundigt hatte, wie es ihrer Freundin damit ging, wieder nach Nebraska zu müssen. „Und meinst du, du kommst klar dort?"

Maggie warf ihr einen Blick zu, als wolle sie sagen, sie sei doch kein kleines Mädchen mehr. „Na sicher! Das ist doch – wie lange jetzt? – vier Jahre her."

„Manche Wunden heilt die Zeit auch in vier Jahren nicht", wandte Gwen ein. „Besonders dann, wenn's noch offene Rechnungen gibt."

Maggie zuckte die Schultern und drückte der Freundin dann sanft den Arm. „Mach dir um mich keine Sorgen. Gönn dir lieber etwas Ruhe, du siehst aus, als könntest du das dringend brauchen. Ich rufe dich heute Abend an."

Dann machte sie sich auf, winkte noch einmal, nachdem sie die Kontrolle passiert hatte, und war dann verschwunden. Mit einiger Erleichterung stellte Gwen fest, dass Maggie offenbar keinen Schimmer hatte, dass die Gedanken ihrer Freundin einer Zeitbombe glichen, die unaufhaltsam tickte und jeden Moment hochgehen konnte.

35. KAPITEL

Katholische High School „Our Lady of Sorrow“, Omaha

Nick Morrelli hoffte, er würde es nicht bereuen, dass er sich von seiner Schwester hatte überreden lassen, sie auf dieser Fahrt zu begleiten. Für Timmy war es der erste Tag des sommerlichen Schnupperprogramms, das die High School, die er ab Herbst besuchen sollte, veranstaltete. Sein Schulwechsel war nur eine von vielen Veränderungen, die Christines Scheidung sowie ihr Umzug von Platte City nach Omaha mit sich brachten.

Sie hatte behauptet, der Junge sei schon ganz gespannt auf seine neue Schule, doch Nick konnte sich des Eindrucks nicht erwehren, als sei es eher Christine, die sich über den Wechsel freute. Erst neulich abends hatte sie sich darüber beklagt, dass ihr Sohn viel zu viel Zeit in seinem Zimmer vor dem Computer verbringe und zu wenig mit seinen Freunden. Für Nick hatte sich das nicht gerade so angehört, als könne sich der jetzt beinahe fünfzehnjährige Bengel für allzu viel begeistern.

Kaum waren sie jedoch angekommen, ließ Timmy sie regelrecht stehen und rannte die Treppe hinauf, als wüsste er ganz genau, wohin er musste. Vielleicht hatte sich Nick ja geirrt. Allerdings wurde er den Verdacht nicht los, der Junge wolle nur vermeiden, dass zukünftige Mitschüler ihn in Begleitung seiner Mutter und seines Onkels sahen.

Als sie die Treppe erreichten, wies Christine auf eine Tür mit einem Schild, auf dem Monsignore O'Sullivans Name stand. Er nickte nur und stieg die Treppe hinauf, in der Meinung, sie würde ihm folgen. Doch als er schon auf halber Höhe war, hörte er, wie sie unten jemandem ihr Beileid ausdrückte. Er drehte sich um und sah sie in der offenen Bürotür stehen. Im Nu war sie von der Rolle der Mutter in die der Reporterin geschlüpft und hatte ihr Frage- und Antwortspiel begonnen. Nick machte kehrt, und als er unten angekam, war ein schwarz gekleideter, blasser Hüne gerade dabei, seiner Schwester zu erklären, er sei Bruder Sebastian, der Privatsekretär von Erzbischof Armstrong, und habe den Auftrag, die persönlichen Dinge des Monsignore abzuholen.

Christine fragte ihn unumwunden, ob man denn im Polizeipräsidium Omaha wisse, dass er sich da gerade an etwas zu schaffen mache, was ihrer Meinung nach möglicherweise Beweismaterial in einem Ermittlungsverfahren darstelle. Sie drohte bereits damit, die Polizei anzurufen, als Nick sie beim Arm fasste, aus dem Büro bugsierte und die Treppe hinaufzog. Während sie den Klassenraum suchten, in dem der Schnupperkurs stattfinden sollten, wetterte sie wie ein Wasserfall über die Unverfrorenheit des Erzbischofs.

Erst als sie dann Schwester Kate Rosetti gegenüberstanden, schien ihr der Grund ihres Kommens wieder einzufallen. Sie stellte Nick die Leiterin des Schnupperprogramms und Timmys neue Geschichtslehrerin vor und brachte die Schwester sichtlich in Verlegenheit, als sie in höchsten Tönen deren Engagement und ihre zahlreichen Vorträge und Seminare pries.

„Wir können uns glücklich schätzen, sie hier in Omaha zu haben“, hatte Christine schon während der Fahrt geschwärmt. „Ganz zu schweigen davon, dass sie ausgerechnet an dieser Schule unterrichtet.“ Christine war eben Reporterin mit Haut und Haar, natürlich hatte sie vorher ihre Erkundigungen eingezogen.

„Klingt so, als seien Sie den Sommer über voll ausgelastet", sagte Nick und schenkte Schwester Kate ein Lächeln.

„Schon, aber das meiste sind nur Wochenendtagungen, jetzt, wo der Schnupperkurs beginnt", erwiderte die Lehrerin schulterzuckend, wie um ihre Aktivitäten herunterzuspielen. „Gestern war ich in St. Louis."

Nachdem sich die Lehrerin wieder ihren Schülern zugewandt hatte, schlug Christine Nick vor, Schwester Kates Sammlung zu besichtigen und entschuldigte sich ebenfalls. Natürlich wusste sie, dass ihr Bruder sich das nicht zweimal würde sagen lassen. Er hatte am College Geschichte als Hauptfach gehabt und beschäftigte sich auch heute noch gern mit frühen Kulturen und antiken Werkzeugen und Waffen, wie Schwester Kate sie offenbar mit Leidenschaft sammelte. Deshalb war er gar nicht sonderlich böse über den etwas plumpen Versuch seiner Schwester, ihn loszuwerden. Natürlich ging es ihr einzig und allein darum! Sie wollte ungestört noch etwas herumschnüffeln.

„Mr. Morrelli", sagte Schwester Kate, die plötzlich neben ihm auftauchte. „Ihre Schwester meinte, Sie würden vielleicht an der ersten Unterrichtsstunde teilnehmen wollen."

„Störe ich dabei auch nicht?"

„Ach was! Die Schüler sollen sich erst einmal eingewöhnen, ihren Klassenraum kennen lernen und sich gegenseitig vorstellen. In ein paar Minuten geht's los."

„Eine wirklich beeindruckende Sammlung!" Nick hoffte, dass er nicht wie ein schwärmerischer Fünfzehnjähriger klang. „Wenn ich mir die Frage erlauben darf: Wo oder vielmehr wie sind Sie denn an diese Stücke gekommen?"

Sie lächelte, und auch er musste grinsen, weil er auf einmal daran denken musste, wie wenig sie wie die Nonnen aussah, die ihn in der Grundschule unterrichtet hatten. Er konnte sich nicht entsinnen, dass eine von denen mal Make-up aufgelegt hätte, geschweige denn Lippenstift.

„Man staunt, mit was für Sachen die Leute ankommen, sobald sie merken, was ich mache", antwortete Schwester Kate. „Viele dieser Stücke waren anfangs Leihgaben und wurden mir später als Spende zur Verfügung gestellt. Einige habe ich selbst aufgestöbert, in Antikläden, auf Trödelmärkten, selbst bei Ebay, ob Sie's glauben oder nicht. Es gibt jede Menge Leute, die nicht mal ahnen, was für Schätze in ihren Schränken schlummern, besonders wenn es sich um ein altes Erbstück handelt. Nehmen Sie beispielsweise dieses Braquemard." Sie nahm ein Kurzschwert mit flacher Klinge aus einer der Vitrinen. „Es stammt aus der Zeit um das Jahr 1400."

„Sie wollen mir doch nicht erzählen, dass das bei jemandem auf dem Speicher lag und da verstaubte?"

„Nein, dieses hier nicht. Ich habe es rein zufällig gefunden, in einer Metzgerei in einem kleinen französischen Dorf namens Machecoal. Irgendjemand hatte es mal dem Vater des Besitzers vermacht, aber ursprünglich gehörte es einem reichen Edelmann. Einem Ritter, der Seite an Seite mit Jeanne d'Arc kämpfte. Sehen Sie die Gravur?"

Sie hielt Nick die Waffe hin, worauf er mit dem Zeigefinger über das abgewetzte Schmiedezeichen fuhr, das am Ansatz der Klinge eingraviert war. Viel ließ sich zwar nicht mehr erkennen, aber es handelte sich um eine Art Symbol, nicht etwa um Initialen, wie er eigentlich erwartet hatte. Der scharfe Geruch von Reinigungsmittel stieg ihm in die Nase. Ganz offensichtlich hegte und pflegte Schwester Kate ihre Kostbarkeiten.

„Erstaunlich, dass es im Laufe von sechshundert Jahren nicht weiter herumgekommen war", bemerkte sie.

„Die Jungfrau von Orleans? Donnerwetter! Heißt das, dass Sie vornehmlich Stücke sammeln, die von Heiligen oder Helden stammen?"

„Dieser Baron Gilles de Rais, dem das Schwert einmal gehört hat, war leider weder das eine noch das andere. Er führte ein heimliches Doppelleben, wie man wohl heute sagen würde." Sie legte das Schwert wieder zurück, beinahe ehrfurchtsvoll, wie Nick meinte, und rieb dann sacht mit den Fingerspitzen über die breite, zweischneidige Klinge. „Es heißt, er habe dieses Schwert benutzt, um mehr als einhundertvierzig Knaben die Bäuche aufzuschlitzen und manche von ihnen zudem zu enthaupten. Allerdings erst, nachdem er sie zuvor erwürgt, erhängt und über ihren Leichen masturbiert hatte. Nein, ein Held oder Heiliger war der wohl kaum."

36. KAPITEL

Reagan National Airport
Washington, D.C.

Kaum hatte Maggie ihren Platz in der ersten Klasse eingenommen, da servierte ihr eine Flugbegleiterin namens Cassy auch schon die gewünschte Cola light nebst einem Glas mit Eis sowie mehreren Beuteln gemischter Nüsse, allesamt „Premium-Qualität" und offenbar Bestandteil der fürstlichen Behandlung, die man ihr so unerwartet angedeihen ließ. Zuvor hatte die Stewardess ihr auf die Schulter getippt und ihr zugeflüstert, der Flugkapitän bestehe auf ein Upgrading des Tickets und dass sie von ihrem Fensterplatz in der zweiten Klasse, hinten im Heck der Maschine, nach vorn in die erste wechseln solle.

Nun, Maggie sollte es recht sein. Die Economy Class war bis auf den letzten Platz ausgebucht gewesen, die First Class hingegen halb leer. Der Captain hatte wohl anhand der Passagierliste festgestellt, dass sie FBI-Beamtin war, und wollte sie näher am Eingang zum Cockpit wissen. Daher der Platzwechsel. Solche überraschenden Upgrades waren ihr seit den Terroranschlägen vom 11. September schon des Öfteren passiert. Und jedes Mal hatte sie geflissentlich auf den Hinweis verzichtet, dass sie in einer Flughöhe von gut zwölftausend Metern im Ernstfalle vermutlich nicht viel ausrichten konnte, zumal ja auch ihre Dienstwaffe für die Dauer des Fluges eingezogen worden war.

Fliegen war ihr verhasst. Es kostete sie jedes Mal Überwindung, überhaupt an Bord zu gehen. So bald wie möglich vertiefte sie sich in alles, was auch nur annähernd als Ablenkung dienen mochte. Jetzt klappte sie die beiden Ablagetischchen aus den Rückenlehnen vor ihr – der Platz neben ihr war nicht besetzt – und fing an, die Berichte zu sichten, die Cunningham ihr früh am Morgen gemailt hatte. Eine seiner E-Mails hatte eine angehängte Bilddatei mit Aufnahmen vom Tatort und von der Autopsie enthalten. Sie beließ die ausgedruckten Fotos bewusst in dem Aktendeckel, denn sie musste ja nicht andere Fluggäste mit der Nase darauf stoßen, womit sie ihre Brötchen verdiente. Die Bilder wirkten nicht ganz so grausam wie die von den abgetrennten Köpfen, da die Leichen außer einer Stichwunde keine weitere Verletzungen aufzuweisen schienen.

Ihren Informationen nach handelte es sich um drei Fälle, um zwei Priester und einen ehemaligen Geistlichen. Alle drei waren erstochen worden, und zwar an sehr belebten Orten. Maggies Job war es, zu untersuchen, ob die Morde Übereinstimmungen aufwiesen, was ihnen vielleicht einen Hinweis darauf liefern konnte, ob sie von ein- und demselben Täter begangen worden waren.

Sie nahm sich den Bericht der Mordkommission aus Omaha vor. Ein siebenundfünfzigjähriger Monsignore William O'Sullivan war mit einem Stich in die Brust getötet worden, als er an einem Freitagnachmittag eine Flughafentoilette aufgesucht hatte. Es gab keine Zeugen außer einem Scott Linquist, der mutmaßlich auf dem Weg in die Herrentoilette mit dem Täter kollidiert war. Linquists Beschreibung war spärlich: Ein junger Mann mit Baseballcap, sonst nichts. Von einer Waffe oder von Blut an seiner Kleidung hatte er nichts erwähnt.

Auch der Obduktionsbericht enthielt wenig Brauchbares, desgleichen die Protokolle der kriminaltechnischen sowie der toxikologischen Untersuchung. Maggie blätterte zu der Seite im Obduktionsbericht zurück, die ihre Aufmerksamkeit geweckt hatte. Laut Aussage der zuständigen Rechtsmedizinerin handelte es sich bei der Tatwaffe um eine zweischneidige, gut zwanzig Zentimeter lange Klinge mit einem ungewöhnlich großen Heft, das möglicherweise Gravuren aufwies. An den Rand hatte die Pathologin eine Skizze gezeichnet, die etwas darstellte, das einem antiken Dolch ähnelte.

Ein Dolch! Bei Maggies letztem Besuch in Nebraska hatte der Killer sich für ein Filettiermesser als Mordwerkzeug entschieden. Noch immer erinnerte sie sich an jede Einzelheit des Falles, an die kleinen weißen Kinderschlüpfer, an die Halloweenmaske und die rituelle Salbung der Stirn. Wenn sie in jüngster Zeit daran zurückdachte – was sie nach Möglichkeit vermied –, dann fiel ihr vor allem die bittere Kälte ein, der Schnee und die auf dem Platte River treibenden Eisklumpen. Aber so sehr sie sich auch bemühte, sie konnte die kleinen, blaugefrorenen Körper, allesamt im Schlamm des Flussufers abgelegt und jeder mit einem schorfverkrusteten, grob geritzten X auf der Brust, nicht vergessen. Später hatte sich dann herausgestellt, dass das Zeichen mitnichten einen Buchstaben darstellte, sondern ein Kreuz.

Obwohl die beiden Männer, die sie schließlich gefasst hatten, längst mit lebenslangen Haftstrafen hinter Gittern saßen, war Maggie stets davon überzeugt gewesen, dass der wirkliche Schuldige davongekommen war. Monatelang hatte sie noch versucht, ihm auf die Spur zu kommen – natürlich ohne Erfolg. Denn weder reichten ihre Befugnisse bis nach Südamerika, noch konnte man dort auf die Kooperation oder Unterstützung vonseiten der Behörden rechnen. Außerdem schien es ihr damals, als habe man in Platte City den Fall schnellstens ad acta legen wollen. Man wollte schlichtweg die Augen davor verschließen, dass ein junger, charismatischer katholischer Geistlicher zu solchen Untaten fähig war. Die Menschen dort wollten es nicht wahr haben, dass das Böse jemandem innewohnen sollte, der eigentlich dazu bestimmt war, Gutes zu tun. Maggie aber stellte sich dauernd die Frage, ob sich Vater Michael Keller in seinem kranken Hirn wohl guten Glaubens als Werkzeug des Allmächtigen dünkte. Warum sonst hätte er sich wohl die Mühe gemacht, seinen kleinen Opfern die letzte Ölung zu erteilen?

Sie hatte Gwen gegenüber behauptet, die Rückkehr nach Nebraska mache ihr nichts aus. Schließlich führte ihre Reise diesmal nach Omaha und nicht in das ländliche, dreißig Meilen südlich gelegene Platte City und somit auch nicht in die Nähe der damaligen Tatorte. Zudem würde sie es diesmal anstelle eines unerfahrenen Provinzsheriffs wie Nick Morrelli mit professionellen Ermittlern zu tun haben. Und trotzdem wollte es ihr nicht gelingen, die Erinnerungen an den grausamen Fall aus ihrem Gedächtnis zu verbannen, zumal sie Tag für Tag die Narbe an ihrer Seite sah, dort, wo der Killer, der wirkliche Mörder, sie erwischt hatte … mit einem Filettiermesser.

Ja, Gwen hatte Recht. Manchmal dauerte es weit länger als vier Jahre, bis die Zeit die Wunden heilte.

Der Albtraum stellte sich zwar nicht mehr so oft ein wie in den Monaten unmittelbar nach ihren Ermittlungen, aber wenn er kam, dann war er kaum weniger bedrohlich als damals. Dann sah sie sich wieder in jenem finsteren, feuchten Tunnel unter dem Friedhof. Erdkrümel rieselten ihr ins Haar, Modergestank stach ihr in die Nase. Im Dunkeln vernahm sie das Knirschen seiner Schritte, die näher und näher kamen, spürte den Hauch seines Atems im Nacken. Und als er diesmal das Messer ansetzte, da schlitzte er ihr nicht nur die Seite auf, sondern er machte weiter und schnitt ihr ein tiefes Kreuz ins Fleisch.

„Ms. O'Dell?" Die Flugbegleiterin schreckte sie aus ihren Gedanken. „Darf ich Ihnen noch etwas bringen?"

„Nein, danke. Alles okay." Sie lächelte der Stewardess zu und wartete ab, bis sie sich dem nächsten Fluggast zuwandte. Von wegen okay! Ihre Handflächen waren schweißnass, ihr Magen zu einem Knoten verkrampft. Nur rührte weder das eine noch das andere von ihrer Flugangst her, auch wenn das kein Trost war. Gwen hatte etwas von „offenen Rechnungen" gesagt, und genau das stellte Vater Keller für Maggie dar. Einer, der unschuldige kleine Jungen umbringen und ihnen ein Kreuz in die Brust schlitzten konnte, der hörte damit nicht auf, nur weil er entkommen war. Der mochte zwar seinen Aufenthaltsort gewechselt haben, aber im Herzen hatte er sich kein bisschen gewandelt. Das stand für Maggie fest. Sie kannte das Böse.

Und das war auch der Grund für ihre Annahme, dass die drei Fälle in der Tat zusammenhingen. Maggie zog einen Hefter hervor, den sie in aller Eile zusammengestellt hatte, bevor Gwen sie heute Morgen abgeholt und zum Flughafen gebracht hatte. Jetzt, während des Fluges, bot sich die Gelegenheit, die Artikel zu überfliegen, die sie sich aus dem Internet gezogen hatte. Von Boston bis Portland, von New York City bis New Mexico – überall, landauf, landab, standen Geistliche im Verdacht, sich sexuell an Schutzbefohlenen vergangen zu haben. Im Zuge ihrer nur kurzen Recherche hatte Maggie erfahren, dass man die Zahl der Priester, die sich in den letzten Jahren mit dem Verdacht sexuellen Missbrauchs konfrontiert sahen, auf fünfzehnhundert schätzte.

Klar, zunächst brauchte sie weitere Informationen. Möglich, dass sie voreilige Schlüsse zog, aber angesichts dieser drei Fälle hier hatte sie nicht den Eindruck, als habe es ein Serienmörder auf Kleriker abgesehen, um vielleicht seinem Hass auf die Kirche Ausdruck zu verleihen oder weil er in die Zeitungen kommen wollte. Nein, Maggie fragte sich vielmehr, ob sich da nicht jemand vorgenommen hatte, seine eigene Art von Gerechtigkeit walten zu lassen. Denn ein einziger Stich durch Brust und Herz, das mutete eher an wie eine Hinrichtung.

37. KAPITEL

Washington, D.C.

Gwen hatte sich schließlich entschieden, nicht mehr ans Telefon zu gehen und stattdessen den Anrufbeantworter eingeschaltet. Nach Benny Hasserts Anruf, dass die Fingerabdrücke auf dem Umschlag nicht mit denen auf dem Wasserglas übereinstimmten, verspürte sie nicht die geringste Lust, mit jemandem zu reden. Befand sie sich in Bezug auf Rubin Nash tatsächlich auf dem Holzweg? Oder war er bloß geschickter, als sie ihm zugetraut hatte? Natürlich konnte das Kuvert trotzdem von ihm stammen, obwohl sich seine Fingerabdrücke nicht darauf befanden. Egal, sie fühlte sich viel zu kaputt, um sich darüber jetzt den Kopf zu zerbrechen.

Der eingeschaltete Anrufbeantworter bedeutete noch lange nicht, dass das Telefon stumm blieb. Allmählich ging ihr das Geklingel auf die Nerven, zumal es jedes Mal Harvey aus dem Schlaf riss. Dann raffte er sich auf, schüttelte sich und trottete im Zimmer herum oder hinter Gwen her. Es nützte nichts, wenn sie ihm „Platz!“ befahl. Na ja, so ganz stimmte das nicht. Ein oder zwei Mal gehorchte er ihr doch, sah sie dabei aber so jämmerlich an, als verlange sie etwas von ihm, das seiner Natur völlig zuwider lief. So würde sie nichts auf die Reihe kriegen. Nur gut, dass sie montags keine Klienten hatte.

Sie hatte Dena mehrmals zu Hause sowie auf ihrem Handy angerufen und Nachrichten hinterlassen. Gwens erster Gedanke war, das Mädchen sei womöglich mit seinem neuen Verehrer auf und davon. Ein wenig verärgert war sie schon, aber mehr ihrer selbst denn Denas wegen. Wie kommt es bloß, fragte sie sich, dass du andauernd Mitarbeiterinnen einstellst, die dich dann einfach sitzen lassen? Nein, das war nicht gerecht. Die zufällige Begegnung mit Dena am Samstagnachmittag in Mr. Lees Delikatessenmarkt war irgendwie merkwürdig gewesen. Dena war ihr so ... ja, nervös vorgekommen, verkrampft. Aber welche Frau wäre das nicht, wenn sie mitten beim Einkauf für einen romantischen Abend ihrer Chefin in die Arme rannte! Trotz ihrer gelegentlichen Patzer im Büro konnte man Dena Unzuverlässigkeit kaum nachsagen.

Und genau aus diesem Grund machte sie sich langsam Sorgen. Ob dem Mädchen etwas passiert war? Hatte es vielleicht einen Notfall in der Familie gegeben? Gwen wusste nicht einmal, ob ihre Bürokraft eine Mitbewohnerin hatte oder Verwandte in der Nähe. Angenommen, es war dem Mädchen etwas zugestoßen – wen konnte sie kontaktieren?

Vor einiger Zeit schon hatte sie beschlossen, sich nicht weiter um das Privatleben ihrer Mitarbeiterinnen zu kümmern, denn sie war es Leid gewesen, ständig um therapeutischen Rat gebeten zu werden, ganz so, als stehe der Mitarbeiterin einer psychologischen Praxis diese kostenlose Lebenshilfe als selbstverständliche Zusatzleistung zu. Die Mädchen schienen sich gar kein Bild davon zu machen, welchen emotionalen Aderlass es bedeutete, wenn man sich in das chaotische Privatleben anderer Leute hineinziehen ließ.

So hatte Gwen sich beispielsweise von einer von Denas Vorgängerinnen breitschlagen lassen, als Vermittlerin zwischen ihr und ihrem Ehemann zu fungieren, und zwar inmitten der Schlammschlacht um das Sorgerecht für das gemeinsame Kind.

Plötzlich sollte sie die geistige und emotionale Reife des Kindes beurteilen, damit es bei der anschließenden Verhandlung aussagen konnte. Eine andere Angestellte hatte so lange gebettelt, bis Gwen für deren Bruder ein Gnadengesuch beim Bewährungsausschuss des Bundesstaates stellte. Eine Dritte hatte Gwen angefleht, sie möge doch ihre greise Mutter dazu bringen, ihr Haus und ihre Unabhängigkeit für die Vorteile aufzugeben, die ein Pflegeheim bot. Genau dieser Fall war es dann auch gewesen, der Gwenn schließlich zu ihrem Entschluss veranlasst hatte, nachdem sie nämlich erfahren hatte, dass ihre Assistentin und deren Lebensgefährte anschließend in das Haus der Mutter gezogen waren. Dabei hätte es vereinbarungsgemäß eigentlich verkauft werden sollen, um die Kosten für die Unterbringung und Pflege der Mutter zu decken. Sich ausnutzen zu lassen war eins, aber für dumm verkauft zu werden, das ging ihr denn doch zu weit.

Zuweilen fragte sich Gwen, ob man wohl eher Gefahr lief, in das Privatleben seiner Mitmenschen hineingezogen zu werden, wenn man keine eigene Familie hatte. Ganz bewusst hatte sie sich damals dafür entschieden, nicht nach New York zurückzukehren und dort eine Praxis zu eröffnen. Sie wäre sonst dazu verdammt gewesen, in die Fußstapfen ihres Vaters treten zu müssen und in seinem Schatten zu leben. Sie wäre immer John Pattersons Tochter geblieben. Selbst heute noch wurde sie bei Weihnachtsfeiern oder ähnlichen Anlässen als „Johns kleines Mädchen" vorgestellt. Verdammt, mit siebenundvierzig war man doch weiß Gott kein Kind mehr!

Sie besuchte ihre Eltern etwa ein halbes Dutzend Mal im Jahr, und nur äußerst selten ließ sie eins der Familienfeste aus.

Erst vergangenes Jahr, als R. J. Tully sie gefragt hatte, ob sie den Heiligen Abend mit ihm und seiner Tochter verbringen wolle, war ihr aufgegangen, dass sie Weihnachten noch nie nach ihren eigenen Vorstellungen gefeiert hatte.

Tully fehlte ihr, und dass sie sich das eingestehen musste, passte ihr ganz und gar nicht. Über ein Jahrzehnt hatte sie gemeistert, ohne jemanden zu vermissen. Sie überlegte, ob sie ihn anrufen solle. Einfach nur, um „Hallo" zu sagen. Bevor er und Emma in den Urlaub gefahren waren, hatte er Gwen seine Handynummer gegeben sowie die Telefonnummer ihres Hotels und auch noch die des Anschlusses eines Bekannten, dem sie einen Besuch abstatten wollten. Er hatte zwar gemeint, sie müsse ihn natürlich nicht anrufen, aber Gwen hatte ihm aus dem Gesicht ablesen können, dass er sich einen Anruf von ihr durchaus erhoffte. Und gerade deshalb rief sie natürlich nicht an. Was völlig albern war, weil das eigentlich die Spielchen von Teenagern waren, die sich nicht anmerken lassen wollten, wie viel sie möglicherweise für einander empfanden. Dabei waren sie zwei reife und äußerst eigenständige Persönlichkeiten, die sich ihr Leben allerdings so bequem und beschaulich eingerichtet hatten, dass sie nun davor zurückschreckten, etwas von dieser vermeintlichen Freiheit preiszugeben. Vielleicht spielte aber auch eine Rolle, dass sie um jeden Preis vermeiden wollte, am Ende wieder mit gebrochenem Herzen dazustehen. Sie war an einem Punkt ihres Lebens angelangt, an dem sie mit ihrem Alleinsein glücklich und zufrieden war. Und doch, das musste sie einfach zugeben, wenn sie sich gegenüber ehrlich bleiben wollte, war es ganz einfach so, dass R. J. Tully es ihr ziemlich angetan hatte. Und … er fehlte ihr!

Sie hörte, wie die Tür zu ihrer Praxis geöffnet wurde. Harvey erhob sich und sah sie an, als warte er auf eine Anweisung. Zwar hatte sie heute keine Sitzungen, doch hatte Dena offensichtlich einige Lieferungen bestellt. Sie hatte bereits eine Kiste ihres geliebten Feinschmeckerkaffees in Empfang genommen, drei Pakete mit Büromaterial und die Krankenakte eines neuen Klienten, den ihr ein Dr. Kalb per Boten geschickt hatte.

„Päckchen für Dr. Patterson?“ Ohne aufzublicken, tippte der Zusteller den Code in den elektronischen Handscanner. Das Päckchen hatte er schon auf den Empfangstresen gestellt. „Nur noch eine Unterschrift, bitte.“

Als er dann aufschaute und Harvey vor sich sah, zuckte er erschrocken zusammen. Er hatte gar nicht bemerkt, wie der große Hund sich neben ihm niedergelassen hatte.

„Der tut nichts“, beschwichtigte Gwen, wobei sie auf dem Display des Scanners unterschrieb.

„Keine schlechte Idee, so ein Wachhund.“ Der Bote tätschelte Harvey den Kopf und verabschiedete sich.

Sie griff über den Empfangsthresen, klemmte sich den Telefonhörer unter das Kinn, und während sie ihre Anrufe abhörte, schlitzte sie den Umschlag auf, der oben auf dem Paket klebte. Doch statt eines Lieferscheins fiel ein einzelner goldener Ohrring aus dem Kuvert auf den Thresen und drehte sich dort wie ein Kreisel um die eigene Achse. Gwen war, als bliebe die Welt stehen, als setze schlagartig jedes Geräusch aus, jede Bewegung, sogar ihr Herz. Allein der Ohrring drehte sich wie in Zeitlupe, bis auch er schließlich liegen blieb. Sie brauchte das Ding gar nicht näher in Augenschein zu nehmen. Sie wusste, dass es das Gegenstück zu dem vom Samstag war.

Langsam ließ sie den Hörer zurück auf die Gabel sinken, den

Blick starr auf den Ohrring geheftet. Sie musste sich regelrecht von dem Anblick losreißen und sich zwingen, das Päckchen zu betrachten, eine würfelförmige Box von etwa dreißig Zentimetern Kantenlänge. Erheblich größer also als seine bisherigen Sendungen. Was hatte er ihr wohl diesmal geschickt, um sie zu einem Opfer zu lotsen? Noch eine Karte vielleicht? Wieder ein Handy? Aber dafür war der Karton viel zu groß. Er würde doch nicht etwa ... nein, das konnte er nicht tun! Oder etwa doch? Der Pappkarton hatte durchaus die richtige Größe für einen Menschenkopf.

Sie sah hinunter zu Harvey, der neben ihr bei Fuß hockte und zu ihr aufschaute. Der müsste doch etwas riechen, etwas wittern! Er würde doch bestimmt merken, wenn in der Box etwas ... Totes wäre! Na klar, ein Hund würde doch das Blut wittern!

Mit dem Brieföffner durchtrennte sie vorsichtig das quer über die Seiten verlaufende Klebeband. Dann hob sie die Faltdeckel an, doch nicht mit den Fingern, sondern mit den Handballen, um den Fingerabdrücken, die sich bereits auf der Außenseite befanden, nicht noch ihre eigenen hinzuzufügen. Sobald die Laschen beiseite gefaltet waren, wurde weißes Packmaterial sichtbar. Was sich darunter befand, war nicht zu erkennen. Gwen piekste mit dem Brieföffner hinein, stieß aber auf nichts Festes. Ob sie sich trauen sollte, die Knäuel herauszuklauben?

Wie gelähmt stand sie da und starrte die Box an. Schließlich legte sie den Brieföffner beiseite und befahl ihren Fingern, das Füllmaterial herauszuziehen. Sie spürte, wie sie sich innerlich verspannte und die Augen zusammenkniff, als rechne sie damit, dass ihr jeden Moment etwas um die Ohren fliegen müsse.

Sie warf das Papier achtlos auf den Boden und wollte schon fast glauben, der Karton sei leer, als sie auf dem Boden den an einer Karteikarte befestigten Schlüssel entdeckte. Gwen erkannte die ihr inzwischen vertraute Blockschrift. Und sie kannte auch die Adresse, die er auf der Karte notiert hatte.

38. KAPITEL

Katholische High School „Our Lady of Sorrow“, Omaha

Es wunderte Nick keineswegs, dass seine Schwester nicht vor dem Klassenzimmer auf ihn wartete, wie sie es vor Beginn des Unterrichts vereinbart hatten. Er ging den Flur entlang und sah durch das Fenster hinunter auf die Straße. Keine Streifenwagen, keine Polizisten. Das war immerhin ein gutes Zeichen.

Er schob die Hände in die Hosentaschen seiner Jeans. Warten war ihm ein Gräuel. Gerade überlegte er, ob er zurück in Schwester Kates Klasse gehen solle, als er sah, dass die Tür zu Tonys Zimmer hinten am anderen Ende des Flurs offen stand. Er zögerte. Tony und er kannten sich eine halbe Ewigkeit. Vielleicht hatte er ihn neulich ein wenig zu schroff behandelt, als Tony eigentlich mehr einen Freund gebraucht hatte als einen Anwalt.

Tony fuhr erschrocken zusammen, als Nick an seine Tür klopfte. „Ach, du! Komm rein!“ Er nickte dem Freund zu, fixierte aber sogleich wieder seinen Computerbildschirm und ließ die Finger über die Tastatur flitzen, als müsse er, bevor Nick eintrat, schnell die Datei schließen, an der er gerade arbeitete. Oder kam es Nick nur so vor?

„Du hast nicht zufällig Christine gesehen?“

„Nein. Ist sie auch hier?“

„Wir haben Timmy zum Schnupperkurs gebracht. Ich habe die erste Stunde hospitiert. Wahrscheinlich treibt Christine sich im Erdgeschoss herum und geigt dem Typen in O’Sullivans Büro ordentlich die Meinung.“

Tony hob den Blick, schüttelte aber bloß den Kopf und griff

nach einem Kaffeebecher. Nick wartete ab, bis er einen Schluck genommen hatte, wohl wissend, dass es sich nicht um Kaffee handelte, sondern um einen Schokodrink. Tony trank den stets aus einer Kaffeetasse, weil er befürchtete, er würde sich lächerlich machen, wenn sich seine heimliche Vorliebe herumspräche. Nick hatte sich schon gefragt, ob die katholische Kirche einen Priester, der ein Milchmixgetränk bevorzugte, tatsächlich weniger ernst nahm als einen, der Kaffee trank.

„Christine soll sich lieber vorsehen", sagte Tony, anstatt zu erklären, warum der Privatsekretär des Erzbischofs in den Sachen des Monsignore herumsuchte.

„Und wieso?"

Tony zuckte die Achseln und nippte abermals an seinem Becher. „Im Augenblick liegen bei allen die Nerven blank. Der Erzbischof wird bestimmt nicht begeistert sein, wenn die Medien hier herumschnüffeln."

„Aber so einen Komiker herzuschicken, das macht ihm nichts aus, wie?"

Das entlockte Tony ein Schmunzeln. „Bruder Sebastian sieht tatsächlich ein wenig seltsam aus, was?"

„Allerdings, nur auf eine Art, dass man das Gruseln kriegen kann. Was ist das überhaupt für einer?"

„Persönlicher Referent von Erzbischof Armstrong. Seine rechte Hand."

„Und seine Arbeitsplatzbeschreibung schließt auch mit ein, dass er im Dienstzimmer eines verstorbenen Amtsbruders herumkramen darf?"

Wieder erntete Nick ein Schulterzucken. „Vermutlich tut Bruder Sebastian nur, was der Erzbischof von ihm verlangt."

Nick lehnte sich rücklings an den Türpfosten. Allzu beunruhigt kam ihm Tony nicht vor. Vermutlich hatte Christine mal wieder maßlos übertrieben. Natürlich musste jemand die Hinterlassenschaft von O'Sullivan durchchecken und sein Büro ausräumen. Er dachte an sein eigenes Dienstzimmer in Boston. Was würde man wohl alles finden, wenn man es entrümpelte? Das von Tony war ein wenig aufgeräumter, wenn auch nicht viel. Stapel von Illustrierten türmten sich in der hinteren Ecke. Auf zwei Regalen des Bücherschranks quetschten sich Bücher und Computerspiele, die Bücher größtenteils englische Literatur, Lyrik und Shakespeare. Bei den Spielen hingegen schien es offenbar um Krieger und Kreuzfahrer zu gehen. Eine Pinwand war über und über behängt mit allen möglichen Schnipseln, von Stundenplänen und Telefonnummern bis hin zu Eintrittskarten für Footballspiele, Wäschereibons und Speisekarten von Imbissstuben. Neben dem Schreibtisch lagen ein Paar dreckiger Laufschuhe und ein Sportbeutel, aus dessen halb offenem Reißverschluss ein schmutziges Handtuch quoll. Nick hatte ganz vergessen, was für kleine Füße sein Freund hatte. Die Treter sahen aus wie Tennisschuhe für Kinder.

Nick ließ sich in den Ohrensessel fallen, den Tony in einer Ecke stehen hatte, und musterte seinen Freund. „Christine ist offenbar der Ansicht, es käme dem Erzbischof durchaus gelegen, wenn O'Sullivan ein paar Geheimnisse mit ins Grab nähme. Keine Sorge, ich weiß, dass es Dinge gibt, über du nicht sprechen darfst."

Tony stieß einen tiefen Seufzer aus, lehnte sich zurück und sah Nick an. Die Arme über der Brust verschränkt, blieb er wortlos so sitzen, als warte er erst einmal ab, was Nick denn wohl über die Sache wisse.

Okay, das Spiel beherrsche ich auch! Nick räusperte sich. „Ich wusste nicht mal, dass der Monsignore schwul war."

„Was? Von wem hast du das denn?"

„Von niemandem. Aber wenn er sich an kleine Jungs herangemacht hat ..."

„Pädophile und Homosexualität sind nicht dasselbe, Nick." Tony schüttelte den Kopf, als könne er nicht fassen, dass er das überhaupt erklären musste.

„Aber ich dachte, das sei die Lehre, die die Kirche aus dem ganzen Schlamassel gezogen hat. Dass sie ihr Personal besser überprüft."

„Na ja, es wäre nicht das erste Mal, dass man Ergebnisse von Wissenschaft und Forschung ignoriert. Ich nehme an, du hast in Boston noch nicht mit Fällen zu tun gehabt, bei denen es um Pädophilie ging. Sonst würdest du das ja wissen."

„Ich hatte bislang Glück. Seit ich von Nebraska weg bin, hatte ich keinen Fall von Kindesmissbrauch. Wie kommt's, dass du auf einmal so gut über Pädophilie Bescheid weißt?"

„Ich habe einige Opfer betreut. Während meiner Zeit als Seelsorger, damals in Chicago. Bei ‚Saint Stephen of the Martyr'." Tony starrte aus dem Fenster. „War keine amtliche Stelle, denn offiziell hatte die Diözese überhaupt kein derartiges Problem."

„War sicher nicht leicht", erwiderte Nick, wobei er seinen Freund musterte. „Wie schafft man das? Mit den Kindern zu arbeiten, obwohl man weiß, dass die Kerle, die sich an ihnen vergangen haben, gerade wieder in ihr Amt eingesetzt werden?"

„Das wusste ich damals ja nicht." Er sah seinem Freund in die Augen. „Man hat uns gesagt, die Sache werde geregelt."

„Und dass keine Anklage erhoben wurde – hat dich das nicht stutzig gemacht?“

„So läuft das nicht“, wehrte Tony ab, wobei er sich das Kinn massierte, als suche er nach den richtigen Worten. Sein Blick zuckte quer durch den Raum und blieb schließlich wieder auf Nick hängen. „Man hat es vorgezogen, die Angelegenheit ohne die Bezirks- oder Bundesbehörden zu regeln. Priester haben sich vor einer höheren Instanz zu verantworten.“

„Klar, versteht sich. Du meinst den Erzbischof?“

„Nein. Ich meine Gott.“

39. KAPITEL

Eppley Airport
Omaha, Nebraska

Tommy Pakula berappte über fünf Dollar für einen Donut namens „Crispy Creme" und einen extragroßen Kaffee in einem bunten Designer-Pappbecher. Dabei hatte er einfach nur einen stinknormalen schwarzen Kaffee gewollt – ohne Milch, ohne Zucker und erst recht ohne den ganzen Schnickschnack obendrauf. Menschenskinder! In seinem Stammcafé bekam man für fünf Dollar Kaffee bis zum Abwinken und obendrein zwei Spiegeleier auf Toast mitsamt gebratenem Speck! Aber ob nun Schnickschnack oder nicht, gut tat ihm der Kaffee allemal. In jüngster Zeit brauchte er offenbar häufiger einen Koffeinkick, um den Kreislauf auf Touren zu halten.

Zum x-ten Male warf er einen Blick auf die Anzeigetafel mit der Ankunft der Flüge. Die Maschine aus Washington sollte, so stand es jedenfalls da, planmäßig landen, allerdings schon vor zehn Minuten. Wo also blieb er?

Die Passagiere von zwei Flügen waren bereits an ihm vorbeigeströmt, doch Special Agent M. O'Dell war nicht dabei gewesen. Einen vom FBI roch Pakula drei Meilen gegen den Wind. Immer derselbe dunkle Anzug, derselbe distanzierte Ausdruck, der ausschweifende Blick, dem keine Einzelheit entging. Pakula fragte sich, ob der Typ vielleicht seinen Flug verpasst hatte. Er lehnte sich mit dem Rücken gegen die Wand neben dem Zeitschriftenkiosk und verputzte seinen Donut mit drei Bissen. Von hier aus hatte er den Ausgang voll im Blick.

Wieder kam ein Menschenstrom heraus, als eine Frau aus dem Kiosk trat und direkt vor Pakula stehen blieb. Sie war jung und attraktiv und zog ein schwarzes Laptop-Köfferchen auf Rollen hinter sich her.

„Entschuldigen Sie – Detective Pakula?" Sie kannte nicht nur seinen Namen, sondern sprach ihn sogar richtig aus! Woher mochte sie ihn bloß kennen?

„Richtig, der bin ich."

„Special Agent Maggie O'Dell."

Um ein Haar hätte er seinen Pappbecher fallen lassen. Verdammt noch mal! Automatisch nahm er Haltung an und gab sich so nonchalant wie möglich, während er seinen Kaffee in die linke Hand wandern ließ und sich die freie an seiner Hose abwischte. „Freut mich, Sie kennen zu lernen, Agent O'Dell", sagte er und bot ihr die Hand. „Spazieren Sie schon lange hier rum?"

„Noch nicht sehr lange."

Wie sie da so vor ihm stand – marineblaues Kostüm, wachsame Augen, die alles um sie herum erfassten – dachte Pakula, dass er gar nicht so weit daneben gelegen hatte. Er hatte eben einfach nur nicht mit einer Frau gerechnet. Himmel herrje, Chief Ramsey würde sich einen Ast lachen! Und Clare erst! Ob diese O'Dell das auch so komisch fand, war eher zu bezweifeln.

„Wie sind Sie denn auf mich gekommen?" erkundigte er sich.

„Ich bin Profiler, das gehört zu meinem Job." Bevor er jedoch entsprechend beeindruckt dreinschauen konnte, fügte sie mit einem Lächeln hinzu: „Ich könnte ja jetzt behaupten, weil Sie kein Gepäck dabei haben. Weil sie außerdem abseits standen und nicht gerade begeistert darüber wirkten, dass sie jemanden abholen müssen. Oder wegen der Wölbung ihrer Jacke, unter dem linken Arm. Aber um ehrlich zu sein: Es waren der Donut und der Kaffee, ein untrügliches Zeichen. Todsicher."

Er setzte eine gespielt beleidigte Miene auf. „Meinen Sie nicht, Sie sitzen da einem Klischee aus Hollywood auf?"

„Dann sind wir ja quitt", gab sie zurück. „Denn Sie haben doch bestimmt einen Mann erwartet, stimmt's?"

Ihre Blicke trafen sich, und er konnte erkennen, dass sie diese Situation bereits kannte und dass es ihr nichts ausmachte.

„Okay, Gleichstand", sagte er.

Er fand sie vom ersten Moment an sympathisch. Auf dem Weg zur Gepäckausgabe setzte er sie über den Fall ins Bild, wobei er sie auch über Details informierte, die nicht in der Ermittlungsakte gelandet waren. Sie schien allerdings nicht recht bei der Sache.

„Ihr Gepäck bekommen wir unten", sagte er. „Mein Auto steht gleich gegenüber im Parkhaus."

„Macht's Ihnen was aus, wenn wir noch schnell die Toilette aufsuchen?"

„Überhaupt nicht. Kein Problem. Ich glaube, unten ist auch noch eine."

Sie blieb stehen und grinste ihn an. „Ich meine die, in der man den toten Monsignore gefunden hat."

Pakula war das Missverständnis peinlich. Dabei hätte er sich doch denken können, dass sie sich den Tatort ansehen wollte. „Ach so, na klar doch. Gleich da hinten."

Er dirigierte sie nach links und dann einen Gang hinunter. Am Eingang angekommen, ging er zuerst allein hinein, um nachzusehen, dass auch niemand an den Urinalen stand. Sie hatten

Glück. Ein Mann befand sich gerade auf dem Weg hinaus, als Pakula die Tür aufdrückte und O'Dell hineinwinkte.

„Hier hat er gelegen." Pakula trat zu der Stelle vor dem letzten Waschbecken auf der linken Seite. „Meiner Ansicht nach wusch er sich die Hände, als der Mörder sich von hinten anschlich. Die Brille fanden wir auf dem Fußboden. Vielleicht hat er ihn deshalb nicht gesehen. Kann aber auch sein, dass er ihn einfach nicht als Bedrohung eingeschätzt hat. Die Gerichtsmedizinerin geht jedenfalls davon aus, dass der Angreifer von hinten kam. Vermutlich war er kleiner als der Monsignore. Er packte ihn und stach ihn ab. Dann zertrampelte er noch die Brille und marschierte unbehelligt zur Tür hinaus."

Ein untersetzter Mann mittleren Alters kam herein, stutzte verdutzt, als er O'Dell sah, und zuckte zurück, um sich noch einmal das Schild an der Tür anzusehen. Dann murmelte er etwas Unverständliches und trat den Rückzug an.

„Eine einzige Tür, die gleichzeitig Ein- und Ausgang ist", stellte die O'Dell fest und sah sich um. „Und keiner will den Killer gesehen haben? An einem belebten Freitag vor dem 4. Juli?"

„Die meisten Reisenden benutzen die Toiletten im Wartebereich vor dem Flugsteig oder unten bei der Gepäckausgabe. Einen Zeugen haben wir ja, wie Sie sicher aus dem Bericht wissen. Nur hat er nicht viel gesehen. Ein junger Bursche, schmächtig, Baseballcap. Hat es offensichtlich eilig gehabt. Als der Zeuge den Toten sah und wieder herauskam, war der Junge von der Bildfläche verschwunden."

O'Dell ging zum Ausgang und sah zur Tür hinaus. „Außer zum Terminal geht's hier nirgendwohin, oder?"

„Nicht, dass ich wüsste. Außer der Damentoilette gleich nebenan gibt es noch eine abgeschlossene Gerätekammer. Die haben wir noch am selben Abend überprüft, um sicherzustellen, dass der Täter keinen Zugang hatte. Etwa um da die Waffe zu entsorgen oder seine Klamotten und so."

„Wie sieht's mit Überwachungskameras aus?"

„Gibt es hier nicht – außer an den Sicherheitsschleusen."

„In dem Zeitschriftenkiosk habe ich eine gesehen", widersprach sie. „Sie ist auf den Eingang gerichtet. Vielleicht nimmt sie ja auch auf, was sich vor dem Kiosk abspielt. Falls ja, wären auf der Aufnahme womöglich Leute, die von hier kamen."

„In der Regel sind Überwachungskameras in Geschäften ziemlicher Käse, aber ich lasse das überprüfen."

„Apropos Kameras. Was haben Sie denn bislang gegenüber den Medien verlauten lassen?" erkundigte sich O'Dell.

„Gegenüber den Medien?"

„Hat schon jemand offiziell eine mögliche Verbindung zwischen den Morden bestätigt? Bisher sind uns drei bekannt, richtig?"

Pakula nickte. „So ist es. Der Monsignore, ein ehemaliger Priester in Minneapolis und einer in Columbia, Missouri. Der Mord in Minneapolis geschah am 27. Mai, am Volkstrauertag. Der in Columbia etwa vierundzwanzig Stunden nach dem an O'Sullivan. Der Mörder scheint also immer an Feiertagswochenenden zuzuschlagen, aber bis auf diese Übereinstimmung haben wir bisher nichts, das einen Zusammenhang zwischen den Fällen bestätigen würde."

„Womit wir bei meinem Job wären, oder?"

„Drei tote Priester innerhalb weniger Wochen, alle im Mittleren Westen – da fragt man sich tatsächlich, ob nicht ein Serienmörder am Werk ist."

„Gibt's einen Grund, warum Sie das bisher nicht öffentlich gemacht haben?"

„Als Warnung, meinen Sie?"

„Ja, durchaus auch."

Anscheinend hatte Ramsey seinem alten Kumpel Cunningham nicht deutlich genug gemacht, wie empfindlich das Machtgefüge in einer Stadt von der Größenordnung Omahas sein konnte. Pakula indessen war nicht gewillt, ein Blatt vor den Mund zu nehmen.

„Wie soll das denn zur Ermittlung beitragen, wenn mir die Pressefuzzis im Nacken sitzen und mir jedes Wort im Munde herumdrehen? Leuchtet mir nicht ganz ein." Pakula machte aus seiner Abneigung gegenüber den Medien keinen Hehl.

„Na ja, Detective Pakula, das Spiel geht folgendermaßen: Sie verarschen die, bevor die Sie verarschen können. Wenn wir von uns aus die Initiative ergreifen, dann bringen wir sie unter Umständen dazu, eine Menge Drecksarbeit für uns zu erledigen."

Sie schickte sich an, die Toilette zu verlassen, als zwei Männer in Golfhemden hereinkamen und verdattert stehen blieben.

„Tag, die Herren", sagte sie und marschierte an den beiden vorbei. „Willkommen in Omaha!"

Pakula folgte ihr grinsend, auch wenn ihm ihr Vorschlag, die Presse einzubeziehen, noch immer nicht recht behagte.

„Ich weiß nicht, ob das eine gute Idee ist", wandte er ein. „Unser Polizeichef springt garantiert im Dreieck, wenn er das hört."

„Seien Sie sicher, wenn es eine Verbindung gibt zwischen

den Fällen, dann gräbt die Presse Dinge aus, für die wir Monate brauchen würden."

„In der Erzdiözese Omaha gibt es keinen Fall von Missbrauch, falls Sie darauf abzielen." Er wies auf die Rolltreppe und ließ Maggie O'Dell den Vortritt.

„Sind Sie da sicher?"

„Eine Reporterin vom *Omaha World Herald* schnüffelt seit einiger Zeit hier herum und steht dem Sittendezernat auf den Zehen, damit die sich mal rühren. Bis jetzt ist nichts dabei rausgekommen." Nach seinem Gedankenaustausch mit dem Erzbischof heute Morgen hätte er es gar nicht so ungern gesehen, wenn es etwas zum Ausgraben gegeben hätte.

Sie trat auf eine Rollentreppenstufe und manövrierte das rollenbestückte Köfferchen auf eine andere. Dann wandte sie sich zu Pakula um. „Und die anderen beiden Fälle? Gibt's da vielleicht was zu holen?"

„Da wissen wir noch zu wenig. Aber was sollte die Presse denn für Informationen aufdecken, an die wir nicht selber kämen?"

„Wissen Sie noch, wie das war, als der *Boston Globe* die Sache mit Kardinal Law und dem Missbrauch in seiner Diözese hochgehen ließ? Jahrelang waren den Ermittlungsbehörden mangels Beweisen die Hände gebunden gewesen. Ich sage nur: Wenn es irgendwo Dreck gibt – wer könnte den besser ans Tageslicht bringen als diejenigen, deren Beruf es ist, im Dreck zu wühlen?"

Pakula dachte an die letzten Worte, die ihm der Erzbischof mit auf den Weg gegeben hatte. Wozu drohen, wenn es nichts zu verbergen gab?

Sie kamen zur Gepäckausgabe, mussten jedoch zur Kenntnis nehmen, dass noch kein Koffer aus Washington auf dem Karussell kreiste. Pakula runzelte die Stirn und sah O'Dell an. „Nach Ihrer Kenntnis der Akten – meinen Sie, es wäre möglich, dass es sich auch um einen Zufall handeln könnte?"

„Davon gehen Sie ja offenbar nicht aus. Sonst hätten Sie keinen Profiler angefordert." Sie wartete, bis er ihre Einschätzung mit einem Blick bestätigte. „Nach dem, was ich bisher weiß, muten alle drei Fälle wie Hinrichtungen an. Wir müssen versuchen, die Gemeinsamkeiten zu finden und überlegen, wer das nächste Opfer sein könnte. Und dabei könnten die Medien uns durchaus behilflich sein."

„Vielleicht waren's nur die drei und Schluss!"

„Wäre schön, wenn's so wäre. Ich nehme allerdings an, dass es eine Liste gibt. Und die arbeitet der Killer ab, einen Namen nach dem anderen."

40. KAPITEL

Washington, D.C.

Gwen bremste so stark ab, dass Harvey, der neben ihr auf dem Beifahrersitz hockte, mit den Vorderpfoten nach vorn rutschte und nur unter Mühen die Balance halten konnte.

„Das ist doch heller Wahnsinn!“ entfuhr es ihr, während sie die braunen Backsteingebäude musterte. Die Adresse klebte auf einem Zettel am Armaturenbrett. Das Original, die Karteikarte, befand sich in einer Plastiktüte in ihrer Praxis.

Ihr eigener Herzschlag dröhnte ihr in den Ohren, unaufhörlich, seit sie das Päckchen geöffnet hatte. Zwar bemühte sie sich, einen kühlen Kopf zu bewahren und rational zu denken, statt sich von ihrer Panik leiten zu lassen, aber sie brauchte nur in Harveys aufmerksame braune Augen zu schauen, um zu erkennen, dass ihr das nicht sonderlich gut gelang. Der Hund spürte ihre Angst. Möglicherweise witterte er sie sogar. Alle Nase lang leckte er ihr die Hand oder den Arm, als wolle er sie trösten.

„Wir zwei sind zwar ein prima Team, Harvey, aber unter uns gesagt – es wäre mir trotzdem lieber, Maggie wäre jetzt hier.“ Sie fragte sich, ob sie nun wohl endlich nachgegeben und Maggie alles gebeichtet hätte, wäre sie nicht abgereist. *Hättest du ihr alles gestanden?* Ihr wurde schwindelig bei dem Gedanken daran, was sie da womöglich in Gang gesetzt hatte.

„Da ist es.“ Als sie dieses Mal bremste, war Harvey darauf gefasst.

Sie wartete, bis sich ein Lieferwagen von der Bordsteinkante gelöst hatte, und quetschte ihren Wagen in die frei gewordene Parklücke. Dann saß sie einfach da und blickte hinauf zu dem Backsteinhaus. Noch einmal verglich sie vorsorglich die Hausnummer, obwohl sie auch so wusste, dass es das hier sein musste. Am Morgen, als Dena nicht zu erreichen gewesen war, hatte Gwen die Personalakte herausgezogen und sich die Adresse des Mädchens auf einen Zettel notiert, nur für den Fall, dass ihr einfallen würde, später bei ihr vorbeizufahren und nach ihr zu sehen. Wieso, fragte sie sich, hast du nicht gleich erkannt, dass der Ohrring Dena gehörte? Gleich als er ihn dir am Samstag hinterließ? Hätte sie ihn dann vielleicht aufhalten und Dena das Leben retten können? Himmel! War er womöglich Denas neuer Freund? War er so weit gegangen? Alles war so anders als bei den vorherigen Malen. Konnte es vielleicht auch sein, dass er einfach nur ein Spielchen mit ihr trieb? Als sie vorhin in der Praxis die Adresse erkannt hatte, da hatte sie sich sogar gekniffen, weil sie gehofft hatte, dass alles nur ein Albtraum sei.

Sie langte in ihre Jackentasche und krampfte die Faust um den Schlüssel, den sie am Boden des Kartons gefunden hatte. Es musste Denas Neuer sein! Wie wäre er sonst an einen Schlüssel zu ihrer Wohnung gekommen?

Sie starrte zur Haustür hinüber und ließ den Blick dann über die benachbarten Fassaden schweifen, auch über die auf der anderen Straßenseite, die ganze Häuserzeile entlang. Hockte er hier vielleicht irgendwo und beobachtete sie? Lächerlich! *Du hättest die Polizei alarmieren sollen!* Ihr Handy hatte sie in der Tasche, anrufen konnte sie also immer noch.

Und was, fragte sie sich, willst du denen erzählen?

Sie holte tief Luft und packte Harveys Leine. Der große

Hund gehorchte nur widerstrebend, als wolle er ihr zu erkennen geben, dass er das Ganze für keine gute Idee hielt. Sein Instinkt war eindeutig besser als der ihre.

Sie drückte die Haustürklingel und wartete, noch immer in alle Richtungen spähend und in der Hoffnung, dass sich eventuell ein Nachbar sehen ließ. Doch alles ringsum blieb ruhig. Sie drehte den Schlüssel und drückte die Haustür mühelos auf.

„Hallo? Dena?"

Sie hielt im Türrahmen inne, die Leine nach wie vor fest im Griff, und beobachtete die Reaktion des Hundes, seine Augen, die Stellung seiner Ohren, die Kopfhaltung, während er horchte und schnüffelnd die Nase hob. Bis jetzt schien es nichts zu geben, was ihn dazu bewegte, jaulend an der Leine zu zerren wie damals, als sie im Park den notdürftig verscharrten Schädel gefunden hatten. Wie ein abgerichteter Bluthund hatte er das verwesende Fleisch gewittert. Seinem Instinkt folgend hatte er ihr den Fund zeigen wollen, um anschließend schleunigst das Weite zu suchen. Er hatte so heftig an der Leine gezogen, dass Gwen fast befürchtet hatte, er breche ihr die Hand. Doch nichts von alledem war jetzt zu spüren – ein gutes Zeichen, ein sehr gutes sogar. Sie trat ein und drückte die Tür hinter sich ins Schloss.

„Dena?"

War es wohl möglich, dass er das Mädchen einfach gefesselt oder unter Drogen gesetzt hatte? Irgendwas, um Gwen zu demonstrieren, wie nahe er ihr auf den Leib rücken konnte? Er hatte es ihr mit ihrem Vater vorgeführt und ihr gezeigt, dass er ihn nach Belieben dirigieren konnte, indem er ihm einfach die Nachricht zukommen ließ, seine Tochter wolle sich mit ihm zum Frühstück treffen. War's das, was er jetzt auch mit Dena anstellte? *Will er dir beweisen, dass er an jeden herankommt, der dir irgendwie nahe ist?* Es leuchtete durchaus ein. Vielleicht war's tatsächlich nur das. Er wollte sie ängstigen – nur um ihr zu beweisen, dass er dazu in der Lage war.

Denas Apartment sah nicht so aus, als habe hier ein Kampf stattgefunden. Dafür stand einfach zu viel Klimbim auf staubbedeckten Regalen herum. Wäre etwas heruntergestoßen oder verstellt worden – es wäre sofort aufgefallen. Staub lügt nicht.

Plötzlich lief Harvey auf ein Schränkchen zu, das aussah, als sei darin die Unterhaltungselektronik untergebracht, und fing an, an der Tür zu kratzen. Schlagartig begann Gwens Herz wieder zu wummern. Der Hund hockte sich vor die Schranktür und starrte sie an, als wolle er sich vergewissern, dass Gwen auch alles mitbekam. Noch immer konnte sie die Polizei alarmieren. Sollte die sich doch gefälligst damit befassen! Noch war es nicht zu spät. Wieder schabte der Hund an der Schranktür und schaute dann hoch zu Gwen.

„Schon gut, schon gut. Nun warte doch mal."

Sie zog ein sauberes Papiertaschentuch aus der Tasche und versuchte, damit den Schrankgriff zu umfassen, den Arm so weit wie möglich von sich gestreckt. Ihre Hand zitterte derart heftig, dass sie den Fetzen zweimal fallen ließ. Auch Harvey wurde zunehmend unruhiger, sodass sie ihn beiseite zerren musste, um den Knauf zu fassen zu kriegen. Sie atmete tief durch, riss dann die Schranktür auf und prallte erschrocken zurück, als sich aus einem umgekippten Glas ein Regen aus Jelly Beans auf den Fußboden ergoss. Harvey zerrte an der Leine und hatte bereits die Hälfte der grellbunten Fruchtgummiböhnchen aufgeschleckt, bevor Gwens Verstand wieder einsetzte.

„Mann, Harvey!“

Ihr schlotterten dermaßen die Knie, dass sie sich setzen musste. Sie hockte sich auf die Sofaecke und nahm sich vor, noch kurz in die anderen Zimmer zu sehen und dann das Weite zu suchen. Wenn Harvey nichts weiter geschnuppert hatte als die Jelly Beans, dann war auch gewiss nichts anderes da! Sonst hätte er es doch sicher längst gewittert, oder? Sie musste sich das alles erst in aller Ruhe durch den Kopf gehen lassen. Maggie hatte den Hund aus dem blutverschmierten Schlafzimmer seines damaligen Besitzers gerettet, der von einem Serienmörder umgebracht worden war – nach einem Kampf, der beinahe auch Harvey das Leben gekostet hatte. Er müsste doch vollkommen ausflippen, wenn es auch nur den Hauch von Blutgeruch in der Wohnung gäbe. Hatte er nicht exakt so reagiert, als sie den Schädel im Park gefunden hatten?

Sie brachte den Hund dazu, das Schlafzimmer zu durchschnüffeln, inklusive des Kleiderschranks und des Badezimmers, wobei sie auch hinter die Türen der Duschkabine sah sowie unter das Handwaschbecken. Nichts.

Sie schaute im Kühlschrank und im Herd nach, und als sie gerade die Geschirrspülmaschine öffnen wollte, kratzte Harvey plötzlich an dem Unterschrank der Küchenspüle. Wieder begann ihre Hand zu zittern, als sie sich langsam dem Griff näherte. Doch dann gab sie sich einen Ruck und griff zu. Als sie die Tür aufriss, klappte ein überquellender Mülleimer heraus, der an der Türinnenseite angebracht war. Der Gestank von verrottendem Apfelschalen und Kaffeefiltern ließ sie angeekelt zurückprallen.

„Also, Harvey, beim nächsten Mal sollte ich dich wohl vorher mit ein paar Würstchen füttern!“

Sie tätschelte ihm den Kopf, doch er sprang aufgeregt hin und her und zerrte jaulend an der Leine. Und auf einmal begriff sie, dass es ihn keineswegs zu dem Mülleimer hinzog, ganz im Gegenteil. Er wollte fort, um jeden Preis, so weit wie möglich, und verrenkte sich fast den Hals, um sich aus dem Halsband zu winden.

Erst jetzt sah Gwen hinter dem Mülleimer auch den Plastikbeutel, begraben unter faulenden Überresten von Gemüseabfall, Obstschalen, Kaffeesatz, leeren Schachteln und Zellophan – ein Sortiment des alltäglichen Haushaltsmülls. Der Müllsack war durchsichtig und hinter der Plastikfolie starrten Denas braune Augen zu Gwen empor.

41. KAPITEL

Polizeipräsidium Omaha

Im Allgemeinen graute Maggie vor diesen Sitzungen, die gewöhnlich zu einem Tauziehen mit den Beamten der örtlichen Ermittlungsorgane ausarteten, die ihren gewohnten Stiefel herunterbeteten und eifersüchtig ihre Kompetenzbereiche hüteten. Zuweilen erging man sich auch in gegenseitigen Schuldzuweisungen oder tischte Ausreden für ein Fiasko auf. Von Tommy Pakula hingegen, das ließ sich nicht anders sagen, war sie angenehm überrascht, in erster Linie deswegen, weil er auf jegliches Imponiergehabe verzichtete und nicht darauf bedacht zu sein schien, seine Pfründe zu verteidigen oder schwarze Peter zu verteilen. Anscheinend lag ihm einzig daran, seine Arbeit zu tun, und zwar auf eine eher stille Art.

Als sie im Polizeipräsidium im Zentrum Omahas eintrafen, war die Sonderermittlungsgruppe bereits versammelt. Pakula bot Maggie an, ihr einen Kaffee zu holen, doch sie lehnte dankend ab und fragte, ob es einen Getränkeautomaten in der Nähe gebe. Pakula nickte, aber anstatt ihr den Weg zu zeigen, erkundigte er sich, was sie gerne hätte. Sie sagte es ihm, ohne dass er jedoch Anstalten machte, den Konferenzraum zu verlassen. Als Maggie schon dachte, er habe ihr Getränk vergessen, kam ein uniformierter Beamter herein und baute zwei eiskalte Dosen Cola light vor ihr auf.

Der Konferenztisch füllte den gesamten Raum aus. In einer Ecke stand ein staffeleiartiges Gestell mit einer Tafel, und an der linken Seite hing eine riesige Pinnwand, an der Fotografien der drei Mordopfer sowie Aufnahmen von den Tatorten befestigt waren sowie eine Karte des Mittleren Westens, auf der Stecknadeln mit farbigen Köpfen Omaha, Columbia und Minneapolis markierten.

Zuerst stellte Pakula ihr die Mitglieder der Sonderkommission vor. Maggie drängte sich der Eindruck auf, als seien sie allesamt geradewegs einem Lehrvideo über ethnische Integration entsprungen. Terese Medina vom kriminaltechnischen Labor des Douglas County war Afroamerikanerin und sah aus, als gehöre sie eigentlich auf die Titelseite eines Modemagazins. Detective Carmichael war eine gedrungene, etwas füllige Asiatin. Dann war da noch der bereits angegraute Chief Donald Ramsey, der in seinen zerknitterten Khakihosen wie ein Gegenpol zu Detective Pete Kasab wirkte, der in Anzug und Krawatte neben ihm saß. Am Kopfende des Tisches thronte Martha Stofko. Sie war die Leiterin des rechtsmedizinischen Instituts von Douglas County und brachte das Kunststück fertig, trotz ihrer Kombination aus gestärktem Ärztekittel, königsblauem Kleid und Perlenkette eine gewisse Eleganz auszustrahlen.

Terese Medina verteilte Kopien ihres Laborbefunds, zusammen mit Stofkos Obduktionsbericht. Detective Carmichael – ihren Vornamen hatte Pakula nicht erwähnt, wie Maggie jetzt erst auffiel – hatte einen imposanten Stapel Akten vor sich aufgeschichtet, der sie beinahe überragte.

Chief Ramsey eröffnete die Sitzung, indem er Maggie für ihr Kommen dankte und das Wort dann an Pakula übergab. Ramsey sah müde aus, die Stirn wie von ständigen Sorgenfalten gefurcht. Wie er da so neben Kasab saß, wirkte der Kontrast, der Maggie zuvor schon aufgefallen war, noch frappierender. Zu seinen beigefarbenen Leinenhosen trug der Chief ein Polohemd mit dem auf die Brusttasche gesticktem Abzeichen des Omaha Police Department. Der junge Detective hingegen präsentierte sich mit gestylter Frisur, zu der er einen offenbar maßgeschneiderten Anzug mit messerscharfer Bügelfalte und eine tadellos gebundene Seidenkrawatte trug. Während Ramsey nur mit einem Becher Kaffee bewaffnet war, hatte Kasab eine Flasche Wasser, einen Müsliriegel und sein Notizbuch nebst goldenem Füllfederhalter vor sich auf dem Tisch platziert.

„Ich habe Agent O'Dell bereits über den aktuellen Stand der Ermittlung in Kenntnis gesetzt", begann Pakula. „Gibt es inzwischen was Neues, vielleicht von der Toxikologie?" fragte er und sah Teresa Medina an.

„O'Sullivan hatte einen Blutalkoholspiegel von null Komma fünf Promille. Er muss sich also vor seinem Tod einige Gläschen genehmigt haben. Ausfallerscheinungen hatte er dadurch nicht. Keine Anzeichen anderer chemischer Substanzen im Blut. Die Wunde dagegen wies Spuren von Ammoniak und einem aliphathischen Petroleumdestillat auf."

„Und das heißt?" fragte Pakula nach.

„Aliphathisches Petroleumdestillat ist eine hydrophobe Bindeflüssigkeit und entspricht der so genannten Stoddard-Lösung, die sich vor allem in Haushaltsreinigern findet. In Kombination mit dem Ammoniak ergibt sich höchstwahrscheinlich so etwas wie eine handelsübliche Metallpolitur."

„Also arbeitet unser blutrünstiger Mörder mit sauberem Werkzeug", folgerte Carmichael. „Vielleicht leidet er unter einem Reinlichkeitsfimmel?"

„Wenn die Waffe tatsächlich ein Dolch oder Brieföffner ist,

wie ich vermute", schloss sich Stofko an, „dann ist sie vielleicht ein Liebhaberstück, das er hegt und pflegt."

Pakula wandte sich wieder an Medina. „Sonst noch was?"

„Die Hundehaare auf dem Hemd stammen von einem Pekinesen."

„Ich werd verrückt!" rief Pakula aus. „So was lääst sich feststellen?"

„In diesem Fall schon." Sie lächelte ihm zu.

„Ich hab das schon geklärt", meldete sich Carmichael zu Wort. „O'Sullivan hatte keinen Hund."

„Könnte es sein, dass die Haare schon vorher auf dem Fußboden gelegen haben?" hakte Pakula nach.

„Möglich ist alles", gab Medina zurück. „Allerdings haben wir sonst keine auf der Toilette gefunden. Nur auf dem Hemd. Und nur auf der hinteren Seite."

„Martha meint, der Killer sei von hinten gekommen", fuhr Pakula fort, worauf die Angesprochene bekräftigend nickte. „Die Hundehaare könnten sich an der Kleidung des Täters befunden haben und dann am Hemd des Opfers hängen geblieben sein. Locard'sches Prinzip."

„Dann müssen wir also nach einem Typen suchen, der auf Messer und Pekinesen steht", bekundete Detective Carmichael. „Nichts leichter als das. Wie sieht so ein dämlicher Pekinese eigentlich aus?"

„Klein, langhaarig, flache Schnauze", erklärte die Medina.

„Wie ist es mit den beiden anderen Fällen?" hakte Pakula nach. „Gab es da ebenfalls Hundehaare?"

„Nein, aber das könnte leicht übersehen worden sein, zumal die Morde im Freien stattfanden. Der Pathologe in Minneapolis hat allerdings Ammoniakrückstände in der Wunde festgestellt. Könnte sich um besagte Politur handeln.“ Sie blätterte in den vor ihr liegenden Akten. „Die Kollegen aus Columbia haben Brotkrusten in Kincaids Brusttasche gefunden. Keine Krümel – ganze Krusten!“

„Mich laust der Affe“, entfuhr es Pakula.

„Was ist mit diesen Brotresten?“ Zum ersten Mal seit Beginn der Sitzung ergriff Maggie das Wort.

„Krusten“, berichtigte Medina. „Muss nicht unbedingt was bedeuten. Er war ja bei einem Picknick. Könnte sich also durchaus Brot oder so was in die Tasche gesteckt haben. Der Witz ist nur, dass wir auch an O'Sullivans Hemd Brotreste gefunden haben.“

„Hundehaare und Brotkrümel?“ Maggie fragte sich, ob der Monsignore vielleicht gerade ein Sandwich gegessen hatte. Und der Pekinese konnte seiner Haushälterin gehören. Das alles beeindruckte sie noch nicht sonderlich, obwohl sie das Gefühl hatte, dass Medina ihre Sache ausgezeichnet machte.

Fast so, als hätte sie Maggies Gedanken gelesen, ergriff jetzt Dr. Stofko das Wort. „In O'Sullivans Mageninhalt haben wir nichts gefunden, was auf Brot hindeutet. Sah mir eher nach Hackbraten und Kartoffelpüree aus.“

„Prost Mahlzeit“, bemerkte Pakula trocken, was leises Gekicher hervorrief. Er wandte sich an seine Kollegin. „Und was hast du für uns, Carmichael?“

„Ich hätte eventuell einen Tatverdächtigen anzubieten“, brummelte seine Kollegin und beeilte sich, die gerösteten Erdnüsse herunterzuschlucken, die sie sich gerade in den Mund gestopft hatte. „Erinnerst du dich an diesen Vater Tony Gallagher?

Ich hab da ein paar Nachforschungen angestellt, weil der mir irgendwie nicht ganz koscher vorkam. Vor etwa sieben Jahren ist er mal als Ersatzpfarrer bei ‚Saint Stephen of the Martyr' in Chicago eingesprungen. Und wie's der Zufall will, hat er niemand anderen vertreten als Vater Gerald Kincaid."

„Das ist ja interessant", bekundete Pakula, der inzwischen an seiner dritten Tasse Kaffee nippte, jedenfalls nach Maggies Eindruck. Den Becher am Flughafen nicht eingerechnet.

„Es kommt sogar noch besser", fuhr seine Kollegin fort. „Vater Kincaid war vor kurzem für eine Weile beurlaubt. ‚Seelsorgerische Pause' nennt die katholische Kirche das. Er verbrachte sechs Monate in einem Therapiezentrum in Jemez Springs in New Mexico."

„Und was hat er da gemacht?" fragte Chief Ramsey. Der Polizeichef beugte sich vor und stützte die Ellbogen auf den Tisch.

„Ein gewisser Vater Quinn bei dieser Einrichtung gab mir die Auskunft, dass dort eine ganze Reihe von Gesundheitsproblemen behandelt würden, inklusive einer, die er als ‚Schwierigkeiten mit Alkohol' bezeichnete. Außerdem natürlich alle möglichen mentalen oder emotionalen Probleme."

„Und welches Problem hatte dieser Kincaid?" wollte Maggie wissen.

„Das wollte er mir unter Berufung auf die Schweigepflicht nicht sagen", erwiderte Carmichael, die angesichts des allgemeinen Aufstöhnens beschwichtigend die Hand hob und sich Ruhe erbat. „Ich habe allerdings etwas später noch einmal angerufen und mit einer Frau namens Barbara geplaudert, die ehrenamtlich Telefondienst schob. Die erwies sich als ziemlich auskunftsfreudig."

„Tratsch“, meinte Pakula und wirkte offensichtlich nicht sonderlich begeistert. „Juristisch nicht verwertbares Gerede.“

„Richtig“, entgegnete Carmichael, als hätte sie mit Pakulas Reaktion gerechnet. „Will trotzdem jemand hören, was sie zu erzählen hatte?“

Erwartungsvoll sah sie Chief Ramsey an. Der nickte bloß und wartete, was Carmichael wohl aus dem Hut zog. Im Gegensatz zu Pakula hatte er offenbar kein Problem mit Klatsch.

„Diese Barbara erzählte, Vater Kincaid habe ‚ein kleines Problem im Umgang mit vorpubertären Knaben‘ gehabt, wie sie sich ausdrückte.“

„Ergo wurde er versetzt“, folgerte Maggie. „Hat denn die Polizei in Chicago irgendwas in der Richtung in den Unterlagen?“ Sie fragte, obwohl sie die Antwort bereits zu kennen glaubte, denn im Zuge ihrer Nachforschungen hatte sie festgestellt, dass die meisten Vorfälle bislang außergerichtlich beigelegt worden waren.

„Fehlanzeige“, erwiderte die Polizistin. „Absolut gar nichts. Die Frau am Telefon ließ jedoch durchblicken, dass die Sache in Chicago nicht der erste Vorfall dieser Art gewesen sei. Es habe etliche Anschuldigungen gegeben. Und Sie sehen das durchaus richtig, O'Dell. Jedes Mal ist Vater Kincaid anschließend kurzerhand versetzt worden, insgesamt in fünf verschiedene Gemeinden. Beim letzten Mal drohten Eltern mit Anzeige, aber der Erzbischof hat das mit dem Versprechen abgebogen, Kincaid würde in ärztliche Behandlung geschickt.“ Sie machte eine Pause und sah in die Runde. „Vor sechs Monaten wurde er entlassen und trat eine neue Stelle an. Bei der Gemeinde ‚All Saints Catholic Church‘. Ich habe mich mit dem Vorsitzenden des Gemeinderats unterhalten und mit der Putzfrau vom Pfarramt – eine ziemlich ergiebige Mischung übrigens, was Tratsch angeht. Und das Verrückte ist: Kein Mensch in der Kirchengemeinde wusste, dass Vater Kincaid in therapeutischer Behandlung war."

„Was ist mit Daniel Ellison?" wollte Pakula wissen. „Laut Aussage von Agent Weston legte der sein Priesteramt nieder, weil er heiraten wollte. Klingt mir nicht gerade nach einem, der sich an kleine Jungen ranmacht."

„Etwas Verdächtiges habe ich nicht entdeckt, aber wenn man Kincaids Fall betrachtet, könnte man glatt auf den Gedanken kommen, dass sich die Kirche vorzüglich darauf versteht, derartige Sauereien unter die Decke zu kehren. Ich finde, wir sollten uns noch mal diesen Vater Tony Gallagher vorknöpfen."

„Wozu denn das?"

„Offenbar waren er und Ellison Kommilitonen. Im Priesterseminar ‚Notre Dame'."

„Sieh mal einer an", entfuhr es Pakula. „Dann gibt's also eine Verbindung zwischen Vater Tony und den beiden? Ellison und Kincaid?"

„Nicht nur das", fuhr die füllige Beamtin fort, die sich offensichtlich den Clou für zuletzt aufgespart hatte. „Als unser frommer Pater in Chicago weilte, hat er eine ehrenamtliche Rechtsberatungsstelle für Missbrauchsopfer ins Leben gerufen und geleitet. Vermutlich hat er in dieser Eigenschaft einiges mitgekriegt von dem, was Vater Kincaid sich da angeblich geleistet haben soll."

„Das ist ja ein Hammer", polterte Pakula los. „Na, dann nichts wie her mit dem Typen! Und am besten bringt er gleich wieder seinen Anwalt mit." Er ließ seinen Blick zu Chief

Ramsey schweifen. „Was übrigens Anwälte und ähnliche Schmarotzer betrifft, die vom Unglück anderer Leute profitieren: Agent O'Dell ist der Ansicht, wir sollten unter Umständen die Medien einschalten, damit die das eine oder andere für uns zutage fördern."

Ramsey lehnte sich zurück, die Arme über der Brust verschränkt, wobei er sich nachdenklich mit einer Hand über die Bartstoppeln rieb. Er musterte Maggie mit seinen sanften, doch müden blaugrauen Augen. „Sagen Sie uns, wie Sie vorgehen wollen. Wir leiten das in die Wege."

„Ich finde, wir sollten sofort loslegen, noch heute", schlug Maggie vor, indem sie sich an Pakula und Ramsey wandte. „Zunächst sollten wir uns abstimmen, welche Informationen wir nach außen dringen lassen. Vielleicht halten wir das mit Ellison vorläufig noch zurück."

Pakula nickte ihr beifällig zu, als wolle er sagen, seinen Segen habe sie. Dann wandte er sich den anderen Anwesenden zu. „Also gut, dann lasst uns mal die Gerüchte um Monsignore O'Sullivan sortieren, was wir streuen wollen und was nicht. Geht mir zwar mächtig gegen den Strich, aber vielleicht sollten wir diese Nervensäge vom *Omaha World Herald* herbitten und der auf den Zahn fühlen. Vielleicht weiß sie ja was, das uns hilft."

42. KAPITEL

Omaha, Nebraska

Gibson versuchte sich zu erinnern, wann er das letzte Mal jemanden zu sich nach Hause eingeladen hatte. Als sein Dad lebte, ja, da waren häufig Freunde zu Besuch gewesen. Alle seine Kumpels hatten seinen Vater gemocht, und manchmal hatte er sich sogar gefragt, ob sie nicht nur zu ihm kamen, weil er einen so coolen Dad hatte. Aber dieser Kleine jetzt, dieser Timmy Hamilton, der war anders.

Sie hatten bereits herausgefunden, dass Gibson einen Monat vor Timmys fünfzehntem Geburtstag sechzehn werden würde. Insofern war Gibson über ein Jahr älter als Timmy, weswegen er sich auch erlaubte, ihn „Kleiner" zu nennen. Timmy störte das offensichtlich nicht weiter. Ganz im Gegenteil, er schien völlig fasziniert von Gibson zu sein und davon, was der alles wusste. Er schien echt Gibsons Freund sein zu wollen. Kein einfaches Unterfangen, denn Gibson wusste selbst, dass er es anderen nicht leicht machte. Verglichen mit den übrigen Jugendlichen war er ein komischer Vogel. Aus den meisten Dingen, für die sich seine Mitschüler begeisterten, machte er sich nichts. Stattdessen spielte er wahnsinnig gerne Schach, und seine Lieblingsband waren die „Stray Cats", ein Trio, das Rock'n'Roll im Stil der Fünfzigerjahre spielte. Außerdem sammelte er alte Flaschen mit Schnappverschluss und besaß alle Folgen von „Akte X" auf DVD. Sein Haar war länger, als es der aktuellen Mode entsprach, und ständig trug er seine Baseballcap, sogar während des Unterrichts, es sei denn, die Lehrer forderten ihn auf, sie abzunehmen.

Nur im Geschichtsunterricht verzichtete er freiwillig auf seine Kappe, denn er wollte Schwester Kate keinen Anlass geben, ihn zu rügen.

Nach dem Tod seines Dad war Schwester Kate die Einzige gewesen, die ihn einfach ganz normal behandelt hatte. Sie hatte Gibson sogar um Hilfe gebeten und ihn gefragt, ob er vielleicht einige Tage pro Woche nach dem Unterricht noch kommen könne, um ihre Sammlung zu katalogisieren, und zwar mittels eines Computerprogramms, das sie eigens zu diesem Zweck entwickelt hatte. In diesen ersten Wochen hatte er seinen Dad zwar am schlimmsten vermisst, gleichzeitig aber die Nachmittage bei Schwester Kate wirklich genossen. Sie hatten sich über Gott und die Welt unterhalten, und oft hatte sie Gibson sogar zum Lachen gebracht. Aber dann war Sense mit dem Projekt. Und in der Woche darauf hatte das mit Monsignore O'Sullivan angefangen, dass der ihn in sein Dienstzimmer bestellte. Gibson hatte es seitdem vermieden, mehr Zeit in der Schule zu verbringen als unbedingt nötig, und das war auch der Grund dafür gewesen, dass er seiner Mom gesagt hatte, er habe keinen Bock, sich den Sommer durch die Teilnahme an dem Schnupperkurs verderben zu lassen. Mit Schwester Kate hingegen war er gern zusammen. Und da der Monsignore ja nun nicht mehr da war … na ja, da konnte einiges ja möglicherweise wieder Spaß machen. Er hatte sich sogar vorgenommen, sich eine eigene Sammlung alter Stücke anzulegen.

Vorhin, in der Schule, hatte er Timmy von dem Medaillon erzählt, das er bei Ebay erstanden hatte. Jetzt wollte er es ihm unbedingt zeigen. Nach wie vor bewahrte er es in der kleinen Schachtel auf, in der es angekommen war, sogar jetzt noch, nachdem er das Stück sorgfältig poliert hatte. Den ganzen Samstagnachmittag lang hatte er mit Metallpolitur die schwarz verkrusteten Rillen gereinigt – mit Ohrenstäbchen, ganz vorsichtig, damit er bloß keine Kratzer hinterließ.

„Hier, mit der Lupe kann man das Datum lesen", erklärte er Timmy, wobei er ihm das Vergrößerungsglas in die Hand drückte und das Medaillon ins Sonnenlicht hielt, das durch das Fenster in sein Zimmer fiel. „Ganz unten."

„1096? Mann, das ist aber alt! War das teuer?"

„Och, nö. Ich glaube, der Typ, der's verkauft hat, wusste gar nicht, was das ist." Geflissentlich verschwieg Gibson, dass er schon seine Zweifel hatte, ob das Ding auch tatsächlich echt war. Egal, Timmy konnte das ohnehin nicht beurteilen. Noch einmal wies Gibson auf die Gravur und fuhr mit dem Finger über die Oberseite des Medaillons. „Das hier ist Latein. Irgendwas von Mut und Ehre. Von diesen Dingern wurden nur wenige vergeben. Von Papst Urban II. Ich hab ein Bild davon im Internet gefunden, auf 'ner Website über die Kreuzzüge. Er gilt als der Papst, der zum Ersten Kreuzzug aufrief."

„Stimmt. Ich interessiere mich auch für die Kreuzzüge und für die Tempelritter oder für alles aus dem Mittelalter. Meine Mom hält das für Mumpitz und für gewalttätiges Zeugs, aber ich finde das echt total cool."

Gibson bemerkte plötzlich, dass Timmy seinen Laptop anstarrte. Er zuckte zusammen und warf einen raschen Blick auf den Bildschirm, ob vielleicht wieder eine dieser Nachrichten für ihn eingegangen sei. Doch auf dem Monitor war nichts zu sehen.

Timmy war Gibsons Reaktion nicht entgangen, und er

grinste verlegen, als hätte man ihn bei was Verbotenem erwischt. „Entschuldige, ich wollte nicht neugierig sein oder so. Nur … das Icon da drüben …“ Er wies auf den Totenkopf mit den gekreuzten Knochen, den Gibson ganz nach rechts unter die übrigen Symbole auf seinem Desktop verschoben hatte. Aber selbst da stach das Symbol noch aus den übrigen heraus.

Gibson winkte ab. „Ist bloß ein Spiel.“ Er tat so, als handele es sich um nichts Interessantes, um Timmy davon abzubringen, weitere Fragen zu stellen. Eine der Regeln besagte, dass man mit niemandem über das Spiel reden durfte, nur mit anderen registrierten Spielern. Gibson streckte den Arm aus und klappte den Deckel des Laptops herunter.

„Entschuldige“, wiederholte Timmy und wirkte auf einmal eigenartig nervös. „War keine Absicht …“

„Kein Problem.“ Gibson nahm das Medaillon und legte es in die Schachtel zurück.

„Nur, äh … weißt du …“ Was war nur los mit dem Kleinen? Er schien ja tatsächlich ganz durcheinander zu sein. „Ich spiele das nämlich auch.“

„Was?

„Das Spiel!“

„Das ist allerdings nicht nur so’n Ballerspiel“, meinte Gibson, der immer noch nicht kapierte, was Timmy ihm sagen wollte.

„Ich weiß. Nur auf Einladung. Du hast wohl eine bekommen, wie?“

Jetzt war es Gibson, der völlig verdattert aus der Wäsche guckte. Er sah Timmy fassungslos an, doch der zuckte mit keiner Wimper und hielt seinem Blick Stand. Gab’s denn so was? Bislang hatten die anderen Mitspieler für ihn real gar nicht existiert, genauso wenig wie die Welt des Spiels selbst. Und nun saß auf einmal einer von denen direkt vor ihm!

„Woher hast du denn die Zugangsdaten bekommen?“ erkundigte sich Gibson, um Timmy auf die Probe zu stellen.

„Ich war irgendwie am Surfen, und plötzlich kriegte ich ’ne Mail, und da fragte einer, ob ich bei ’nem Spiel mitmachen will.“

„Echt? Und von wem kam die Mail?“

Timmy wollte nicht recht mit der Sprache herausrücken, und Gibson glaubte schon fast, er hätte ihn einfach nur auf den Arm genommen.

„Von einem, der sich ‚SinEater‘ nennt.“

„Mann, ey!“ flüsterte Gibson. Nicht zu fassen – es stimmte! „Hast du …“ Er wusste nicht recht, wie er fragen sollte, aber wenn die Regeln für alle Mitspieler galten … „Musstest du einen Namen angeben?“

Wieder zögerte der Junge, den Blick zu Boden gerichtet, als wisse er nicht recht, ob er noch etwas preisgeben solle. Schließlich bejahte er kleinlaut.

„Meiner wurde umgelegt!“ sprudelte es aus Gibson heraus, als gäre diese Aussage schon viel zu lange in ihm und müsse nun endlich heraus.

„Stimmt, darum geht’s bei meinem auch.“

„Nein, nein“, rief Gibson hastig, denn er spürte, wie mit seinem Geständnis so etwas wie Panik in ihm aufwallte. „Richtig umgelegt, meine ich! Nicht nur so! Nicht nur in dem Spiel!“

„Wie im wirklichen Leben, meinst du? Der ist tot?“

„Ja doch!“

„Warst du’s?“

Gibson wusste nicht, was er darauf erwidern sollte. Er rang sich eine Art Schulterzucken ab und sah zu Boden. „Zumindest hab ich's ihm gegönnt", murmelte er.

„Bist du sicher, dass er tot ist?"

„Aber hallo! Ich hab ihn doch gesehen!" Er fixierte Timmys Blick. „Ich war am Freitag am Flughafen", erklärte er in der Hoffnung, das werde reichen. Und das tat es auch. Er konnte sehen, dass sein neuer Freund genau wusste, worauf er anspielte. Kein Wunder, es war ja auch das ganze Wochenende über in sämtlichen Nachrichten gekommen. Außerdem fiel Gibson ein, dass Timmy erwähnt hatte, seine Mom arbeite als Reporterin beim *Omaha World Herald*.

Für eine Weile, die Gibson wie eine Ewigkeit vorkam, blieben sie beide stumm, als müssten sie nachdenken. Dann sahen sie sich plötzlich an – mit wissenden, panischen Augen. Mit Schuldbewusstsein im Blick.

Endlich brach Timmy das Schweigen. „Glaubst du, meiner ist auch tot?"

„Keine Ahnung", gab Gibson zurück, beinahe im Flüsterton. „Aber wenn nicht, wird er's sicher bald sein!"

43. KAPITEL

Washington, D.C.

Gwen Patterson nahm mit zittrigen Händen das Glas Wasser entgegen, das Detective Julia Racine ihr reichte. Sie saß auf Denas Ledersofa, den Oberkörper vorgebeugt, als wolle sie den Kopf jeden Moment wieder zwischen die Knie stecken, obwohl ihr inzwischen nicht mehr ganz so übel war. Da der Detective neben ihr stehen blieb, nippte sie vorsichtig an dem Glas, um zu demonstrieren, dass es ihr besser ging, dass sie sich nicht mehr übergeben und ihnen den ganzen Tatort mit Erbrochenem versauen würde.

Wer eigentlich das Waschbecken sauber gemacht hatte, wusste sie nicht so genau. Die Ermittlerin hatte ihr ein feuchtes Papierhandtuch gereicht und dann das Glas Wasser gebracht. Hätte Gwen sich jetzt daran erinnert, was Maggie ihr über die Beamtin erzählt hatte, dann hätte sie sicher gewusst, dass Racine natürlich nicht bei ihr blieb, um sich zu überzeugen, dass es ihr wieder einigermaßen gut ging. Erst als sie sah, dass Racine ungeduldig mit dem Fuß wippte, dämmerte es Gwen, dass sie natürlich wissen wollte, was hier überhaupt los war.

„Erzählen Sie doch noch mal, weshalb Sie hergekommen sind."

Ohne sie anzusehen, gab Gwen ihr dieselbe Antwort wie schon zuvor, wobei sie hoffte, es würde nicht etwa auswendig gelernt klingen, sondern nur danach, als sei sie es allmählich leid, ständig alles zu wiederholen. „Sie war nicht zur Arbeit gekommen. Ich habe ihr eine Nachricht auf dem Anrufbeantworter hinterlassen, aber sie hat nicht zurückgerufen. Es war nicht ihre Art, einfach wegzubleiben. Ich habe mir Sorgen gemacht.“ All das stimmte natürlich. Dennoch war ihr völlig schleierhaft, wie sie auch nur ansatzweise den Rest der Geschichte darstellen sollte. Wieder und wieder hatte sie das überlegt und dabei begriffen, wie haarsträubend sich das alles anhören musste.

„Und dass Sie den Schlüssel hatten, das war reiner Zufall?“

„Allerdings“, sagte Gwen. Es fiel ihr leichter, einfach nur auf die Fragen zu antworten, als von sich aus zu erzählen.

„Also sind Sie rein“, fuhr die Polizistin fort. Ihre Stimme blieb ruhig, wenn auch unüberhörbar scharf, was nach Gwens Gefühl wohl eher auf Ungeduld denn auf Gereiztheit beruhte. „Sie war nicht zu Hause, also gingen Sie in die Küche und kontrollierten erst mal den Mülleimer?“

Gwen blickte zu ihr auf und fuhr sich mit den Händen durchs Haar. Langsam stieg das Gefühl in ihr auf, das alles nicht mehr aushalten zu können. „Ich habe mich in der Wohnung umgesehen, und als ich in die Küche kam, da fing Harvey gleich an, mit der Pfote an der Tür unter der Spüle zu kratzen.“

„Nehmen Sie Ihren Hund immer mit?“

Gwen streckte den Arm aus, um Harvey zu tätscheln. Die ganze Zeit war er ihr nicht von der Seite gewichen.

„Das ist nicht meiner. Ich passe nur auf ihn auf. Für eine Bekannte.“ Erst jetzt kam sie auf den Gedanken, dass der Umstand, dass Julia Racine ihr ein Begriff war, ja noch lange nicht bedeuten musste, dass auch Racine wusste, wer sie war. „Er gehört meiner Freundin Maggie“, ergänzte sie. „Maggie O’Dell.“

„Maggie O’Dell? Die FBI-Agentin?“

„Richtig. Sie ist heute Morgen nach Nebraska geflogen. Sie lässt Harvey öfters bei mir, wenn sie verreist."

Racine musterte den Hund, den sie bisher kaum beachtet hatte. Gwen konnte sehen, wie ihre Haltung sich etwas entspannte, als sie in die Hocke ging, um Harvey hinter den Ohren zu kraulen.

„Weiß ich auch nicht, wieso ich dich nicht erkannt habe", sagte sie in einem Tonfall, der Gwen überrascht aufsehen ließ. Auf einmal klang ihre Stimme irgendwie sanft und liebevoll. „Wir haben doch gestern erst gute acht Stunden zusammen in meinem Wagen gesessen. Da hätte ich dich doch eigentlich wiedererkennen müssen, alter Junge!"

Als sie sich wieder aufrichtete, sah sie sich um, als müsse sie sich vergewissern, dass niemand Zeuge dieses Zwiegesprächs geworden war.

„Das Opfer hatte keine Mitbewohnerin", stellte sie fest, und war nun wieder ganz die sachliche, nüchterne Polizistin. „Hat sie mal einen Freund erwähnt?"

„Ja. Sie habe einen neuen, hat sie mir gesagt."

„Hat Sie den Namen genannt?"

„Nein."

„Wissen Sie, ob sie sich an diesem Wochenende mit ihm treffen wollte?"

„Sie hatten was für Samstagabend geplant." Gwen ließ sich weiterhin Information für Information aus der Nase ziehen.

„Wissen Sie, wie sie ihn kennen gelernt hat? Übers Internet vielleicht?"

„Davon hat sie mir nie etwas erzählt." Das entsprach der Wahrheit. Dass Dena ihren neuen Liebhaber womöglich in ihrer

Praxis kennen gelernt hatte, das konnte Gwen der Polizistin unmöglich auf die Nase binden. Es wäre ja auch nur reine Spekulation gewesen. Rubin Nashs Fingerabdrücke hatten schließlich nicht mit denen auf dem Umschlag übereingestimmt.

„Eigenartig, dass sie Ihnen nicht mehr erzählen wollte", brummte die Beamtin, wobei sie die Arme verschränkte. „Zumal sie doch offensichtlich ein so enges Verhältnis zueinander hatten, dass sie Ihnen sogar ihren Haustürschlüssel anvertraute."

Gwen wich dem Blick der Beamtin aus und richtete ihr Augenmerk auf den Techniker von der Spurensicherung, der in der Küche herumkramte und Stück für Stück den stinkenden Abfall aus dem Mülleimer geklaubt hatte.

„Gestern Abend wollte sie mit einer Freundin in einen Nachtclub gehen", sagte Gwen schließlich.

„Wissen Sie, in welchen?"

„Möglich, dass sie den Namen erwähnt hat, aber ich erinnere mich nicht."

„Und den Namen der Freundin, mit der sie losziehen wollte, den wissen Sie wohl ebenfalls nicht?"

„Nein, allerdings nicht."

Der Techniker von der Spurensicherung hatte den Mülleimer ausgehängt und griff jetzt mit seinen behandschuhten Händen nach dem Plastikbeutel, der noch immer in dem Unterschrank der Spüle lag. Schlagartig merkte Gwen, wie ihr wieder der Schweiß ausbrach, wie ihr aufs Neue schwindelig wurde und sich alles zu drehen begann. Dennoch konnte sie den Blick nicht von der Szene abwenden, obwohl sie wusste, dass es besser gewesen wäre, nicht hinzusehen.

Sie spürte Racines Hand auf ihrer Schulter, sah aber nicht zu der Polizistin hoch. Ihr Blick verharrte auf dem Plastikbeutel, bis er endlich in einem kleinen schwarzen Leichensack verschwunden war. Gab es etwa extra welche für Köpfe, fuhr es ihr unwillkürlich durch den Sinn.

„Im Büro hat Dena sich immer davor gedrückt, den Müll rauszubringen", murmelte sie. Es war eine absolut lächerliche Bemerkung.

44. KAPITEL

Omaha, Nebraska

Gibson zog den Schuhkarton unter seinem Bett hervor. Dann drehte er seine Anlage auf volle Lautstärke und stimmte in *Stray Cats Strutting* ein, sein Lieblingsstück auf der laufenden CD. Er versuchte, an etwas anderes als an das Spiel zu denken, das in einer halben Stunde beginnen würde.

Er hatte das ganze Haus für sich allein. Nach dem Abendessen war seine Mom zu ihrem Literaturkurs gegangen. Tyler, diese Nervensäge, war zu einem Kumpel verschwunden; mit dem er die vom Sonntag übrig gebliebenen Knaller verballern wollte. Gibson hatte zwar nicht vor, Tyler bei seiner Mom zu verpetzen, aber er wusste genau, was sein jüngerer Bruder vorhatte. Er hatte nämlich mitgekriegt, wie der Kleine heimlich eine ganze Schachtel Streichhölzer aus der Schublade in der Küche geklaut hatte.

Endlich Ruhe. Obwohl es ihm an diesem Abend durchaus lieber gewesen wäre, er hätte sich mit irgendwas ablenken können. Egal, schließlich hatte er ja seine Musik und seine Sammlung.

Er stellte den Karton auf seinen Schreibtisch, direkt neben den Laptop, und ertappte sich dabei, wie er immer wieder auf den Bildschirm schielte, als erwarte er jeden Moment, dass eine Nachricht für ihn aufblitzen könne. Vielleicht bekam er ja einen Anschiss, weil er mit Timmy über das Spiel gesprochen hatte. Sein Eingeständnis, dass er die Leiche von Monsignore O'Sullivan gesehen hatte, kam ihm vor wie ein Schuldbekenntnis. Natürlich war er schuldig! *Eigentlich, eigentlich hast du nicht nur einen An-*

schiss verdient, sondern Strafe! Doch auf dem Monitor tat sich nichts.

Eine nach der anderen nahm er seine Kostbarkeiten aus der Schachtel und legte sie vorsichtig vor sich auf den Schreibtisch. Dann holte er seine Reinigungsutensilien hervor, die Dose Metallpolitur, das weiche Putztuch, das Kästchen mit Ohrenstäbchen. Seine Kollektion war natürlich nichts gegen die von Schwester Kate, aber irgendwie musste man ja anfangen, oder?

Bis jetzt nannte er drei Medaillons und zwei Münzen sein Eigen, dazu ein silbernes Kruzifix von ungefähr siebzehn Zentimetern Länge. Laut Auskunft des Typen, von dem er es bei Ebay gekauft hatte, hatte es einst auf dem Schild eines Kreuzritters geprangt. Er hatte Gibson darauf hingewiesen, dass man sogar noch die schwarzen Schmiedeflecken auf der Rückseite erkennen könne.

Gibson wusste zwar nicht, ob er das glauben sollte, aber er hatte das Ding recht günstig bekommen, und selbst wenn die Geschichte nicht stimmte, war's doch ziemlich cool. Und antik auf alle Fälle. Fast drei Tage lang hatte er daran herumgewienert und den Grünspan aus den verschnörkelten Rillen geputzt. Hätte Gibson nicht gewusst, dass es ein Kruzifix war – er hätte es glatt für eine Art Dolch gehalten. Vielleicht, überlegte er, sollte er das Teil mit in die Schule nehmen und Schwester Kate zeigen. Am besten seine ganze Sammlung. Mensch, würde die Augen machen!

Er ließ den Blick durch sein Zimmer wandern und versuchte sich zu erinnern, in welche Ecke er seinen Rucksack gefeuert hatte. Das Ding hatte er ständig bei sich, egal, wo er war. Er entdeckte ihn in der Ecke neben dem Kleiderschrank, dort, wo auch seine Sportschuhe lagen. Aber das Ding war so voll, dass er schon von hier aus sah, dass seine Sammlung da keinesfalls auch noch reinpassen würde.

Er warf den Rucksack aufs Bett, zog sämtliche Reißverschlüsse auf und kramte alles heraus, wobei er selbst den Kopf darüber schüttelte, was für bescheuerten Plunder er da mit sich herumschleppte. Nicht zu fassen. Aber was war denn das da? Das konnte unmöglich ihm gehören.

Gibson starrte in seinen Rucksack und zog dann eine Aktenmappe aus braunem Leder heraus. Er warf sie aufs Bett und sah sie ungläubig an.

Wie um Himmels willen war das verdammte Ding nur in seinen Rucksack gekommen?

45. KAPITEL

Omaha, Nebraska

Es war schon kurz vor Mitternacht, als Maggie in ihrem Hotel ankam. Eins musste man Cunningham lassen: Das „Embassy" bot weit mehr Komfort, als sie es gemeinhin bei ihren Dienstreisen gewohnt war. Außerdem lag das Hotel nur wenige Straßen vom Polizeipräsidium entfernt, direkt am Rande eines urbanen Viertels, das – das wusste sie von Pakula – Old Market hieß. Es war eine malerische Ecke mit kopfsteingepflasterten Straßen und alten Lagerhäusern aus Backstein, die man zu Boutiquen und Lokalen umgebaut hatte.

Gerade hatte sie sich ausgezogen, war in ihr Nachthemd geschlüpft und hatte es sich in ihrem breiten Bett bequem gemacht, um sich den vom Zimmerservice gebrachten Imbiss schmecken zu lassen, als ihr Handy klingelte. Sie wischte sich mit der Hand die Grillsauce von den Lippen und langte hastig nach ihrem Jackett. Vorhin hatte sie Gwen angerufen und ihr eine Nachricht auf ihrem Anrufbeantworter hinterlassen. Vielleicht rief sie ja jetzt zurück.

„Maggie O'Dell", sagte sie, nachdem sie den Bissen, den sie im Mund hatte, heruntergeschluckt hatte.

„Hallo, Maggie! Entschuldigen Sie die späte Störung." Es war Adam Bonzado. „Julia sagte mir, sie seien in Nebraska, und da es bei Ihnen ja noch nicht ganz so spät ist ... Ich hoffe, ich habe Sie nicht geweckt."

„Aber nein. Ich bin gerade zurück ins Hotel gekommen und genehmige mir noch einen Happen vor dem Einschlafen." Sie leckte die Grillsauce von ihren Fingern. „Was gibt's denn?"

„Ich würde Ihnen gerne etwas faxen. Sicher wird auch Julia Sie darüber informieren, nur dachte ich, ich könne es Ihnen ja auch direkt schicken.“

„Augenblick, ich gebe Ihnen die Faxnummer des Hotels.“ Sie krabbelte aus dem Bett, wobei sie Acht gab, dass sie nicht gegen das Tablett stieß. Sie hatte ein bisschen zu viel bestellt, anscheinend war der Appetit mit ihr durchgegangen.

„Dann sind Sie also noch nicht im Bett?“ Seine Stimme klang enttäuscht. „Ich hatte gehofft, ich würde Sie im Negligé erwischen.“

„Im was?“

„Na ja, im … im Pyjama.“

Sofort spürte sie, wie ihr die Röte heiß ins Gesicht schoss. „Wie kommen Sie denn darauf, dass ich einen trage?“

„Ich … äh … wie?“

Sie musste lachen. Offenbar waren sie beide keine großen Experten in punkto Flirten. Ehe er jedoch noch einen Ton sagen konnte, fragte sie: „Also, was ist das denn, was Sie mir unbedingt zufaxen müssen?“ Gleichzeitig blätterte sie im Prospekt des Hotels und suchte nach der Faxnummer.

„Von der Tätowierung ist erheblich mehr übrig, als ich zunächst gedacht hatte. Das Tattoo ist jetzt recht deutlich zu erkennen.“

„Dann wäre es doch besser, wenn Sie mir ein Foto per Mail schicken. Dann kann ich auch die Farben sehen.“

„Stimmt, da haben Sie völlig Recht.“

Eine verlegene Pause entstand.

„Ich glaube, ich habe Ihre E-Mail-Adresse nicht“, bemerkte er schließlich.

Sie nannte sie ihm, war allerdings viel zu neugierig, um auf das Foto zu warten. „Was ist es denn?"

„Der untere Rand fehlt zwar, aber hier in West Haven gibt's ein Tattoostudio. Als ich den Inhaber anrief, kannte er das Motiv anhand meiner Beschreibung und hat es mir gefaxt, vollständig. Das maile ich Ihnen dann ebenfalls. Es handelt sich um eine langstielige Rose, die sich um einen Dolch mit rosarotem Griff windet."

„Sie hat sich einen Dolch auf den Nacken tätowieren lassen?"

„Auf die linke untere Seite, kurz über dem Rücken."

„Könnte man recherchieren, welche Tattoostudios dieses Motiv anbieten?"

„Gute Frage. Ich werde mich erkundigen", versprach Bonzado. „Übrigens hat mich der Inhaber noch auf etwas anderes hingewiesen. Nämlich dass das Motiv sehr populär bei Leuten sei, die er als ‚D-&-D-Freaks' bezeichnete."

„D und D?"

„‚Dungeons and Dragons'. Sagt Ihnen das noch was?"

„Schon, aber ich dachte, das sei längst mega-out, das Spiel."

„Offenbar haben einige Collegestudenten hier in der Gegend wieder damit angefangen, allerdings mit 'ner Onlineversion. Ich habe selbst mitbekommen, wie sich einige meiner Studenten darüber unterhielten. Nur heißt es heute nicht mehr ‚Dungeons and Dragons'. Es gibt alle möglichen Fassungen und Weiterentwicklungen, in denen dann Charaktere auftauchen, die dem Leben der Spieler entstammen. Menschen, denen man eins auswischen will, das aber in der Realität nicht kann. Einfach nur so, um Dampf abzulassen. Ich habe gehört, einer unserer Englischprofessoren etwa soll eine sehr beliebte Figur sein. Ich weiß zwar nicht, ob Sie das weiterbringt, wollte Sie aber auf alle Fälle gleich informieren."

„Eins der Opfer studierte am Virginia Tech", fiel Maggie ein. „Das könnte eventuell erklären, wie er sie kennen lernt. Vielleicht sogar, wieso die Frauen ihm so vertrauen, dass sie sich mit ihm treffen."

„Glauben Sie, der Mörder könnte ebenfalls Student sein?"

„Ein Student käme mir zu jung vor für Morde von diesem Kaliber. Zwar mögen sich die Ursachen, die ihn zu seinen Taten treiben, seiner Kontrolle entziehen, aber die Komplexität seiner Verbrechen, die sorgfältige Planung, die Vorsicht, die er walten lässt und all das, das scheint mir doch auf eine gewisse Reife hinzudeuten."

„Ich werde mal unter meinen Studenten herumfragen, wie man sich in so ein Spiel einklinkt. Ob man etwa eine Einladung braucht, oder ob da jeder mitmachen kann."

„Gute Idee. Hoffentlich stellen Sie bei der Gelegenheit nicht fest, dass in dem Spiel auch ein Professor Adam Bonzado herumgeistert."

„Ach was, ausgeschlossen! Meine Studenten sind begeistert von mir! Die habe ich allesamt mit einem uralten anthropologischen Zauber verhext. Der wirkt immer. Außer vielleicht bei einer bestimmten Profilerin des FBI."

Ohne seinen letzten Satz zu kommentieren wünschte sie ihm eine gute Nacht. Vielleicht verstand er ja doch mehr vom Flirten als sie. Als sie ihr Handy abschaltete, bemerkte sie auf einmal, dass sie lächelte.

46. KAPITEL

Venezuela

Vater Michael Keller starrte auf den Laptop. Angesichts der beiden flackernden Öllampen kam ihm der helle Bildschirm wie ein Leuchtfeuer vor, das ihn zu Antworten führte, von denen er gar nicht wusste, ob er sie tatsächlich haben wollte. Mehrmals war seine Internetverbindung zusammengebrochen, doch wie ein Drogensüchtiger hatte er sich immer wieder eingewählt, obwohl ihm der langsame Aufbau der Verbindung gehörig auf die Nerven ging.

Er rieb sich die Augen, als könne er dadurch das Flimmern verscheuchen. Wieso, fragte er sich, hast du nicht eher daran gedacht? Warum war er nur so dumm gewesen, so naiv? Weshalb hatte er keinen Verdacht geschöpft? Nein, er hatte sich so dringend einen Freund gewünscht, einen Vertrauten, dass er die grell leuchtenden Warnsignale einfach nicht zur Kenntnis genommen hatte. Nicht mal die E-Mail-Adresse – „The SinEater", der Sündenfresser – hatte ihn stutzig werden lassen. Er hatte das einfach nur originell gefunden, diesen geheimnisvollen Namen aus den alten katholischen Sagen, und nichts Bedrohliches gewittert. Dazu hatte ihm diese Person, die sich so heimtückisch seine Freundschaft erschlichen hatte, auch nie den geringsten Anlass gegeben. Bis jetzt!

Wieder und wieder hatte er die Artikel über die Morde an den beiden Priestern gelesen. Diesen Monsignore O'Sullivan, den hatte er mal flüchtig kennen gelernt, während seiner Amtszeit als Pfarrer zu „Saint Margaret" in Platte City in Nebraska. Trotzdem hatte er keine Ahnung gehabt, warum ihm sein Bekannter diese Artikel gemailt hatte. Und dazu noch mit dem Vermerk, er sei womöglich als Nächster dran? Wieso wähnte er ihn in Gefahr, hatte sich Keller gefragt. Wusste sein „Freund" von der Halloweenmaske? War er es womöglich sogar, der sie ihm geschickt hatte? Als Warnung, und nicht etwa, wie er ursprünglich gehofft hatte, als Jux?

Er hatte eine E-Mail zurückgeschickt, die nur aus einer Frage bestand:

WIESO GLAUBST DU, ICH KÖNNE DER NÄCHSTE SEIN?

Erst vorhin war die Antwort gekommen. Sie hatte ihn förmlich umgehauen, wie ein Schuss mitten ins Herz.

WEIL ICH SIE HINGERICHTET HABE. UND DU STEHST EBENFALLS AUF DER LISTE.

An der E-Mail hatte eine Datei gehangen, besagte Liste, und siehe da, er fand seinen Namen tatsächlich darauf! Direkt unter dem von Monsignore O'Sullivan!

Nur langsam ebbte das dumpfe Hämmern in seinen Schläfen, das ihn schier zum Wahnsinn trieb, ab und mündete in einen anhaltenden Kopfschmerz. Er hatte sich dennoch zur Konzentration gezwungen und im Internet nach Informationen über den uralten Brauch des Sündenfressens gesucht. Viel hatte er allerdings nicht gefunden. „Nach alter Überlieferung unterhielt jedes Dorf einen eigenen Sündenfresser, der am Rande des

Ortes ein zurückgezogenes Dasein fristete", war etwa aus einer Website zu erfahren.

Eine andere Seite war schon etwas ergiebiger gewesen. „Der Sündenfresser kam nach Einbruch der Dunkelheit, wenn die Trauernden von der Seite des Toten gewichen waren", hieß es da. „Dann aß er das Brot, das man auf der Brust des Verstorbenen hinterlassen hatte, und erlöste ihn somit von seinen Sünden, indem er die Vergehen verspeiste und in seine Seele aufnahm." Schon früh habe die katholische Kirche diese Praxis als „ketzerisch" verfolgt, insbesondere dann, wenn einem Sünder die Absolution erteilt wurde, nachdem ihm die heiligen Sakramente verweigert worden waren, weil er eine „unverzeihliche Sünde" begangen hatte. Dazu zählten etwa „Selbsttötung oder die Ermordung von kirchlichen Würdenträgern".

Vater Keller wischte sich mit dem Ärmel seines weißen Oberhemds den Schweiß von der Stirn. Als das nicht reichte, zerrte er sich die Hemdschöße aus dem Hosenbund und fuhr sich damit noch einmal durchs Gesicht. Dennoch war ihm, als breche ihm der Schweiß in Sturzbächen aus sämtlichen Poren. Die Kopfschmerzen wollten einfach nicht nachlassen, ein unablässiges Dröhnen, das hohl in seinem Schädel widerhallte.

Er war völlig erschöpft. Der Schock hatte ihn ausgelaugt. Selbst von seinem Tee, dem sonst so wunderbar tröstlichen Tee, wurde ihm nur noch übel. Plötzlich starrte er die dampfende Teetasse an, als sähe er sie erstmals als das, was sie ja möglicherweise war: als Judasbecher. Konnte das sein? Hatte sein Freund – ach, was, von wegen Freund! – hatte dieser Mistkerl ihm da, als er ihm jenes wunderbare Geschenk gemacht hatte, etwa etwas Vergiftetes untergejubelt?

Er versuchte, sich zu erinnern, wann das mit seiner Übelkeit angefangen hatte. War das nicht, nachdem er das Paket erhalten hatte? War das der Plan? Ihn zu vergiften? Oder sollte er nur geschwächt werden, damit er nicht weg, nicht fliehen konnte und dem „SinEater“ hilflos ausgeliefert sein würde, wenn der kam, um ihm den Rest zu geben?

Mit dem Handrücken schlug er die Tasse von dem wackeligen Holztisch. Sie prallte gegen die Wand und zerbrach. So war das also, sein vermeintlicher Freund wollte sein Spielchen mit ihm treiben!

Er zog seinen Stuhl vor den Computer, setzte sich an die Tastatur und schrieb:

DU HAST DEN TEE VERGIFTET.

Dann klickte er auf „senden“ und lehnte sich zurück.

Gewöhnlich dauerte es Stunden, bis eine Antwort erfolgte. Doch heute schien der „SinEater“ förmlich auf Kellers Mail gewartet zu haben. Binnen Minuten kam die Antwort.

JA, MIT EISENHUT. DA ICH DICH NICHT PERSÖNLICH AN ORT UND STELLE UMBRINGEN KANN, SOLLST DU EINES LANGSAMEN UND QUALVOLLEN TODES STERBEN.

Warum? Wie konnte er das tun? Todesangst fraß sich durch Kellers Eingeweide. Oder war es das Gift? Verrichtete das bereits sein tödliches Werk? War es etwa bereits zu spät?

Er schloss seine Mailbox und begann im Internet nach Informationen über die ermordeten Geistlichen zu suchen. Irgendetwas musste es doch geben. Irgendwelche brauchbaren Hinweise. Da hatte jemand seinen Namen auf eine Abschussliste gesetzt. Und wer das war, das würde er herausbekommen, das schwor er sich!

Dieser „SinEater“ hatte ihm ein Päckchen geschickt. Bestimmt befanden sich Fingerabdrücke auf dem Papier, in dem es eingewickelt gewesen war. Und was war mit den ganzen E-Mails? Ob man die zurückverfolgen konnte? Plötzlich stieß er auf eine aktuelle Meldung der Nachrichtenagentur AP. Er rief sie mit einem Mausklick auf. Noch ehe er ein einziges Wort gelesen hatte, erkannte er die Frau auf dem Foto. Und im gleichen Moment wusste Keller genau, was er tun würde. Es würde klappen. Es musste! Ihm blieb keine andere Wahl.

Die einzige Frage war nur: Welchen Preis würde Special Agent Maggie O'Dell zu zahlen bereit sein, um diesen Irren zu fassen?

47. KAPITEL

Dienstag, 6. Juli
Campingplatz „Blackwater Bay", südlich von Bagdad, Florida

Corey Lee beachtete die Rufe seines Stiefvaters nicht. Er verdrehte nur genervt die Augen und stapfte ungerührt weiter.

„Sollen wir nicht lieber warten, bis er uns eingeholt hat?" fragte Kevin Potter.

Corey sah seinen besten Freund an und schüttelte dann den Kopf. „Der kommt nicht mit hier lang. Der nimmt den Weg über die Straße. Und der dauert ewig."

Außerdem hatte Corey keinen Bock, andauernd zu warten. Und sie waren ja schon fast am Bootssteg. Da wär's doch bekloppt gewesen, wieder umzukehren. Er kannte diese Abkürzung. Kevin und er hatten sie schon beim letzten Lager ihrer Pfadfindergruppe, hier auf demselben Campingplatz, entdeckt. Sie führte schnurstracks zum Anleger, und von da aus war es nur noch ein Katzensprung bis zu der Baumgruppe. Klar, das Unterholz war ziemlich dicht, und die winzigen Stechmücken fielen in Schwärmen über einen her. Aber wen das störte, der sollte doch gar nicht erst Zelten fahren!

Sein Stiefvater wollte nicht, dass sie die Abkürzung nahmen. Er hatte sie mit wüsten Geschichten von Alligatoren und Wasserschlangen ins Bockshorn jagen wollen, jedoch genau das Gegenteil erreicht. Nur weil dieses Weichei den Posten als Führer ihrer Pfadfindergruppe übernommen hatte, bildete der sich offenbar ein, er hätte den großen Durchblick. Aber Corey war jetzt schon drei Jahre bei den Boy Scouts und außerdem hier in den Sumpfgebieten aufgewachsen. Da sah er echt nicht ein, warum er sich von dem neuen „Lebensgefährten“ seiner Mom Vorschriften machen lassen sollte.

Er konnte es noch immer nicht fassen, dass sie diesen Ethan tatsächlich geheiratet hatte. Was letztendlich bedeutete, dass Corey sich irgendwie mit ihm abfinden musste.

„Hört sich aber so an, als käme er doch hinter uns her“, bemerkte Kevin.

Beide warfen im Weitergehen einen Blick zurück über die Schulter. Corey hörte raschelndes Gras und das Knacken von Zweigen, konnte seinen Stiefvater aber nirgendwo sehen.

„Vielleicht ist der ja gar nicht so 'n Weichei“, meinte Kevin. „Komm, gib ihm wenigstens 'ne Chance.“

Aber Corey schüttelte wieder den Kopf. „Der will bloß nicht zugeben, dass wir besser sind als er“, zischte er leise und schnupperte dann plötzlich in die Luft. „Mann, irgendwas stinkt ja hier wie Hund!“ Dann geriet er ins Stolpern.

Ehe er sich fangen konnte, stürzte er vornüber und riss seinen Freund im Fallen mit sich. Kevin ging der Länge nach zu Boden, während Corey mit der Schulter voran gegen einen Baumstamm krachte und sein Ellbogen schmerzhaft über die rissige Borke ratschte. Er hörte den morastigen Untergrund unter den Kiefernnadeln glucksen und spürte, wie seine Jeans sich mit der Pampe voll sogen. Puh, was für ein Gestank! Grässlich! Wie vergammelnder Abfall.

Mit einem Mal sprang Corey auf wie von einem Stromschlag getroffen. Der Schmerz war im Nu vergessen, als er die Würmer an seinen Hosenbeinen heraufkrabbeln sah – richtig fette kleine Dinger! Panisch fing er an, sich die Viecher von den Klamotten zu klopfen. Auch Kevin kriegte große Augen, als er die Biester auf seinem Arm entdeckte, und dann war auch er wie der Blitz auf den Beinen und hopste wie irre herum, um sich der ekligen weißen Schleimbeutel zu erwehren.

Erst als sie die Würmer losgeworden waren, fiel ihnen das Hindernis wieder ein, über das sie gestolpert waren. Als Erster sah Corey den Haufen aus dreckigen schwärzlichen Lumpen, bedeckt mit Laub und Schlamm. Nach dem Wirbelsturm Ivan lag überall in der Gegend Müll herum. Manches hatte sich sogar hoch in Bäumen und Büschen verfangen.

„Scheiße, ey, was ist das?" stieß Kevin hervor und packte seinen Freund beim Arm.

„Was macht ihr denn da?" In diesem Augenblick brach Coreys Stiefvater durch das Dickicht. „Jungs, ich hab euch doch gesagt ..." Beim Anblick des Haufens hielt er abrupt inne. „Du großer Gott! Liegt da 'n Toter?"

„Wie, echt jetzt?" fragte Corey, und seine Augen weiteten sich, als er unter dem Gewimmel von weißen und braunen Würmern jetzt die Reste eines Gesichtes erkannte.

„Mann! Voll krass!" hörte er Kevin ehrfurchtsvoll flüstern, und beide gingen ein Stück näher an die Leiche ran, um mehr sehen zu können. Einen Toten hatte Corey noch nie gesehen, außer im Fernsehen natürlich. Ob wohl was von den Eingeweiden raushing?

„Bleibt da weg, Jungs!" ächzte Ethan noch. Dann fing er krampfhaft zu würgen an.

Diesmal war es Kevin, der mit den Augen rollte, als er seinen Freund ansah. „Du hattest Recht. Der ist echt ein Weichei."

48. KAPITEL

Katholische High School „Our Lady of Sorrow", Omaha

Nick Morelli knallte die Fahrertür zu und ließ so seinen Ärger an dem Mietwagen aus. Er würde Tony jedenfalls gewaltig die Meinung geigen. Es war doch schon schlimm genug, dass Jill und er während ihres Besuches an unterschiedlichen Orten übernachten mussten – sie bei ihrer Mutter, er bei Christine. Geradezu lachhaft! Sie waren schließlich keine Teenager mehr, sondern erwachsene Menschen! Was dem Ganzen allerdings die Krone aufsetzte, war die Tatsache, dass Jill gegen diese Regelung offenbar nichts einzuwenden hatte. Anscheinend verbrachte sie ihre Zeit lieber mit ihrer Mutter und ihren Freundinnen. Obwohl Nick sich darüber eigentlich nicht beklagen sollte. Insgeheim war er sogar froh, dass sie ihn nicht mit zum Shoppen schleifte oder sich Brautkleider mit ihm ansehen wollte. Er hatte auch so schon das Gefühl, dass ihr Urlaub viel zu sehr von den Hochzeitsplanungen dominiert wurde.

Selbst die eine gemeinsame Nacht, die sie mit Mühe und Not hingekriegt hatten – und dann auch nur mit der fadenscheinigen Ausrede, sie müssten im Hotel „Embassy" die Unterbringung ihrer Hochzeitsgäste von außerhalb regeln –, selbst die hatten sie nun nicht mal in Ruhe bis zum Schluss genießen können. Als sich Jill vorhin noch in dem warmen französischen Bett an ihn kuschelte, da hatte plötzlich sein Handy losgedudelt, und als er sich zur Bettkante wälzte und Tonys panische Stimme vernahm, da hätte er seinen Freund am liebsten angeschnauzt, er könne ihn mal kreuzweise. Hatte er ihm denn nicht gesagt, dass es so kommen musste? Was hatte Tony denn erwartet? Man führte Kripobeamte nun mal nicht an der Nase herum, auch wenn man angeblich den lieben Gott auf seiner Seite hatte.

Aber nein, stattdessen hatte er sich breitschlagen lassen und seinem Freund gesagt, er sei in einer Stunde in der Schule. Er hatte Tony instruiert, die Polizisten ebenfalls dorthin zu bestellen. „Sag denen, du sähest gar nicht ein, dass du dich ins Präsidium bemühen sollst", hatte er ihm eingeschärft. „Entweder sie haben einen Haftbefehl, oder sie kommen zu dir, wenn sie was von dir wollen!"

Wie laut er dabei geworden war, das hatte er erst gemerkt, als Jill sich umdrehte und ihm ein Kopfkissen an die Birne pfefferte. Er hatte sich allerdings nicht beirren lassen, sondern sich, das Handy zwischen Wange und Schulter geklemmt, den zweiten Schuh angezogen.

Verdammter Mist!

Hätte er bloß noch Zeit gehabt, bei Christine vorbeizufahren und sich was anderes anzuziehen als seine Jeans und Joggingschuhe! Wichtiger war jetzt allerdings, dass er noch vor den Cops bei Tony war, damit er dem Sturkopf klarmachen konnte, auf welch dünnem Eis er sich bewegte.

„Erzähl ihnen, du könntest jetzt unmöglich aus der Schule weg", hatte Nick ihm geraten. „Zumal gerade der Sommerkurs angelaufen ist. Du kannst nicht jedes Mal in die Stadt fahren, nur weil die vergessen haben, dich das eine oder andere zu fragen. Dann sollen sie gefälligst bei dir antanzen."

Während er den Bürgersteig entlang in Richtung Schule marschierte, grübelte er darüber nach, welche Fragen die Polizei seinem Freund wohl noch zu stellen gedachte. Als er das Dienstzimmer betrat, fand er Tony allein vor – zum Glück! Er trug schwarze Hosen, ein schwarzes Polohemd und das Kollar.

„Hervorragend", lobte Nick seinen Freund, wobei er auf den weißen Priesterkragen zeigte. „Gut, wenn die gleich kapieren, dass das ein Geistlicher ist, dem sie den Arsch aufreißen wollen. Jesus! Entschuldige, ich wollte nicht ..."

„... fluchen im Angesicht eines Mannes der Kirche? Und obendrein den Namen des Herrn entehren?" Tony schmunzelte allerdings, als er das sagte.

„Was haben sie denn gesagt, als du sie gebeten hast, hierher zu kommen?"

„Sei kein Problem. Detective Pakula meinte sogar, wenn sie schon mal da wären, könnten sie sich ja auch gleich mal im Zimmer von Monsignore O'Sullivan umsehen. Hast du schon die Nachrichten gesehen?"

„Nein. Du hast mich ja geweckt. Vorige Nacht haben Jill und ich ..." Er unterbrach sich. Gewisse Dinge musste man auch einem Freund nicht erzählen, ob nun Priester oder nicht. „Nein, ich habe schon seit Tagen keine Nachrichten mehr geguckt."

„Samstagabend wurde noch ein Priester umgebracht. In Columbia, Missouri. Das Polizeipräsidium hat einen Spezialisten vom FBI einfliegen lassen. Offenbar halten sie es für möglich, dass ein Zusammenhang zwischen den Morden besteht."

„So ein Quatsch!" knurrte Nick und ließ sich in den alten Ohrensessel in der Ecke sinken. Ob er erleichtert sein sollte oder nicht, wusste er nicht recht. Wenn es um einen Serienmörder ging – was sollten sie dann von Tony wollen?

Als hätte er Nicks Gedanken erraten, zuckte Tony die Schultern. „Jedenfalls werden die mich kaum als Tatverdächtigen betrachten. Wie hätte ich denn am Samstagabend nach Columbia kommen sollen? Das ist eine Fahrt von knapp fünf Stunden."

„Natürlich können sie dich nicht verdächtigen", bekräftigte Nick, wobei er sich fragte, woher Tony so genau wusste, wie lange man bis nach Columbia brauchte. „Dann scheint O'Sullivan also nicht einem zufälligen Mord zum Opfer gefallen zu sein?"

„Vermutlich nicht", sagte Tony, der ans Fenster getreten war und nach der Polizei Ausschau hielt.

„Ich muss dich etwas fragen." Nick wartete, bis sein Freund sich zu ihm umdrehte. „Erinnerst du dich, dass ich dir gestern gesagt habe, Christine hätte von Anschuldigungen gegen O'Sullivan erzählt? Ich habe wirklich Verständnis dafür, wenn du über bestimmte Sachen nicht reden kannst. Aber unter den gegebenen Umständen wär es durchaus hilfreich, wenn du mir sagen würdest, was du weißt. Zum Beispiel, ob der Monsignore beschuldigt wurde. Wegen … na ja, du weißt schon … wegen eines etwas zu liebevollen Umgangs mit irgendeinem der Schüler?"

Tony sah zum Fenster hinaus. „Ich weiß es beim besten Willen nicht. Natürlich sind mir diese Dinge auch zu Ohren gekommen. Irgendwas ist im Schwange, bloß wäre ich der Letzte, der etwas darüber erfahren würde."

„Wieso das denn?"

„Weil ich ihnen gesagt habe, dass ich diesmal nicht den Mund halten werde."

„Das hast du Erzbischof Armstrong gesagt?"

„Nicht ihm. O'Sullivan", gab Tony mit leiser Stimme zurück. „Aber ich bin natürlich sicher, dass der es dem Erzbischof brühwarm auf die Nase gebunden hat."

Nick ahnte, dass das zwar nicht alles war, dass er sich aber wohl mit dieser verkürzten Version zufrieden geben müsse. Dennoch wollte er es wenigstens versuchen. „Glaubst du, in der Ledermappe waren irgendwelche geheimen Dokumente?"

Tony wandte sich um und suchte Nicks Blick. „Unter uns, Nick – weder für Christines Ohren bestimmt noch für die Cops …" Er wartete ab, bis sein Freund zustimmend nickte. „Wundern würde mich das keinesfalls. Es wäre auch nicht das erste Mal. Der Vatikan genießt diplomatische Immunität. Nichts und niemand unter seinem Dache kann vorgeladen oder zu gerichtlichen Aussagen gezwungen werden. Und niemandem droht die Auslieferung."

„Monsignore O'Sullivan wollte also nicht wiederkommen?"

„Nein. Am Morgen der Abreise habe ich ihn zur Rede gestellt. Schließlich gab er zu, dass er nicht zurückkehren werde."

„Mein lieber Schwan!" Nick konnte es nicht fassen. Also hatte Christine tatsächlich Recht gehabt! „Dann wäre es also durchaus denkbar, dass der Monsignore von einem seiner Opfer massakriert wurde?"

„Oder von jemandem, der dem Spuk ein- für allemal ein Ende bereiten wollte."

„Was meinst du damit?"

Tony sah aus dem Fenster. „Sie sind da", sagte er dann, und Nick hatte den Einruck, als höre er in der Stimme seines Freundes so etwas wie Erleichterung.

49. KAPITEL

Omaha, Nebraska

Maggie überlegte, ob sie Ihr Handy für die Dauer der Befragung von Vater Gallagher ausschalten sollte. Vorsorglich sah sie nach, ob sie inzwischen eine Nachricht bekommen hatte. Dass Gwen sich immer noch nicht gemeldet hatte, erfüllte sie allmählich mit Sorge. So kannte sie ihre Freundin gar nicht, irgendetwas stimmte nicht mit ihr. Überarbeitung allein war das nicht, da steckte mehr dahinter, und dass sie nicht darauf kam, was das sein mochte, ärgerte sie. Noch mehr allerdings wurmte sie, dass Gwen nicht mit der Sprache heraus wollte. Ob sie's noch einmal versuchen sollte? Aber da wies Pakula bereits nach vorne, wo nun das Gebäude der „Our Lady of Sorrow"-High School auftauchte.

Das Schulgelände entsprach genau Maggies Vorstellung von einer katholischen Bekenntnisschule. Die Lehranstalt bestand aus einer Reihe von roten Backsteinbauten, alt, wahrscheinlich aus dem frühen 20. Jahrhundert, aber tadellos gepflegt. Der Komplex lag mitten in der Innenstadt, doch der Memorial Park und riesige Ahornbäume schützten den Campus vor dem Lärm und Trubel der verkehrsreichen Straßen.

Maggie wunderte sich, dass Detective Carmichael nicht dabei war. Dabei war sie es gewesen, die auf eine weitere Vernehmung von Vater Tony gedrängt hatte. Und schließlich waren die neuen Verdachtsmomente ja ihren Nachforschungen zu verdanken. Als Maggie sich deswegen an Pakula wandte, gab der ihr mit einem unmissverständlichen Blick zu verstehen, dass sie offenbar einen wunden Punkt berührte. Er brummelte etwas von „mangelnder Objektivität“, und Maggie merkte, dass es ihm gar nicht passte, dass er hier anrücken und den Geistlichen in dessen ureigenstem Revier vernehmen sollte, anstatt im Präsidium, was für Pakula natürlich ein Heimspiel gewesen wäre.

Maggies Handy klingelte genau in dem Moment, als Pakula auf den Parkplatz für Lehrer bog. Anhand der Anruferkennung sah sie gleich, dass es Racine war.

„Was dagegen, wenn ich den schnell annehme?“ fragte sie Pakula. „Ich mach's auch kurz.“

„Nein, nur zu.“

„Maggie O'Dell.“

„O'Dell? Endlich erwische ich Sie!“

„Ich habe gestern Abend schon mit Bonzado gesprochen“, teilte Maggie ihr mit, um ihr zuvorzukommen.

„Wir haben ein neues Opfer“, antwortete Racine stattdessen und ohne jede Vorwarnung.

Maggie ließ den Oberkörper gegen die Rückenlehne sacken. Damit hatte sie am allerwenigsten gerechnet. „Das ging ja schnell.“

„Es kommt noch schlimmer. Das Opfer ist die Bürokraft Ihrer Bekannten.“

„Wie bitte? Von wem?“

„Von Dr. Patterson. Die Tote war bei ihr beschäftigt.“

„Wann ist das passiert? Geht es Gwen gut? Ich konnte sie telefonisch nämlich nicht erreichen.“

Ein Blick von Pakula verriet ihr, dass sie sich beruhigen musste. Er hatte den Motor abgestellt und wies nun mit der Hand auf den Haupteingang der Schule. „Ich warte draußen auf Sie.“

„Eigentlich hatte ich gehofft, dass sie sich bei Ihnen meldet", fuhr Racine fort, während Pakula ausstieg. „Denn mir gegenüber war sie nicht sehr gesprächig."

„Verdammt, vermutlich stand sie unter Schock, Racine!"

„Keine Frage, aber irgendwas ist da trotzdem nicht koscher. Ich glaube, Ihre Freundin mauert. Was sie uns vorenthält, weiß ich noch nicht, aber irgendwas unterschlägt sie."

„Das entspricht eigentlich nicht ihrer Art." Doch dann musste Maggie daran denken, wie seltsam Gwen sich in letzter Zeit aufgeführt hatte. „Ist alles in Ordnung mit ihr?"

„Schwer zu sagen, ich kenne sie ja nicht. Ich würde aber schon meinen, dass es ihr ziemlich an die Nieren geht. Sie hat sie schließlich gefunden."

„Gwen hat ... Dena gefunden? Den ... ihren Kopf?"

„In deren Wohnung. Genauer gesagt hinter dem Mülleimer."

„Verdammt, Racine! Muss ich Ihnen denn alles aus der Nase ziehen?"

„Dr. Pattersons Aussage zufolge war diese Dena nicht zur Arbeit erschienen und hat auch nicht auf Anrufe reagiert. Da sei sie persönlich hingefahren, um nach dem Rechten zu sehen. Sagt Dr. Patterson."

Maggie wollte sich lieber nicht vorstellen, was Gwen im Augenblick durchmachte.

„Das ist das erste Mal, dass er den Kopf in einer Wohnung versteckt hat. Irgendwie komisch, das alles."

„Passen Sie auf, Racine, ich muss jetzt zu einer Befragung. Kann ich Sie später zurückrufen?" Sie sah hektisch auf ihre Armbanduhr.

„Klar. Dann setze ich Sie genauer ins Bild."

„Ach, noch etwas …“

„Ja?“

„Würden Sie mal nach Gwen sehen, bitte? Nachgucken, ob alles in Ordnung ist?“

„Kein Problem. Ich fahre nachher in ihrer Praxis vorbei. Wir sprechen uns später.“

Den Blick starr auf die Frontscheibe gerichtet, saß Maggie da, bis die Anspannung nachließ. Arme Gwen! Aber wieso bloß hat sie nicht angerufen? Egal, wie geschockt sie auch gewesen sein mochte, das passte nun gar nicht zu ihr.

Pakula wartete auf sie, tat aber so, als gehe ihn das alles nichts an. Sie schlug die Autotür hinter sich zu. Als ihre Blicke sich begegneten und sie in seinen Augen jene unausgesprochene Frage sah, die Polizisten sich untereinander häufig stellen, da wusste sie, dass er sie verstehen würde. „Ein Fall daheim im District“, erklärte sie schlicht. „Eine Freundin hat gerade den abgetrennten Kopf ihrer Sekretärin gefunden.“

Er verzog das Gesicht, wirkte aber nicht so schockiert, wie es die meisten Leute wohl gewesen wären. „Wollen Sie lieber etwas warten? Wir können die Befragung auch verschieben.“

„Nein, wo wir schon mal da sind, bringen wir's hinter uns.“

Wieder meldete sich ihr Handy. Hektisch riss sie es aus der Tasche und klappte es auf, ohne auf die Ruferkennung zu sehen.

„Special Agent Maggie O'Dell?“ fragte eine ihr unbekannte männliche Stimme.

„Ja?“ Achselzuckend sah sie Pakula an, der neben ihr wartete, die Hand bereits an der Pfortenklinke.

„Hier spricht Vater Michael Keller.“

Zuerst glaubte sie an einen schlechten Scherz. Sie nahm das Handy vom Ohr und starrte auf das Display. Die Ruferkennung zeigte jedoch keine Nummer an.

„Entschuldigen Sie bitte – wer spricht da, sagten Sie?"

„Sie werden sich bestimmt an mich erinnern. Vater Michael Keller. Ich möchte Ihnen ein Geschäft vorschlagen."

Ihr war, als drehe sich ihr der Magen um. Nach den Morden von Platte City hatte sie monatelang erfolglos versucht, Keller in Südamerika aufzuspüren. Und jetzt rief er sie hier an, als seien sie alte Bekannte!

„Wie kommen Sie auf den Gedanken, ich würde mich ausgerechnet mit Ihnen auf einen Handel einlassen?"

„Weil ich Ihnen helfen kann, diesen Priestermörder zu fassen."

„Ach!" Folglich hatte die inszenierte Berichterstattung in den Medien bereits das ferne Chile erreicht – falls er sich dort überhaupt noch versteckte. „Was könnten Sie mir schon anzubieten haben!"

„Das werden Sie erfahren, sobald wir eine Vereinbarung haben. Ich werde es Ihnen dann sogar selbst überbringen."

Sie konnte es nicht fassen. Keller bot ihr an, in die USA zurückzukehren! Nach so vielen Jahren! Was mochte ihn bloß dazu bewegen?

„Und wie genau wollen Sie mir helfen?" fragte sie, die Stimme emotionslos und sachlich, als sei es das Selbstverständlichste auf der Welt, dass sie einen Handel mit einem Kindermörder schloss.

Er antwortete nicht, und sie meinte schon, die Verbindung sei unterbrochen oder er habe aufgelegt.

„Hallo? Sind Sie noch da?“

„Ich stehe auf der Liste.“

„Was für eine Liste meinen Sie?“ Es gab also tatsächlich eine Liste! Eigentlich durfte es sie nicht überraschen, dass Kellers Name dort auftauchte. Wie aber hatte der Killer ihn gefunden? Zumal es ihr selber nicht gelungen war! Es war also Angst, die Keller zu dieser Kontaktaufnahme trieb. Sie musste sich ein Grinsen verkneifen. Klar, der Kerl hatte Angst. Falls es der Mörder geschafft hatte, ihn aufzuspüren, dann war er in akuter Gefahr.

Beim Wort „Liste“ furchte Pakula die Stirn. Offenkundig ging ihm auf, dass das Gespräch ihren Fall betraf. Er trat auf Maggie zu, als müsse er ihr beispringen.

„Sie wissen schon, welche. Es sei denn, Sie sind weiter von der Aufklärung des Falles entfernt, als ich dachte.“ Nach Maggies Gefühl schwang in Kellers Stimme ein gereizter Unterton mit.

„Ich habe nicht den Eindruck, dass wir auf Ihre Hilfe angewiesen sind. Bedaure, ich bin nicht interessiert an einem Geschäft mit Ihnen.“ Die Vorstellung, wie ihm am anderen Ende das Herz in die Hose rutschte, erfüllte sie mit derartiger Schadenfreude, dass sie sich regelrecht dagegen wehren musste.

„Dann interessiert Sie also nicht, wer sonst noch auf der Liste steht?“

„Wie bitte?“

„Ich habe eine Kopie. Von der kompletten Namensliste.“

„Woher weiß ich, dass Sie die nicht einfach selbst zusammengestellt haben?“

„Woher sollte ich wohl von Daniel Ellison wissen? Nicht

aus der Presse, denn den Medien gegenüber haben Sie ihn nicht erwähnt. Wohl vergessen, was?"

Sie spürte, wie ihre Knie weich wurden, aber er war noch nicht fertig. „Er stand auf der Liste. Und jetzt ist er ebenfalls tot, oder?" Keller wartete, als wisse er ganz genau um das Gewicht seiner Worte. „Ich liefere Ihnen alles, was ich habe ... aber nur Ihnen. Niemandem außer Ihnen."

„Was fordern Sie denn als Gegenleistung für ihre Hilfe, Vater Keller?"

„Schutz. Und ein Antitoxin. Ich vermute nämlich, er hat mich vergiftet."

50. KAPITEL

Campingplatz „Blackwater Bay", südlich von Bagdad, Florida

Deputy Sheriff Wendall Galt steuerte seinen Streifenwagen an den Straßenrand und hielt an. Auf der grasbewachsenen Böschung verlief ein Stacheldrahtzaun, hinter dem ein Dickicht aus Bäumen und Buschwerk begann. Dazwischen stand ein Dutzend Pfadfinder herum. Zwei Männer winkten Wendall herüber. Offenbar waren sie die Gruppenführer, obwohl einer der beiden bestenfalls wie ein etwas aufgeschossener Halbwüchsiger aussah.

„Ich dachte erst, es wäre 'n Haufen Lumpen", schoss es aus dem Kleinen heraus, der auf Wendall zugelaufen und beinahe mit ihm zusammengeprallt war.

„Wir haben die Jungs vorsorglich hier festgehalten", erstattete der Erwachsene Bericht. „So was müssen die ja nicht unbedingt sehen. Mein Gott, es war grauslich, einfach entsetzlich!"

Der Deputy Sheriff blieb stumm und schob seine Sonnenbrille hoch. Dann sah er hinüber zu den Jungen, die sicher alle ganz scharf darauf waren, eine echte Leiche zu sehen.

„Ich kann's nicht fassen", motzte der Erwachsene auf einmal los, „dass man nur Sie hergeschickt hat!"

„Ethan!" zischte der Kleine und warf seinem Pfadfinderhäuptling einen verzweifelten Blick zu, der allerdings keinerlei Wirkung zeigte.

„Man glaubt es nicht! Sie müssen doch das Gebiet absperren! Und wo sind die Spurensicherung und die Rechtsmediziner? Verdammt, da liegt 'ne Leiche im Sumpf! Die ist da doch nicht von alleine hingekrochen!"

„Das kann man in dieser Gegend nie so genau sagen", erwiderte Wendall mit gedehntem Südstaatenakzent und ohne eine Regung in seinem Gesicht. „Woher wissen Sie denn, dass es 'ne Leiche ist?"

„Soll das ein Witz sein? Ich werde doch wohl noch einen Toten erkennen!"

„Na, dann zeigen Sie mir den mal", brummte Wendall. „Wo liegt er denn?" Als hätten die Jungen auf ihr Stichwort gewartet, wiesen alle auf die Bäume jenseits des Stacheldrahtes.

Wendall konnte nicht einmal einen Trampelpfad ausmachen, nur eine Spur aus niedergetretenem Strauchwerk. Er sondierte zunächst das Terrain, bevor er umständlich über den Drahtzaun kletterte. Zwei der Boy Scouts boten sich an, ihm die Stelle zu zeigen. Er wollte ihr Angebot schon ablehnen, doch als sie ihm sagten, dass sie der Leiche bereits mehr als nahe gekommen waren, weil sie es nämlich gewesen waren, die darüber gestolpert waren, forderte er sie auf, mitzukommen.

„Bis heute hatte ich noch nie 'ne Leiche gesehen", plapperte Kevin los, der sich dicht neben dem Deputy hielt und seinem Freund den Vortritt ließ. „Meinen Sie, jemand hat den hier raus gebracht und dann abgemurkst? Jedenfalls kann den doch keiner hierher geschleppt haben, nachdem der schon tot war, oder?"

Wendall gab keine Antwort. Er wollte die Fantasie des Jungen nicht noch mehr überreizen, als sie ohnehin schon war.

„Stinkt echt erbärmlich", warnte Corey über die Schulter, wobei er wie ein Bluthund schnuppernd die Nase hob. „Ricchen Sie gleich. Ich dachte erst, da wäre Abfall oder so was am Vergammeln."

Wahrscheinlich ist den Jungs einfach die Fantasie durchgegangen, vermutete Wendall. Wenn hier im Marschland etwas krepierte, zumal bei diesen hochsommerlichen Temperaturen, dann dauerte es nicht lange, bis es im wahrsten Sinne des Wortes zum Himmel stank, egal, ob es ein toter Vogel war oder ein Fuchs oder ein Ameisenbär.

Er trottete dennoch hinter den beiden Pfadfindern her, widmete sich aber in erster Linie den winzigen Culicoides-Mücken, die sich in Schwärmen auf seine Arme und den Nacken stürzten. Er hasste die Schwüle zu dieser Jahreszeit, wenn einem das Hemd unentwegt am Rücken klebte, und sehnte sich bereits wieder nach der Klimaanlage seines Streifenwagens, als ihm der Verwesungsgestank in die Nase stieg. Wie angewurzelt blieb er stehen.

„Gleich da vorne", rief Corey und wies dabei auf etwas, das Wendall wie ein Haufen dreckiger Lumpen vorkam.

Er hielt die Jungen mit dem ausgestreckten Armen zurück und ging dann auf den Haufen zu.

„Teufel auch." Er nahm seine Sonnenbrille ab und ging in die Hocke. Immer noch schwirrten die Mücken umher. Allerdings waren sie deutlich in der Minderheit gegenüber den Maden, die in solchen Massen über- und durcheinander krochen, dass man unter dem Gewühl schier nichts mehr erkennen konnte. Wendall griff sich einen abgebrochenen Ast, stieß ihn in die wimmelnde Schicht und schob so viele Viecher beiseite, bis allmählich etwas zum Vorschein kam – ein Gesicht und ein Hals und dann ... sonderbar!

Möglich, dass er sich irrte, aber nach Wendalls Gefühl sah es so aus, als habe die Leiche einen weißen Kragen um den Hals. Einen, wie Priester ihn tragen.

51. KAPITEL

Katholische High School „Our Lady of Sorrow", Omaha

Maggie sah sich nicht in der Lage, Pakula gleich auf der Stelle einzuweihen. Nicht in diesem Augenblick, hier in der Schule, wo nun die Befragung anstand. Nicht jetzt, da ihr Erinnerungen und Emotionen durch den Kopf schwirrten und ihr Urteilsvermögen trübten. Würde Cunningham unter die Decke gehen, wenn er erfuhr, worauf sie sich da eingelassen hatte? Oder würde er schlichtweg annehmen, sie habe die Abmachung mit Keller ohnehin in der festen Absicht getroffen, ihre Zusicherung nicht einzuhalten? Kannte er sie so gut, dass er ihr Motiv, nämlich Kellers Rückkehr in die Staaten, durchschauen würde?

„Sind Sie sicher, dass Sie sich das jetzt wirklich zumuten wollen?" fragte Pakula noch einmal.

Sie bestand auf ihrer Teilnahme an der Befragung und versprach ihm, sie werde ihn später detailliert über den Inhalt des Anrufes informieren. Dann gab sie ihm mit einem Wink zu verstehen, er möge vorausgehen.

Pakula kannte sich hier offenbar aus. „Sein Büro ist in der ersten Etage."

Maggie versuchte, sich zu konzentrieren, sich alles um sie herum einzuprägen. Es war, als wolle sie mit Gewalt jeden Gedanken daran vermeiden, dass Keller womöglich in den kommenden Stunden an Bord eines Flugzeuges gehen und dann hier landen würde, direkt hier in Omaha. Sie wollte gar nicht erst nachrechnen, wie lange es dauern und wie oft er zwischenlanden und umsteigen würde. Wie oft er Gelegenheit bekommen würde, seinen Entschluss rückgängig zu machen, weil er plötzlich begriffen hatte, dass sie ihren Teil der Vereinbarung gar nicht einhalten konnte. In dem Bemühen, das alles für ein paar Minuten aus ihren Gedanken zu verdrängen, richtete sie ihr Augenmerk auf die gebohnerten Holzfußböden der Schule, auf die gedrechselten Treppengeländer und die verzierten Simse über den Türen der Klassenräume.

Von denen standen die meisten offenbar leer, fiel ihr auf, obwohl Pakula zufolge die Sommerkurse begonnen hatten und Vater Tony aus diesem Grund darauf bestanden hatte, dass die Polizei sich zu ihm bemühe. Tatsächlich aber kamen sie nur an einem einzigen Klassenzimmer vorbei, in dem sich etwa ein Dutzend Schüler aufhielten. Maggie fielen die Regale an den Wänden auf, die vollgestopft waren mit antiken Objekten, darunter auch ein paar Schwerter oder Dolche.

Maggie fing Pakulas Blick auf, dem die ungewöhnliche Ausstattung des Raums wohl ebenfalls nicht entgangen war. Er schüttelte nur den Kopf. „Anscheinend muss das Museum des Vatikans sein Zeug inzwischen auslagern."

Vater Tony Gallagher erwartete sie schon vor seinem Büro am Ende des Flurs und winkte ihnen zu. Perfektes Lächeln, gut aussehend, Ende dreißig vielleicht, allerhöchstens vierzig, das dunkle Haar an den Schläfen graumeliert – unter anderen Umständen hätte Maggie ihn wohl kaum für einen Priester gehalten. Wenngleich eine recht sportliche Erscheinung, war er allerdings von eher zierlichem Wuchs. Sie versuchte, sich ihn mit einer Baseballcap vorzustellen. Ob man ihn dann wohl mit einem Heranwachsenden verwechseln konnte?

„Vater Gallagher, wir wissen Ihr Entgegenkommen zu würdigen“ begann Pakula, während der Geistliche sie in sein Büro bat. „Darf ich Ihnen Special Agent …“

Bevor er den Satz jedoch beenden konnte, rief plötzlich jemand: „Maggie?“

Beide – Pakula ebenso wie sie – erstarrten im Türrahmen. In der hinteren Ecke des Raums erhob sich Nick Morrelli aus dem Sessel.

„Maggie O’Dell! Ja, Menschenskinder! Was machst du denn hier?“

52. KAPITEL

Katholische High School „Our Lady of Sorrow", Omaha

Nick wollte es nicht glauben. Gerade jetzt, wo er das Gefühl hatte, sein Leben allmählich in den Griff zu kriegen, wo sich alles harmonisch zusammenfügte – mal abgesehen von diesem Riesenschlamassel mit Tony natürlich! –, da marschierte ausgerechnet sie herein! Maggie O'Dell! Dass sie besser aussah denn je, machte die Sache nur noch schlimmer. Er versuchte, sich zu entsinnen, wie viel Zeit seit ihrer letzten Begegnung vergangen war. Auf jeden Fall war das so lange her, dass er eigentlich nicht wie ein pubertierender Schüler einen Knoten im Magen und wackelige Knie hätte kriegen dürfen.

„Gibt's hier ein Problem?" wollte Pakula wissen, wobei er von Maggie zu Nick blickte.

„Nein, nein", antwortete sie, als glaube sie das selbst. „Nick und ich haben vor einiger Zeit gemeinsam an der Aufklärung eines Falles gearbeitet. Vor etwa vier Jahren, in Platte City." Sie wandte sich an Tony und bot ihm die rechte Hand. „Vater Gallagher, ich bin Maggie O'Dell. Vom FBI."

„Willkommen in unserer Schule", sagte Tony und schüttelte ihr die Hand. Gleichzeitig warf er Nick einen wissenden Blick zu, als wolle er sagen: „Das ist also Maggie!"

„In Platte City? Vor vier Jahren?" Pakula kratzte sich den rasierten Schädel, als könne er damit seinem Gedächtnis auf die Sprünge helfen. „Ach, jetzt fällt's mir wieder ein, der Fall Gillick und Howard. Die Morde an den kleinen Jungen."

Nick nickte nur und wartete ab, ob Maggie Pakula korrigieren würde. Sie hatte nie daran geglaubt, dass Eddie Gillick und Ray Howard die Mörder waren, auch wenn man die beiden angeklagt und zu lebenslänglicher Haft verurteilt hatte. Maggie ging vielmehr davon aus, dass Vater Michael Keller, ein gut aussehender junger Geistlicher, der in der Gemeinde allseits beliebt und geachtet war, die Jungen auserwählt hatte, weil sie seiner Annahme nach von ihren Eltern missbraucht wurden. Sie war überzeugt, dass Keller sich in seinem Wahn dazu ausersehen wähnte, die Kinder von ihrem Schicksal zu erlösen und ihnen die ewige Ruhe zu schenken. Die ganze Sache erschien ihr heute noch genauso irrsinnig wie damals.

„Richtig, das war der Fall. Gillick und Howard", bestätigte Maggie, wobei ihr Blick dem von Nick begegnete.

Sie beide wussten, dass sie damals jedoch nicht nur der Mordfall verbunden hatte. Nein, zwischen ihnen hatte sich mehr abgespielt, weit mehr. Und es hätte sich noch mehr ergeben können, wenn sie sich darauf eingelassen hätte. Doch dann hatte sie eine einsame Entscheidung getroffen, ohne ihm Mitspracherecht einzuräumen.

„Damals war Nick der Bezirkssheriff im County", ergänzte Tony.

„Tatsächlich?" Pakula wandte sich wieder an Nick. „Vielleicht kommt mir Ihr Name auch von daher so bekannt vor. An und für sich habe ich ein gutes Namensgedächtnis. War eine Riesensache damals."

Nick war, als würde Pakulas Blick etwas weicher, als betrachte er sein Gegenüber – zumindest für den Moment – nun als Kollegen und Kameraden bei der Verbrechensbekämpfung. Eine Sekunde lang sah es nach Verbrüderung aus.

„Ich habe vier Töchter", fuhr Pakula fort. „Aber egal, ob Mädchen oder Jungen – sobald es um Kinder geht, spielt das keine Rolle. Wenn so etwas passiert, kriegen Eltern immer Zustände. Eins meiner Mädchen war etwa im gleichen Alter wie die Jungs. Auch sie trug Zeitungen aus. Wochenlang haben meine Frau und ich sie abwechselnd auf ihrer Tour begleitet. War eine schlimme Zeit. Gab's da nicht einen, der Glück hatte und mit dem Leben davongekommen ist?"

„Richtig", sagte Nick. „Mein Neffe. Timmy Hamilton."

„Sagen Sie bloß! Und wie geht's ihm? Hat er die ganze Geschichte überstanden?"

„Ausgezeichnet", gab Nick zurück, den Blick jedoch weiter auf Maggie gerichtet, als sei die Antwort für sie bestimmt, weil sie sich nicht einmal die Mühe gemacht hatte, nach dem Jungen zu fragen. Irgendwie wirkte sie nicht recht bei der Sache, als sei sie in Gedanken ganz woanders. „Ab Herbst geht er hier zur Schule."

„Prima", sagte Pakula, die Hände in den Hosentaschen vergraben, als wisse er vor lauter Verlegenheit nicht, wohin damit. „Finde ich toll!"
Nick spürte, dass der Detective eine ehrliche Haut war, wenn auch etwas wortkarg.

„Na, so was!" ließ sich jetzt auch Maggie vernehmen. „Timmy kommt auf diese Schule?" Sie schüttelte den Kopf. „Und wie geht's Christine?"

„Gut." Er tat es Pakula nach und schob ebenfalls die Hände in die Taschen seiner Jeans, als sei es ihm unangenehm, dass Maggie ihm persönliche Fragen über seine Schwester stellte, über seine Familie, sein Leben. Dabei war er gerade noch sauer gewesen, weil sie sich nicht nach Timmy erkundigt hatte. „Legen wir los mit der Befragung“, schlug er Pakula vor, sah dabei allerdings Tony an, als wolle er sagen: *So, nun gilt's. Bringen wir's hinter uns.*

Nick bot Maggie den Sessel in der Ecke am Fenster an, und sie schob sich an ihm vorbei, ohne ihn auch nur eines Blickes zu würdigen. Er gab sich alle Mühe, nicht ihren Duft wahrzunehmen, eine frische, exotische Note. Kokosnuss und Limone? Wahrscheinlich ihr Shampoo. Er verscheuchte den Gedanken und postierte sich auf der anderen Seite des Zimmers, näher bei Tony, der an seinem Schreibtisch Platz nahm.

Gegen den Rahmen gelehnt, füllte Pakula beinahe die gesamte Tür aus. Unwillkürlich fühlte sich Nick an einen Footballspieler erinnert, der vor dem ersten Sturmlauf des Tages die Schultermuskulatur spielen lässt. Binnen Sekunden wurden die Beamten, mit denen er eben noch über einen alten Fall geplaudert hatte, zu Gegnern in einem Spiel, in dem es darum ging, wer wen überlistete. So war nun mal das Leben. Als stellvertretender Staatsanwalt kannte Nick es nicht anders; das war sein täglich Brot, und auch diesmal würde es nicht anders laufen. Er warf einen verstohlenen Blick auf Maggie. Welche Rolle würde sie wohl einnehmen?

„Ich habe heute Morgen die Nachrichten gesehen“, begann Tony. „Offenbar gehen Sie davon aus, dass eine Verbindung bestehen könnte zwischen dem Mord an Monsignore O'Sullivan und dem in Missouri, in Columbia.“

„Möglicherweise“, räumte Pakula ein.

„Was sollte es denn da für einen Zusammenhang geben?“ erkundigte sich Nick.

„Genau auf die Frage erhoffen wir uns von Vater Gallagher eine Antwort.“

Ganz offensichtlich übernahm Pakula wieder die Rolle des harten Cops, dachte Nick. „Ich wüsste nicht, was Vater Gallagher Ihnen da mitzuteilen hätte“, betonte er, den Blick auf Tony gerichtet. *Was hat er dir vorhin verschwiegen?*

„Im Grunde haben wir drei Opfer, obgleich wir die Presse nur über zwei informiert haben. Alle drei wurden erstochen, und zwar an öffentlichen Plätzen. Zwei der Ermordeten waren Geistliche, einer ein ehemaliger.“ Die Arme über der Brust verschränkt, musterte Pakula den hinter seinem Schreibtisch sitzenden Tony. „Einzelheiten kann ich Ihnen nicht nennen, aber die Ähnlichkeiten sind nicht zu übersehen. Und falls zwischen den drei Opfern tatsächlich ein Zusammenhang besteht, kann Vater Gallagher uns den womöglich erläutern. Hoffen wir jedenfalls. Zumal er der Einzige ist, der alle drei kannte.“

„Was?“ Nick sah Tony entgeistert an. „Ist das wahr?“

Tony wich aus, sowohl der Frage als auch dem Blick. „Sie wollen doch wohl nicht sagen, dass ich dadurch verdächtig bin, Detective? Andernfalls wird mein Freund und Anwalt mir sicherlich raten, nicht auf Ihre Fragen einzugehen.“

„Entschuldigen Sie, Vater Gallagher“, meldete sich Maggie von ihrem Platz am Fenster. „Nichts für ungut, aber wenn Sie tatsächlich einen Anwalt brauchen, dann kann Mr. Morrelli Sie nicht vertreten. Jedenfalls nicht, solange er stellvertretender Staatsanwalt für den Bundesstaat Massachusetts ist.“

„Stimmt das?“ fragte Pakula.

Tony starrte seinen Freund an. Er wirkte kühl und gefasst und von Pakulas Fragen völlig unberührt. Und obwohl er Nick gegenüber gerade erst vor einigen Minuten erklärt hatte, er habe O'Sullivan angedroht, dass er diesmal nicht schweigen werde, falls die Verdächtigungen sich als zutreffend herausstellen sollten, saß er jetzt einfach nur da und wich allen Fragen aus.

Nick verstand einfach nicht, warum Tony das tat.

53. KAPITEL

Reagan National Airport
Washington, D.C.

Er war unruhig, noch kribbliger als sonst. Während er darauf wartete, dass sein Flug aufgerufen wurde, zuckte sein Blick unablässig durch die dicht bevölkerte Abflughalle. Gemäß der Digitalanzeige musste er sich noch eine Stunde gedulden. Woher, fragte er sich, kommt bloß dieses furchtbare Gefühl, ständig getrieben zu sein?

Er rückte seinen Laptop zurecht und dehnte die Beine, bevor er sich wieder dem Monitor zuwandte. Die kabellose Internetverbindung war die beste Investition, die er je getätigt hatte. Er suchte nach neuen Nachrichten und Informationen, nach allem und jedem, das irgendwie mit den ermordeten Priestern zusammenhing. Die letzten zwei waren während des Wochenendes am Nationalfeiertag umgebracht worden, der erste am Memorial Day.

Ob das so etwas wie ein Muster war? Musste die Tat an einem Feiertagswochenende geschehen? Falls ja – der nächste Feiertag war ... ja, was? Labor Day? Der Tag der Arbeit? Der lag auf dem 2. September. So lange konnte er nicht warten. Wollte er nicht warten! Über vierzehn Jahre waren lange genug gewesen.

Von rastloser Energie getrieben, wippte er nervös mit dem Fuß hin und her. Seine innere Unruhe ging ihm selbst auf die Nerven. Diesmal wollte sie einfach nicht nachlassen, so wie das sonst immer der Fall war. Dann hatte er wieder für ein, zwei Monate Ruhe. Natürlich wusste er, dass die Wut unter der

Oberfläche weiterbrodelte, aber wenigstens hatte er sie dann im Griff.

Er hatte geglaubt, seinen Zorn so kanalisieren zu können, dass er in andere Bahnen floss. Das war der Grund, warum er mit dem Spiel begonnen hatte. Er erschuf virtuelle Wesen und reagierte sich an ihnen ab. Es funktionierte tatsächlich ... für eine Weile zumindest hatte es das getan. Er konnte sich nicht erinnern, wann genau er die Grenze überschritten hatte. Inzwischen fiel es ihm immer schwerer, die Trennlinie zwischen Fantasie und Wirklichkeit zu erkennen. Und manchmal hatte er sogar das Gefühl, das Einzige, das überhaupt noch real war, sei seine Wut.

Im Augenblick wusste er nur eins: Es war zwar erst einige Tage her, aber seine Unruhe, dieses quälende, bohrende Hämmern in seinen Schläfen, wollte sich einfach nicht legen. Er wollte nur noch, dass es endlich aufhörte! Und er wusste, was er dafür tun musste.

Er klickte die Internetseite mit den Wettervorhersagen an. In Boston Regen bei neunundzwanzig Grad Celsius und fünfundneunzig Prozent Luftfeuchtigkeit. Nach seiner Ankunft wollte er die U-Bahn nehmen, so wie er es früher als Junge immer getan hatte. Er hatte ja nur das eine Gepäckstück dabei, nur etwas Wäsche zum Wechseln. Er hatte jede Einzelheit genau geplant. Um neun Uhr heute Abend würde alles vorbei sein, und er war schon wieder auf dem Rückflug nach Hause. Und das dumpfe Hämmern würde dann weg sein.

54. KAPITEL

Washington, D.C.

Gwen Patterson stand am Fenster ihres Sprechzimmers und sah hinaus auf den Potomac. Harvey lag neben ihrem Schreibtisch und verfolgte mit seinen wachsamen braunen Augen jede ihrer Bewegungen. Maggie hatte sich oft über seine Anhänglichkeit beklagt, die ihr etwas zu weit ging, doch Gwen empfand seine Anwesenheit im Moment als äußerst tröstlich. Wie sie die ganze Geschichte ohne den Hund hätte durchstehen sollen, wusste sie nicht.

Sie hatte sämtliche Termine für den heutigen Tag abgesagt und bei einer Arbeitsvermittlung wegen einer Zeitkraft angefragt, die sich morgen früh um acht vorstellen sollte. Dann wollte Gwen wieder zur Tagesordnung übergehen. Ab Morgen würde alles wieder in den gewohnten Bahnen verlaufen.

Warum machst du dir etwas vor? Was soll das? Nichts würde mehr sein wie sonst!

Ein Klopfen an ihrer Tür ließ sie zusammenfahren.

„Verzeihung“, sagte Julia Racine und blieb im Türrahmen stehen. Sie sah Gwen mit einem so irritierten Blick an, dass die begriff, dass sie offenbar genauso aussah, wie sie sich fühlte: verheerend. „Im Vorzimmer war niemand.“

„Wer sollte da auch sein?“, gab Gwen zur Antwort. „Meine Bürokraft ist gerade enthauptet worden.“ Sie wusste, ihr Zynismus war ein bloßer Schutzreflex.

„Ich habe vorhin mit Maggie gesprochen. Sie bat mich, nach Ihnen zu sehen.“

„So? Wusste ich gar nicht, dass das zum Service der hiesigen Polizei gehört."

„Außerdem hätte ich da noch ein paar Fragen", fügte Racine hinzu.

„Klar haben Sie die."

„Was dagegen?"

„Und wenn ja – was würde das schon machen?"

„Ich kann auch später noch mal wiederkommen."

„Ob jetzt oder später, was macht das für einen Unterschied?" Sie wandte sich vom Fenster ab und trat in die Mitte des Zimmers. Dort blieb sie stehen, wies auf einen Stuhl neben dem Schreibtisch und lud die Ermittlerin ein, sich zu setzen.

Racine nahm Platz und kraulte Harvey, der sich aufgesetzt hatte und die Polizistin vorsichtig beschnupperte, zwischen den Ohren. Der Hund schien sie für eine von den Guten zu halten. Gwen bezweifelte, dass sie ebenso dachte. Aber vielleicht sollte sie sich doch mehr auf Harveys Instinkte verlassen. Bisher hatte er sich schließlich nicht geirrt.

„Sie verschweigen mir etwas", begann Racine, machte allerdings nicht den Eindruck, als wolle sie Gwen jetzt hart ins Verhör nehmen. Sie lehnte sich zurück, und statt auf eine Antwort zu warten, redete sie einfach weiter. „Zuerst dachte ich, der Grund dafür hätte etwas mit Ihrer Sekretärin zu tun. Etwas, von dem Sie befürchteten, es könne möglicherweise Denas Ruf schaden oder so. Etwas, das vielleicht ihrer Familie unangenehm gewesen wäre. Sie wissen schon." Sie verstummte, und Gwen merkte, wie die Polizistin sie musterte, möglicherweise um abzuschätzen, ob sie einen wunden Punkt getroffen hatte. „Dass Sie Dena in deren Wohnung fanden, unterscheidet diesen Mord von den anderen. Irgendwie passt das nicht ins Bild."

Gwen setzte sich auf eine Ecke ihres Schreibtischs. „Dena war auch nicht wie die anderen", sagte sie in nüchternem Ton.

„Richtig", bestätigte Racine. „Denn anders als bei den anderen konnte er Dena in der Wohnung liegen lassen, weil er wusste, dass jemand dort nach ihr suchen würde. Bei den anderen drei Opfern musste er etwas dafür tun, dass sie gefunden wurden. Es hat eine ganze Weile gedauert, bis ich darauf kam, dass der Unterschied zwischen Dena und den anderen Fällen gar nicht so groß ist, wie ich anfangs dachte."

Gwen kreuzte die Arme über der Brust und hielt dem Blick der jungen Beamtin Stand, ohne eine Miene zu verziehen. „Beim ersten Opfer erfuhren wir den Fundort von einem Bauarbeiter. Als ich den heute Morgen noch mal anrief und wissen wollte, wie er den Kopf denn entdeckt hätte, da sagte er, er habe ihn gar nicht selbst gefunden. Eine Frau habe ihm den Hinweis gegeben. Auch das zweite Opfer wurde von einer weiblichen Person gefunden. Sie ging mit ihrem Hund im Park spazieren." Racine senkte den Blick zu Harvey hinunter. „Allerdings weigerte sie sich, für eine Aussage ins Präsidium zu kommen. Letzte Woche fanden wir dann Libby Hopper am Ufer des Potomac – nachdem eine Frau uns telefonisch die exakte Stelle genannt hatte. Der Anruf kam übrigens von einem gestohlenen Handy. Dena Waynes Kopf lag in ihrer eigenen Wohnung. Das erschien mir zunächst sonderbar, bis mir auffiel, dass es wieder eine Frau war ... eine Frau mit einem Hund, die die Tote gefunden hat."

Racine sah Gwen an und wusste in diesem Augenblick, dass sie ihre Theorie nicht noch weiter untermauern musste.

„Offenbar meinen Sie, dass Sie den Fall schon halb gelöst haben", sagte Gwen schließlich, ohne dass es nach einem Schuldeingeständnis klang. „Jammerschade, dass nichts so einfach ist, wie es auf den ersten Blick scheint."

„Nein, normalerweise nicht."

„Seine Anweisungen wurden von Drohungen begleitet." Gwens Stimme war so leise, dass sie ihr selbst fremd vorkam.

„So etwas in der Art habe ich mir gedacht. Sie hatten Angst, er könne Ihnen etwas antun."

„Nein. Nicht mir, sondern jemand anderem. Jemandem, der mir nahe steht. Hätte er mich gemeint, wäre alles einfacher gewesen." Gwen war schon einmal bedroht worden. Ihrer Ansicht nach gehörte so etwas zum Berufsrisiko. „Ich habe geglaubt, ich könne ihn überlisten", fügte sie hinzu.

„Aber zunächst einmal hat er Sie zu seiner Komplizin gemacht."

„Sieht ganz so aus", gab Gwen zu. „Aber damit ist jetzt Schluss."

55. KAPITEL

Omaha, Nebraska

Maggie entschuldigte sich mit dem Hinweis auf einige dringende Telefonate und verließ Vater Gallaghers Büro. Ganz oben auf ihrer Liste stand Cunningham. Außerdem wollte sie unbedingt erfahren, wie es Gwen ging. Im Übrigen lag ihr daran, dem Hahnenkampf zwischen Pakula und Nick vorübergehend zu entkommen. Auch die ständigen Ausweichmanöver des Paters reichten ihr allmählich. Unter den gegebenen Umständen würde die Befragung nur wenig an neuen Hinweisen ergeben. Warum begriff der Priester bloß nicht, dass er die ganze Veranstaltung nur in die Länge zog, wenn er Pakulas Fragen jedes Mal mit einer Gegenfrage beantwortete?

Dass Vater Gallagher etwas verheimlichte, lag zwar auf der Hand, doch dass er der Mörder sein sollte, das wagte sie dann doch zu bezweifeln. Außerdem hatte er für den betreffenden Samstagabend ein wasserdichtes Alibi. Die ganze Gemeinde von „Our Lady of Sorrow" konnte für ihn bürgen. Um neunzehn Uhr in Omaha die Vorabendmesse zu lesen und anschließend kurz nach Columbia zu rasen, um seinem Amtsbruder Gerald Kincaid um punkt halb zehn ein Messer in die Brust zu jagen, nein, das war schlicht und einfach ein Ding der Unmöglichkeit.

Die Tatsache allerdings, dass er ein Geistlicher war, entlastete ihn ihrer Meinung nach nicht von vornherein. Es war durchaus möglich, dass der Mörder aus der Überzeugung heraus handelte, sein Tun diene einem höheren Zweck. Falls sich bestätigen sollte, dass jedes der drei Opfer tatsächlich im Verdacht gestanden hatte, Jungen missbraucht oder, wie in Kellers Fall, sogar ermordet zu haben, dann handelte der Täter womöglich in dem Glauben, er erweise der Gesellschaft einen Dienst, indem er jene, welche zuvor straflos davongekommen waren, ihrer gerechten Strafe zuführte. Möglich, dass er seine Taten als ein notwendiges Übel sah, mit dem er weiteres Unheil von anderen Kindern abwendete. Es war durchaus nicht ausgeschlossen, dass er sich als eine Art Kreuzfahrer wähnte, der die wehr- und hilflosen Opfer schützte und die schon verlorenen rächte. Wer könnte die Vergeltung der bösen Tat besser rechtfertigen als ein Priester? Immerhin blickte die katholische Kirche auf eine lange Tradition von Kreuzzügen gegen das Böse zurück.

Maggie beschloss, den Anruf bei Cunningham vorerst aufzuschieben und sich mit ihm nach dem Gespräch mit Detective Pakula in Verbindung zu setzen. Pakulas Unterstützung hatte sie nämlich bitter nötig. Also versuchte sie es zunächst bei Gwen, sowohl in der Praxis als auch auf Gwens Handy, erreichte unter beiden Nummern jedoch nur den Anrufbeantworter. Auch Detective Racine ging nicht ans Telefon. Wäre doch bloß Tully schon aus dem Urlaub zurück! Irgendjemand musste nach Gwen sehen, ob alles mit ihr in Ordnung war.

Sie kam an dem Klassenzimmer vorbei, in dem ihr vorhin die Sammlung antiker Gegenstände aufgefallen war. Die Klasse selbst hatte wohl gerade Pause, denn der Raum war verwaist. Maggie sah sich kurz um, doch sie war ganz allein auf dem Flur. Das Erste, was ihr ins Auge stach, als sie den Raum betrat, waren mehrere antike Dolche, die auf einem mit schwarzem Filztuch bedeckten Tresen lagen. Das Metall blitzte unter den Sonnenstrahlen, die durch das Fenster fielen. Sie beugte sich über die

Waffen und nahm sie in Augenschein, ohne sie zu berühren. Zwei waren erheblich länger als herkömmliche Messer und mit einem auffallenden Heft zwischen Klinge und Griff versehen. Die Griffe waren mit aufwändigen Ornamenten verziert, einige schon so abgewetzt, dass man nicht mehr unterscheiden konnte, ob sie einmal rein dekorativen Charakter gehabt hatten oder etwas darstellen sollten. Alle Stücke waren penibel gereinigt und poliert.

„Sie dürfen sie ruhig in die Hand nehmen, wenn Sie möchten."

Die Frauenstimme ließ Maggie zusammenzucken, aber statt herumzufahren, schaute sie nur über die Schulter. Die Frau trug Khakihosen und ein weißes T-Shirt mit dem in schrillem Pink und Aquamarin aufgedruckten Schriftzug „Pensacola Seafood Festival" auf der Brust.

„Das hier sieht aus wie ein Stilett aus dem Europa des 16. oder 17. Jahrhunderts", bemerkte Maggie und wies auf eine etwa zwanzig Zentimeter lange Klinge mit abwärts gekrümmtem Heft. Vor ein paar Jahren hatte sie bei einer Razzia, bei der sie den Keller eines Serienmörders gestürmt hatten, eine ganze Sammlung von Stiletten aus unterschiedlichen Epochen sichergestellt. Diese Geschichtsstunde hatte Maggie nie vergessen.

„Nicht schlecht." Die Frau belohnte sie mit einem strahlenden Lächeln. Jetzt, da sie näher gekommen war, sah Maggie die weichen Fältchen an den Mundwinkeln, die verrieten, dass sie ein bisschen älter war, als man auf den ersten Blick hätte meinen wollen. Sie war etwa in Maggies Alter, Anfang bis Mitte dreißig.

Sie nahm einen Dolch und reichte ihn Maggie. „Der hier ist

ein ganzes Stück älter. Wahrscheinlich gehörte er einem Ritter aus dem 14. Jahrhundert. Ein Parierdolch für den Nahkampf."

„Nahkampf?"

„Damit schlitze man seinem Gegner die Kehle auf."

„Ach so." Maggie versuchte, das kostbare Stück mit der gebotenen Ehrfurcht zu halten.

„Ich bin Schwester Kate Rosetti."

„Maggie O'Dell."

„Gehören Sie zu den Kripobeamten, die gerade Vater Tony vernehmen?"

„FBI." Sie sah der Schwester in die Augen, um zu sehen, ob dieser Hinweis etwas auslöste. Würde Schwester Kate sich ähnlich wie Vater Tony verhalten? Würde sie versuchen, die Agentin möglichst schnell abzuwimmeln?

Die Nonne nahm einen anderen Dolch auf. „Dieser zählt zu meinen Lieblingsstücken", erklärte sie, wobei sie ihn so drehte, dass Maggie die kunstvolle, totenkopfähnliche Verzierung ganz oben am Knauf erkennen konnte. „Eine geflügelte Schlange, die sich um den Griff windet. Auf der Klinge sind keltische Symbole eingraviert."

„Tatsächlich, ein schönes Stück. Was hat Sie dazu bewogen, mittelalterliche … Waffen zu sammeln?" Maggie ließ den Blick über die Regale und Vitrinen schweifen.

„Interessante Frage", befand Schwester Kate. „Wissen Sie, die meisten Leute fragen mich nämlich zuerst, woher ich die kriege und wie ich mir eine solche Sammlung leisten kann. Für die sind das hier einfach nur Wertgegenstände." Während sie das sagte, schaute sie Maggie plötzlich auf eine Weise an, als sähe sie sie nicht zum ersten Mal. „Beweggründe scheinen weniger interessant zu sein." Sie lächelte, wandte dann aber den Blick ab und ließ ihn durch den Raum schweifen. „Mein Großvater las mir früher immer wunderbare Geschichten vor – von Rittern in schimmernden Rüstungen. Damals verbrachte ich einen ganzen Sommer bei ihm. Auf seiner Farm in Michigan."

Sie wandte sich wieder Maggie zu. „Ich war elf. Es war direkt nach ... einem besonders schwierigen Jahr. Und seine Geschichten waren das, was ich damals brauchte, Ritter in glänzender Rüstung, Retter in letzter Minute. Es war ziemlich ... tröstlich."

Nun lag etwas anderes in ihrem Lächeln. Es mutete weicher an, echter vielleicht, doch nicht mehr so strahlend wie zuvor. Es war ein wissendes Lächeln, das man nur jemandem schenkt, der wusste, wovon man sprach, weil er etwas ähnliches erlebt hatte. Was sieht diese Frau in dir, fragte sich Maggie. *Sie hat dich doch eben erst kennen gelernt!*

„Kommt man denn so ohne weiteres an diese Sachen heran?" erkundigte sich Maggie, wobei ihr einfiel, dass Dr. Stofko, die Rechtsmedizinerin, angedeutet hatte, O'Sullivan sei möglicherweise mit einem Dolch erstochen worden.

„Kein großes Problem. Etliche der Dolche und Schwerter habe ich über das Internet und bei Ebay erstanden. Natürlich kursieren auch jede Menge Imitate und Fälschungen. Man muss schon vorsichtig sein und genau wissen, was man sucht. Aber da Sie vorhin nach Waffen fragten: Sicherheitstechnisch gelten diese Stücke als Kunstobjekte. Auf Flügen zu meinen Vorträgen etwa packe ich sie einfach in den Koffer und checke sie ein."

„Und was ist mit den Imitaten?"

„Ich glaube, die Käufer sind in erster Linie Jugendliche.

Echte Stücke können sich viele von denen natürlich nicht leisten. Soweit ich weiß, gibt es etliche Rollenspiele, die auf mittelalterlichen Themen basieren, Ritter oder Kreuzzüge. Das scheint Interesse zu wecken. Gerade heute Morgen erst hat mir einer meiner Schüler seine Sammlung mitgebracht und gezeigt. Seine Stücke wirken allerdings echt. Der hat offenbar richtige Schnäppchen gemacht."

Sie zeigte auf einen Schuhkarton, der offen auf ihrem Schreibtisch stand. Maggie warf einen Blick hinein, und als sie das dolchähnliche silberne Kruzifix sah, musste sie an ihr Gespräch mit Bonzado denken. An „Dungeons and Dragons" und an das Tattoo, den von einer Rose umrankten Dolch, den er am Nacken des Opfers entdeckt hatte. Laut Aussage des Zeugen, der O'Sullivan in der Flughafentoilette gefunden hatte, war der Tatverdächtige, mit dem er zusammengestoßen war, ein Halbwüchsiger mit Baseballcap gewesen. Konnte der Mörder womöglich gar ein Teenager sein? Ein halbwüchsiger Spund? Wenn ihre Überlegungen zutrafen, nach denen der Mörder die Rolle eines Rächers einnahm, konnte es durchaus sein, dass es ein Junge war, an dem sich der Priester zuvor vergangen hatte.

Die Nonne unterbrach Maggie in ihren Gedanken. „Bleiben Sie länger in der Stadt?"

„In meinem Beruf lässt sich das nie im Voraus sagen."

„Ich reise ebenfalls ganz schön herum, zu Vorträgen, Seminaren, Workshops. Daher weiß ich, wie öde es sein kann, wenn man allein auf dem Hotelzimmer isst oder im Restaurant. Falls Sie sich langweilen, sagen Sie mir Bescheid."

„Vielen Dank, sehr nett von Ihnen." Maggie war überrascht. Vor einigen Minuten noch hatte sie damit gerechnet, Schwester

Kate würde mauern wie dieser Vater Tony. Und nun bekam sie völlig unerwartet eine Einladung zum Essen. Sie ließ ihren Blick noch einmal durch den Raum schweifen. „Haben Sie morgen Abend Zeit?“

„Klar, natürlich. Wo sind Sie denn untergekommen?“

„Im Hotel ‚Embassy‘, Tenth Street.“

„Ach, in der Gegend gibt es viele nette Restaurants. M's Pub zum Beispiel. Ein schönes kleines Lokal, liegt nur einen Block von Ihrem Hotel entfernt. Da könnten wir uns treffen. Sagen wir gegen sieben?“

Mittlerweile kamen die Schüler aus der Pause zurück. Maggie verabschiedete sich. „Bis morgen dann!“

Im Herausgehen musterte sie die Kids, die lässig zur Tür hereinkamen, gedankenlos wie Teenager, deren Ehrgeiz nicht über die nächste Aufgabe hinausgeht. Allmählich begann sie sich zu fragen, ob Pakula und sie den Mörder bisher vielleicht am völlig falschen Ort gesucht hatten. Sahen sie möglicherweise den Wald vor lauter Bäumen nicht?

Ihr Blick fiel auf zwei Jungen. Der eine setzte gerade seine Baseballcap ab und warf sie auf den Schultisch. Sein blonder Wuschelschopf reichte ihm bis über die Ohren. Beide, er und sein Mitschüler, waren von eher zierlichem Wuchs, aber so groß wie Maggie, vielleicht sogar einen Tick größer.

Laut Bericht der Gerichtsmedizinerin hatte es keiner besonderen Kraftanstrengung bedurft, dem Monsignore ein Messer in die Brust zu jagen. Diese Jungs hier hätten damit jedenfalls sicher kein Problem.

56. KAPITEL

Washington, D.C.

Gwen fuhr sich mit den Fingern durch die Frisur, wobei sie dem Drang widerstehen musste, sich die Haare zu raufen.

„Und Sie haben sich tatsächlich auf dieses Spiel eingelassen?" schnaubte Detective Racine fassungslos.

„Es war kein Spiel!" Gwen, bemühte sich, die Fassung zu wahren. Ihr war auf einmal, als müsse ihr Magen jeden Moment rebellieren. Zwei Tage lang nichts gegessen, aber jede Menge Kaffee! Vielleicht war ihr deshalb jetzt so kodderig.

„Er jedenfalls hat das so aufgefasst!" schoss die Ermittlerin zurück. „Glauben Sie mir, für diesen Irren ist das ein Spiel, egal, was *Sie* darüber denken!"

Sie stapfte vor dem Sofa, auf dem Gwen Platz genommen hatte, auf und ab. Wie oft hatte Rubin Nash hier gesessen, genau an dieser Stelle, und geprahlt, er werde sich „noch 'ne niedliche kleine Zimmergenossin besorgen". Gwen hatte das für reines Imponiergehabe gehalten, mit dem er meinte, seine Männlichkeit unter Beweis stellen zu müssen. In Filmen ging es immer um das sexuelle Reifen, darum dass ein Junge zum Mann wurde, wenn eine ältere Frau einen Heranwachsenden verführte. Wenn aber die Frau ihn vorsätzlich zum Schwächling degradierte, so wie das bei Nash der Fall gewesen war, dann war der Schaden eventuell nicht wieder gutzumachen. Hättest du, fragte sich Gwen, die Anzeichen für sein gewalttätiges Verhalten bemerken müssen? Hätte sie schon vor Monaten erkennen müssen, dass er möglicherweise zu töten imstande war?

Racine blieb stehen und musterte noch einmal all die Dinge, die Gwen erhalten hatte – die Zettel, die Karte, die Ohrringe. Sie hatte das ganze Zeug auf dem Schreibtisch ausgebreitet, jedes einzeln für sich in einem Plastikbeutel. Alles außer dem letzten Umschlag und dem Wasserglas, die Gwens fehlgeschlagenen Versuch dokumentierten, Nash anhand seiner Fingerabdrücke zu überführen.

„Nichts von alledem hier beweist, dass Ihr Klient der Täter ist", unterstrich Racine. „Vielleicht haben wir Glück und können auf irgendeinem der Gegenstände, die er Ihnen geschickt hat, einen Fingerabdruck ziehen. Ich schätze aber, so blöd wird er nicht gewesen sein." Sie wandte sich um und sah Gwen an. „Wann sehen Sie ihn wieder?"

„Wir haben seine Sitzungen erst kürzlich auf Samstagmorgen verlegt. Aus Rücksicht auf seine Reisetermine."

„Er ist viel unterwegs?"

„Ja, er verkauft Computersoftware. Und ich meine, er hat mal erwähnt, sein Bezirk reiche bis rauf nach Boston, und im Süden bis ins nördliche Florida."

„Per Auto oder Flieger?"

„Bitte?"

„Wenn er auf Dienstreise ist!" Racine zog die Worte betont in die Länge, als habe sie ein Kind vor sich. „Fährt er, oder fliegt er?"

„Was weiß ich!" Die Stirn angestrengt in Falten gelegt, versuchte Gwen sich zu erinnern, ob er davon gesprochen hatte. „Wieso ist das wichtig?" fragte sie dann.

„Wir haben die Rümpfe noch immer nicht gefunden", sagte Racine, als müsse Gwen den Rest eigentlich von allein verstehen. Angesichts der Verwirrung auf deren Gesicht fuhr sie jedoch fort. „Wenn er mit dem Auto fährt, könnte das eventuell erklären, ob und wie er die Torsi irgendwo verschwinden lässt."

„Der Rest von Denas Leiche … haben Sie den auch noch nicht gefunden?" Sie hatte das Gefühl, als würden die Züge der Polizistin weicher, als ob der Hinweis auf Gwens Leidensweg vorübergehend so etwas wie Mitgefühl in ihr ausgelöst und die professionelle Distanz weggewischt hätte.

„Nein. Bisher haben wir nur den Kopf."

Gwen massierte sich das Gesicht und rieb sich mit den Handballen über die Augen, als hoffe sie, sie könne so das Bild loswerden. Aber sie wusste, dass ihr das niemals gelingen würde.

„Die Zettel, die Anweisungen …" Die Polizistin ließ nicht locker. „Wurden die alle hierher in die Praxis geliefert?"

„Ja. Entweder nach Feierabend durch den Briefschlitz, oder sie wurden unten beim Empfang abgegeben. Einer der Ohrringe wurde am Samstag gebracht. Dena sagte, sie habe den Umschlag auf dem Tresen vorgefunden. Unmittelbar nach dem Termin von Rubin Nash." Gwen verstummte. „Meinen Sie, er hat erwartet, dass ich ihn als Denas Eigentum erkenne?"

„Wenn, dann hat er damit nur beabsichtigt, Sie zu reizen", vermutete Racine. Gwen spürte ihren Blick auf sich, als warte sie auf eine Reaktion. „Verstehen Sie? Um Ihnen zu demonstrieren, wie nahe er an Sie herankommt. Wenn Sie Recht haben mit Ihrer Vermutung, es könne sich um Denas neuen Freund handeln, dann würde das eventuell erklären, woher er den Wohnungsschlüssel hatte und wusste, wo sie wohnte. Obgleich wir keinerlei Beweise haben, dass er sie dort umgebracht hat." Dann hielt sie einen Moment inne. „Falls Sie den Ohrring erkannt hätten – hätten Sie etwas unternommen? Etwa die Polizei informiert?"

Auf einmal war ihr Ton wieder vorwurfsvoll und kalt.

57. KAPITEL

Omaha, Nebraska

Tommy Pakula hatte die Faxen dicke. Seit O'Dell Vater Gallaghers Büro verlassen hatte, war Morrellis Aufmerksamkeit offenbar mit ihr zu Tür hinaus. Mochte ja sein, dass die zwei vor Jahren mal gemeinsam einen Fall bearbeitet hatten, aber irgendwie wurde er das Gefühl nicht los, als hätte Morrelli noch eine Rechnung offen. Schließlich dankte er den beiden Männern für die Zeit, die sie ihm geopfert hatten und verabschiedete sich. Bevor er ging, konnte er es sich nicht verkneifen, damit zu drohen, sich gegebenenfalls wieder zu melden.

Draußen traf er auf Maggie, die gerade aus einem Klassenraum kam. Er zog die Augenbrauen hoch, verdutzt darüber, dass sie so ungeniert herumschnüffelte.

„Irgendwas erfahren?" fragte er sie.

„Kann sein. Fertig mit Vater Gallagher?"

„Ja, mir reicht's mit diesen beiden Witzfiguren. Ich hätte denen mal besser die Carmichael auf den Hals gehetzt!" Sie gingen die Treppe hinunter, wobei er ihr den Vortritt ließ. „Eins kann ich Ihnen sagen, dieser Morrelli, der hat mit Ihnen noch irgendein Hühnchen zu rupfen. Wird der uns Ärger machen, was meinen Sie?"

„Ich glaube er hat einfach nur das Gefühl, zwischen uns sei noch etwas zu klären", antwortete sie bewusst ohne jede Emotion in ihrer Stimme.

„Und? Ist da was?"

„Falls Sie damit meinen, ob mir das bei diesem Fall in die

Quere kommen könnte – das werde ich zu verhindern wissen." Ihr Tonfall war jetzt hart und bestimmt.

„Nein, ich wollte eigentlich wissen, ob der Sie vielleicht belästigen wird oder etwas in der Art. Falls er Ihnen Probleme macht – Sie haben ja meine Handynummer. Rufen Sie mich an, dann nehme ich mir den zur Brust."

Sie blieb auf der untersten Stufe stehen, drehte sich um und blickte zu ihm hoch. „Wollen Sie etwa den Beschützer markieren, Detective Pakula?"

Er hätte am liebsten das Gesicht verzogen. Durfte man heutzutage einer Frau nicht mal mehr seinen Schutz anbieten, ohne als Chauvinist gerüffelt zu werden? Menschenskinder!

„Ist ziemlich lange her, dass jemand den großen Bruder für mich gespielt hat", erklärte sie mit einem Schmunzeln. „Irgendwie rührend." Und ehe er etwas erwidern konnte, ließ sie ihn stehen und ging zum Hauptportal hinaus.

Als sie im Wagen saßen, berichtete sie ihm von ihrem Gespräch mit Schwester Kate Rosetti, und was sie von ihr über Dolche und mittelalterliche Obsessionen bei heutigen Jugendlichen erfahren hatte. Sie erzählte ihm auch von ihrer Theorie, wonach der Mörder ein von einem Priester missbrauchter Jugendlicher sein könne.

Pakula hörte ihr aufmerksam zu. „Eins lassen Sie dabei meiner Meinung nach allerdings außer Acht", wandte er schließlich ein. „Woher hat so ein Bengel von fünfzehn, sechzehn oder siebzehn Jahren die Zeit oder Gelegenheit, von Minneapolis nach Omaha und von dort nach Columbia zu kommen? Mutterseelenallein?"

„Alle Morde wurden an einem Feiertagswochenende verübt.

Ich bin mit meinen Überlegungen noch nicht am Ende. Ich sage ja nur, dass wir die Möglichkeit berücksichtigen sollten."

„Dass der Mörder ein Heranwachsender sein könnte?"

„Einer oder vielleicht auch zwei. Möglicherweise sind sie durch so ein Onlinespiel auf dumme Gedanken gekommen."

„Sie meinen, so eine Rotzgurke – oder von mir aus auch zwei –, die könnten so etwas planen und durchziehen? Ohne dass das jemand merkt? Meinen Sie das im Ernst?"

„Sie können sich das nicht vorstellen, was?"

„Allerdings nicht."

„Okay. Und was ist dann mit dem Massaker an der Columbine High School in Littleton? Kein Mensch hätte es für möglich gehalten, dass zwei Teenager eine Zehn-Kilo-Bombe basteln, um die anschließend in der Schulcaféteria hochgehen zu lassen. Und kein Mensch hätte geglaubt, dass die beiden sich, als die Bombe nicht zündete, mit zwei abgesägten Schrotflinten, einem Sturmgewehr und einer halbautomatischen Maschinenpistole bewaffnen und eiskalt und ganz gezielt zwölf Schüler und einen Lehrer abknallen."

„Wahrscheinlich möchte ich einfach nur gerne glauben, dass Eric Harris und Dylan Klebold Einzelfälle waren", gestand Pakula seinen Irrtum ein. „Natürlich, ausschließen kann man nichts. Aber ein halbwüchsiger Bengel, der noch nicht mal Haare am Sack hat ... Also, das will mir einfach nicht recht in den Kopf."

„Detective Pakula, wenn ich in fast zehn Jahren Polizeiarbeit eins gelernt habe, dann dies: Man sollte niemals unterschätzen, wer alles zu einem Mord fähig ist!"

„Wie vor vier Jahren in Platte City, meinen Sie?" Pakula

hatte ein Weilchen gebraucht, bis ihm die Einzelheiten des Falles wieder eingefallen waren, aber dann hatte er sich auch an die Gerüchte erinnert. „Haben Sie nicht irgendwo mal verlauten lassen, dass man Ihrer Ansicht nach die Falschen verurteilt hat? Wenn ich mich recht erinnere, hielt die damalige FBI-Profilerin einen katholischen Priester für den wahren Täter. Sind Sie noch immer dieser Meinung?"

„Ja. Ja, das bin ich nach wie vor", sagte sie, den Blick durch die Seitenscheibe auf die kleinen Läden und Lokale längs der Underwood Avenue von Dundee gerichtet.

„Wieso haben Sie die Sache dann nicht weiterverfolgt?"

„Das habe ich." Sie warf ihm einen Blick zu, und in ihren Augen erkannte er so etwas wie Zorn. Dann widmete sie sich wieder dem vorbeigleitenden Stadtpanorama. „Alle Welt in Platte City, Sheriff Nick Morrelli eingeschlossen, gab sich damit zufrieden, man habe die Täter gefasst. Timmy Hamilton konnte entkommen. Das hielt man wohl für einen gelungenes Finale."

„Und der überlebende Junge – konnte der denn den Täter nicht beschreiben?"

„Nein. Nach seiner Aussage trug der Mann stets eine Halloweenmaske mit dem Gesicht von Richard Nixon. Dass die Leute einen solchen Fall hinter sich bringen und möglichst schnell vergessen wollten, kann ich durchaus verstehen. Sie wollten einfach glauben, der Täter sei gefasst. Und tatsächlich war ja auch Schluss mit den Entführungen und Morden."

„Hat was für sich", stimmte Pakula zu.

„Schon, aber was offenbar niemandem auffiel oder keinen juckte, das war, dass Vater Michael Keller plötzlich spurlos verschwand, weg, außer Landes! Nicht mal die Erzdiözese von

Omaha wusste, warum oder wohin er sich aus dem Staub gemacht hatte. Seelsorgerisch tätig sei er nicht, wurde behauptet, und auch Sonderurlaub habe er nicht beantragt. Er war einfach unauffindbar, wie vom Erdboden verschwunden."

Sie verstummte, und als Pakula einen Blick zur Seite warf, wirkte sie in Gedanken ganz weit fort, die Hände im Schoß, die Finger an einem losen Faden der Jacke nestelnd. Dann redete sie weiter, als müsse sie etwas erklären. „Eine Zeit lang blieb ich ihm auf den Fersen, obwohl ich damit meine Kompetenzen überschritt. Nach einer Weile stieß ich auf einen Geistlichen in Chile, auf den Kellers Beschreibung zutraf und der angeblich eines Tages wie aus heiterem Himmel in der Gemeinde eines kleinen Dorfes aufgetaucht war, unweit der Stadt Chiuchin. Ungefähr zur gleichen Zeit, als Keller von der Bildfläche verschwand. Gerade dachte ich, ich hätte ihn, da war er plötzlich wieder weg, weitergezogen in ein anderes Kaff."

„Wie sollte er das anstellen, ohne dass die katholische Kirche davon Wind bekam? Ist er da einfach so angetanzt und hat behauptet, er sei der neue Pfarrer?"

„Ja, jedenfalls nach meinen Recherchen. Genau so hat er's gemacht. Viele von diesen armen Dörfern sind schon jahrelang ohne Priester. Die Gläubigen müssen meilenweit laufen, um an einer heiligen Messe teilzunehmen. Können Sie sich vorstellen, was da los ist, wenn plötzlich ein Geistlicher erscheint? Da stellen die doch keine langen Fragen! Die sind so froh, dass sie endlich einen haben, dass sie wahrscheinlich alles tun würden, um ihn zu behalten. Möglicherweise halten sie es sogar geheim, dass er in ihrem Dorf lebt."

„Leider wär's nicht das erste Mal, dass ein Schuldiger ungestraft entkommt." Pakula lockerte seine völlig verspannte Schultermuskulatur. Ob er's heute Morgen mit dem Boxtraining übertrieben hatte?

„Vielleicht ist er ja gar nicht entkommen."

„Was meinen Sie damit?"

„Der Anruf vor der Schule vorhin, das war er."

„Ich werd verrückt! Mann, das gibt's doch nicht!" Dann fiel es ihm wieder ein. „Sie sagten doch was von einer Liste. Steht er da drauf?"

„Allerdings!" gab sie zurück.

„Was will er denn, zum Henker?"

„Schutz. Und medizinische Behandlung. Er glaubt, der Killer habe ihn vergiftet."

Pakula verstand die Welt nicht mehr. „Wie kommt der denn auf die Idee, wir würden ihm Schutz bieten?"

„Er kann uns sagen, wer sonst noch auf der Liste steht."

„Er hat sie? Der hat die Liste?"

„Behauptet er jedenfalls."

„Und das nehmen Sie ihm ab?"

Maggie nickte. „Daniel Ellison stehe ebenfalls drauf, sagt er."

Pakula starrte sie an, bis er merkte, dass sie sich einem Stoppzeichen näherten, und den Blick wieder nach vorn auf die Fahrbahn richtete. „Sie haben sich schon mit ihm geeinigt, wie?" Im Grunde war das gar keine Frage.

„Ich finde, wir sollten mit Chief Ramsey darüber reden", bekundete sie ruhig.

Pakula merkte, wie ihm der Schweiß den Rücken hinunter rann. Er drehte die Klimaanlage höher und winkelte eine der

Lüftungsdüsen so an, dass ihm der Luftschwall geradewegs ins Gesicht blies.

„Das müssen wir auf später vertagen“, beschied er. „Uns bleibt nur noch eine halbe Stunde bis zu dem Termin mit dieser Zeitungstante.“ Und du, mahnte er sich, brauchst eine Pause. Der Fall wurde immer abstruser. „Die Zeit reicht gerade noch für einen schnellen Lunch. Was halten Sie davon, wenn wir uns im „La Casa“ eine Pizza teilen? Die machen die leckerste Pizza weit und breit.“

„Mit italienischer Salami?“

„Was anderes kommt bei denen nicht drauf.“

„Abgemacht!“ sagte sie.

„O mein Gott!“ Pakula klatschte sich mit der flachen Hand vor die Stirn. Die Eingebung traf ihn wie ein Blitz aus heiterem Himmel. „Hamilton? Der Junge! Morrellis Neffe – Timmy Hamilton! Und Sie haben Morrelli doch vorhin gefragt, wie's seiner Schwester geht, oder? Christine?“

„Richtig. Warum fragen Sie?“

„Diese Reporterin vom *Omaha World Herald,* die wir gleich treffen – die heißt Christine Hamilton. Und ich glaube kaum, dass das ein Zufall ist.“

58. KAPITEL

Katholische High School „Our Lady of Sorrow", Omaha

Gibson lief vor dem Klassenzimmer auf und ab und wartete auf Timmy. Vorhin hatte der behauptet, er kenne die Frau, die mit Schwester Kate geredet hatte und dass die angeblich FBI-Agentin sei. Natürlich hatte er Timmy nicht geglaubt, sich aber die Antwort, die er schon auf der Zunge hatte, verkniffen. Er mochte Timmy, und es gefiel ihm, einen Freund zu haben.

Am Tag zuvor hatten sie festgestellt, dass sie nur drei Straßen voneinander entfernt wohnten. Also hatte Gibson seinen neuen Kumpel wieder zu sich eingeladen, um ein bisschen am Computer zu daddeln.

Er fragte sich, wo der Kleine blieb. Er wollte doch nur kurz zu dem vorsintflutlichen Münzfernsprecher der Schule, um seine Mom zu fragen, ob er noch mit zu ihm dürfe. Gibson wollte gar nicht glauben, dass Timmy kein Handy hatte. Sowas gab's doch gar nicht!

Im Übrigen fühlte er sich heute ziemlich gut drauf. Schwester Kate hatte sich sehr für seine Sammlung interessiert und ihm sogar gesagt, sie wäre beeindruckt, dass es ihm gelungen sei, solch schöne Stücke zu finden. Und dann auch noch echte! Ja, sie war echt beeindruckt gewesen. Von seiner Sammlung und von ihm! Mann, ey, das war echt ein geiler Tag. Einer der besten seit langem, wahrscheinlich seit der Zeit, als er ihr beim Katalogisieren geholfen hatte.

Er überlegte, ob er Timmy die Ledermappe zeigen sollte, die er in seinem Rucksack gefunden hatte. Bislang hatte er noch nicht den Mumm aufbringen können, das verdammte Ding zu durchforsten. Nachdem er sie aufgemacht und den Namen von Monsignore O'Sullivan auf einem der Papiere gesehen hatte, hatte er das Ding ganz hinten in seinem Kleiderschrank verstaut.

Den Rucksack über eine Schulter geschlungen, lehnte er sich gegen die Wand. Vielleicht musste Timmy ja erst zum Sekretariat, sich Kleingeld besorgen. Der Münzfernsprecher nahm nämlich noch Vierteldollarstücke. War echt aus der Steinzeit, der Kasten. Grinsend überlegte er, dass Schwester Kate den doch in ihre Sammlung aufnehmen könne, falls das Ding mal irgendwann ausgemustert würde.

„He, du da drüben! Was machst du da?"

Gibson stieß sich von der Wand ab, und als er sich umdrehte, sah er diesen langen Kerl mit der Hakennase, den er gestern einen Moment lang für Monsignore O'Sullivan gehalten hatte. Er kam mit ausgestrecktem Finger geradewegs auf ihn zu, als wolle er ihn an der Wand festlasern. Und das klappte sogar, Gibson konnte sich nicht rühren, ja nicht einmal atmen.

„Was hast du hier noch zu suchen? Ist nicht längst schon Unterrichtsschluss?"

„Ich ... äh ..." Gibson versuchte zu antworten, doch die Zunge blieb ihm am Gaumen kleben.

„Ich hab dich doch gestern schon gesehen, stimmt's? Du hast vor dem Zimmer von Monsignore O'Sullivan rumgelungert. Wieso bist du noch hier?"

„Ich ... äh ... warte noch auf ..."

„Nun rück schon raus mit der Sprache!" Der Kerl guckte in die Runde. „Willst dich wohl mit jemandem treffen, wie?"

„Wie?“

„Das treibst du also, wenn alle weg sind! Ein paar kleine Geschäfte, was?“ Bei den Worten „weg“ und „Geschäfte“ stach der ausgestreckte Finger wie zur Bekräftigung auf Gibsons Brust ein. Er hatte keinen blassen Schimmer, was der Typ von ihm wollte. Sein Herz hämmerte derart auf Hochtouren, dass er fast glaubte, er müsse beim nächsten Fingerstoß explodieren.

„Was hast du denn da in deinem Rucksack? Drogen? Dealst du etwa mit Stoff? Los, aufmachen!“

Gibson klammerte sich an seinen Rucksack. Er wusste, stichprobenartige Kontrollen waren durchaus üblich, er konnte sich dem also nicht verweigern. Er konnte nur abhauen.

„Hast du nicht gehört?“

Gibson drehte sich mit einer blitzartigen Bewegung zur Seite, doch noch bevor er den zweiten Sprung machen konnte, hatte ihn der Kerl am Träger seines Rucksacks gepackt und zerrte ihn mit solcher Wucht zurück, dass es Gibson fast von den Beinen riss.

„Was ist denn da los?“ Plötzlich vernahm er die Stimme von Vater Tony. Sehen konnte er nichts, denn der schwarze Kerl stand direkt vor ihm und versperrte ihm die Sicht.

„Alles in Ordnung!“ rief die Hakennase in einem Ton, der auf einmal beinahe sanft und beruhigend klang. Auch der Griff an Gibsons Rucksack lockerte sich ein wenig.

Gibson riss sich los, schoss seitlich an dem Kerl vorbei und entkam um Haaresbreite dem sensenartigen Schwung seiner Klauenhand. Ohne auf Vater Tony zu achten, der ihm noch nachrief, ob alles okay sei, jagte er die Treppe hinunter. Wem würde Vater Tony schon glauben? Ihm oder diesem „Darth Vader der Schmerzensreichen“?

In fliegender Hast nahm er die letzten Treppenstufen und stieß die Tür des Hauptportals auf. Dann rannte er weiter, quer über den Campus und den Parkplatz, ohne sich auch nur ein einziges Mal umzusehen.

59. KAPITEL

Saint Francis Center, Omaha

Christine Hamilton winkte Maggie und Pakula zu und schlängelte sich dann zwischen den langen Tischen hindurch, an denen etwa zwei Dutzend Freiwillige saßen und ihr Ohr am Telefon hatten. Als sie die beiden schließlich erreichte, begrüßte sie Maggie mit einer Umarmung.

„Hi, Christine! Lange her!"

„Du siehst prima aus", sagte Christine, um dann Pakula die ausgestreckte Rechte zu reichen. „Christine Hamilton. Sie müssen Detective Pakula sein. Danke für Ihre Bereitschaft zu dem Treffen hier."

„Detective Sassco hat mir versichert, es gehe allein um Fakten. Keine Tricks und krummen Sachen."

„Glauben Sie mir, Detective, mir geht es bloß darum, die Wahrheit ans Tageslicht zu bringen. Ungefähr so wie Sie."

Maggie blickte vom einen zur anderen, um zu sehen, ob Pakula der Journalistin glaubte und ob Christine wohl offen und ehrlich mit ihnen umging. Unwillkürlich kam ihr ihre letzte Begegnung in den Sinn, damals während des Falls in Platte City. Seinerzeit hatte Christine sämtliche Register gezogen, um ihre Story zu kriegen. Vielleicht hatte die Entführung des eigenen Sohnes ihre Auffassung von Berufsethos ja wieder gerade gerückt. Die Frage war nur, für wie lange.

„Schauen wir mal, was Sie uns zu bieten haben", sagte Pakula, wobei er mit dem Kopf in die Richtung wies, aus der Christine gekommen war.

„Kennen Sie das Saint Francis Center?“ fragte Christine, während sie zwischen den Tischen hindurch nach hinten gingen. Sie musste lauter sprechen, um sich über das Stimmengewirr und Telefongeklingel hinweg Gehör zu verschaffen. „Das Zentrum wurde vor zwanzig Jahren als Frauen- und Kinderhaus gegründet und mittlerweile um eine Hotline für Missbrauchsopfer erweitert. Und hinten befindet sich eine kleine Teeküche.“

Maggie fiel auf, dass die meisten der ehrenamtlichen Helfer stumm am Telefon saßen und den Anrufern nur zuzuhören schienen.

„Hier haben wir ein Besprechungszimmer“, bemerkte Christine und wies auf einen Durchgang.

Das Zimmer war ein gemütlich eingerichteter Clubraum, komplett mit Sitzgarnitur nebst Couchtisch mit Glasplatte. Vom Boden bis zur Decke reichende Bücherregale säumten die Rückwand. Ein in der Ecke stehender Servicewagen bot eine Auswahl an Erfrischungen, und das Aroma frisch gebrühten Kaffees durchzog den Raum. Als die drei eintraten, schenkte sich eine Frau gerade eine Tasse ein und ein junger Mann belud einen Teller mit Schnittchen und Obststücken.

„Donnerwetter“, ließ Pakula sich vernehmen. „Da hätten wir uns die Pizza ja schenken können.“ Allem Anschein nach juckte es ihn wenig, dass Christine Gäste hinzugebeten hatte. Maggie fragte sich, was die Reporterin im Schilde führte.

„Agent O'Dell, Detective Pakula, darf ich Ihnen Brenda Donovan vorstellen? Und das hier ist ihr Sohn Mark.“

Sie begrüßten sich freundlich, doch reserviert. Während sie sich dann ihre Teller und Tassen füllten und sich um den Couchtisch setzten, musterte Maggie die Frau und deren Sohn. Brenda

Donovan trug blaue Polyesterhosen und ein T-Shirt mit einem bunten Teddy auf der Brust. Ihre weißen Sandalen waren ziemlich ramponiert, ebenso wie ihre Hände, deren rötliche Färbung offenbar vom Umgang mit Chemikalien herrührte oder vom langen Eintauchen in Wasser. Die Fingernägel waren gestutzt, ebenso die Frisur, praktisch und pflegeleicht. Nach Maggies Eindruck hatte diese Frau ihr Leben lang hart gearbeitet, was auch die Falten um ihre Augen bestätigten und das graue Haar, das allmählich das überdeckte, was einmal Karamellbraun gewesen sein musste.

Der Sohn, nach Maggies Gefühl noch keine zwanzig, wirkte schlaff und etwas füllig um die Hüften. Er zeigte die typische Statur eines Couch-Potato. Sein kurz geschorenes Haar war feucht, als hätte man ihn erst vor Minuten aus der Dusche gezerrt. Die verquollenen Augen zeugten von wenig Schlaf, doch anscheinend verfügte er über einen gesegneten Appetit. Er hatte sich den Teller dermaßen voll gepackt, dass Weintrauben und Salamischeiben über den Rand hinausragten. Falls dieses Treffen als eine Art Generalaussprache gemeint war, was Maggie vermutete, musste Christine sich wohl daran erinnert haben, dass sich Speise und Trank stets als die beste vertrauensbildende Maßnahme erwies.

Sie begegnete Pakulas Blick und nickte in Richtung auf dessen ebenfalls gut gefüllten Teller.

„Wenn's was umsonst zu futtern gibt, kann ich einfach nicht widerstehen", flüsterte er und setzte sich in einen der Sessel gegenüber dem Sofa, auf dem Mutter und Sohn sich Seite an Seite niedergelassen hatten.

Maggie öffnete wieder einmal ihre übliche Dose Cola light, als Christine neben sie trat.

„Wie ich hörte, hast du heute Morgen Nick getroffen“, sagte sie mit gesenkter Stimme, den übrigen Anwesenden den Rücken zugewandt.

„Ich hatte keine Ahnung, dass er wieder hier ist. Hat er sich Boston abgeschminkt?“

„Nein, da ist er immer noch“, sagte Christine, wobei sie den Verschluss einer Dose Sodawasser aufriss. „Ist dir eigentlich bewusst, wie böse du meinem kleinen Bruder das Herz gebrochen hast?“

„Wie bitte?“ Sie starrte Christine an, nicht sicher, ob das als Scherz gemeint war. Es lag noch gar nicht so lange zurück, vielleicht ein Jahr, da hatte Maggie in Nicks Apartment angerufen. Eine Frau hatte abgenommen und gesagt, Nick stehe unter der Dusche; ob sie ihm etwas ausrichten solle. An den Stich erinnerte Maggie sich immer noch, aber sie akzeptierte, dass er sich anders entschieden und nicht auf sie gewartet hatte.

„Entschuldige, wahrscheinlich sollte ich dir das alles gar nicht sagen.“ Christine klang ehrlich. „Aber er war ganz schön geknickt, als du ihn abserviert hast.“ Sie erlaubte sich den Anflug eines Lächelns. „War ihm vorher wohl noch nie passiert.“

„Abserviert?“ Maggie bemühte sich, leise zu sprechen, dennoch sah Pakula zu ihr herüber. „Er war’s doch, der mir den Laufpass gegeben hat.“

„Das hört sich von ihm aber anders an“, gab Christine zurück, obwohl ihr Lächeln zeigte, dass sie nicht so dumm war, ihrem Bruder das abzunehmen. „Ich glaube, wir sollten uns so langsam zu den anderen begeben.“

Maggie wollte nicht an Nick Morrelli denken. Das überraschende Treffen am Morgen war im Grunde ganz gut für sie gelaufen. Sie hatte weder Bedauern verspürt noch Sehnsucht noch … noch sonst etwas. Eigentlich hatte sie überhaupt nichts empfunden – ungeachtet der atmosphärischen Störung, die Pakula als „offene Rechnung" bezeichnet hatte, als Groll, den Nick offenbar noch immer gegen sie hegte und der ihr jetzt nachvollziehbar erschien, wenn er tatsächlich glaubte, sie habe ihn sitzen lassen.

„Mach dir nichts draus. Er wird's überleben", raunte ihr Christine ins Ohr. „Will ich ihm auch geraten haben, er heiratet nämlich in einem Monat."

60. KAPITEL

Saint Francis Center, Omaha

Tommy Pakula stopfte sich eins der kleinen Schnittchen in den Mund, spülte es mit dem Rest seines Kaffees herunter und griff nach dem nächsten belegten Brot. Er kannte diese nervöse Marotte, sich ständig etwas in den Mund schieben zu müssen, wenn er das Gefühl hatte, dass ihm die Situation entglitt.

„Nicht übel", brummte er anerkennend, womit er die Schnittchen meinte. Dabei nickte er Brenda Donovan zu. Die musterte ihn über den Rand des Kaffeebechers, an dem sie gerade nippte, während ihr Sohn die Anwesenden anscheinend überhaupt nicht zur Kenntnis nahm. Zumindest tat er seit dem schlaffen Händedruck zur Begrüßung so, als sei er ganz allein im Raum, und futterte seinen Teller leer, ohne auch nur ein einziges Mal aufzublicken.

Christine Hamilton überließ Maggie O'Dell den zweiten Sessel, zog sich einen Stuhl heran und bugsierte ihn so an den Couchtisch, dass sie zwischen den Donovans auf der einen Seite und den beiden Ermittlern auf der anderen saß. Natürlich war Pakula längst klar geworden, dass die Donovans wohl die Opfer repräsentieren sollten. Offenbar wollte die Reporterin das, was sie ihnen vorzutragen hatte, gleich am lebenden Objekt demonstrieren. Dabei übersah sie freilich, dass es nichts gab, das Pakula noch hätte schockieren können. Er hatte wohl schon so ziemlich jede Grausamkeit gesehen, die man sich nur vorstellen konnte, vom Neugeborenen einer Heroinsüchtigen, das in der Toilettenschüssel einer Tankstelle gesteckt hatte, bis hin zu einem Ehekrach, in dessen Verlauf der Gatte seine Frau mittels einer Nagelpistole an der Wohnzimmerwand quasi gekreuzigt hatte.

„Jedes Mal, wenn ich Detective Sassco auf die Fälle ansprach, die mir zu Ohren gekommen waren“, begann Christine, „bestand er darauf, dass ich ihm Beweise vorlege und Zeugen nenne, obwohl die Betroffenen, die sich mir anvertraut haben, natürlich Informantenschutz genießen. Mark und seine Mutter beweisen durch ihr Erscheinen heute viel Mut. Sie legen allerdings Wert auf die Feststellung, dass ihre Aussage in keiner Weise einer offiziellen Anzeige gleichkommt.“

Die ganze Zeit über ließ Pakula den Jungen nicht aus den Augen. Bislang hatte er noch nicht von seinem Teller aufgeschaut, sondern nur mal kurz beim Essen innegehalten, um an seiner Cola zu nippen. Plötzlich fiel Pakula auf, dass Christine ihn anstarrte und offenbar darauf wartete, dass er sich mit den eben genannten Bedingungen einverstanden erklärte.

„Soll mir recht sein.“ Er nickte Christine zu und warf einen Blick auf Maggie. Die schien jedoch in Gedanken ganz woanders zu sein. Wahrscheinlich zerbrach sie sich den Kopf darüber, was sie mit Keller anstellen würde.

Christine Hamilton wandte sich an die Zeugin. „Brenda, würden Sie bitte anfangen?“

„Damals, als mein Mann starb ...“ Die Frau stellte den Kaffeebecher ab und rang die Hände. Bisher hatte sie Pakula unentwegt angestarrt, schon seit er den Raum betreten hatte, doch jetzt schien sie seinem Blick ausweichen zu wollen. „Die Zeit direkt nach seinem Tod, die war sehr schwer für Mark. Sie haben sich sehr nahe gestanden, die zwei. Vater O'Sullivan – damals war er noch nicht Monsignore – fragte, ob er zum Abendessen kommen dürfte, um sich etwas um den Jungen zu kümmern, weil er sich angeblich Sorgen mache um ihn. Wissen Sie, ich wurde noch in dem Glauben erzogen, dass es die allergrößte Ehre ist, wenn der Pfarrer eine Familie besucht und sich zum Essen anmeldet. Na ja, wahrscheinlich werden Sie das nicht verstehen", murmelte sie kopfschüttelnd.

„Doch, ich verstehe das sehr gut," versicherte Pakula. „Ich bin katholisch."

„Ich übrigens auch", ließ Maggie sich vernehmen.

Die Frau sah sie und ihn an, als würde sie diese Feststellung überraschen. Er hätte gerne gewusst, ob die Tatsache, dass Maggie und er Katholiken waren, ihr Vertrauen stärkte oder sie nicht nur noch misstrauischer machte.

„Als Mark mir erzählte, was Vater O'Sullivan mit ihm anstellte, wenn er den Jungen nach dem Abendessen zu Bett brachte ... also, da hab ich ihm nicht geglaubt. Das muss ich zu meiner Schande gestehen. Er war zehn! In dem Alter spinnen Kinder sich alles Mögliche zusammen."

„Nur dass es eben keine Spinnerei war", meldete sich der Junge urplötzlich zu Wort.

„Ich weiß ja, Mark", betonte seine Mutter unter heftigem Kopfnicken. „Aber das hat mir damals Vater O'Sullivan eingeredet, nachdem ich mir ein Herz gefasst und ihm eröffnet hatte, ich wolle nicht mehr, dass er weiterhin zum Abendessen käme. Wenn ich den Lügengeschichten meines Sohnes glaubte, so seine Worte damals, dann könne auch ich nicht mehr zum Mahle in seinem Haus erscheinen." Wieder hob sie den Blick und sah die Anwesenden an, als flehe sie geradezu um Verständnis. „Mit seinem Haus meinte er die Kirche, und mit dem Mahl war die

Kommunion gemeint. Ich war wie am Boden zerstört. Dass ein Priester einen auf diese Weise strafen konnte, das hielt ich für ausgeschlossen. Also wandte ich mich an Erzbischof Armstrong." Die Frau schüttelte den Kopf, als könne sie das Ganze noch immer nicht begreifen.

„Erzählen Sie uns, was der Erzbischof Ihnen gesagt hat, Brenda", bat die Reporterin.

„Vater O'Sullivan musste ihn wohl vorgewarnt haben, dass ich ihn aufsuchen würde. Der Erzbischof wollte von mir wissen, wieso ich dem Ruf eines angesehenen Priesters mit meinen Märchen schaden wolle. Dann nahm er meine Hand und bat mich, mit ihm zu beten. Wir falten die Hände und beten für ihn, sagte er damals. Erst inmitten des Gebetes ging mir auf, dass er mit ‚ihn' nicht meinen Jungen meinte, sondern O'Sullivan! An jenem Tag trat ich aus der katholischen Kirche aus. Seitdem habe ich keinen Fuß mehr in ein Gotteshaus gesetzt."

Es entstand eine Pause, doch Pakula blieb still. Er wusste, dass Menschen, die einem von ihrem schlimmen Schicksal erzählen, nicht unbedingt Zuspruch erwarten. Es reicht ihnen, wenn man ihnen einfach zuhört.

„Mark war nicht der einzige Junge", fuhr die Frau schließlich fort. „Ich habe sieben weitere ausfindig gemacht, alle inzwischen im Alter von dreizehn bis fünfundzwanzig. An zwei von ihnen zahlte die Erzdiözese jeweils über einhunderttausend Dollar. Einem Vater versicherte Armstrong anstelle eines Schweigegeldes, dass er Vater O'Sullivan in Therapie schicken werde. Der war dann auch prompt zwei Monate weg."

Pakula massierte sich das Kinn. Überraschend hörte sich das alles für ihn keineswegs an. Er hatte ja von den Skandalen überall im Lande gelesen, ihnen allerdings zugegebenermaßen keine große Beachtung geschenkt. Aber er wusste noch, wie froh er gewesen war, dass die Erzdiözese Omaha nicht zu den betroffenen gehörte. Einmal hatten er und Clare sich deswegen in die Haare gekriegt, weil er bemerkt hatte, er kapiere nicht, dass die Jungen sich nicht zur Wehr setzten. Dass sie vielmehr jahrelang warteten, bis sie erwachsen und die Taten längst verjährt waren. Damals hatte sich ihm der Verdacht aufgedrängt, es gehe in vielen Fällen nur um Geld. Na gut, hatte er gedacht, wenn so ein Priester einem Jungen an die Hose fasste, dann war das natürlich eine Sauerei, aber hatte das tatsächlich so traumatische Auswirkungen, dass man da gleich Millionensummen verlangte? Clare hatte ihm an den Kopf geworfen, er wisse nicht, wovon er rede und habe nicht die geringste Vorstellung davon, was die Jungen durchgemacht hätten.

„Es tut mir Leid, dass sie beide das alles durchmachen mussten, Mrs. Donovan", sagte er. „Ich hätte es allerdings für besser gehalten, wenn Sie sich statt an den Erzbischof an die Polizei gewandt hätten."

„Ich weiß", stöhnte sie.

„Was glauben Sie wohl, wem die Scheiß-Bullen geglaubt hätten?" Der plötzliche Ausbruch ihres Sohnes ließ die Mutter regelrecht zusammenzucken.

„Ich muss Sie etwas fragen, Mark", sagte Pakula. „Halten Sie mich bitte nicht für gefühllos angesichts dessen, was Ihnen widerfahren ist – aber warum haben Sie dem Kerl nicht Einhalt geboten?"

„Ich war zehn Jahre alt." Marks Stimme war plötzlich so leise, dass Pakula ihn kaum verstand. „Da kommt plötzlich dieser

Priester, den man mir die ganze Zeit als so 'ne Art lieben Gott verkauft hat, in mein Schlafzimmer und kniet sich neben mein Bett." Er blickte in die Runde, als wolle er sich vergewissern, ob auch alle zuhörten. „Der liebe Gott und mein Dad, die sähen uns vom Himmel aus zu, sagte er immer. Dann musste ich die Augen zumachen und mit ihm das Vaterunser beten. Doch kaum hatten wir angefangen, da spürte ich auch schon seine Hand unter der Bettdecke. Die schob sich in meine Schlafanzughose, packte zu und rubbelte an mir herum – manchmal so fest, dass es wehtat. Ich weiß noch, wie ich einmal die Augen aufgemacht habe, und da sah ich ihn neben dem Bett knien, die Hose offen, und in der anderen Hand hielt er seinen Penis und rieb an dem ebenso wild herum wie an mir!"

Mark verstummte und sah Pakula in die Augen. Als er dann weitersprach, klang er wie ein kleiner Junge. „Er meinte, Gott und mein Dad, die sähen uns zu. Dabei hatte ich immer geglaubt, die würden so etwas niemals zulassen."

Und als wäre das noch nicht Erklärung genug, fügte er hinzu: „Ich war doch erst zehn!"

61. KAPITEL

Pfarrhaus der „Blessed Sacrament Church"
Boston, Massachusetts

Zum zweiten Mal schon klingelte Vater Paul Conley mit der kleinen Glocke nach der Haushälterin. Wo steckte die denn bloß? Er reckte den Hals, um durch die offene Tür zu spähen. Bewusst hatte er seinen Schreibtisch so postiert, dass er von dort aus in das Esszimmer und die dahinter liegende Küche sehen konnte, wenn er ein Stück nach rechts rückte. Aber Anna Sanchez war nirgendwo zu sehen.

Er überlegte, ob er noch einmal klingeln sollte. Sie kam wohl allmählich in die Jahre, die gute Frau. Dem Kirchenvorstand hatte er bereits zu erklären versucht, er brauche eine jüngere. Eine, die nicht nur das Putzen und Kochen bewältigte, sondern auch dafür sorgte, dass nachmittags eine Kanne Kaffee bereit stand. War das etwa zu viel verlangt?

In einer überzogenen Geste kippte er seinen Kaffeebecher nach vorn, um sich nochmals zu überzeugen. Ja, er war leer. Wieder lehnte er sich nach rechts und sah durch die Tür, dann schnappte er sich die Glocke und schüttelte sie mit Nachdruck. Ja, Himmel! War's denn etwa zu viel verlangt, wenn man eine Haushälterin forderte, die wenigstens nicht schwerhörig war?

„Mrs. Sanchez?" rief er lauthals, in dem Gefühl, das Bimmeln allein würde nicht ausreichen.

Seit er sich beim Kirchenvorstand über die alte Schachtel beschwert hatte, schien sie noch störrischer geworden zu sein und nun erst recht nur das zu hören, was ihr passte. Möglich, dass er's sich bloß einbildete, aber er konnte sich des Eindrucks nicht erwehren, als habe eine von den Tratschtanten aus dem Kirchenvorstand mal wieder den Mund nicht halten können. Höchstwahrscheinlich Mrs. MacPherson. Das Weib konnte aber auch nichts für sich behalten, selbst wenn der liebe Gott höchstpersönlich sie darum gebeten hätte.

„Mrs. Sanchez! Was ist mit Kaffee?"

Er stieß einen tiefen Seufzer aus, stemmte sich aus seinem bequemen ledernen Bürosessel und ließ ihn so geräuschvoll wie möglich nach hinten über den Fußboden rollen. Den Kaffeebecher in der Hand, stapfte er aus dem Arbeitszimmer. Im Esszimmer blieb er stehen und ließ seinen Blick durch den Raum schweifen. Wo war sie denn nur? Er marschierte weiter in die Küche, im Geiste darauf gefasst, dass sie an der Spüle stand oder gerade von unten aus der Waschküche kam.

Stattdessen zuckte er jäh zusammen und seine freie Hand fuhr erschrocken zur Brust. „Ja, da soll doch ..."

An dem kleinen Küchentisch saß ein junger Mann, den er noch nie zuvor gesehen hatte, und nippte vorsichtig an einem Kaffeebecher.

„Tag, Vater Paul!" grüßte der Unbekannte. „Ist jede Menge da." Er wies auf die Kaffeemaschine auf der Arbeitsplatte. „Offenbar hat Mrs. Sanchez gerade welchen aufgebrüht. Schmeckt jedenfalls so."

„Wer sind Sie denn? Hat meine Haushälterin sie hereingelassen?" Nochmals sah er sich nach Mrs. Sanchez um.

„Jetzt bin ich aber wirklich enttäuscht, dass Sie mich nicht erkennen, Vater Paul! Obwohl es natürlich eine Weile her ist. Vierzehn Jahre, schätze ich."

„Moment – sind Sie der Gärtner?“ Jetzt fiel ihm nämlich das Beil aus dem Geräteschuppen auf, das an der Hintertür neben einem schwarzen Köfferchen lehnte. „Hat wohl vergessen, Sie zu entlohnen, wie?“ Er schob die Brille hoch, in der Hoffnung, den Mann so vielleicht besser sehen und erkennen zu können. Es konnte nur der Gärtner sein. Mrs. Sanchez würde doch keinen Unbekannten ins Haus lassen!

„Von wegen Gärtner! Obwohl ich so frei war, mich hinten im Schuppen zu bedienen. Echt ruhige Ecke da hinten.“ Wieder schlürfte er einen Schluck Kaffee.

„Falls Sie auf Ihr Geld warten – sie kommt bestimmt gleich wieder.“ Der Priester trat an die Kellertür und rief zur Waschküche hinunter. „Mrs. Sanchez! Sind Sie da unten?“

„Dabei bin ich doch hier aus der Gegend“, sagte der junge Mann. „Ich war sogar Messdiener hier. Das kränkt mich richtig, dass Sie sich nicht an mich erinnern, Vater Paul!“

„So?“ Vater Conley wandte sich von der Tür ab und ging auf den Tisch zu, um den Besucher aus der Nähe zu mustern, wusste ihn aber immer noch nicht einzuordnen. „Ich bin hier jetzt seit zwanzig Jahren Seelsorger“, betonte er. „Sie werden doch wohl nicht erwarten, dass ich mich an jeden Jungen entsinne, der mir mal ministriert hat?“

Jetzt schob der Fremde seinen Kaffeebecher beiseite und brachte einen Plastiksack zu Vorschein, den er auf dem Küchentisch ausrollte. Für Vater Conley sah das Ding aus wie einer jener durchsichtigen Überzüge, wie sie die chemische Reinigung benutzte, wenn sie die frisch gewaschenen Messgewänder zurückbrachte. Natürlich, wahrscheinlich war der Bursche deswegen da! Aber wenn er die Messgewänder abholen wollte, wieso kam der ins Pfarrhaus und nicht zur Kirche? Das leuchtete Vater Conley nicht ein.

„Ist vermutlich echt schwer, sich an alle zu erinnern“, räumte der junge Mann ein, wobei er sich vom Tisch abdrückte und aufstand, die Plastikbahn mit beiden Händen vor sich gespannt. „Obwohl ich gehofft hatte, dass Sie sich wenigstens an die erinnern, die Sie gefickt haben!“

Urplötzlich fand Vater Conley sich in einem Schleier gefangen, der sich über sein Gesicht straffte und ihm schlagartig den Atem nahm. In dem Versuch, sich zu wehren, krallte er seine Finger um jene Hände, die ihm nunmehr den Plastikstreifen um den Kopf schlangen, doch es gelang ihm nicht, die Folie von seinem Gesicht zu zerren. Verzweifelt nach Luft schnappend, schlug und trat er wie wild um sich, prallte gegen das Regal, und riss sämtliche Töpfe und Pfannen heraus, die laut scheppernd zu Boden krachten. Nur war ihm, als höre er sie gar nicht. Und dann erstickte sein Widerstand. Die Finger in die Folie verkrallt, rang er nach Luft wie ein Fisch auf dem Trockenen. Und dann sackte er in die Knie.

Sein verlöschender Blick fiel auf den wuchtigen Fleischerblock in der Ecke. Und das Letzte, was er sah, das waren die toten Augen seiner Haushälterin, die ihn von dort anstarrten.

62. KAPITEL

Omaha, Nebraska

Als sie endlich wieder in ihrem Hotel ankam, war Maggie fix und fertig. Während der Fahrt vom Saint Francis Center zum „Embassy“ hatten sie und Pakula kaum ein Wort gewechselt. Pakula hatte ihr lediglich gesagt, er werde die Sache mit Michael Keller Chief Ramsey vortragen, und der werde sich dann mit Assistant Director Cunningham über das weitere Vorgehen verständigen. Maggie war erleichtert gewesen, doch dann war ihr wieder eingefallen, dass sie um eine persönliche Begegnung mit Keller nicht herumkam. Er hatte ja ausdrücklich darauf bestanden, seine Informationen ausschließlich an sie weiterzugeben.

Sie hatte ihn so lange gejagt und alles daran gesetzt, diesen Mistkerl in die Finger zu kriegen – vergebens. Doch jetzt fröstelte ihr bei dem Gedanken, ihm nun endlich doch noch gegenüberzustehen.

Vorhin, als Mark Donovan erzählt hatte, was ihm widerfahren war, da war ihr auf einmal der Gedanke gekommen, dass sie sich im Grunde gar nicht so sehr von dem Priestermörder unterschied. Weit mehr noch als die Erinnerung an die ermordeten kleinen Jungen hatte sie all die Jahre die Erkenntnis gequält, dass sich der Mann, der dies alles getan hatte, der irdischen Gerechtigkeit hatte entziehen können. Sie hatte sich zuweilen dabei ertappt, dass sie sich wünschte, Keller solle ein- für allemal von dieser Welt verschwinden, damit er nie wieder einem unschuldigen Jungen etwas antun konnte. Der Mann, den sie jetzt jagte, hatte es nicht bei bloßen Gedanken belassen. Er vollstreckte das

Urteil an jenen Geistlichen, denen es gelungen war, sich einer Bestrafung zu entziehen. Und er gebot ihnen Einhalt, bevor sie sich wieder an einem Jungen vergehen konnten. Wenn man es so betrachtete, dann lag der einzige Unterschied zwischen ihr und ihm darin, dass sie einen Dienstausweis besaß.

In der Lobby hatte sie kurz innegehalten und einen Abstecher in die Hotelbar erwogen. Es war noch gar nicht so lang her, da hätte sie noch so kaputt sein können – einem Scotch hätte sie trotzdem nicht widerstehen können. Nichts hatte ihr früher so gut geholfen wie zwei oder drei Gläser Whisky, wenn's darum ging, den Stress zu bewältigen, den ihr Beruf mit sich brachte.

Sie nahm den Fahrstuhl nach oben, und kaum hatte sie ihr Hotelzimmer betreten, als sie auch schon ihr Mobiltelefon aufklappte und Gwens Nummer eingab. Zu ihrer Überraschung ging ihre Freundin sogar ran.

„Gwen! Ist alles in Ordnung mit dir?"

„Diese Frage bekomme ich heute andauernd zu hören."

„Entschuldige, aber ich habe dich den ganzen Tag über nicht erreicht. Und du hast es ja nicht für nötig gehalten, zurückzurufen. Ich bin fast gestorben vor Sorge um dich."

Schweigen. Maggie hätte sich ohrfeigen mögen. *Da erwischst du deine Freundin endlich, und was machst du? Du machst ihr Vorwürfe.* Genau das, was Gwen hatte vermeiden wollen, indem sie nicht zurückrief.

„Tut mir Leid, Gwen. Nur – ich hab mir echt Sorgen gemacht!"

„Ich glaube, Detective Racine denkt ernsthaft darüber nach, ob sie mich verhaften soll."

„Verhaften? Dich? Ja, weswegen denn, um Himmels willen?"

„Hast du heute denn noch nicht mit ihr gesprochen?“

„Heute Morgen, ist schon eine Weile her,“ antwortete Maggie und setzte sich auf die Kante ihres Bettes. „Was ist denn eigentlich los?“

„Ist kompliziert.“ Gwen klag, als sei sie hundemüde.

„Sag’s mir trotzdem!“

Ohne sie zu unterbrechen hörte Maggie zu, wie Gwen ihr von Rubin Nash erzählte, von ihrem Verdacht und den Fingerabdrücken, die nicht identisch waren. Sie erzählte von den Anweisungen, dem Handy und den Ohrringen, und dass sie gehofft hatte, den Killer überführen und Maggie auf seine Spur bringen zu können, ohne dabei ihre Familie oder ihre Freunde in Gefahr zu bringen.

Maggie ließ sie reden. Am liebsten wäre sie jetzt bei ihrer Freundin gewesen, um ihr etwas mehr bieten zu können als nur ein gelegentliches „okay“ oder „erzähl weiter“. Als Gwen schließlich verstummte, glaubte Maggie zunächst, sie sei fertig, doch dann sagte ihre Freundin so leise, dass Maggie das Eingeständnis mehr erahnte als dass sie er hörte: „Ich hätte es dir sagen sollen. Ich hätte dich von Anfang an einweihen müssen.“

„Du hast nach bestem Wissen und Gewissen gehandelt“, betonte Maggie.

Gwen dankte ihr für den Anruf und versprach, sich am nächsten Morgen wieder zu melden. Maggie klappte das Handy zu und deponierte es auf ihrem Nachttisch. Sie schleuderte die Schuhe von den Füßen, zog das Jackett aus und hängte es über die Lehne des Schreibtischstuhls. Dann schnallte sie ihr Schulterhalfter ab und legte es neben das Telefon. Die Dienstwaffe war der einzige Grund, weshalb sie in der Julihitze eine Jacke trug.

Sie öffnete ihre Minibar und langte nach einer Flasche Wasser, da sah sie das Minifläschchen Chivas Regal. Sie angelte es sich aus dem Kühlfach und stellte es zusammen mit der Wasserflasche auf den kleinen Ecktisch. Dann schnappte sie sich den Eisbehälter, vergewisserte sich, dass sie die Schließkarte zu ihrem Zimmer dabei hatte, und machte sich im wahrsten Sinne des Wortes auf die Strümpfe, um auf dem Flur nach der Eismaschine zu suchen.

Sie fand sie am anderen Ende des Gangs, und als sie sich gerade daran machte, ihr Eimerchen zu füllen, hörte sie, wie jemand um die Ecke kam und urplötzlich innehielt. Und als sie sich umdrehte, da stand da Nick Morrelli, eine Zeitung unter den Arm geklemmt und die Plastikschließkarte für sein Zimmer in der Hand.

„Es gibt Hotels wie Sand am Meer in dieser Stadt – und sie mussten dich ausgerechnet in diesem unterbringen!“

63. KAPITEL

Hotel „Embassy", Omaha

Nick wusste, er musste sich eigentlich entschuldigen. Schon bei ihrer Begegnung heute Morgen hatte er das Gefühl gehabt, dass er sich danebenbenahm, dass er sich zu schroff verhielt. Nun ja, da ging es nicht anders, da hatte er Tonys wegen so abweisend tun müssen, aber jetzt ... Jetzt kam ihm das schlicht und ergreifend lächerlich vor.

„Ich bin's doch nicht, die deinen Freund verdächtigt", entrüstete sie sich. Auf Nick wirkte sie erschöpft, ihr Blick schweifte nervös und ziellos umher. Suchte sie etwa nach einem Weg, ihm zu entkommen? „Wenn ich ihm einen gut gemeinten Rat geben darf: Bestell ihm, er soll mit seinem Katz-und-Maus-Spiel aufhören und auf eindeutige Fragen eindeutige Antworten geben. Er reitet sich sonst bloß selber rein und bestärkt die nur in dem Verdacht, er hätte etwas zu verbergen."

Nick lehnte sich mit dem Rücken an die Wand und verschränkte die Arme über der Brust. „Hab ich bereits", erwiderte er, wobei er keinen Hehl aus seinem Frust machte. „Genau das hab ich ihm gesagt. Aber selbst auf mich hört er nicht."

Zum ersten Mal trafen sich ihre Blicke, und für einen kurzen Moment fühlte er sich an damals erinnert, an jene Zeit vor vier Jahren, als sie gemeinsam die Morde in Platte City aufklärten. Wie kam es bloß, dass sie ihm offenbar immer dann am nächsten war, wenn er ins Schleudern geriet und nicht mehr weiter wusste?

„Meinst du, er hat was zu verbergen?"

„Keine Ahnung, aber Tony Gallagher und ich, wir kennen uns jetzt seit unserem fünften Lebensjahr. Er kann ein Dickkopf sein und sich aus so ziemlich allem herauslavieren. Aber jemanden umbringen, das könnte er nie, das weiß ich."

„Auch dann nicht, wenn er's für gerechtfertigt hielte?"

„Was meinst du damit?"

Maggie stellte den Eisbehälter neben sich auf den Teppichboden und lehnte sich ebenfalls mit verschränkten Armen an die Wand. Gut sah sie aus, besser denn je. Wenngleich sie etwas mitgenommen wirkte, spürte Nick doch, dass sie so etwas ausstrahlte wie ... Ausgeglichenheit. Ob sie die Dämonen ihrer Vergangenheit wohl endlich überwunden hatte?

„Ich bin davon überzeugt, dass unser Mörder glaubt, er handele im Namen der Gerechtigkeit. Möglicherweise hält er sich sogar für ein Werkzeug des Herrn."

Nick erschauderte, als er daran dachte, was Tony ihm zuvor hinsichtlich seiner Auseinandersetzung mit Monsignore O'Sullivan gesagt hatte. Er habe, so hatte Tony ihm anvertraut, seinen Amtsbruder dahingehend informiert – nein, nicht informiert, sondern ihn gewarnt –, dass er dieses Mal nicht stillschweigend zusehen werde. Was aber hieß das?

Eine Frau mit einem kleinen Plastikeimer kam den Gang herunter, Maggie musste den Weg zur Eismaschine freimachen. Die Frau lächelte beiden zu und füllte ihr Eimerchen. Dann zwängte sie sich wieder lächelnd zwischen Nick und Maggie hindurch und machte sich auf den Rückweg. Nick fragte sich, ob sie wohl glaubte, sie habe womöglich ein Paar beim Anbandeln gestört. Ohne sich sonderlich zu beeilen, spazierte sie den Gang entlang, und als sie um die Ecke bog, bemerkte er, dass Maggie ebenfalls mit gespitzten Ohren lauschte, bis sie eine Zimmertür ins Schloss fallen hörte.

„Nicht gerade ein idealer Platz für solche Gespräche", bemerkte er mit einem Grinsen. Am liebsten hätte er sie in sein Zimmer eingeladen. Jill war mit ihrer Mutter und der Brautjungfer ausgegangen, würde erst spät zurückkommen und ohnehin bei ihrer Mom übernachten. *Wie kommst du eigentlich auf so einen Schwachsinn? Hast du sie noch alle?* Lächerlich! Er kam sich absolut dämlich vor.

„Ich hab noch ein paar Anrufe zu machen", sagte sie schließlich und nahm ihren Eisbehälter auf, ohne jedoch Anstalten zu machen, zu gehen.

„Tja, ich ebenfalls", gab er vor.

„Also dann – gute Nacht!" Sie wandte sich zum Gehen.

„Nacht!"

Er zwang sich dazu, ihr nicht mit Blicken zu folgen, und hinterherlaufen wollte er ihr erst recht nicht, als sie in die Richtung ging, in die auch er musste.

Der liebe Gott hat 'nen schrägen Humor, dachte er bei sich, als er sah, wie sie die Tür zu dem Zimmer entriegelte, das seinem direkt gegenüber lag. Ganze zehn Schritte von ihm entfernt.

64. KAPITEL

Omaha, Nebraska

Gibson flunkerte seiner Mom vor, ihm sei schlecht. Nee, nichts Schlimmes, Magen verdorben oder ’ne leichte Grippe vielleicht. Nein, sie brauche nicht den Doc zu rufen, aber etwas essen könne er jetzt auf keinen Fall.

Kotzübel war ihm weiß Gott, allerdings waren daran keine Viren schuld. Es lag vielmehr an diesem Darth-Vader-Verschnitt, der ihn regelrecht an die Wand genagelt hatte. Jetzt wollte Gibson nur eins: sich ungestört in seiner Bude verkriechen. Ob er vielleicht ein paar Tage krankfeiern sollte? Er war sich ganz und gar nicht sicher, ob er morgen Bock auf den Schnupperkurs haben würde. Seine Mom würde das gar nicht merken. Die ging schon zur Arbeit, bevor er los musste, und kam erst nach ihm heim. Das Ganze wäre also gar kein Thema, vorausgesetzt, es gelang ihm, seinem kleinen Bruder das vorlaute Maul zu stopfen. Da musste er sich irgendwas einfallen lassen, womit er ihn bestechen konnte. Normalerweise konnte man sich Tylers Schweigen erkaufen. Er musste bloß herausfinden, was für einen Blödsinn die Nervensäge gerade mal wieder vorhatte.

Er hockte sich vor seinen Computer und überlegte, ob er einfach so im Internet rumsurfen sollte. Das Spiel hatte er jetzt schon nicht mehr mitgemacht, seit … seit der Sache mit O’Sullivan am Flughafen. Wie viele Tage war das her? Gibson startete seinen Rechner, und während er darauf wartete, dass das Betriebssystem hochfuhr, schnappte er sich seinen Rucksack vom Teppich und wühlte sich durch den Inhalt. Irgendwo musste doch noch ein Müsli- oder ein Schokoriegel stecken! Bingo! Seine Finger spürten das Verpackungspapier, und während er das Ding herausfingerte, sah er das Blitzen unten in der Monitorecke, das signalisierte, dass er neue Mails bekommen hatte.

Timmy und er hatten ihre E-Mail-Adressen ausgetauscht. Der Kleine fragte sich wahrscheinlich, wieso Gibson am Nachmittag nicht auf ihn gewartet hatte. Gibson öffnete seine Mailbox, und tatsächlich – zwei Nachrichten von Timmy, eine mit der Betreffzeile „Was ist los mit dir?".

Und eine vom „SinEater". Gibson spürte, wie sich ihm schlagartig der Magen zusammenzog. In der Betreffzeile stand „Vorsicht!!!". Hastig klickte er die Mail an.

SOLANGE DU DIE LEDERMAPPE HAST, BIST DU IN SICHERHEIT. KEINE ANGST! ICH LASSE NICHT ZU, DASS DIR EINER WAS TUT!

Er hörte, wie es unten an der Haustür klingelte, scherte sich aber nicht darum. Seine Mom war ja noch nicht zum Abendkurs gegangen.

Die Ledermappe! Mann, woher wusste der „SinEater" bloß davon? Gibson sprang von seinem Computer auf und kramte das Ding aus seinem Kleiderschrank hervor. Als er die Tasche gestern gefunden und festgestellt hatte, dass sie dem Monsignore gehörte, hatte er den Inhalt nicht weiter inspiziert. Er hätte sich doch gleich denken können, dass die etwas Wichtiges enthielt, irgendwas, das mit der Sache am Flughafen zusammenhing. Daher wusste der Sündenfresser also, dass er am Flughafen war! Na klar, der war selbst dort gewesen! Hatte er dann auch mitgekriegt, wer ihm die Mappe in den Rucksack gestopft hatte? Oder war er's sogar selbst gewesen? Wenn das O'Sullivans Mappe war und der „SinEater" ihm die abgenommen hatte – hatte der dann wohl auch den Mord gesehen?

Plötzlich meinte Gibson, das Herz bliebe ihm stehen. Er ließ sich auf die Bettkante sinken. *Das Spiel!* Er hatte der Figur doch selbst den Namen von Monsignore O'Sullivan gegeben, der Figur, die vernichtet werden sollte! Den Regeln nach erfuhr den Namen nur der „SinEater". War das alles tatsächlich nur reiner Zufall?

Jetzt hörte er, wie seine Mutter ihn von unten aus rief. Sollte er sich einfach taub stellen? Nee, besser nicht, sonst würde sie vielleicht noch hoch kommen.

Gibson raffte sich von der Bettkante auf und öffne seine Zimmertür einen Spalt. „Was ist denn?"

„Komm mal eben runter, Schatz! Hier ist jemand, der möchte dich sprechen."

Timmy vielleicht?

„Augenblick! Ich muss erst noch was abspeichern." Deutlich hörbar schloss er die Tür, um sie sogleich ganz leise wieder zu öffnen, sodass er auf Zehenspitzen in den Flur tappen und nach unten spähen konnte. Verdammt, warum redete seine Mutter so leise! „Da müssen Sie sich irren, Bruder Sebastian", der Rest versickerte im Treppenhaus, aber Gibson war, als hätte er das Wort „Drogen" gehört.

Jetzt erkannte er auch, wer dieser „Bruder Sebastian" war, mit dem sie da unten sprach. Er stand zwar mit dem Rücken zur Treppe, doch Gibson war sich trotzdem sicher, dass es dieser Darth Vader war!

Er schlich zurück, schloss leise die Tür hinter sich ab und ließ den Blick wie gehetzt durchs Zimmer zucken. Nichts wie weg hier! Er fuhr den Laptop herunter, zog die Stecker ab, wickelte das Netzkabel um das Gerät und packte alles in seinen Rucksack. Dann riss er die Schachtel ab, die er mit Klebeband hinter dem Kopfteil seines Bettes befestigt hatte, zog die darin versteckten, zusammengefalteten Geldscheine heraus und ließ sie in die Seitentasche wandern. Zum Schluss stopfte er auch noch die Ledertasche hinein.

Als er das Schiebefenster öffnete, spürte er sofort den Schwall stickiger Abendluft, der ihm warm ins Gesicht wehte. Vorsichtig sah er sich nach links und rechts um, ob sich auch niemand auf dem Bürgersteig herumtrieb. Die Sonne ging gerade hinter den Bäumen unter, aber an einem schwülen Abend wie diesem schien zum Glück niemand Lust auf einen Spaziergang zu haben.

Schon seit einem Jahr hatte er diesen Weg nicht mehr benutzt, bei dem man bis aufs Flachdach der Veranda herunterrutschen musste, um sich von dort auf den Rasen fallen zu lassen. Den Schleichweg hatte er gar nicht nötig gehabt, denn seine Mom war ja kaum zu Hause. Hoffentlich sah ihn keiner, wenn er sich vom Verandadach runterließ und dann durch die nach hinten heraus gehende Gasse verschwand. Aber Mist, das Fahrrad, das musste er dalassen. Das stand auf der Veranda vor dem Haus.

Er schlang sich den Rucksack über und zurrte die Gurte ordentlich fest, sodass er straff auf dem Rücken saß. Dass ihm womöglich der Laptop kaputtging, durfte er nicht riskieren. Wohin er aber nun abhauen und was dann kommen sollte, war

Gibson ein völliges Rätsel. In seinem Kopf herrschte völliges Chaos, er konnte keinen klaren Gedanken fassen.

Ein letztes Mal ließ er den Blick durch sein Zimmer schweifen, den einzigen Ort, an dem er sich geborgen gefühlt hatte. Dann stieg er durch das Fenster nach draußen.

65. KAPITEL

Omaha, Nebraska

Als Tommy Pakula zur Hintertür hereinkam, traf er auf seine Frau, die gerade an der Küchenspüle stand. Ehe er die beiden Pizzaschachteln irgendwo abstellte, blieb er hinter ihr stehen und küsste sie auf den Nacken.

„Du schmeckst gut“, nuschelte er. „Vielleicht brauchen wir gar keine Pizza.“

„Die Mädchen haben Hunger.“ Sie drehte sich um und sah ihn an, doch in ihrem Lächeln lag ein trauriger Zug. Irgendetwas war.

„Was ist?“

Sie legte ihm den Zeigefinger über die Lippen. „Angie ist ziemlich fertig“, flüsterte sie fast und schielte dabei über den Tresen, der die Küche vom Esszimmer abtrennte.

„Was ist passiert?“

„Sie hat heute einen Brief vom Creighton College gekriegt. Wird sie dir sicher zeigen. Aber erst wird gegessen, hm? Dann soll sie dir alles selbst erzählen. Dräng sie nicht!“

„Was denn für einen Brief?“ Doch im selben Moment beschlich ihn eine Ahnung, und er spürte den Klumpen im Magen.

„Sie haben ihr Stipendium widerrufen. Wegen fehlender Mittel. Sei ihnen jetzt erst aufgefallen.“

„Fehlende Mittel? So ein Blödsinn!“

„Tommy!“ Sie legte den Finger auf ihre Lippen. Pakula gehorchte dem Wink und senkte die Stimme, wenngleich er seine Wut nur schwer beherrschen konnte.

„Du weißt doch, was Sache ist!“

„Das lässt sich noch gar nicht endgültig sagen.“

Das Dudeln seines Mobiltelefons unterbrach das Gespräch. Am liebsten hätte er sich das Ding vom Gürtel gerissen und quer durch die Küche gepfeffert, aber er wartete auf einen Anruf von Chief Ramsey.

„Ich muss das erst entgegennehmen“, knurrte er, worauf sie nickte und die Pizzaschachteln ins Esszimmer trug, wo bereits der Tisch gedeckt war. „Pakula?“ grunzte er ins Handy.

Ramsey kam ohne jedes Vorgeplänkel zur Sache. „In einer Stunde habe ich ein Gespräch mit Cunningham. Irgend ’ne Idee, was dieser Vater Keller uns andrehen will?“

„Er sagte, er hätte die Liste mit den Namen der Priester, die umgelegt werden sollen. Anscheinend hat er noch was in petto, das uns auf die Spur des Killers bringen könnte. Das will er O’Dell aber erst verraten, wenn der Deal in trockenen Tüchern und er selbst wieder hier in den Staaten ist.“

„Und sie glaubt, er meint es ehrlich?“

„Sie glaubt, er hat keine andere Wahl. Er steht nämlich ebenfalls auf der Liste.“

Während Ramsey das verdaute, sah Pakula seiner Frau zu, wie sie die Gläser mit Eistee füllte. Sie hatte etwas an sich, das eine beruhigende Wirkung auf ihn ausübte.

„Da ist die Kacke ja ganz schön am Brodeln“, meldete sich der Chief schließlich zurück. „Heute hat meine Frau erfahren, dass ihre Beihilfe für die Krankenhausbehandlung gestrichen wurde. Sie hält das zwar für Zufall, aber ich glaub das beim besten Willen nicht.“

Pakula war, als hätte man ihm ein Brett vor den Kopf geschlagen. Er wandte Clare den Rücken zu und ging in die Küche, um so weit wie möglich außer Hörweite zu sein. „Meiner Tochter haben sie gerade das Stipendium abgesagt."

„Himmel!" Erst nach einer Weile brach der Chief das Schweigen. „Tja, wir waren ja beide drauf eingestellt."

„Allerdings." Pakula sparte sich den Hinweis, er hätte es im Leben nicht für möglich gehalten, dass dieses Arschloch von Erzbischof so etwas durchziehen würde. Zumindest nicht so schnell. „Aber wenn seine Eminenz erfährt, was ich heute Nachmittag erfahren habe, dann muss er sich warm anziehen."

„Wieso, was denn?"

„Wie es scheint, hatte der Monsignore tatsächlich 'ne Schwäche für kleine Jungs. Und der Bischof wusste davon."

„Sollte mich wirklich nicht wundern", knurrte der Chief.

„Hör mal, was diesen Keller angeht und den Deal, den er mit der O'Dell auskungelt – da wird dein Kumpel Cunningham doch hoffentlich nicht querschießen, oder?"

„Nicht, wenn ich ihm erzähle, dass wir fünf tote Priester haben!"

„Fünf?"

„Irgend so 'n Deputy Sheriff unten im Santa Rosa County in Florida hat gerade einen gefunden", erklärte der Chief. „Lag da im Sumpfland rum. Vermutlich schon über 'ne Woche. Morgen früh habe ich eine Kopie vom Obduktionsbericht."

„Und dann noch einer?"

„North Boston." Ramsey verstummte kurz, und Pakula konnte hören, wie er in seinen Papieren kramte. „Wir warten noch auf Informationen, die Einzelheiten sind bislang dürftig. Aber wenn ich das richtig sehe, ist es heute früh passiert.

Irgendwie werde ich das Gefühl nicht los, dass dieser Mistsack jetzt komplett abdreht!“

„Tut er das nicht schon die ganze Zeit?“

„Sein letztes Opfer ist ein gewisser Vater Paul Conley, Gemeindepfarrer der ‚Blessed Sacrament Church‘. Sein Kopf schmückte den Altar seiner Kirche.“

66. KAPITEL

Omaha, Nebraska

In Goldbergs Grillbar an der Fünfzigsten Straße Ecke Dodge Street hatte Gibson eine dunkle Nische in der hintersten Ecke gefunden. Großen Appetit verspürte er zwar nicht, aber damit ihn die Kellnerin nicht von dem Tisch verscheuchte, bestellte er einen Cheeseburger mit Pommes. Die rochen dann allerdings so gut, dass er doch einen probierte, und ehe er sich versah, hatte er den ganzen Teller leergeputzt – wahrscheinlich mehr aus Nervosität denn aus Hunger.

Als er danach seine Mom vom Münztelefon des Lokals aus anrief, kriegte die fast die Krise – nicht sosehr, weil er abgehauen war, sondern weil Bruder Sebastian ihr aufgetischt hatte, ihr Sohn sei auf Drogen. Gibson schwor, das sei nicht wahr, und fragte seine Mutter, ob sie irgend einem Fremden denn mehr glaubte als ihm. Er versicherte ihr, dass er das Zeug weder nahm noch damit dealte.

Von der Ledermappe konnte er ihr natürlich nichts verraten, auch wenn ihm klar war, dass dieser Bruder Sebastian genau die von ihm hatte haben wollen. Er sagte ihr stattdessen, der Pater habe ihn schon die ganze Zeit irgendwie auf dem Kieker, und er habe keine Ahnung, wieso. Aber da lachte sie nur, auf eine nervöse, fast hysterische Weise. „Du leidest wohl unter Verfolgungswahn, Gibson. Nimmst du etwa doch Drogen?"

„Mom, ich nehme nichts! Nun glaub mir doch!"

Am Ende beschwindelte er sie dann doch und erzählte ihr, er bliebe für einige Nächte bei einem Kumpel. In Wirklichkeit hatte er Timmy noch gar nicht gefragt. Sie war zwar nicht begeistert darüber, dass er nicht nach Hause kam, machte aber auch keinen Ärger. Sie wollte nur den Namen und die Telefonnummer des Freundes, und als er eingestand, die kenne er gar nicht, da verlangte sie, er müsse sie anrufen, sobald er dort sei. Wenn sie schon wegen dieser angeblichen Drogengeschichte ausflippte, wie würde sie dann erst reagieren, wenn sie erfuhr, dass er einen Priester auf dem Gewissen hatte?

Er nahm das abgegrabbelte Telefonbuch mit an seinen Tisch. *Wenn du jetzt Timmys Telefonnummer nicht findest oder dessen Mom dich nicht bei ihm übernachten lässt – was dann?* Es gab sonst niemanden, den er hätte anrufen können. Außer vielleicht Schwester Kate. Die hatte ihn schon einmal „gerettet“, obwohl er sich nicht gerne an jenen Tag erinnerte. Er wusste nicht mehr, ob es das vierte oder fünfte Mal gewesen war, dass O'Sullivan ihn in sein Büro bestellt hatte. Jedenfalls hatte Gibson hinterher alles nur irgendwie verschwommen wahrgenommen. Er war hinaus auf den Gang gestolpert und Schwester Kate direkt in die Arme – es war ihm total peinlich gewesen, weil seine Hose noch offen stand. Mann, ey! Nach wie vor kriegte er bei dem Gedanken einen roten Kopf.

Sie aber war voll cool geblieben. Nachdem sie ihn gefragt hatte, ob alles mit ihm in Ordnung sei, hatte sie ihn auf sein Kopfnicken hin nach oben in seine Klasse geschickt. Er solle dort warten. Sie hatte ihm sogar erlaubt, sich 'ne Pepsi aus ihrem kleinen Kühlschrank zu nehmen. Er war die Treppe noch nicht zur Hälfte hinauf gewesen, da hatte er schon den Knall gehört, mit dem sie die Tür zum Direktorenzimmer hinter sich zuschlug. Er lehnte sich über das Geländer, und es war ihm, als hätte er hinter der schweren Holztür lauten Streit gehört. Das hatte ihm für einen Moment gut getan.

Erst Wochen später war ihm bewusst geworden, dass Monsignore O'Sullivan ihn von diesem Tag an nicht mehr zu sich rief. Zuerst hatte sich Gibson erleichtert gefühlt, als er kapierte, dass Schwester Kate wohl auf den Putz gehauen hatte. Aber dann hatte er sich geschämt, dass sie womöglich Bescheid wusste. Sie hatte es sich allerdings nie anmerken lassen und ihn nicht anders behandelt als zuvor. Gibson dachte nicht gern an die Sache zurück, aber dieser Bruder Sebastian, der hatte ihm eine Heidenangst eingejagt. Bei dem schlotterten ihm die Knie wie früher bei Monsignore O'Sullivan.

Im Telefonbuch war keine Kate Rosetti aufgelistet. Also schlug Gibson unter dem Buchstaben H nach und ging die Hamiltons nach einem durch, der drei oder vier Straßen weiter wohnte. Und richtig, da war eine Christine Hamilton in der Cass Street, gar nicht so weit von hier entfernt. Das musste Timmys Mom sein. Er merkte sich die Nummer. Ob es wohl zu spät war für einen Anruf? Würde Timmys Mutter stinkig werden und den Kleinen vielleicht gar nicht mehr an den Apparat lassen?

Unter dem Tisch klaubte Gibson sein Geldbündel aus der Tasche, zog genügend Scheine heraus, dass es für die Rechnung reichte, Trinkgeld inklusive, und schob sie mit dem Bon halb unter die Ketchupflasche, so wie er es von seinem Dad in Erinnerung hatte. Dann warf er sich den Rucksack über, hockte sich wieder in die dunkle Telefonnische und wählte Timmys Nummer. Er hoffte und betete zugleich, dass sein Freund rangehen werde.

Von wegen! Eine Frauenstimme meldete sich.

„Hallo?“

„Äh … ist Timmy da?“

Sie antwortete nicht gleich, und Gibson merkte, wie ihm der Cheeseburger unangenehm aufstieß.

„Es ist schon reichlich spät. Darf ich ihm sagen, wer da spricht?“

„Klar, Gibson … Gibson McCutty. Sein Kumpel aus dem Schnupperkurs.“

„Augenblick, Gibson.“ Er hörte, wie die Frau seinen Namen in den Raum rief.

Es dauerte nicht lange, bis der Kleine am Telefon war. „Hey, Gibson! Wo hast du denn gesteckt heute Nachmittag?“

„Tut mir Leid, aber da war plötzlich dieser Typ mit der Hakennase, der aussieht wie Darth Vader. Erzähl ich dir später. Im Augenblick hab ich ein Problem. Meinst du, du könntest deine Mom fragen, ob ich bei euch übernachten darf?“

„Warte mal eben.“ Er konnte hören, wie Timmy brüllte: „Mom! Darf Gibson hier schlafen?“

Die Antwort bekam Gibson nicht mit, und es schien ihm eine Ewigkeit zu dauern, bis Timmy sie ihm endlich weitergab.

„Geht in Ordnung, meint sie, aber wenn du herkommst, muss sie deine Mom anrufen und ihr sagen, dass du hier bist. Wo steckst du denn gerade?“

„Ich bin hier in Goldbergs Grillbar, nicht weit weg.

„Warte mal.“ Gibson hörte, wie sein Freund mit seiner Mutter sprach, konnte aber kein Wort verstehen. Menschenskinder! Die überlegte sich das doch wohl nicht auf die letzte Minute noch anders? Verdammt, wohin dann?

„Ey, Gibson? Meine Mom lässt fragen, ob du genügend Geld dabei hast. Dann könntest du nämlich ein paar Portionen frittierte Käsebällchen und Zwiebelringe mitbringen. Die Kohle gibt sie dir wieder, wenn du hier bist."

Gibson konnte sich den Seufzer der Erleichterung kaum verkneifen. „Geht klar!"

67. KAPITEL

Washington, D.C.

Es war fast Mitternacht, als er endlich wieder zu Hause war. Gott sei Dank war sein Flieger pünktlich gewesen und auch die Taxifahrt vom Flughafen zurück reibungslos verlaufen. Nur das bohrende Hämmern in seinen Schläfen, das hatte kein bisschen nachgelassen. Jeder Muskel seines Körpers schien vor Schmerzen aufzuschreien, und er konnte seine Erschöpfung bis in die äußersten Nervenspitzen spüren.

Er schaltete den Fernseher ein und zappte sich, während er seinen Rechner hochfuhr, durch sämtliche Kanäle. Als er keine Nachrichten aus Boston fand, streifte er sich sein schweißdurchtränktes Polohemd über den Kopf und schleuderte es von sich. Es ärgerte ihn noch immer, dass er das Baseballshirt der Boston Red Sox und seine alten Joggingschuhe hatte wegwerfen müssen. Nur gut, dass er Klamotten zum Wechseln mitgenommen hatte! Dafür hätte er fast nicht genügend Plastiksäcke für die ganze Schweinerei dabei gehabt. Diesmal war er ganz schön abgeflippt und so in Raserei geraten, dass er erst nicht bemerkt hatte, wie das Blut durch die Gegend spritzte und alles besudelte, ihn selbst ebenfalls, als er die Leiche von Vater Paul in Stücke hackte. In handliche Portionen, die gerade so in die drei Abfallsäcke passten. Er war wie im Rausch gewesen und hatte gleichzeitig das Gefühl gehabt, als schwebe er in einer Ecke unter der Decke und schaue sich selbst zu, ohne allerdings in das Geschehen eingreifen zu können.

Nachdem er sich wieder beruhigt hatte, hatte er die draußen neben dem Schuppen montierte Duschkabine benutzt, um sich zu reinigen, geschützt von dem zwei Meter hohen Sichtzaun, den mächtigen Eichen und blühenden Geißblatthecken. Ungeachtet der stickig heißen Julitemperaturen hatte er sich wie im Garten Eden gewähnt. Es hatte ihm gut getan, sich die Schuld vom Leibe waschen, den Hass und die Sünden. Umso mehr verwunderte es ihn, dass dieses verdammte Hämmern unvermindert anhielt.

Auf einmal sah er auf Fox News die alte Kirche. Da er den Ton ausgestellt hatte, konzentrierte er sich auf die Textzeile, die über den unteren Rand des Bildschirms lief. Danach war ein Pfarrer namens Conley einem brutalen Mord zum Opfer gefallen. Auch die Haushälterin wurde erwähnt. Dass die hatte dran glauben müssen, gefiel ihm nicht. Aber die Alte war ihm einfach im Weg gewesen. Was hätte er denn sonst tun sollen?

Keine Erwähnung fand der makabre Altarschmuck, den er in dem stillen, alten Gotteshaus hinterlassen hatte. Auch kein Wort darüber, dass die übrige Leiche unauffindbar war. Er musste grinsen, als er daran dachte, wie er die Plastiksäcke drei Straßen weiter entsorgt hatte, im Hof hinter einem Fischrestaurant, wo sich der Abfall der ganzen Woche bereits zu übel riechenden Haufen türmte. Er hatte die Säcke auf einen bereits überquellenden Container geworfen – eine durchaus angemessene Ruhestätte, wie er fand. Jawohl, trotz dieses Hämmerns in den Schläfen, des unverminderten Hämmerns in seinem Brustkorb war er doch mit sich zufrieden.

Er machte den Fernseher aus und wollte gerade zu Bett gehen, als er das Blinken in der Monitorecke seines Computers sah. Er spürte, wie das Hämmern anschwoll. Noch im Stehen klickte er das Icon an. Die Nachricht stammte vom „SinEater“.

ZUM TEUFEL, WAS HAST DU GETAN?

68. KAPITEL

Mittwoch, 7. Juli
Polizeipräsidium Washington, D.C.

Gwen Patterson wurde langsam ungeduldig. Es kam ihr vor, als säße sie bereits seit Ewigkeiten auf dem Metallklappstuhl neben den Aktenstapeln, die sich auf Detective Racines Schreibtisch türmten. Gwen fragte sich, warum Racine sie ins Polizeipräsidium vorgeladen hatte. Wollte sie sie etwa einschüchtern? Ließ sie sie deshalb hier warten und zappeln?

„Er hat 'ne Reihe von Anzeigen am Hals gehabt. Wegen Körperverletzung." Gwen zuckte zusammen, als Racine durch die Tür in ihrem Rücken wieder ins Zimmer kam. Sie knallte eine Akte auf ihren Schreibtisch und setzte sich auf die einzige noch freie Ecke. „Wurde aber nie verurteilt. Die gute Nachricht ist, dass wir seine Fingerabdrücke haben. Deshalb brauchten wir Ihr Wasserglas gar nicht, zumal die Fingerabdrücke darauf ohne sein Wissen und seine Zustimmung zustande kamen. Nun die schlechte Nachricht. Die Fingerabdrücke passen zu keinen, die auf dem Material sind, das Sie uns überlassen haben. Ist er deswegen bei Ihnen in Behandlung? Muss er Frauen verprügeln, um geil zu werden?"

Gwen gab sich Mühe, sich ihre Verblüffung nicht anmerken zu lassen. *Überrascht dich das jetzt tatsächlich?* Bei einem mit einer Geschichte, wie Rubin Nash sie erlebt hatte, war der Hang zur Gewalttätigkeit wirklich kein Wunder. Männer, die Frauen misshandelten, waren in ihrer Kindheit oft selbst Opfer von Missbrauch gewesen. Auch, dass er ihr verschwiegen hatte, mit welcher brutalen Gewalt er seine sexuellen Eroberungen machte, durfte sie eigentlich nicht erstaunen. Wann hatte das wohl angefangen, dass sie einen tödlichen Ausgang nahmen? *Hättest du die Anzeichen erkennen müssen?*

„Dass Anzeigen gegen ihn vorlagen, entzog sich meiner Kenntnis."

Racine sah sie mit gerunzelter Stirn an. „Ärztliche Schweigepflicht und so 'n Kokolores, was?"

„Das ist eine Gratwanderung." Gwen überlegte, wie sie Detective Racine ihre Situation am besten klar machen konnte. „Was seine Behandlung betrifft, das ist natürlich vertraulich, zumal bislang nicht einmal gegen ihn ermittelt wird. Mit unserem Berufsethos vereinbar ist es allerdings, gewisse Warnungen auszusprechen."

Racine rollte die Augen und stieß einen Seufzer aus.

„Ich darf Ihnen nicht sagen, weshalb er mich aufsucht," fuhr Gwen fort. „Falls Sie mich aber als Ärztin fragen, ob er möglicherweise Hass auf Frauen hegt, dann würde ich sagen: Ja, das ist durchaus vorstellbar." Gwen hielt inne und wartete, bis Racine sie ansah. „Nehmen Sie's mir nicht übel, Detective, aber wieso bin ich hier in diesem Zimmer? Wir haben das noch und noch besprochen, und Ihre Fragen hätte ich auch am Telefon beantworten können."

„Ich habe Sie hergebeten, weil es neue Informationen gibt." Racine sah über Gwens Schulter hinweg zur Tür, als erwarte sie jemanden.

„Neue Informationen? Großer Gott! Doch nicht schon wieder …?"

„Kann ich noch nicht sagen. Hat vielleicht nichts mit unserem Fall zu tun, obwohl Übereinstimmungen bestehen. Tatort Großraum Boston und … „ Sie unterbrach sich plötzlich, stand auf und ging dem uniformierten Beamten entgegen, der hinter Gwens Rücken ins Büro kam und Racine einen Stapel Papiere reichte. „Mal sehen, was wir bislang haben.“ Sie überflog die Seiten und sagte dann ohne aufzublicken: „Meine Kollegin Maggie O'Dell erwähnte, Sie hätten das FBI schon bei einigen Fällen beraten.“

„Stimmt, aber das letzte Mal ist das jetzt auch schon einige Jahre her.“

„Wir haben es mit einem Mörder zu tun“, fuhr Racine fort, ohne auf Gwens Erwiderung einzugehen, „der seine Opfer in einem Anfall hemmungsloser Raserei tötet und zerstückelt. Aber dann bringt er die notwendige Selbstdisziplin auf, um nicht nur den Tatort aufzuräumen, sondern auch noch die Leichen sorgsam zu beseitigen und den Kopf an einem Ort zu platzieren, wo wir ihn auch finden? Die ganze Sache ist nicht im Geringsten nachzuvollziehen.“

„Das ist mir alles bekannt, Detective!“ Gwen fragte sich, worauf Racine wohl hinauswollte.

„Mit Ausnahme von Dena Wayne hat er sich seine Opfer wahllos gesucht. Libby Hopper war Studentin, eins der anderen Opfer war ebenfalls noch jung – vermuten wir zumindest. Sie hatte ein Tattoo im Nacken, das offenbar mit einem Rollenspiel zu tun hat, das bei Jugendlichen sehr beliebt ist. Alle Opfer waren junge Frauen. Frauen wie die, an denen sich auch Rubin Nash gerne ausgelassen hat.“

„Was wollen Sie von mir wissen, Detective? Können Sie mir das freundlicherweise sagen?“

„Halten Sie es für möglich, dass sich Nash auch andere Opfer sucht als diese jungen Dinger, die er in Diskotheken aufreißt? Würden Sie ihm das zutrauen?"

Sie hielt Gwen ein farbiges Foto hin. Es zeigte einen abgetrennten Kopf mitten auf einem Altar, umrahmt von brennenden Kerzen. Eine Szene wie aus einem Horrorfilm.

„Das ist alles, was von Vater Paul Conley übrig ist."

69. KAPITEL

Polizeipräsidium Omaha

Maggie starrte durch das Fenster des Besprechungsraums. Trotz ihres breiten Hotelbettes hatte sie schlecht geschlafen. Wahrscheinlich lag's an dem Gedanken an die bevorstehende Begegnung mit Vater Keller. Nach vier Jahren würde sie ihm nun wieder von Angesicht zu Angesicht gegenüberstehen. Oder hatte sie einfach nur zu viel an Nick Morelli gedacht, der nur wenige Schritte von ihr entfernt schlief, im selben Hotel, gleich schräg gegenüber? Womöglich hätte sie besser geschlafen, wenn sie das kleine Whiskyfläschchen doch noch geleert hätte, doch das hatte sie zurück in die Minibar gestellt. Das Treffen mit Keller, das könnte ihr ohnehin kein Scotch der Welt erleichtern, dachte sie, als Detective Pakula ihr den nächsten Stapel Protokolle und Berichte reichte. Diese stammten aus Santa Rosa County im Bundesstaat Florida. Auf dem Konferenztisch lagen inzwischen Berichte, Karten und Obduktionsfotos wild durcheinander.

„Gibt's da tatsächlich einen Ort namens Bagdad?" fragte sie, während sie auf und ab ging und dabei die Unterlagen sichtete.

„Gleich bei Pensacola. Schreibt sich aber ohne ‚h'. Der Campingplatz liegt an der Blackwater Bay. Ich zeige Ihnen, wo das ist." Pakula faltete eine Landkarte auseinander und heftete sie, nachdem er zuvor Platz geschaffen hatte, an die Pinnwand, gleich neben die Karte des Mittleren Westens, auf der bereits die ersten drei Tatorte mit farbigen Nadeln markiert waren – eine rote für Omaha, blau für Columbia und gelb für Minneapolis.

„Wo ist der fünfte?“ wollte sie wissen und sah Pakula an.

„Reicht Carmichael uns rein, sobald wir nähere Informationen aus aus Boston haben.“

„Er muss in einer Art Wahnzustand sein. Drei Morde in fünf Tagen!“ Sie war viel zu unruhig, um sich hinsetzen zu können, doch Pakula machte es zum Glück nichts aus, dass sie hin und her lief.

„Warten Sie mal, bis Sie den Bericht aus Boston gelesen haben.“ Er bemerkte, wie sie auf ihre Armbanduhr schaute. „Kasab und ein weiterer Kollege holen Keller vom Flughafen ab.“ Jetzt sah auch er auf die Uhr. „Falls sein Flieger pünktlich in Omaha eintrifft, müssten sie in schätzungsweise einer Stunde hier sein.“

Eine Stunde! In sechzig Minuten würde sie einem Kindermörder in die Augen blicken und ihm Schutz versprechen davor, dass ihn seine verspätete Strafe ereilte.

Sie versuchte, sich auf den Fall in Florida zu konzentrieren. Die Leiche war bereits identifiziert als die des dreiundsiebzigjährigen Vater Rudolph Lawrence, bei Freunden und langjährigen Gemeindemitgliedern auch als Vater Rudy bekannt. Ein kürzlich aufgenommenes Foto, das dem Bericht beilag, zeigte einen untersetzten, stämmigen, weißhaarigen, fast schelmisch wirkenden älteren Herrn bei einer Feier. Im Hintergrund sah man ein Spruchband mit dem Schriftzug: „Gesegneten Ruhestand, Vater Rudy!“ Sie legte die Fotografie neben die Aufnahme, die man am Tatort von der Leiche gemacht hatte. Das Gesicht – oder besser das, was davon noch übrig war –, war bis zur Unkenntlichkeit aufgedunsen. Ein paar helle Haarsträhnen erkannte man – sie und das weiße Kollar boten einen bizarren

Kontrast zu dem schmutzigen Häuflein, das mehr einem Bündel Lumpen glich als einem menschlichen Körper.

Laut vorläufiger Einschätzung des Pathologen lag der Eintritt des Todes nicht länger als eine Woche zurück. Die genaue Todeszeit würde sich erst durch weitere Untersuchungen feststellen lassen. Maggie erinnerte sich an Bonzados Bemerkung, dass Maden eine Leiche in einer feuchtheißen Umgebung innerhalb einer Woche bis auf die Knochen abnagen konnten. Ein solches Ambiente stellte der Küstenstreifen in der nordöstlichen Ecke des Golfs von Mexiko zweifellos dar, vor allem im Juli. Allerdings war die Leiche mit Schutt und Schlamm abgedeckt worden, was den Prozess sicherlich verzögert hatte.

Maggie trat vor die Landkarte, die Pakula an der Pinnwand befestigt hatte. „Wieso hat er die Leiche auch noch verstecken wollen, obwohl es da doch weit und breit nichts gibt als Wälder?"

„Sümpfe!" verbesserte Pakula. „Die da unten nennen sie Wetlands. Aber Sie haben Recht. Das ist ein Dickicht aus Buschwerk, Gehölzen, Gesträuch und Grasland. Ein wahres Paradies für Moskitos und Stechmücken."

„Klingt ja so, als seien Sie ein Fan von der Gegend."

„Zuckerweiße Strände und smaragdgrünes Wasser! Aber das Hinterland ist Wildnis, Landschaftsschutzgebiet, weil hier die frühen Entdecker und Eroberer landeten. In Pensacola standen mal die ältesten Gebäude hier in der Gegend. Aber dann hat sie ein Hurrikan weggefegt."

„Informieren Sie sich über jeden Tatort so gründlich?" fragte Maggie und lächelte ihn an.

„Nein, aber ich habe Freunde da unten und die auch schon

angerufen. Da sie Katholiken sind, hoffe ich, dass sie vielleicht die eine oder andere Geschichte über diesen Vater Rudolph ausbuddeln können."

„Vater Rudy!" korrigierte sie ihn.

„Ach ja, richtig."

„Der Art der Stichwunde in der Brust nach könnte das durchaus unser Täter sein. Allerdings sehen mir diese Wetlands nicht gerade besonders belebt aus."

„Ganz in der Nähe gibt es einen öffentlichen Campingplatz. Meine Bekannten meinten, der alte Pastor wohnte ungefähr eine Meile von dort entfernt. Spazierte immer zum Bootssteg runter. Natürlich über die Straße, die am Sumpf entlang führt."

„Aber wieso hat er ihn nicht auf der Straße erstochen und im Straßengraben liegen gelassen? Der Mörder musste ihn doch irgendwie in das Gehölz locken oder ihn auf der Straße umlegen und dann in die Sümpfe schleifen! Wozu der ganze Umstand? Bisher hat er noch nie ein Opfer versteckt."

Pakula zuckte die Achseln. „Sie sind die Profilerin. Sagen Sie's mir!"

„Warum bloß hat er diesmal ganz anders agiert?" sagte sie mehr zu sich selbst und ließ ihren Blick über die auf dem Tisch ausgebreitteteten Unterlagen schweifen.

„Warten Sie ab, bis der Bericht aus Boston eintrifft", sagte Pakula genau in dem Augenblick, als seine Kollegin hereinkam.

„Ich nehme an, du meinst das hier", rief ihm Detective Carmichael zu und warf die Kopien auf den Tisch. „Entweder rastet der jetzt völlig aus, oder das war nicht der, den wir suchen."

Maggie und Pakula beugten sich über das oben aufliegende

Foto vom Tatort. Ein abgetrennter Kopf, auf einem Altar deponiert. Schlagartig musste sie an die Fälle in Washington denken.

„Der Kollege in Boston, mit dem ich telefoniert habe, meinte, der Kopf sei regelrecht abgerissen worden“, wusste Carmichael zu berichten.

„Ich glaube, wir müssen umdenken“, sagte Maggie mit einer Stimme, die fast ein Flüstern war. Carmichael und Pakula sahen sie erstaunt an.

„Wir haben es nicht nur mit einem Täter zu tun.“

70. KAPITEL

Polizeipräsidium Omaha

Tommy Pakula starrte Maggie an. „Sie meinen, da draußen laufen mehrere …"

„Bevor ich hierher kam, habe ich einen Fall in Washington bearbeitet", unterbrach ihn Maggie. „Ein Serienmörder, der seine Opfer enthauptet."

„Bislang waren das doch aber ausschließlich Frauen, oder?" Pakula erinnerte sich, dass er etwas über den Fall in den Nachrichten gesehen hatte.

„Nach unserer bisherigen Kenntnis ja."

„Und außerdem im District of Columbia. Nicht in Boston."

„Ich bin mir natürlich noch nicht ganz sicher", stellte Maggie klar, „aber ich glaube nicht daran, dass ein Killer, der eine Leiche umständlich in den Sümpfen von Florida versteckt, eine Woche später den Kopf seines Opfers als Trophäe auf einem Kirchenaltar zur Schau stellt!"

„Könnte doch sein, dass er einfach total ausrastet, oder?" meldete sich Detective Carmichael zu Wort.

„Möglich ist alles", räumte Maggie ein, ohne jedoch besonders überzeugt zu klingen. „Allerdings ist es in der Regel so, dass der Täter einem bestimmten Verhaltensmuster folgt."

Pakula zuckte resigniert die Schultern. Er fühlte sich von einer Lösung des Falls weiter entfernt als je zuvor. „Okay, nehmen wir mal an, es gibt zwei Täter. Dann läge es doch nahe, dass einer im Mittleren Westen aktiv ist und der andere im

Osten und Südosten. Wie aber arbeiten die beiden zusammen? Kann mir das bitte jemand erklären?"

Er ließ seine Hände in den Hosentaschen verschwinden und lehnte sich mit dem Rücken an die Wand. Maggie lief wieder von einer Seite des Raums zur anderen. Sie schien ihm heute ungewohnt nervös zu sein. Lag das daran, dass sie in ihrem Fall kein Licht am Ende des Tunnels flackern sahen, oder beunruhigte sie die bevorstehende Begegnung mit Keller?

„Telefonisch oder übers Internet", meinte Agent O'Dell und zuckte die Schultern.

„Wahrscheinlich kommen Sie jetzt wieder mit dieser Geschichte von diesen ‚Dungeons and Dragons'-Freaks! Da könnte ich drauf wetten."

„Wie bitte?" fragte Detective Carmichael und starrte zuerst Pakula und dann Maggie an.

„Agent O'Dell verfolgt eine Theorie, derzufolge der oder die Täter Teenager sein könnten, die einmal von einem Priester missbraucht wurden. Korrigieren Sie mich, wenn ich das falsch darstelle", wandte Pakula sich an Maggie, wobei er sich einen leicht sarkastischen Unterton nicht verkneifen konnte. „Angeregt durch diese Rollenspiele im Internet nehmen die die Sache jetzt irgendwie selbt in die Hand."

„Würde immerhin erklären, wieso der Typ oben in Boston keinem Muster folgte", befand Carmichael. „Teenager sind eben von Haus aus unberechenbar."

Es klopfte an der Tür, und ein uniformierter Beamter steckte den Kopf durch den Spalt. „Kasab lässt Ihnen melden, dass sie im Hotel ‚Embassy' sind. Ihr Gast hat sich geweigert, mit ins Präsidium zu kommen."

Pakula bedankte sich und erschrak dann, als er Maggie ansah. Jegliche Farbe war ihr aus dem Gesicht gewichen.

Kreidebleich starrte sie ihn an. „Sie haben den in mein Hotel einquartiert?“ fragte sie fassungslos.

„War nicht meine Idee. Das haben der Chief oder Cunningham verfügt. Ich bin angewiesen, Keller als Gast des Polizeipräsidiums Omaha zu behandeln.“

„Und wie macht man das? Wie behandelt die Polizei einen Gast?“ wollte sie wissen.

„Wenn ich das wüsste!“ Pakula kratzte sich das Kinn. „Wir hatten ja noch nie einen. Wahrscheinlich ist die erste Regel, es ihm schön gemütlich zu machen, damit er uns jede Menge erzählt. Aber kommen Sie, gehen wir.“ Pakula schnappte sich sein Sakko von der Stuhllehne, legte es sich aber nur über den Arm. Schon am Morgen, als er zum Dienst fuhr, hatten hochsommerliche Temperaturen geherrscht. Wie viel Grad es jetzt draußen waren, wollte er gar nicht wissen. „Wir wollen doch unseren hohen Besuch nicht warten lassen. Ich hoffe nur, dass der was zu bieten hat, das uns endlich ein Stück weiter bringt.“

„Ich kann's einfach nicht fassen, dass die den in mein Hotel gesteckt haben!“

„Möglicherweise auf Ramseys Veranlassung“, vermutete Pakula. „Wahrscheinlich hat er 'nen Rabatt rausgeschlagen.“

71. KAPITEL

Omaha, Nebraska

Nachdem Timmys Mutter zur Arbeit gefahren war, hatte Gibson seinen Freund überredet, den Schnupperkurs einfach sausen zu lassen. Es hatte keiner allzu großen Überzeugungsarbeit bedurft. Er hatte Timmy bloß geschildert, wie Bruder Sebastian ihn in der Schule gepackt hatte und dass der Kerl dann auch noch bei ihm zu Hause angetanzt war. Nun saßen die beiden im Wohnzimmer vor dem Fernseher, vor sich ihre Schalen mit Cornflakes. Doch selbst die Comedyshow, die gerade lief, vermochte sie nicht recht aufzuheitern.

„Was meinst du, wie hat der Kerl wohl meine Adresse rausgekriegt?"

„Bestimmt durch die Schule", vermutete Timmy. „Der hat höchstwahrscheinlich einfach Vater Tony oder Schwester Kate gefragt."

„Dann muss es wohl Vater Tony gewesen sein. Schwester Kate hätte ihm die nie gegeben, jede Wette!"

„Was ist denn eigentlich in der Tasche? Und woher weißt du, dass er hinter dem Ding her ist?"

Gibson nahm einen Löffel Cornflakes und tat so, als könne er mit vollem Munde nicht antworten. Aber anvertrauen musste er sich jemandem, und Timmy wusste ja schon von dem Spiel.

„Ich glaube, das sind irgendwelche Papiere über Monsignore O'Sullivan."

„Papiere?"

„Irgendwelche Dokumente. Beschwerden und so."

„Hast du den eigentlich damals angezeigt, den Typ?“ wollte Timmy wissen.

Gibson sah ihn an und wischte sich eine Haarsträhne aus der Stirn. „Nö“, nuschelte er schließlich. „Und du?“

„Nee“, antwortete Timmy und kaute an seinen Fingernägeln herum, was offenbar ein nervöser Tick war, ähnlich wie Gibsons ständige Suche nach Pickeln in seinem Gesicht. Viel war von seinen Nägeln nicht übrig, die meisten waren abgenagt bis aufs Nagelbett. „Hat mir ja sowieso kein Schwein geglaubt – außer meiner Mom. Und auf die wollte niemand hören, weil sie ja die beiden anderen Typen gefasst hatten.“

„Die anderen?“ fragte Gibson. Er hatte Timmy bisher noch gar nicht nach Einzelheiten gefragt, da er davon ausging, dass sein Freund nicht gerne darüber sprach, weil ihm die Sache genauso peinlich war. Doch jetzt ahnte er, dass dem Kleinen offenbar noch Schlimmeres widerfahren war als ihm. „Haben die dir was getan, die beiden?“

„So genau weiß ich das gar nicht mehr, echt. Der eine, der mich entführt hat, der trug die ganze Zeit so ’ne Halloweenmaske. Mit dem Gesicht von ’nem toten Präsidenten. Deshalb hab ich den nie richtig gesehen.“

„Die haben dich entführt?“

„Ja. Ich versuche, nicht so oft dran zu denken.“

„Sorry …“ Etwas anderes fiel Gibson nicht ein.

„Nee, lass nur. Früher, da hatte ich immer Albträume. Die waren aber ganz komisch, denn da ging’s gar nicht um die Entführung. Es war, als wollte ich dauernd hinter die Maske gucken oder als wollte ich sie ihm vom Gesicht reißen. Als ob ich hätte sehen wollen, wer sich dahinter verbirgt.“

„Wieso meinst du denn, dass das 'n Priester war?"

„Ach, wegen so Kleinigkeiten, von denen die Polizei aber gesagt hat, die seien kein Beweis." Timmy winkelte die Beine an und zog sie unters Gesäß. „Vater Keller hat immer Baseballbilder mit uns Messdienern getauscht, und der Maskierte, der hatte ebenfalls welche. Und andere Sachen wie die Schuhe. So blitzsaubere Tennisschuhe, wie Vater Keller sie trug, die hatte ich noch nie gesehen. Und der Maskierte hatte auch solche an."

„Und die, die sie verhaftet haben?"

„Der eine trug überhaupt keine, der andere total versiffte."

Gibson musste grinsen." Nicht gerade wie im Fernsehen, was? *CSI: Den Tätern auf der Spur*?"

„Nee, echt nicht." Timmy setzte sich wieder normal hin und griff nach seiner Cornflakesschale. „Dieser Vater Keller steckt jetzt irgendwo in Südamerika, vor dem brauche ich also keine Angst mehr zu haben. Ich dachte nur, wenn ich meiner Figur seinen Namen gebe, dann würden vielleicht die Träume nicht mehr kommen. Und so war's ja auch, seitdem hab ich keine Albträume mehr."

Gibson nickte, als verstehe er Timmy, obwohl es bei ihm ganz anders gelaufen war. Er hatte keine Albträume gehabt. Die waren erst seit dem Tod von Vater O'Sullivan gekommen.

„Meinst du denn, das mit der Ledertasche, das müssen wir irgendwie melden?" fragte Timmy plötzlich.

„Wer würde uns das denn glauben? Die wollten ja nicht mal dir und deiner Mom glauben!" Gibson hatte sich schon den Kopf zerbrochen, an wen er sich wenden könnte. Außer Schwester Kate war ihm jedoch niemand eingefallen, und die wollte er nicht auch noch in Schwierigkeiten bringen. Langsam hatte er nämlich das Gefühl, dass jeder, der von dieser Ledermappe wusste, irgendwie Ärger bekam.

„Hast Recht", stimmte Timmy zu. Dann schlürfte er seine Schale leer und stellte sie auf den Couchtisch. „Meine Mom sagt, es wären noch andere Priester umgebracht worden. Was meinst du, ob das auch mit dem Spiel zusammenhängt? Vielleicht Namen, die andere Spieler ihren Figuren gegeben haben?"

Gibson zuckte die Schultern. Er stellte seine Cornflakesschale neben Timmys auf den Tisch und lehnte sich in die weiche Couch zurück.

„Ich glaube, jedes Mal, wenn ein Spieler seine Figur erledigt ..." – er hielt inne und sah Timmy an – „... dann wird ein echter Priester umgelegt."

„Aber wer steckt dahinter?" fragte Timmy. Gibson fiel auf, dass ihn seine Überlegung gar nicht zu überraschen schien.

„Als Monsignore O'Sullivan erstochen wurde, da muss der ‚SinEater' am Flughafen gewesen sein. Woher sollte er sonst wissen, dass ich da war? Er weiß auch von der Aktenmappe. Vielleicht war er es sogar, der sie mir in den Rucksack gesteckt hat." Es tat ihm gut, darüber reden zu können, statt immer nur allein vor sich hin zu grübeln.

„Und der ‚SinEater' ist der Einzige, der sämtliche Namen kennt!"

Sie starrten sich an. Gibson konnte noch immer nicht glauben, dass das alles tatsächlich geschah. Eigentlich hatte es doch nur ein Spiel sein sollen! Eine Möglichkeit, ihre Wut abzureagieren. Es sollte ihnen helfen, das Erlittene zu bewältigen, den Missbrauch, die unkeuschen Berührungen oder wie die das auch nannten.

„In seiner letzten Mail meinte der ‚SinEater', mir würde nichts passieren, solange ich die Ledermappe habe. Und er würde nicht zulassen, dass mir einer was tut", erzählte Gibson.

„Glaubst du das?"

Darüber musste Gibson erst mal nachdenken. Durch das Spiel hatte er sich besser gefühlt. Jedes Mal, wenn er sich eingeloggt hatte, hatte er das Gefühl gehabt, in den anderen Spielern und ihren Figuren Verbündete zu haben. „Ich denke schon", sagte er schließlich.

„Meinst du, der ‚SinEater' ist jemand, den wir kennen?" fragte Timmy.

„Glaube ich nicht. Dann hätte ich ihn am Flughafen doch erkannt."

„Vielleicht hatte er sich verkleidet", wandte Timmy ein, jetzt an einem anderen Fingernagel kauend.

„Kann schon sein. Da liefen ja massenhaft Leute rum."

„Darf ich dich mal was fragen?"

„Klar, sicher."

„Was hast du da eigentlich gemacht?"

„Was meinst du?"

„Wieso du am Freitag am Flughafen warst."

Gibson spürte, wie sein Gesicht heiß wurde. Er wich Timmys Blick aus und heftete seinen Blick auf den Fernseher, als würde ihn die Show auf einmal brennend interessieren. Eigentlich hätte er nicht verlegen sein müssen, das war ihm klar. Jedenfalls nicht gegenüber Timmy, der bestimmt wusste, was er durchgemacht hatte. Menschenskinder, der Kleine hatte schließlich noch Schlimmeres hinter sich ...

„An dem Morgen bin ich in der Schule vorbeigegangen, weil

ich gucken wollte, ob Schwester Kate Hilfe bei den Vorbereitungen für den Schnupperkurs brauchte. Aber sie war nicht da. Als ich an O'Sullivans Büro vorbeikam, da hatte der gerade Zoff mit Vater Tony. Sie haben mich nicht bemerkt, weil ich mich immer vorsichtig an dem Zimmer vorbeischleiche, um nicht dem Monsignore in die Arme zu laufen."

Timmy nickte.

„Er hat Vater Tony erzählt, dass er am Nachmittag nach Rom fliegt und nicht wiederkommt. Ich weiß, das klingt vielleicht komisch, aber ich wollte mich überzeugen, dass er auch wirklich abfliegt. Also hab ich im Internet nach den Flügen nach Rom geguckt und bin mit dem Rad zum Flughafen. Ich wollte selbst sehen, wie er ins Flugzeug steigt. Nur lief er dann in die Toilette und kam nicht wieder raus."

An das viele Blut erinnerte sich Gibson nur ungern, obwohl er meinte, den Geruch noch immer in der Nase zu haben. Er schüttelte den Kopf, um das Bild zu verscheuchen.

„Ich wollte, dass er abhaute! Dass er endlich weg war!" Er merkte, wie ihm vor Wut die Stimme wegbrach, und wandte den Kopf zur Seite. „Dass er umgelegt wurde, das habe ich nicht gewollt", fügte er hinzu und wischte sich mit dem Handrücken eine Träne aus dem Augenwinkel. Dann fasste er sich wieder. „Aber weißt du was? Es tut mir überhaupt nicht Leid, dass er weg ist. Er war echt ein Schwein."

In diesem Augenblick hörten sie, wie die Haustür aufgeschlossen wurde. Gibson erschrak und spürte, wie auch Timmy neben ihm zusammenzuckte. War das Timmys Mom? Ob die wohl einen Aufstand machen würde, weil sie geschwänzt hatten? Seine Mom jedenfalls wäre stinksauer gewesen, da war er sich ganz sicher. Wahrscheinlich hätte er zu hören bekommen, wie enttäuscht sie von ihm war. Und das war noch weit schlimmer als jeder Ärger.

Ein Mann kam herein und blieb verdutzt stehen, als er die beiden Jungs auf dem Sofa vor dem Fernseher sah. „Was zum Teufel ist denn hier los?“

72. KAPITEL

Omaha, Nebraska

Nick hatte nicht die Absicht gehabt, Timmy und seinem Freund einen Schreck einzujagen. Er war einfach nur in verdammt lausiger Stimmung. Letzte Nacht hatte er kaum geschlafen und dann auch noch, anstatt auszuchecken, nachgefragt, ob das Zimmer für eine weitere Nacht frei wäre. Was war bloß los mit ihm? *Bist du tatsächlich gerade dabei, deine Verlobung in den Sand zu setzen?*

„Habt ihr denn heute nicht diesen Kurs?" erkundigte er sich, da es so aussah, als hätten die Jungen ein zu schlechtes Gewissen, um von sich aus eine Erklärung zu bieten.

„Äh ... wir ..." Timmy warf einen geradezu flehenden Blick zur Seite, doch sein Freund machte keinerlei Anstalten, ihm Unterstützung zu leisten.

„Deine Mom hat keine Ahnung davon, dass ihr hier seid, ihr zwei, was?"

Endlich nickte Timmy. „Aber aus 'nem guten Grund."

„Kann ich mir vorstellen, dass ihr den habt. Und den werdet ihr auch brauchen. Aber vielleicht stellst du mir zuerst mal deinen Freund vor."

„Ach so, entschuldige. Das ist Gibson. Gibson, das ist mein Onkel Nick." Timmy ließ die Hand zwischen den beiden hin und her wandern. „Wo bist du denn gewesen? Ich dachte, du würdest hier übernachten?"

„Ich war im Hotel ‚Embassy'."

„Das im Market-Viertel?"

„Genau."

„Boh! Hattest du da auch so 'ne Minibar auf dem Zimmer? Mit Smarties für fünf Dollar und 'ner Dose Cola für sechs?"

„So in der Art." Dann wandte er sich Gibson zu, der bislang noch keinen Ton von sich gegeben hatte. „Nimmst du auch an diesem Schnupperkurs teil?"

„Ja, Sir."

Nick schüttelte den Kopf und musste grinsen. „Du kannst ruhig Nick zu mir sagen, okay?"

„Okay."

„Also, was läuft hier ab? Schwänzt ihr beiden, um euch das Fernsehprogramm reinzuziehen? Klingt mir nicht sonderlich spannend."

Er sah von einem zum anderen, doch beide wichen seinem Blick aus. Irgendwas verheimlichten ihm die Jungs. Egal, was das auch sein mochte, Christine würde jedenfalls stocksauer sein, wenn sie erfuhr, wie ernst ihr Sohn den Kurs nahm, für den sie fünfhundert Dollar bezahlt hatte.

Noch ehe er die beiden erinnern konnte, dass er sie etwas gefragt hatte, klopfte es an der Haustür. Erschrocken starrten die Jungs ihn an. Irgendetwas schien hier tatsächlich im Busche zu sein.

„Ihr bleibt hier", mahnte er sie, wobei er drohend den ausgestreckten Finger auf sie richtete. Dann ging er zur Tür, um nachzusehen, was los war.

Der hochgewachsene Mann mit dem weißen Gesicht, der Hakennase und den schwarzen, eng stehenden Augen starrte Nick verblüfft an, offenbar erstaunt, dass ein Mann aufmachte.

„Kann ich Ihnen helfen?" fragte Nick. Irgendwo hatte er den

Mann schon mal gesehen, allerdings fiel ihm nicht ein, wo das gewesen sein mochte.

„Bin ich hier richtig bei Familie Hamilton?"

„Zu wem wollen Sie denn?" gab Nick statt einer Antwort zurück. Und plötzlich fiel es ihm wieder ein. *Die High School!* Das war der Kerl, der das Zimmer des Monsignore durchsucht und mit dem Christine sich angelegt hatte. Was mochte er bloß hier wollen?

„Ich bin Bruder Sebastian von der ‚Our Lady of Sorrow'-High School", erwiderte der Mann, wobei er an Nick vorbei ins Innere des Hauses spähte. „Timmy Hamilton und ein anderer Schüler, Gibson McCutty, sind heute nicht zum Unterricht erschienen."

„Donnerwetter", spöttelte Nick. „Und da schickt die Schule Sie extra her?" Irgendetwas an diesem Kerl gefiel ihm nicht, das sagte ihm sein Gefühl.

„Mrs. McCutty hat mir gesagt, ihr Sohn habe die Nacht hier verbracht. Ist er da?" Der Priester schien sich um einen sachlichen Ton zu bemühen, doch Nick entging nicht, dass in seiner Stimme Verärgerung lag.

„McCutty?" wiederholte Nick, als müsse er erst mal nachdenken. „Sagt mir nichts, der Name."

„Dann sind die Jungen also nicht hier?" Bruder Sebastian zog eine Augenbraue hoch und musterte Nick, der ihn einfach nur ansah. „Na schön", sagte er schließlich, drehte sich um und ging, ohne sich zu verabschieden.

Nick blieb im Türrahmen stehen und blickte ihm nach. Bruder Sebastian stieg in eine schwarz glänzende Limousine. Nick winkte, als er davonfuhr, und machte dann die Haustür zu.

Als er ins Wohnzimmer zurückkam, starrten ihn die Jungs an, als wären sie soeben dem Erschießungskommando entronnen.

„Das war echt spitze von dir, Onkel Nick", stöhnte Timmy erleichtert.

Nick setzte ein ernstes Gesicht auf und sah sie an. „Also, nun mal los. Was habt ihr angestellt, ihr zwei Halunken?"

73. KAPITEL

Omaha, Nebraska

Vater Michael Keller sehnte sich nach Ruhe und hoffte, endlich wieder zu Sinnen zu kommen. Während des zweistündigen Zwischenstopps in Chicago war er kurz davor gewesen, sich alles noch einmal anders zu überlegen. Er hatte sich gefühlt, als müsse es ihn jeden Augenblick zerreißen. Die meiste Zeit hatte er in der Toilette verbracht und sich dermaßen übergeben, bis er nichts mehr spürte, außer dem Brechreiz. Und kaum war sein entleerter Magen einigermaßen zur Ruhe gekommen, da hatten seine Augen angefangen, ihm Trugbilder vorzugaukeln.

Bei seiner Ankunft in Omaha hatte er alles doppelt und dreifach gesehen. Als ihn die beiden Beamten – oder waren es vier oder gar sechs gewesen? – durch die Flughafenhalle eskortiert hatten, war er sich vorgekommen, als marschiere er durch ein Spiegellabyrinth, das alles zu abstrusen Bildern verzerrte, egal, wie sehr er sich auch gegen diese Hirngespinste zur Wehr setzte. Völlig erschöpft hatte er sich in das Hotel fahren lassen, und erst hier war er wenigstens wieder ein wenig zur Besinnung gekommen. Das Zimmer war größer als seine Hütte in dem kleinen Dorf und mit einem Kühlschrank sowie einer Mikrowelle ausgestattet. Was für ein Luxus!

Er hatte einfach zu lange im Regenwald gelebt. Das Bett war breit und weich und der Teppich so flauschig, dass er auf Daunen zu laufen meinte. Die kleinen Duschgel- und Shampoofläschchen und die weißen Frotteehandtücher – er hatte völlig vergessen, was er alles aufgegeben, auf welche Annehmlichkeiten des Lebens er all die Jahre verzichtet hatte. Die Klimaanlage zum Beispiel. Die erschien ihm so ungewohnt, dass er vorhin im Auto während der Fahrt vom Flughafen hierher regelrecht gefroren und an der Hotelrezeption als Erstes um eine Tasse heißen Tee gebeten hatte. Das würde seine zerschundenen Nerven sowie seinen Magen beruhigen, heißer Tee, und zwar ohne die Zugabe von Eisenhut.

Der jüngere der beiden Beamten hatte sich erkundigt, ob er etwas brauche und ihm gesagt, dass die anderen bald kommen würden. Als der Zimmerservice den Tee brachte, hatte sich der Detective verabschiedet und war mit dem Fahrstuhl nach unten verschwunden.

Jetzt betrachtete Keller das Tablett, das der Hotelbedienstete auf dem Tisch abgestellt hatte. Die mit heißem Wasser gefüllte Kanne sowie die Tasse waren aus feinstem Porzellan, dazu ein passendes Schälchen mit einer Auswahl verschiedener Teesorten in bunten Beutelchen, Milchkännchen und Zuckerdose aus Edelstahl. Daneben ein kleiner, mit einer Stoffserviette abgedeckter Korb, der noch warme süße Brötchen und Muffins enthielt. Zufrieden rieb sich Vater Keller die Hände, entschied sich dann für einen der Teebeutel und goss heißes Wasser darüber. Sofort stieg ihm das köstliche Aroma in die Nase. Ja, gleich würde es ihm besser gehen. Schon beim ersten Nippen spürte er, wie ihn das Getränk wohlig wärmte.

Es war ein Irrtum gewesen, zu glauben, auf all dies einfach verzichten zu können. Fast vier Jahre lagen jetzt hinter ihm, vier lange Jahre einer Bestrafung, die er nicht verdiente. Sicher, er hatte versucht, diese Zeit so gut wie möglich zu nutzen, denn es gab ja so viele, die seiner bedurften. Die in Elend und Hunger dahinvegetierten, erniedrigt,geschändet. Sie alle zu retten, das überstieg seine Kräfte, das war ihm schnell klar geworden. Aber wenigstens um Arturo hatte er sich kümmern können. Arturo war etwas Besonderes. Seine traurigen, dunklen Augen waren ihm wie ein Fenster zu seiner eigenen Kindheit erschienen, eine Erinnerung daran, was es bedeutete, von niemandem geliebt zu werden. Er selbst hatte ja noch Glück gehabt, dass seine Mutter da gewesen war, wenn auch nur für zwölf kurze Jahre. Aber Arturo hatte niemanden gehabt – außer denen, die ihn straften und missbrauchten. Nein, sagte er sich, ohne den Jungen zu erretten, hättest du dich nie und nimmer davonmachen können. Arturo zu erlösen, das war das Mindeste, was er noch für ihn hatte tun können.

Ein Klopfen an der Tür schreckte ihn aus seinen Gedanken. Am liebsten hätte er es einfach ignoriert, doch schließlich stand er auf und öffnete die Tür einen Spalt breit. Es war der junge Detective.

„Wir wären jetzt so weit“, sagte er.

Vater Keller merkte, wie die beruhigende Wirkung des Tees schlagartig verflog.

74. KAPITEL

Washington, D.C.

Er hatte sich krank gemeldet, gleich für zwei Tage. Sein Boss war natürlich alles andere als begeistert gewesen. Der gestrige Tag hatte kein großes Problem dargestellt, aber für heute hatte er einen Kundenbesuch in St. Louis absagen und den Flug stornieren müssen. Das hieß, dass die Fluggesellschaft nur einen Teil der Kosten für das Ticket rückerstattete. Dieser Geizkragen von einem Chef! Gegen entsprechenden Rabatt würde der doch glatt eine Ecke im Laderaum für ihn buchen. Für den Rückflug von Florida letzte Woche hatte er nur auf der Warteliste gestanden! Sollte der ihn doch ruhig rausschmeißen, das war ihm schnuppe. Im Augenblick beschäftigte ihn nur eins, dieses Hämmern in seinen Schläfen, das sich inzwischen über seinen ganzen Hinterkopf ausgedehnt hatte.

Das blinkende Icon in der Ecke seines PC-Monitors, das ihm eine neue E-Mail signalisierte, hatte er bisher geflissentlich ignoriert. Er fühlte sich verfolgt, als handele es sich um ein Auge, das ihn überall beobachtete. Lächerlich! *Natürlich kann dich der ‚SinEater' nicht sehen und schon gar nicht beobachten!* Nur, woher wusste er dann Bescheid?

Nervös lief er vor seinem PC auf und ab. Die Krankmeldung war nicht mal vorgetäuscht. Es war ihm ja tatsächlich nicht gut, er fühlte sich matt und fiebrig. Heute Morgen, beim Blick in den Spiegel, da hatte er sich kaum wiedererkannt. Sein Haar sah aus, als wäre es über Nacht dünner geworden, die Haut schien eine widerwärtig gelbliche Blässe angenommen zu haben, und seine Augen waren infolge mangelnden Schlafes geschwollen. Wie hätte er auch schlafen können, wenn ihn diese diese Mrs. Sanchez dauernd aus einer dunklen Ecke seines Zimmers anstarrte?

Der Albtraum war ihm derart real erschienen, dass er sich gezwungen hatte, den Rest der Nacht über wach zu bleiben. Was hatte die Alte auch in dem Pfarrhaus herumgeistern müssen! Woher hätte er das wissen sollen? Mit den anderen war das anders gewesen, das waren Huren, die es nicht anders verdient hatten, dass man ihnen den Hals aufschlitzte, um das Böse hinauszulassen. Aber diese Mrs. Sanchez ... das hätte ihm nicht passieren dürfen. Er konnte nichts dafür. Aber wieso wusste der Sündenfresser davon?

Von der anderen Ecke seines kleinen Zimmers aus starrte er auf den Bildschirm. Als er damals zu dem Spiel eingeladen worden war, da hatte er nicht lange nach einem Namen suchen müssen. Allerdings hatte er bald gemerkt, dass es ihm nicht gereicht hatte, Vater Paul Conley nur in einer virtuellen Fantasiewelt auszulöschen. Er wollte seinen Kopf. Er wollte ihn wirklich, um der ganzen Sache ein für alle Mal ein Ende zu bereiten. Und so war's dann ja auch gekommen.

Er musste nachdenken. Falls der „SinEater" aus den Nachrichten erfahren hatte, dass der Priester tot war – würde er dann automatisch ihn verdächtigen? Er brauchte ja nur zu überprüfen, wer Vater Pauls Namen angegeben hatte. Würde er ihn deshalb bestrafen? *Wird er dich gar der Polizei ausliefern?*

Egal. Er war ja sehr bedacht und vorsichtig vorgegangen – bis auf diesen beschissenen Kaffeebecher! Herrgott noch mal! Er wollte es einfach nicht fassen, dass er den vergessen hatte. Alles hatte er abgewischt oder in die Müllsäcke gestopft, alles, nur diesen verdammten Becher nicht, obwohl der doch gar nicht zu übersehen gewesen war! Und als ihm das dann endlich eingefallen war, da war's zu spät gewesen, um noch einmal zurückzukehren. Aber was soll's, die Sache war jetzt sowieso gegessen. Vater Conley jedenfalls würde keiner Menschenseele mehr etwas zuleide tun.

Schließlich gab er sich einen Ruck, ging hinüber zu seinem Computer und klickte das blinkende Symbol an. In seiner Mailbox befand sich nur eine einzige Nachricht, und wie er es erwartet hatte, stammte sie vom „SinEater". Er öffnete sie, bevor er es sich anders überlegen konnte. Die Mail bestand nur aus einem Satz.

DU HAST GEGEN DIE SPIELREGELN VERSTOSSEN.

75. KAPITEL

Hotel „Embassy", Omaha

Maggie rieb sich die Schultern. In dem Raum war es eiskalt, fand sie. Oder kam ihr das nur so vor, weil sie gerade drauf und dran war, einen Pakt mit dem Teufel zu schließen? Die Einzelheiten hatte zwar Assistant Director Cunningham geregelt, aber sie würde es sein, die Keller jetzt gleich hier an diesem Tisch gegenübersitzen musste.

„Ist es hier drin nicht saukalt?" fragte sie Pakula, der sich gerade seinen fünften Kaffee an diesem Tag genehmigte.

„Angenehm kühl, würde ich sagen"

Maggie trat an den in der Ecke stehenden Servicewagen und schenkte sich einen heißen Tee ein. Die Empfangschefin des Hotels hatte ihnen kurzfristig ein Besprechungszimmer zur Verfügung gestellt und dabei auch ihr leibliches Wohl nicht vergessen. Müsste Pakula doch gefallen, fuhr es Maggie unwillkürlich durch den Kopf. Wieder was zu futtern und zudem umsonst! Allerdings schien er sich diesmal mit Kaffee zu begnügen.

„Chief Ramsey kennt offenbar die richtigen Leute hier", bemerkte sie mit einem Blick auf das Tablett mit Obst und Käse. Sie versuchte, möglichst entspannt zu wirken, so, als ginge es um eine ganz gewöhnliche Befragung. Dann sah sie über die Schulter zu Pakula. „Allerdings keine Donuts."

„Sehr witzig."

Die Art, wie er sie ansah, entlockte ihr ein Lächeln. Und auf einmal wurde ihr bewusst, dass sie Special Agent R. J. Tully vermisste, ihren Kollegen und Partner. Es fiel ihr nicht leicht, sich das einzugestehen, hielt sie sich doch einiges darauf zugute, eine Einzelgängerin zu sein, die niemanden brauchte.

In diesem Moment betrat Detective Kasab das Zimmer. Er blieb stehen und hielt die Tür auf, als müsse man Vater Keller mit ausgesuchter Höflichkeit behandeln.

Maggie war wie vom Donner gerührt. Sie hätte den Pater fast nicht wieder erkannt. Er sah älter aus, die Haut zwar sonnengebräunt, doch wie gegerbt, das dunkle Haar vorzeitig grau durchwirkt. Wenn sie sich richtig erinnerte, war er jünger als sie, aber die Flucht nach Südamerika hatte ihn gleichsam verwelken lassen und seine weichen, jungenhaften Züge in die eines ausgemergelten alten Mannes verwandelt.

Er hatte einen Pappkarton dabei, den er mit beiden Händen vor sich her trug, als könne der Inhalt bei der leisesten Erschütterung zerbrechen. Als sein Blick durch das Zimmer schweifte, schien er Maggie nur flüchtig zu streifen. Hielt er Ausschau nach einer Hintertür? Nach einem Fluchtweg? Rechnete er mit Tricks?

Pakula stellte sich vor, und als er dann auf Maggie wies, um sie ebenfalls bekannt zu machen, kam sie ihm zuvor, indem sie auf Keller zutrat.

„Vater Keller und ich sind sozusagen alte Bekannte“, bemerkte sie. „Ist es nicht so?“ Sie sah dem Priester in die Augen, bot ihm jedoch im Gegensatz zu Pakula nicht die Hand. Stattdessen stellte sie ihre Teetasse am Tischende ab und nahm Platz.

„Ich gehe davon aus, dass wir zumindest keine Gegner sind, Agent O'Dell“, erwiderte er mit jener glatten, tiefen Stimme, an die sie sich so gut erinnerte. „Macht es Ihnen etwas aus, wenn ich Sie Maggie nenne?"

„Ja."

„Wie bitte?"

„Ja, es macht mir etwas aus." Sie nippte an ihrem Tee und hoffte, das Frösteln würde endlich nachlassen. Dann schlug sie ihr Notizbuch auf und klopfte mit dem Stift auf den Tisch.

Es war Kasab, der schließlich das Schweigen brach. „Falls Sie etwas brauchen – ich bin in der Lobby", sagte er und verschwand.

Auch nachdem er die Tür hinter sich geschlossen hatte, machte Maggie noch immer keinerlei Anstalten, das Gespräch zu beginnen. Pakula räusperte sich und warf ihr einen Blick zu. Zwar kannten sie sich erst seit einigen Tagen, aber sie verstand seinen Hinweis dennoch. *Reißen Sie sich zusammen!* Er nahm seinen Kaffeebecher und schlenderte zu dem Servicewagen. „Kaffee, Vater Keller?" fragte er betont beiläufig.

Keller wies auf Maggies Tasse. „Tee, bitte."

„Kein Problem."

„Zwei Stück Zucker."

Pakula lüftete den Deckel der Edelstahldose. „Zwei Stück Zucker, selbstverständlich."

Maggie wäre am liebsten aus der Haut gefahren. Ja, waren sie denn hier etwa zum Kaffeekränzchen angetreten?

Endlich hatten sich alle drei um den langen Tisch herum versammelt. Maggie am Kopfende, ganz bewusst, damit sie Keller nicht direkt gegenüber sitzen musste, Pakula rechts von ihr und Keller zur Linken, vor sich seinen Karton und seinen Tee mit zwei Stück Zucker.

Ursprünglich hatte Keller darauf bestanden, sich nur mit Maggie treffen zu wollen. Zum Glück hatte Cunningham aber darauf bestanden, dass Detective Pakula mit von der Partie war. Allerdings konnte Maggie sich der Frage nicht erwehren, ob ihr Vorgesetzter dabei an ihren Schutz oder vielmehr an Kellers Sicherheit gedacht hatte.

Sie musterte Keller und registrierte jede Einzelheit seines Äußeren. Seine Augen waren blutunterlaufen, die Wangen ein wenig eingefallen. Auf seiner Oberlippe bildeten sich Schweißtropfen, bemerkte sie nicht ohne Genugtuung. Er trug Khakihosen und ein schlichtweißes Hemd, unter dem sich ein kurzärmeliges T-Shirt abzeichnete. Abgesehen von den Schweißflecken unter den Achseln wirkte seine Kleidung frisch, sauber und penibel gebügelt, wenngleich Maggie nicht entging, dass der Hemdkragen ein wenig fadenscheinig wirkte.

Ungeachtet seiner ausgemergelten Gestalt waren seine Hände gepflegt, glatt und ohne Schwielen oder Narben, mit langen, geraden Fingern sowie kurzen, sauberen und akkurat gefeilten Fingernägeln. Wie sorgsam und mit Bedacht, ja nahezu feierlich und zeremoniell er diese Hände bewegte, zeigte sich in der Art und Weise, wie er die Teetasse an die Lippen hob, langsam und beinahe graziös, als wäre es ein kostbarer Kelch. Doch Maggie wusste, dass ebendiese Hände dazu fähig waren, mit der gleichen Ruhe kleine Jungen in einem grausigen Ritual abzuschlachten.

Ruhig und kerzengerade saß er da, doch sein unruhig durch den Raum zuckender Blick verriet, wie es hinter der perfekten Fassade aussah. Maggie fragte sich abermals, ob Keller wohl fürchtete, hereingelegt zu werden. Mit Sicherheit ging er davon aus, dass sie zumindest versuchen würde, ihm eine Falle zu stellen, zumal sie ihn jetzt dort hatte, wo sie ihn immer schon haben wollte – in einem Vernehmungszimmer, mit einem Polizisten als Verstärkung und einem unten in der Lobby. Und genau genommen entsprach das ja auch ihrer Absicht.

„Was haben Sie uns denn da mitgebracht?“ Maggie wies auf seinen Karton. „Ein Filettiermesser vielleicht? Oder getragene Knabenschlüpfer?“

Er war gut. Er hielt ihrem Blick Stand, ohne mit der Wimper zu zucken. „Die Person, die Sie suchen, hat mir E-Mails geschickt und ein paar Dinge zugesandt. Ich habe so viele wie möglich mitgebracht, und zwar in der Hoffnung, Sie könnten seine Fingerabdrücke darauf feststellen.“

„Wenn er Ihnen Sachen zuschickt“, warf Pakula ein, „wie haben Sie die gekriegt? Per Post oder per Lieferservice?“

„Per Post. Alle bis auf eine Sendung. Nie auch nur die Spur einer Absenderangabe.“

„Er hat Ihnen was geschickt?“ fragte Maggie. „Wie hat er Sie denn aufgestöbert?“

Keller zuckte die Achseln. „Vermutlich über die Kirche.“

„Die kirchlichen Stellen haben mir versichert, sie hätten keine Kenntnis von Ihrem Aufenthaltsort“, widersprach sie ihm. „Es hieß, man habe Sie nicht wieder als Seelsorger eingesetzt.“

„Unsere Mutter Kirche schützt eben ihre Priester. Vielleicht ist Ihnen das bei diesem Fall schon bewusst geworden.“ Er sah von Maggie zu Pakula und dann wieder zu Maggie.

„Wollen Sie damit andeuten, die hätten die ganze Zeit gewusst, wo Sie sich aufhielten?“

„Jedenfalls wussten sie sehr genau, wie sie Kontakt mit mir aufnehmen können.“

Ob das gelogen war oder nicht, konnte Maggie nicht beurteilen. Nach allem, was sie in dieser Woche über die katholische Kirche erfahren hatte, neigte sie fast dazu, ihm zu glauben.

„Was ist mit der anderen?"

„Der anderen?"

„Sie haben gesagt, alle Sendungen bis auf eine kamen per Post. Wie haben sie die andere gekriegt?"

„Die brachte mir Arturo, ein Junge aus dem Dorf. Ein alter Mann hätte sie ihm gegeben, sagte er." Keller griff wieder zur Teetasse.

„Halten Sie's für möglich, dass der Junge mit der Sache zu tun hat?" erkundigte sich Pakula.

„Nein, ausgeschlossen", beteuerte Keller, wobei er die Teetasse abstellte. Maggie sah sofort, warum er das tat. Ein leichtes Zittern durchfuhr seine Finger. „Arturo war einer meiner besten Ministranten, ein braver Junge. So etwas hätte er niemals getan."

Maggie merkte, wie sich ihr plötzlich der Magen verkrampfte. Keller hatte von dem Jungen in der Vergangenheitsform gesprochen „War? Was meinen Sie mit ‚war'?"

Kellers Blick begegnete dem ihren und wich dann zur Seite aus. Hatte sie ihn erwischt, oder lag das an der Wirkung des Giftes? Als er antwortete, sah er nicht sie, sondern Pakula an. „Er war mal mein Messdiener. Das ist er aber nicht mehr."

Pakula schien nicht viel von diesem Schlagabtausch zu halten. „Dass wir da noch verwertbare Fingerabdrücke kriegen, das bezweifle ich sehr", sagte er an Keller gewandt. „Egal, was Sie da in Ihrer Kiste haben."

„Da stimme ich Detective Pakula zu", unterstrich Maggie. „Auch ich glaube kaum, dass der Inhalt uns weiterhilft."

Keller zog die Schachtel an sich und umschloss sie mit seinen Armen, als wolle er sie schützen. „Ich kann mir nicht vorstellen, dass er besonders vorsichtig zu Werke ging. Der hat bestimmt nicht damit gerechnet, dass ich lange genug leben würde, um alles den Behörden zu übergeben. Und wenn Ihnen die Fingerabdrücke nicht weiterhelfen, gibt's immer noch die E-Mails. Die lassen sich doch sicher im Internet zurückverfolgen. Und die Liste."

„Wieso stehen Sie auf der Liste, Vater Keller?" fragte Maggie. „Was meinen Sie?"

„Ich habe keine Ahnung."

„Wirklich nicht? Überhaupt keine Vorstellung?"

Er wand sich kaum merklich auf seinem Stuhl und stützte die Ellbogen auf den Tisch. Maggie war wiederholt Mördern begegnet, die felsenfest davon überzeugt waren, dass sie nichts verbrochen hatten und dies so überzeugend vertraten, dass es schier unmöglich war, sie in Widersprüche zu verwickeln. Keller, so glaubte sie, zählte zu diesem Personenkreis. Vor vier Jahren war sie zu dem Schluss gelangt, dass er sich auf einer Mission wähnte. Im Unterschied zu dem „SinEater", der nach ihrer These missbrauchte Jungen durch die Hinrichtung ihrer Schänder rächte und zugleich seelisch befreite, hatte Vater Keller die missbrauchten Knaben in seinen Augen erlöst, indem er sie tötete und ihrem Leidensweg dadurch ein Ende setzte.

„Ich habe keinen Schimmer, weshalb ich auf der Liste stehe."

„Das überrascht mich aber", sagte Maggie mit ruhiger und fester Stimme, auch wenn sie diesen verdammten Scheinheiligen am liebsten beim Kragen gepackt und aus dem Fenster geschleudert hätte. „Wir wissen inzwischen, dass gegen alle bisherigen Opfer ermittelt wurde, weil sie sich anscheinend in der einen oder anderen Weise an kleinen Jungen vergangen haben. Wir glauben sogar, dass die Opfer selbst die Namen der Geistlichen irgendwie auf diese Liste gelangen ließen. Was ist also mit Ihnen, Vater Keller? Wer könnte Ihren Namen auf die Liste gebracht haben? Wer hat einen Grund, Sie so zu hassen, dass er über Sie richten will?“ Sie sah ihm geradewegs ins Gesicht, damit ihr keine Facette seiner Reaktion entging.

Er zuckte mit keiner Wimper. „Ich bin sicher, dass mein Name irrtümlich auf diese Liste geraten ist“, entgegnete er.

„Irrtümlich?“ Maggie war fassungslos. Glaubte dieser Priester wirklich, sie würde ihm das abkaufen?

„Was für ’nen Namen benutzt der Vogel in seiner E-Mail-Adresse?“ übernahm Pakula.

„SinEater.“

„Sagt Ihnen das irgendwas?“

„Zunächst habe ich mir gar nichts dabei gedacht, doch als ich dann recherchierte, fand ich heraus, dass es im Mittelalter tatsächlich Sündenfresser gab. Wenn auf dem Lande jemand starb, dann legten die Angehörigen eine Gabe, zumeist ein Stück Brot, auf die Brust des Toten. Nachdem alle sich von der Leiche entfernt hatten, trat der Sündenfresser ein, verspeiste das Brot, und durch dieses Ritual war der Hingeschiedene von allen Sünden erlöst. Der Sündenfresser hatte sie in seine eigene Seele aufgenommen.“

„Brot?“ Pakula schüttelte den Kopf und sah dann Maggie an. „Da waren doch Brotkrümel an O’Sullivans Hemd! Und bei diesem Kincaid in Columbia haben wir ganze Stücke in seiner Brusttasche gefunden! Das wird ja immer verrückter!“

„Der Kerl bringt Kinderschänder um", unterbrach ihn Maggie. „Warum sollte er die denn von ihren Sünden erlösen wollen?"

„Ich glaube", sagte Keller, wobei er sich mit einer hastigen Handbewegung über die Oberlippe fuhr, „das will er gar nicht. Nicht den Priester erlöst er von dessen Sünden, sondern vielmehr denjenigen, für den er ihn tötet." In seiner Erklärung schwang fast so etwas wie Bewunderung für den Sündenfresser, für eben die Person, die ihm nach dem Leben trachtete. An Maggie gewandt, fuhr er fort: „Passt das zu Ihrem Täterprofil, Agent O'Dell?"

Sie hielt seinem Blick Stand. Was sie da gehört hatte, entbehrte keineswegs der Logik. Dieser „SinEater" handelte in dem Glauben, er töte nicht nur im Namen der Jungen, sondern er lade dadurch zugleich deren Schuld auf sich – die Sünde nämlich, ihren Schändern den Tod an den Hals zu wünschen.

„Ich glaube, Sie haben Recht", räumte Maggie ein. Keller sah sie an, als habe er sich verhört. „Vielleicht will er missbrauchte Knaben erlösen, indem er ihre Peiniger umbringt." Sie verstummte. „Während Sie, Vater Keller, lieber die Opfer töten."

Keller pulte an einem Stückchen Klebeband seiner Schachtel. Es war so still im Raum, dass man das nervöse Kratzen und Knibbeln hörte, das seine schlanken Finger auf dem Karton hervorriefen.

„Haben Sie genau das mit Arturo gemacht?" fragte sie. „Haben Sie ihn erlöst, ehe Sie Venezuela verließen?"

„O'Dell!" mahnte Pakula. Seine Stimme klang zwar ruhig, doch der gereizte Unterton entging Maggie nicht. „Ich halte es für das Beste, wenn wir nicht aus den Augen verlieren, weswegen wir heute hier sind. Wir versuchen, einen Mörder zu fassen."

„Eben!“ bekräftigte Maggie mit einem Blick auf Keller. Genau das versuchte sie doch gerade, einen Killer zu fassen, dem man bereits vor vier Jahren das Handwerk hätte legen müssen. Doch dann lehnte sie sich zurück und verschränkte die Finger vor sich auf dem Tisch, um sich selbst daran zu hindern, sie zu Fäusten zu ballen und sie Keller in dessen selbstsichere, schweißige Visage zu rammen.

„Sagen Sie uns doch einfach, was Sie uns zu bieten haben, Vater Keller“, ließ Pakula sich wieder vernehmen.

„Ausdrucke der E-Mails. Ich weiß, dass es eine Methode gibt, E-Mails im Internet zurückzuverfolgen.“

„Mag sein“, brummte Pakula. „Noch besser wär's allerdings, wenn wir Ihren Computer hätten.“

„Oh, meinen Laptop habe ich dabei. In meinem Zimmer.“

„Ich gehe mal davon aus“, wandte Pakula ein, „dass er die üblichen Vorkehrungen getroffen hat, um zu verhindern, dass ihn jemand aufspürt. Dass wir ihn über seine E-Mails kriegen, das halte ich für fraglich.“

„Aber seit den Terroranschlägen vom 11. September verfügt das FBI doch über solche Möglichkeiten, oder?“ erkundigte sich Keller, in dessen Stimme Maggie einen Hauch von Unsicherheit zu hören meinte.

„Was haben Sie sonst noch?“ Pakula ließ nicht locker und sah zu Maggie hinüber.

„Eine Kopie der Liste“, sagte Keller, wobei er auf den Deckel seines Pappkartons klopfte. „Vater Paul Conley steht ebenfalls drauf.“

„Und ein Vater Rudolph Lawrence?“

„Lawrence? Äh … nein.“

„Ganz sicher?“

„Wenn man seinen eigenen Namen auf einer Todesliste findet, neigt man dazu, sich auch die anderen zu merken.“

„Wie viele Namen sind es denn?“ wollte Pakula wissen.

„Fünf, meine Wenigkeit eingeschlossen.“

Pakula fuhr sich mit der Hand über seine Glatze und sah Maggie an. Ihre Blicke trafen sich.

„Unsere Abmachung“, betonte Keller, „lautet, dass ich Ihnen alles überlasse, was nach meinem Eindruck zur Ergreifung des Täters beiträgt. Es dient schließlich meinem eigenen Vorteil, wenn Sie ihn fassen. Doch bevor ich Ihnen meine Unterlagen übergebe, brauche ich noch etwas.“ In seiner Stimme lag nun ein leises, aber unüberhörbares Zittern.

„Und das wäre?“ fragte Pakula, wobei er Maggie ansah.

„Wie ich Agent O'Dell gegenüber bereits erwähnt habe, gehe ich davon aus, dass ich vergiftet wurde. Ich habe Grund zu der Annahme, dass es sich dabei um eine Substanz namens Eisenhut handelt, auch Sturm- oder Mönchshut genannt.“

Angesichts dieser Ironie konnte Maggie sich ihr Grinsen kaum verkneifen. *Das passt ja wie die Faust aufs Auge!*

„Woher wollen Sie das denn wissen?“ erkundigte sich Pakula.

„Er hat's mir selbst mitgeteilt.“ Keller wischte sich die Schweißtropfen fort, die sich auf seiner Stirn gebildet hatten, obwohl es nach Maggies Ansicht noch immer eiskalt im Raum war.

„Und was wollen Sie jetzt von uns?“

„Ein Gegenmittel. Ich glaube, es heißt Digitalis oder Fingerhut und wird bei Herzinsuffizienz verabreicht. Es soll auch als Gegengift zu Eisenhut wirken. Sie besorgen es mir, und sowie ich es in meinem Hotelzimmer habe, bekommen Sie den Karton und meinen Laptop."

Er wischte sich die schweißklebenden Haarsträhnen aus der Stirn und stand auf. Maggie sah, wie er das Gesicht verzog. Selbst diese kleine Anstrengung bereitete ihm offenbar Schmerzen. Sie versuchte, sich zu entsinnen, welche Symptome eine Eisenhutvergiftung hervorrief, konnte sich jedoch nur noch daran erinnern, dass das Zeug vor allem im Mittelalter recht beliebt gewesen war.

Auch Pakula erhob sich, wobei er Maggie erwartungsvoll ansah, als wolle er ihr die Möglichkeit einräumen, die von ihr eingeleitete Begegnung auch zu Ende zu bringen.

Sie blieb sitzen. „Wieso glauben Sie eigentlich, Sie könnten uns vertrauen?" fragte sie Keller. „Ich habe doch nie einen Hehl daraus gemacht, dass ich Sie für einen kaltblütigen Mörder halte."

Obgleich es ihm offenkundig nicht gut ging – Maggie entging nicht, wie er sich mit der Linken am Tischrand festhielt –, schwankte seine Stimme kein bisschen. „Weil Sie mir Ihr Wort gegeben haben, Agent O'Dell. Und ich weiß, dass Sie damit nicht leichtfertig umgehen."

76. KAPITEL

Hotel „Embassy", Omaha

Pakula hatte Chief Ramsey über den Ablauf ihrer Begegnung mit Keller informiert und sichtete jetzt die auf seinem Handy eingegangenen Nachrichten. Kasab hatte den Priester währenddessen zurück auf sein Zimmer gebracht. Nach wie vor machte Maggie auf Pakula den Eindruck, als wäre sie Keller am liebsten an die Gurgel gegangen. Nach Pakulas Meinung deutete dessen Zustand zwar mehr auf Malaria hin als auf eine Vergiftung, aber der Bursche schien ja genau zu wissen, was ihm fehlte.

„Chief Ramseys Frau ist Internistin, drüben im Medical Center. Er wird sie bitten, zu beschaffen, was Keller haben will." Er fragte sich, ob Maggie ihm überhaupt zuhörte. Sie hatte wieder angefangen, in dem Besprechungszimmer unruhig hin und her zu laufen.

„Dieser Junge", bemerkte sie. „Dieser Arturo ... Keller hat ihn umgebracht, bevor er abflog, da bin ich mir ganz sicher. Er hat nicht damit aufgehört."

Pakula stieß einen langen Seufzer aus, aber sie reagierte nicht darauf. Anscheinend war es ihr egal, ob er ihr glaubte oder nicht. Er ahnte, was ihr vermutlich durch den Kopf ging. Dass er Keller eben nicht so gut kenne wie sie. Er war ihm heute zum ersten Mal begegnet und kannte ihn nur so, wie er eben aufgetreten war, krank und von Schweißausbrüchen geplagt. Pakula erinnerte sich zwar an den Fall vor vier Jahren, doch hatte er nicht mit eigenen Augen gesehen, was der Killer den kleinen Jungen angetan hatte, die schartigen Symbole, die er ihnen in die Brust geschnitten hatte. Dennoch konnte er Maggies Zustand verstehen, vor allem, wenn sie tatsächlich glaubte, dass er mit seinen Taten nicht aufgehört hatte.

„Passen Sie auf, O'Dell", sagte er. „Vielleicht haben Sie Recht mit Ihrer Annahme und Keller hat diese Jungs aus Platte City tatsächlich auf dem Gewissen. Mag ja auch sein, dass Sie bezüglich dieses Arturo richtig liegen. Aber wir haben keine Handhabe gegen Keller. Damit müssen Sie sich abfinden. Wenn Sie das nicht schaffen, nützen Sie mir bei der Aufklärung nicht viel."

Wortlos stapfte sie weiter auf und ab. Plötzlich prustete sie ganz unvermittelt los. „Mönchshut!" Sie lachte laut auf.

„Wie bitte?"

„Auf jeden Fall hat der Killer Humor."

„Das hört sich ja fast so an, als würden Sie den Kerl bewundern." Er musste sie irgendwie dazu bringen, sich mehr mit dem Mörder und weniger mit Keller zu beschäftigen.

„Sind Sie nicht auch der Meinung, dass es das abscheulichste aller Verbrechen ist, kleinen, wehrlosen Kindern etwas antun?" Ihre Frage klang wie eine Herausforderung.

„Gar keine Frage", gab er zurück.

„Und wie steht's mit denen, die sich immer und immer wieder an ihnen vergehen? Indem sie das kindliche Zutrauen gegenüber Respektspersonen ausnutzen, etwa zu einem Priester? Na los, Detective Pakula! Sie wissen doch ebenso gut wie ich ich, dass Erlebnisse, wie sie etwa Mark Donovan mit Monsignore O'Sullivan hatte, keine Einzelfälle sind."

„Natürlich." Er verschränkte die Arme über der Brust, da er annahm, dass sie auf etwas hinauswollte, mit dem er weniger einverstanden sein würde.

„Von wie vielen Kinderschändern haben Sie gehört, die tatsächlich geheilt werden konnten?"

„Ist mir schon klar, worauf Sie hinauswollen."

„Ich weiß ich von keinem, aber ich kann Ihnen von einem kleinen Mädchen erzählen, das sexuell missbraucht und lebendig begraben wurde, und zwar von einem Mann, den man gerade entlassen hatte. Ich könnte Ihnen Dutzende solcher Fälle schildern."

Er musterte sie, wie sie sich mit den Fingern durch die Haare fuhr. Immerhin schien er es geschafft zu haben, sie von Keller abzulenken.

„Und dennoch", fuhr sie fort, „hat die katholische Kirche in den vergangenen fünfzehn Jahren ungefähr fünfzehnhundert Priester, die wegen sexuellen Missbrauchs angeklagt waren, wieder in ihr Amt eingesetzt. Bei einigen wohlgemerkt nach einem kleinen Urlaub in einem Wunder wirkenden Therapiezentrum." Sie rieb sich die Schultern, als sei ihr noch immer kalt. „Nach meiner Vermutung handelt es sich bei dem ‚Sin-Eater' um jemanden, der es schlicht und ergreifend leid ist, immer wieder erleben zu müssen, dass alles weitergeht, ohne dass jemand etwas unternimmt. Und um Ihre Frage zu beantworten: Ja, ich muss gestehen, dass ich für sein Handeln tatsächlich fast so etwas wie Sympathie empfinde. Er unternimmt wenigstens etwas."

„Gestern haben Sie noch vermutet, es wären zwei Killer", wandte er ein. „Teenager, die missbraucht wurden und sich nun inspiriert durch ein Rollenspiel abreagieren."

„Das ist durchaus möglich", beharrte sie. „Jugendliche haben oft eine sehr klare Vorstellung von Gerechtigkeit."

„Der Kopf von Vater Conley als Altarschmuck? Also, aus meiner Sicht hat das mit Gerechtigkeit nichts zu tun."

Sie hielt einen Augenblick inne, sodass Pakula sich schon fragte, ob sie in ihrer Fantasie Conleys Kopf durch den von Keller ersetzte. „Ich glaube einfach nicht", entgegnete sie, „dass derjenige, der O'Sullivan erstach, auch Vater Conley ermordet hat."

„Was Ihrer Theorie von zwei Tätern entspräche." Dass Teenager Morde von diesem Kaliber begehen könnten, davon war Pakula bei weitem nicht überzeugt. Allerdings neigte er inzwischen dazu, sich Maggies Vermutung anzuschließen, dass es sich um mehrere Täter handeln musste.

„Was meinen Sie?" fragte sie. „Warum fehlt dieser Pfarrer aus Florida wohl auf der Liste?" Doch ehe er antworten konnte, fuhr sie bereits fort. „Es könnte bedeuten, dass Kellers Liste getürkt ist. Der Mörder spielt ihm die Namen zu, wohl wissend, dass Keller sie postwendend an die Ermittlungsbehörden weitergibt. Natürlich enthält diese Liste alle bisherigen Fälle, damit sie glaubwürdig erscheint. Warum aber steht dieser Vater Rudy nicht drauf?"

Sie goss sich heißes Wasser über einen frischen Teebeutel. Mit ihrer Teetrinkerei trieb sie es allmählich genauso arg wie er mit seinem Kaffeekonsum, dachte Pakula, erhob sich von seinem Platz und dehnte Rücken und Arme. In letzter Zeit hockte er einfach zu viel auf dem Hintern. Vielleicht würde es ihm ganz gut tun, ebenfalls etwas herumzulaufen. Allerdings gelangte er nur bis zu dem Servicewagen. Wäre doch ein Jammer, das Zeug verkommen zu lassen. Selbst wenn er deswegen eine halbe Stunde länger auf seinen Boxsack einprügeln müsste – ein paar von den Käsewürfeln musste er einfach probieren. Die hätte er sich jetzt verdient.

„Vielleicht war Vater Rudy ein Versehen.“ Er steckte sich gerade eine Weintraube in den Mund, als ihm seine Mailbox einfiel. „Moment mal! Ich hab ganz vergessen, dass ich eine Nachricht von meinem Bekannten unten in Pensacola habe.“ Er zog sein Handy aus der Tasche, klappte den Deckel auf und tippte sich durch die noch nicht abgehörten Nachrichten. Als die entsprechende Vorwahl aufleuchtete, drückte er auf „Abhören“ und hielt das Handy an sein Ohr.

„Hallo, Tommy. Ich muss mich kurz fassen, aber viel gibt's ohnehin nicht zu berichten. Hab jemanden aufgetrieben, der meinte, dass Vater Rudy ein ziemlich mieser Vogel war. Aber auf kleine Jungs stand er offensichtlich nicht. Wie es scheint, hat er sich allerdings an ein elfjähriges Mädchen rangemacht. Falls du Näheres wissen willst, ruf mich heute Abend an.“

Pakula klappte sein Handy zu und starrte es an. Dann ließ er sich in den in der Ecke stehenden Sessel sinken. Bislang hatte er diesen Fall wie jeden anderen behandelt, angewidert wie immer, wenn es um Verbrechen an Kindern ging. Jetzt aber musste er an seine jüngste Tochter denken. Seine Kleine war vorigen Monat gerade elf geworden, und für einen kurzen Moment stellte er sich vor, wie sie sich ahnungslos einem Mann anvertraute, einem Priester, und wie dieser Priester den kindlichen Respekt und die Achtung ausnutzte, genau so, wie Maggie es vorhin ausgemalt hatte. Urplötzlich stieg eine unbändige Wut in ihm auf, und er verspürte den Drang, auf etwas einzudreschen.

Als er den Blick hob, bemerkte er, dass Maggie stehen geblieben war und ihn erwartungsvoll ansah.

„Nichts Konkretes“, wiegelte er ab. „Nur Gerede. Dass dieser Vater Rudy anscheinend auf elfjährige Mädchen stand.“

Er sah, wie sie die Augen schloss und tief Luft holte. Und er fragte sich, ob auch sie wohl zuweilen drauf und dran war, auf etwas einzuschlagen.

77. KAPITEL

Washington, D.C.

Vom Fenster ihrer Praxis aus blickte Gwen Patterson hinunter auf den Feierabendverkehr. Seit ihrem Gespräch mit Detective Racine lagen ihre Nerven blank, und sie konnte keinen klaren Gedanken fassen. Dennoch war es ihr irgendwie gelungen, den Tag mit all seinen Terminen zu überstehen, und das trotz der Ungeschicklichkeit ihrer neuen Bürohilfe. Die hatte nicht nur den Kopierer durch einen Papierstau außer Gefecht gesetzt und die nagelneue Espressomaschine ruiniert, sondern auch etliche Anrufer abgehängt, statt sie in die Warteschleife zu schalten, darunter ein Mitglied des US-Senats. Dessen Unmut über die rohe Behandlung überstieg anscheinend die Dringlichkeit seines Anliegens, denn er hatte sich nicht wieder gemeldet. Gwen war froh, dass sie Harvey in ihrer Wohnung gelassen hatte. Der Arme wäre trotz seines ruhigen Temperaments bei dem heutigen Chaos sicher verrückt geworden.

„Gibt es sonst noch etwas, Ms. Patterson … äh, ich wollte sagen Dr. Patterson?“ fragte die Neue von der Sprechzimmertür aus.

Gwen musterte das Mädchen … nein, die junge Frau, verbesserte sie sich. Normalerweise hätte sie ihr angesichts der gepiercten Augenbraue und des ihrer Meinung nach zu engen und zu knappen Baumwolltops erklärt, dass sie mit ihrem Erscheinungsbild quasi das Aushängeschild ihrer Praxis war. Im Augenblick jedoch kam Gwen das alles völlig unerheblich vor. Mit ihrer Praxis hatte sie einem Killer Tür und Tor geöffnet und ihn durch Rat und Therapie womöglich noch ermutigt, seine Taten fortzusetzen. Gestoppt hatte sie ihn jedenfalls nicht.

„Nein, das wär's, Amanda. Lassen wir's gut sein für heute."

„Das mit der Espressomaschine tut mir furchtbar Leid. Ich besorge Ihnen eine neue."

„Machen Sie sich darüber mal keinen Kopf", beschwichtigte Gwen sie. Die arme Amanda war sich wohl kaum im Klaren darüber, dass ein Ersatz sie einen ganzen Wochenlohn kosten würde. „Fahren Sie heim. Ruhen Sie sich aus. Wir versuchen es morgen noch einmal."

„Danke, Dr. Patterson!"

Es war das erste Mal an diesem Tag, dass Gwen ihrer Neuen so etwas wie ein Lächeln entlockte. Wahrscheinlich, so ihre Vermutung, würde das Mädchen nach Hause gehen und sich bei ihrer Mitbewohnerin oder bei ihrem Freund ausheulen, vielleicht auch bei der Mutter oder ihrer besten Freundin. Plötzlich ging Gwen auf, welche Wohltat es sein musste, jemanden zu haben, bei dem man sich über die Widrigkeiten des Tages auslassen konnte. Und du? fragte sie sich. Wen hast du? Bloß Harvey, und selbst den nur leihweise! Sie nahm sich vor, Maggie am Abend anzurufen. Als eine Frau, die ihren Lebensunterhalt damit verdiente, dass sie ihre Klienten davon zu überzeugen versuchte, Einsicht sei der erste Schritt zur Besserung, hielt sie sich selbst viel zu selten daran. Vielleicht war's an der Zeit, das endlich zu ändern.

Sie beschloss, ebenfalls nach Hause zu fahren, um sich etwas Ruhe zu gönnen. Gerade ließ sie ihren Laptop in ihre Tasche gleiten, als das Telefon klingelte. Sie überlegte kurz, aber dann griff sie doch nach dem Hörer und meldete sich gerade noch, bevor sich der Anrufbeantworter einschalten konnte.

„Hallo, Doc, Julia Racine hier."

Gwen lehnte sich an ihren Schreibtisch, als wolle sie sich für eine Nachricht wappnen, die möglicherweise zusätzlichen Halt erforderte. „Was kann ich für Sie tun, Detective?" fragte sie, statt das zu sagen, was ihr eigentlich auf der Zunge lag. *Was wollen Sie denn nun schon wieder von mir?*

„Die Kollegen in Boston haben Fingerabdrücke gefunden, die der Killer ihrer Meinung nach auf 'nem Kaffeebecher hinterlassen hat. Ich dachte nur, es würde Sie interessieren, dass sie nicht mit denen Ihres Klienten übereinstimmen. Von Nash sind die nicht."

„Soll ich jetzt etwa erleichtert aufatmen?" Das hieß doch nur, dass Nash nicht in Boston gewesen war, um irgendeinem Priester den Kopf abzusäbeln. Dass die Fälle nicht zusammenhingen, hatte sie sich bereits gedacht. „Das bedeutet nur, dass er nicht vom Frauenmörder zum Priesterkiller geworden ist."

„Na, da wäre ich mir nicht so sicher", wandte Racine ein. Bei dem Krach im Hintergrund konnte Gwen sie kaum verstehen. Es hörte sich an wie Verkehrslärm, offenbar war sie mit dem Wagen unterwegs. „Schließlich gibt es einen Haufen Gemeinsamkeiten. Vater Conley wurde erstickt, genau wie die übrigen Opfer auch, und der Mörder benutzte ein Beil, um ihm den Kopf abzuhacken. Und vom Rest der Leiche keine Spur. Sieht so aus, als hätte er den zerstückelt. Im Schuppen hinter dem Pfarrhaus."

Auf derlei Einzelheiten konnte Gwen gut verzichten. Sie musste sich dabei unweigerlich vorstellen, wie Denas Leiche Stück für Stück zerlegt wurde. Am liebsten hätte sie Racine gesagt, sie möge sich ihren Bericht sparen oder ihn sich für

Maggie oder für Tully oder sonst wen aufheben. Sie selbst wollte sich so etwas nicht mehr antun.

„Nichts davon haben wir bisher an die Presse gegeben, somit ist es höchst unwahrscheinlich, dass wir es mit einem Nachahmungstäter zu tun haben."

„Wozu erzählen Sie mir das alles, Detective Racine?"

„Weil ich nichts Konkretes in der Hand habe. Und solange Sie nicht mit weiteren Informationen über Nash herausrücken, kann ich ihn nicht einmal zur Vernehmung vorladen."

Gwen widerstand dem Drang, aufzulegen. Sie stieß einen tiefen Seufzer aus und hoffte, sie könne damit ihren Missmut unüberhörbar zum Ausdruck bringen. „Ich habe Ihnen doch bereits alles gesagt. Die Zettel, die Dinge, die er mir geschickt hat – sind die denn nicht Beweis genug?"

„Sie wären es, wenn wir seine Fingerabdrücke auf etwas davon gefunden hätten. Hören Sie, Doc, ich muss Schluss machen! Wenn Ihnen noch was einfällt, egal was, dann rufen Sie mich an, ja?"

Und bevor Gwen antworten konnte, war die Verbindung unterbrochen. Gwen legte den Hörer auf die Gabel zurück und schob noch einen Stapel Akten in ihre Tasche, als sie hörte, wie die Tür zum Empfang geöffnet wurde. Amanda hatte doch mit Sicherheit nicht bereits den Kundendienstmonteur für den Kopierer bestellt? Ach was, bestimmt hatte sie nur etwas vergessen. Gerade wollte sie ihren Namen rufen, als plötzlich James Campion im Türrahmen auftauchte.

„Hallo, Dr. Patterson!" keuchte er, offenbar völlig außer Atem. Verglichen mit seinem ansonsten so piekfeinen Äußeren bot er einen furchtbaren Anblick. Seine Kleidung war zerknittert, als hätte er darin geschlafen, das Haar zerzaust. Die Augen wirkten blutunterlaufen und geschwollen.

„James! Alles in Ordnung mit Ihnen?"

„Ich muss Sie unbedingt sprechen, Dr. Patterson!"

„Was ist denn passiert? Sind Sie verletzt?"

„Nein, nein, verletzt nicht – jedenfalls nicht so, wie Sie meinen."

Sie wusste, sie hätte ihm sagen müssen, es sei schon Feierabend, und er solle morgen wiederkommen. Aber er machte einen so kopflosen, so verängstigten Eindruck, das jungenhafte Gesicht förmlich zur Fratze verzerrt, dass sie befürchtete, am nächsten Morgen könne es womöglich zu spät sein. Zumal sie sich an die Narben an seinen Handgelenken erinnerte.

„Kommen Sie rein und nehmen Sie Platz." Sie musste ihn irgendwie beruhigen. Er schloss die Tür hinter sich, lief dann jedoch in ihrem Sprechzimmer auf und ab und sah dabei ständig aus dem Fenster, als wähne er sich verfolgt. Gwen mochte es nicht, wenn ihre Klienten herumliefen. Sie entzogen sich dadurch ihrer Kontrolle.

„Wir können gern reden, James, aber erst müssen Sie sich setzen und mir erzählen, was los ist."

Endlich blieb er stehen und sah sie an. Seine Stimme klang wie die eines kleinen Jungen, der schreckliche Angst hatte. „Dieses Pochen! Das Hämmern!" Er zeigte auf seine Schläfen und umfasste dann mit gespreizten Fingern seinen Kopf. „Es hört einfach nicht auf! Ob das die Strafe dafür ist, dass ich gegen die Regeln verstoßen habe?"

78. KAPITEL

Hotel „Embassy“, Omaha

Nick hatte sich schon auf den Abend gefreut. Nach einigem Hin und Her hatte er seine Schwester überreden können und ihr die Erlaubnis abgerungen, Timmy die Nacht bei ihm in seinem Hotelzimmer verbringen zu lassen. Schließlich erklärte sie sich sogar bereit, Mrs. McCutty anzurufen und sie zu fragen, ob auch Gibson dort übernachten durfte. Leicht war das natürlich nicht gewesen. Anfangs hatte Christine nichts von der Idee gehalten.

„Ich fasse es nicht!“ hatte sie ihn am Telefon angeblafft. „Die beiden machen sich ’nen faulen Lenz, und du belohnst sie auch noch fürs Schwänzen? Hast du ’ne Ahnung, was ich für diesen Schnupperkurs hinblättern musste?“

Als er ihr aber erzählte, Bruder Sebastian sei bei ihr zu Hause aufgekreuzt und habe nach den beiden Jungen gesucht, da wurde sie still.

„Ich weiß nicht, was da läuft“, bekannte Nick. „Nur musst du zugeben, dass dieser Sebastian schon ein ziemlich merkwürdiger Vogel ist.“

„Der Büttel des Erzbischofs ist das“, informierte sie ihn. „Wenn da irgendwas im Schwange ist, steckt Armstrong dahinter. Du glaubst doch nicht etwa, der lässt Timmy dafür büßen, dass ich an diesem Artikel schreibe, oder?“

„Na, du bist gut!“ Manchmal mochte er es kaum glauben, wie naiv seine ältere Schwester sein konnte. „Du versuchst, ihm am Zeug zu flicken, und da meinst du, er würde einfach nur zusehen und dich seelenruhig gewähren lassen?“

„Dann wär's vielleicht doch keine schlechte Idee, die Jungs woanders unterzubringen. Ich rufe Mrs. McCutty an und frage sie."

Bei Jill hingegen hatte er keine große Überzeugungsarbeit leisten müssen, wenngleich er sich das nur ungern eingestand. Offenbar machte es ihr nicht allzu viel aus, auf einen Abend mit ihm zu verzichten, da sich dadurch erneut die Gelegenheit bot, verschiedene Blumenarrangements zu besprechen, und ach, übrigens, der Partyservice werde einige Kostproben vorbeibringen. Also wenn er nicht kommen könne, dann werde sie eben ihre Brautjungfer einladen.

Allmählich fragte er sich, was ihr eigentlich wichtiger war, das Hochzeitsbrimborium oder ihre Ehe. Wie ließ sich das bloß erklären, dass eine intelligente und gebildete Frau auf einmal zur kaufwütigen Schnäppchenjägerin mutierte, die bloß noch in Katalogen blätterte und den lieben langen Tag durch Einkaufstempel hechelte? Und wenn sie dann doch einmal etwas gemeinsam taten, brachte sie das Gespräch unweigerlich auf die Frage, was denn wohl besser sei, ein warmes oder ein kaltes Büfett. Dass es auch andere Themen gab, das war einmal. Er konnte sich schon fast nicht mehr daran erinnern, wann er mit ihr das letzte Mal ein normales Gespräch geführt hatte.

Doch darüber wollte er jetzt nicht weiter nachdenken. Er wollte lieber seine Freude daran haben, wie Timmy und Gibson mit großen Augen das Hotel bestaunten, als befänden sie sich auf einer Reise durch eine märchenhafte Welt. Unterwegs hatten sie noch bei einem Jeansladen gehalten, um Gibson ein paar Sachen zu kaufen, nachdem der sich bei dem ursprünglichen Vorschlag, schnell bei ihm zu Hause vorbeizufahren, förmlich gewunden hatte. Die kleine Einkaufstour hatte Nick einen Riesenspaß bereitet, ganz im Gegensatz zu den Shoppingzeremonien von Jill und ihren Freundinnen. So herzhaft hatte er schon lange nicht mehr gelacht, und auch den Jungen gefiel es. Sie hatten sogar darauf bestanden, ihre neuen Klamotten gleich anzulassen, und erforschten so ausstaffiert jetzt die Lobby und die Gänge des Hotels.

„Ziehen wir später noch los?“ wollte Timmy wissen. „Auf ’n Eis?“

„Ich halte es für besser, wenn wir heute Abend hier bleiben und mit dem Zimmerservice vorlieb nehmen“, gab Nick zurück. „Ich glaube zwar nicht, dass euer neuer Freund euch im Old Market sucht, aber sicher ist sicher. Okay?“

Nick war zwar froh, ihnen ein Gefühl der Geborgenheit geben zu können, hatte jedoch nicht vergessen, was Tony über Bruder Sebastian gesagt hatte. Dass der nämlich alles täte, was der Erzbischof von ihm verlange. Der Kerl hatte bereits das Dienstzimmer von O’Sullivan auf den Kopf gestellt, Gibson im Schulflur zusammengestaucht und die Mutter des Jungen belogen, indem er ihr weismachen wollte, ihr Junge deale mit Drogen. Wozu war dieser Privatsekretär wohl noch im Stande? War dem vielleicht sogar ein Mord zuzutrauen?

Aber auch Timmy und Gibson rückten nicht mit der ganzen Wahrheit heraus. Zuerst Tony, und jetzt dieses Duo! Sie wussten etwas, die beiden, doch sobald er nachfragte, gaben sie sich wortkarg. Er würde es später noch einmal versuchen, nahm er sich vor, allerdings erst, nachdem er sie mit Hamburgern und Pommes frites abgefüttert hatte.

Er war in seinen Gedanken so mit Bruder Sebastian beschäftigt, dass er den hochgewachsenen Mann, der ihn von einem der Sofas in der Lobby aus beobachtete, gar nicht bemerkte.

79. KAPITEL

Hotel „Embassy“, Omaha

Vater Michael Keller glaubte bereits zu spüren, wie das Gegenmittel zu wirken begann, auch wenn er wusste, dass er sich das wahrscheinlich nur einbildete. Es gab keine Garantie, dass der Fingerhutextrakt ihm helfen würde, geschweige denn dermaßen schnell. Aber die kalten Schweißausbrüche hatten aufgehört. Obwohl er nichts zu sich genommen hatte, beruhigte sich sein Magen und rumorte nicht mehr. Allerdings war er sich nicht ganz sicher, ob auch seine Augen sich normalisiert hatten.

Er saß in der Hotellobby und erfreute sich an dem aus den Lautsprechern dudelnden Musikbrei, einer auf kommerziell getrimmten Version von Johann Pachelbels Streicherkanon in D-Dur. Gleichzeitig beobachtete er das Geschehen vor den Hotelfenstern – Touristen, die über den kopfsteingepflasterten Old Market schlenderten, Autos, Busse, die antiquierte Trambahn, die draußen vorüberratterte. Er war fasziniert von alledem, wenngleich diese Dinge ihn in seinem früheren Leben oft belästigt und verärgert hatten. Seine Sehkraft schien so weit wieder tadellos – bis er bemerkte, wie ein Mann und zwei Teenager durch die Drehtür in die Lobby traten. Da überkam ihn plötzlich wieder das Gefühl, dass er an Halluzinationen litt.

Irrst du dich, oder kennst du den? Er wusste nicht recht, wo er den Mann einordnen sollte. Auch der eine Junge in dem grell orangefarbenen T-Shirt und der schlabberigen Cargohose kam ihm irgendwie bekannt vor. Gut möglich, dass die beiden zur Kirchengemeinde gehört hatten, damals, in Platte City.

Er wandte den Blick ab und nippte an seinem Tee. Das Hotel erschien ihm wie ein Traum – das Paradies auf Erden. Am liebsten hätte er sich für immer hier einquartiert. Doch nun, da er alles an Maggie O'Dell und Detective Pakula ausgehändigt hatte, würde seine Mission bald beendet sein.

Während der langen Anreise hatte er seine Entscheidung noch einmal überdacht und bekräftigt. Eine Rückkehr kam nicht in Frage. Es bestand kein Grund mehr, sich noch länger zu kasteien. Mit all dem, was er den Behörden übergeben hatte, würde man den „SinEater" zweifellos fassen. Das war bloß eine Frage der Zeit. Inzwischen musste er sich einen sicheren Unterschlupf besorgen. Warum nicht eine kleine Provinzgemeinde, wo kein Mensch ihn kannte? Irgendwo im Großraum Chicago vielleicht.

Er würde vorgeben, er komme auf Geheiß des Erzbischofs, so wie er das in den vergangenen vier Jahren immer getan hatte. Bis jemand den Schwindel aufdeckte, verrannen Monate, wenn nicht Jahre. Und wenn's dann nicht mehr ging, hatte er einfach sein Bündel geschnürt und sich einen anderen Ort gesucht. Er sah überhaupt nicht ein, wieso das hier nicht ebenfalls funktionieren sollte.

Eins allerdings nagte noch an ihm, nämlich die Frage, die Maggie O'Dell ihm gestellt hatte. *Wieso stehen Sie auf der Liste, Vater Keller? Was meinen Sie?* Das ließ ihm einfach keine Ruhe. Ihre Frage hatte ihm bewusst gemacht, dass da draußen außer dieser FBI-Agentin und dem „SinEater" möglicherweise noch jemand herumlief, der ihm am Zeug flicken wollte, der ihm das Leben zur Hölle machen würde, wenn er ihn nicht daran hinderte.

Er schreckte aus seinen Gedanken, als er den Mann, der eben hereingekommen war, mit dem Portier sprechen hörte.

Er kannte diese Stimme. Doch der Groschen wollte noch immer nicht fallen.

Der Mann drehte sich zu den beiden Jungen um und rief dem in dem orangegelben T-Shirt etwas zu. *Timmy!* Vater Keller fiel es wie Schuppen von den Augen, und plötzlich war ihm, als wäre alles erst gestern gewesen.

Jetzt wusste er, wie sein Name auf die Liste geraten war.

Dabei hatte er so oft für ihn gebetet, für diesen armen kleinen Jungen, dessen Errettung ihm versagt geblieben war.

80. KAPITEL

Washington, D.C.

Gwen versuchte, ihn zu beruhigen, doch er war völlig außer sich, stotterte mal wie ein verängstigter kleiner Junge, um im nächsten Moment wie ein Tobsüchtiger um sich zu schlagen. So hatte sie James Campion noch nie erlebt. Immer wieder schrie er, er habe gegen die Regeln verstoßen. *Was für Regeln denn, verdammt!*

„Die Spielregeln", schluchzte er jetzt wieder. „Der ‚SinEater'! Er muss mich irgendwie verhext haben! Ist so was möglich?"

Schließlich brachte sie ihn dazu, sich auf das Sofa zu setzen, wenngleich ihn das nicht davon abhielt, weiter mit den Armen zu fuchteln. Obwohl sie ihn nicht als gewalttätig einschätzte, ertappte sie sich doch dabei, wie sie zur Tür sah und für den Fall der Fälle die Chancen für eine Flucht abschätzte. In allen bisherigen Sitzungen war er ihr gegenüber stets überaus höflich, liebenswürdig und respektvoll aufgetreten. Sie konnte sich nicht erinnern, dass er jemals laut geworden wäre, nicht einmal bei der Enthüllung der abscheulichsten Erlebnisse aus seiner Kindheit.

Seine Kindheit!

Wieso war ihr das nicht schon viel eher eingefallen?

James Campion war missbraucht und vergewaltigt worden, und zwar von seinem Gemeindepfarrer, einem Mann, dem er Achtung und tiefes Vertrauen entgegenbrachte. Hatte er eigentlich jemals seinen Namen genannt?

Ihre Gedanken rasten, während sie versuchte, sich an die Einzelheiten aus seiner Akte zu erinnern. Wieso fiel ihr nicht ein, wo er aufgewachsen war? Hier jedenfalls nicht, da war sie sicher. Boston? War's nicht Boston gewesen? Oder ging jetzt wieder was mit ihr durch, und sie fügte die Puzzelteile in die Lücken, die ihr gerade zupass kamen?

„Nun mal langsam, James. Erzählen Sie mir von dem Spiel. Das haben sie vorher nie erwähnt." Sie sprach leise und hoffte, ihre Stimme würde ihn beruhigen. „Erzählen Sie mir von diesem Spiel. Erst dann kann ich Ihnen helfen. Okay?"

Er nickte und sah sie an. Sie hielt den Blickkontakt. Wenn sie ihn dazu bringen konnte, sich daran zu erinnern, wie geborgen und sicher er sich hier immer gefühlt hatte – so sicher, dass er ihr Dinge offenbarte, die er niemandem sonst gestanden hatte –, dann würde er sich ihr vielleicht anvertrauen und ihr verraten, was geschehen war. Aus den Augenwinkeln registrierte sie, wie er nervös die Hände im Schoß verkrampfte, wie die Finger sich um den Saum seines Hemds krallten, bis sie sich zu Fäusten ballten und die Haut sich an den Knöcheln weiß färbte. Plötzlich war sie sich gar nicht mehr so sicher, ob sie wirklich wissen wollte, was passiert war. Was er angerichtet hatte.

„Eine Weile hat es ja geholfen", fing er schließlich an. Seine Stimme klang jetzt gefasst, obschon er nach wie vor nervös an seinem Hemdsaum herumzerrte. Maggie meinte eine Naht reißen zu hören. „Sie haben mir eine Zeit lang geholfen. Das haben Sie wirklich, Dr. Patterson. Aber Sie haben mich zu oft darüber sprechen lassen. Wenn Sie mich drängten, darüber zu reden, dann ging es nicht weg. Dann wurde alles nur noch schlimmer. Dann reichte auch das Spiel nicht mehr. Und unsere Termine, die brachten auch nichts. Sie ..." Er löste die Hand vom Hemdsaum und wies mit dem ausgestreckten Zeigefinger auf Gwen. „Sie haben gar nichts gebracht!"

Langsam stand er auf, den Blick in den ihren gebohrt, als habe er gerade so etwas wie eine Offenbarung.

„Sie haben mich nur dazu gebracht, das alles wieder auszugraben!“ Seine Stimme klang jetzt fast wie ein Fauchen. „Dauernd musste ich darüber reden. Mich erinnern! An die ganzen ekelhaften Einzelheiten, immer wieder! Warum?“

Mit einem Schlag begriff Gwen, dass sie sich geirrt hatte. Es war nicht Rubin Nash. Es war James Campion. Sie hatte einen Fehler gemacht. Und dafür würde sie jetzt büßen.

81. KAPITEL

Hotel „Embassy", Omaha

Maggie hatte sich von Pakula überreden lassen, im Hotel zu bleiben, sich auf ihr Zimmer zurückzuziehen und sich „erst mal abzuregen", wie er es ausdrückte. Außerdem hatte er ihr dringend empfohlen, sich von Vater Keller fern zu halten. Anscheinend hielt er es inzwischen auch für keine gute Idee mehr, dass sie und Keller im selben Hotel untergebracht waren, nur zwei Etagen voneinander entfernt. Außerdem war sie mit Schwester Kate zum Dinner verabredet, sonst hätte sie sich kaum ausreden lassen, noch mit ins Präsidium zu fahren. Zu tun gab es schließlich jede Menge. Die von Keller mitgebrachten Gegenstände mussten auf Fingerabdrücke untersucht und die dann durch den Computer gejagt werden. Was allerdings die E-Mails betraf, da war sie sich mit Pakula einig, dass die nicht viel bringen würden. Dennoch wollte Pakula seine Computerspezialisten damit beauftragen.

Der Moment Ruhe hatte ihr tatsächlich gut getan. Sie war abgekämpft und ausgelaugt und hatte zudem das Gefühl, eine Niederlage erlitten zu haben. Auch wenn sie diesen „SinEater" fassten, würde Vater Keller doch unbehelligt seines Weges ziehen, und sie würde nicht verhindern können, dass er weiterhin mordete.

Hatte sie wirklich allen Ernstes geglaubt, sie könne ihn irgendwie zu einem Geständnis veranlassen, einem Bekenntnis seiner Sünden? Warum hätte er sich darauf einlassen sollen? Es saßen doch schon zwei vermeintlich Schuldige hinter Gittern, gegen die Keller selbst seinerzeit so viel Belastungsmaterial geliefert hatte, dass es für eine Verurteilung gereicht hatte. Er hatte sie allesamt getäuscht und manipuliert, die Ermittlungsbehörden, die Justiz und die katholische Kirche. So war es ihm gelungen, unbehelligt zu bleiben. Und sie wusste, dass er, so lange er auf freiem Fuß war, seine abartige Mission weiterhin verfolgen und weitere Jungen „erlösen“ würde. Was sie aber am meisten ärgerte, das war, dass sie ihn in gewisser Weise gestärkt hatte. Indem er mit ihr verhandelte, ohne dass ihm etwas passierte, würde er sich umso mehr im Recht wähnen. Und falls er den armen Arturo tatsächlich umgebracht haben sollte, dann sah Keller bestimmt auch nicht den geringsten Anlass, nach Venezuela zurückzukehren.

Sie zog das Handy hervor und stellte leicht enttäuscht fest, dass sie in der Zwischenzeit keine Anrufe bekommen hatte. Sie hatte insgeheim gehofft, dass Detective Racine oder Gwen sie darüber informieren würden, wie zum Teufel es mit dem Fall in Washington stand. Sie war überzeugt, dass der Mord in Boston mit ihrem Fall hier in Omaha irgendwie zusammenhing, denn Vater Paul Conley hatte ja immerhin auf der Liste des Sündenfressers gestanden. Gleichzeitig aber stand für sie auch fest, dass es sich nicht um den selben Täter handeln konnte, der die anderen Priester umgebracht hatte. Warum hatte er sein Opfer enthauptet? Das erinnerte sie vielmehr an die drei – nein, vier – Frauen in Washington.

Sie tauschte ihre Anzughosen gegen eine Jeans, behielt aber das Jackett an, um darunter ihre Dienstwaffe tragen zu können. Draußen vor dem Hoteleingang angelangt, atmete sie die warme Sommerluft ein und bummelte dann über die kopfsteingepflasterten Straßen des Old Market, vorbei an Geschäften und Lokalen und pferdebespannten Kutschen. Pakula hatte ihr erzählt, die drei- und viergeschossigen, um 1900 herum errichteten Backsteinbauten hätten früher als Lagerhäuser gedient. Jetzt säumten Lichterketten aus winzigen weißen Lämpchen die Dachfirste und Markisen, und überall vor den Cafés und Kneipen zogen Straßenhändler und Musikanten Käufer und Zuhörer an. All das verlieh dem Viertel ein bezauberndes Flair.

Maggie lief an einem berittenen Polizisten vorbei, folgte einer Menschenmenge über eine belebte Straßenkreuzung, und dann sah sie M's Pub auch schon. Schwester Kate hatte einen Tisch auf der Außenterrasse ergattert. Sie stand auf und winkte, kaum dass Maggie sie ausgemacht hatte.

„Wär's Ihnen lieber, wenn wir drinnen essen?" fragte sie, noch immer im Stehen und bereit, den Tisch zu wechseln, falls Maggie dies wünschte.

„Nein, die frische Luft tut gut. Idealer Platz hier."

In ihren Shorts, schwarzer Baumwollbluse und Sandalen sah sie noch weniger wie eine Nonne aus, dachte Maggie. Während sie Platz nahmen, wischte Schwester Kate sich über die schwarze Bluse, augenscheinlich ein wenig verlegen.

„Die Hündin meiner Mitbewohnerin", erklärte sie. „Ich mag sie wirklich gern, allerdings haart sie ziemlich."

„Ihre Zimmergenossin oder die Hündin?" Kaum war die Frage heraus, da bereute Maggie sie auch schon. Sie war einfach zu häufig mit männlichen Polizeibeamten und FBI-Agenten zusammen! Zu ihrer Überraschung und Erleichterung brach Schwester Kate jedoch in schallendes Gelächter aus. Es war ein sympathisches Lachen, in das Maggie gerne einstimmte.

Beide bestellten ein Glas Wein, und anschließend empfahl Schwester Kate ihr mit Mozzarella überbackene Muscheln in Knoblauch als Vorspeise.

„Wenn ich mir die Frage erlauben darf: Ihre Mitbewohnerin – ist die ebenfalls Nonne?"

„Ja. Genau genommen habe ich zwei, und beide sind Ordensfrauen. Wir teilen uns ein Haus im Stadtteil Dundee. Das ist das Viertel, das nur ein paar Straßen östlich von ‚Our Lady of Sorrow' liegt."

„Wo unterrichten denn Ihre beiden Mitbewohnerinnen?"

„Ich bin die einzige Lehrerin", erwiderte sie und lächelte, als sie Maggies überraschtes Gesicht sah. „Wir können auch anderen Dingen nachgehen und andere Berufe ausüben, solange sie den Zielen des Ordens dienlich und förderlich sind." Sie hielt kurz inne, da die Kellnerin den Wein brachte. „Schwester Loretta zum Beispiel managt mehrere Wohnanlagen für Mieter mit niedrigen Einkommen. Die Häuser gehören unserem Orden. Wir nennen Loretta unsere ordenseigene Slum-Baronin."

Wieder musste Maggie lachen, froh darüber, dass die Anspannung des Nachmittags ein wenig nachließ.

„Und die andere?"

„Schwester Danielle. Die schreibt Computerprogramme."

„Tatsächlich?"

„Sie hat bereits einige für die Archivierung medizinischer Daten in Krankenhäusern geschrieben und kümmert sich um den Datenschutz in Frauenhäusern. Außerdem schießt sie für meine Reisen unglaublich günstige Flüge im Internet. Dieses Wochenende fliege ich nach Chicago. Da hat sie mir ein Ticket für unter hundert Dollar besorgt, Hin- und Rückflug!"

„Na, jedenfalls habe ich jetzt ein völlig neues Bild von Nonnen."

„Das gilt für mich ebenfalls."

„Bitte?"

„FBI-Beamte habe ich mir auch immer anders vorgestellt." Sie warf Maggie ein Lächeln zu.

Maggie hob ihr Weinglas. „Na dann!"

„Vermutlich hat sich durch diesen Fall auch Ihr Bild vom Priestertum verändert, oder?"

Maggie musterte die Schwester über den Tisch hinweg. Die warmen braunen Augen, die Sekunden zuvor noch so schalkhaft im gerade verlöschenden Sonnenlicht geleuchtet hatten, blickten nun ernst. „Wie's scheint, zieht sich dieser Skandal durch das gesamte Land", erwiderte sie. „Wieso hat das wohl dermaßen überhand genommen? Was denken Sie?"

Schwester Kate nippte an ihrem Weinglas. „Ganz am Anfang habe ich manchmal noch gewitzelt, das alles wäre nicht passiert, wenn man Frauen ins Priesteramt berufen würde. Doch inzwischen wird das ganze Ausmaß sichtbar, und ich bin der Auffassung, dass die Kirche dringend etwas tun muss. Diese Geistlichen haben ja nicht nur das irdischen Gesetz gebrochen, sondern das göttliche gleichermaßen. Leider haben einige Bischöfe und Kardinäle in dem Bestreben, die Kirche schützen zu wollen, den Schutz der Kinder aus den Augen verloren." Sie verstummte einen Moment, als denke sie über irgendetwas nach. „Die gute Nachricht ist, dass es weitaus mehr anständige als schlechte Kleriker gibt."

Maggie hätte gern gewusst, ob die Schwester dabei etwa an Vater Gallagher dachte. Welche Rolle mochte der wohl bei der ganzen Geschichte spielen? Falls er involviert war, wenn er es war, der es Kids ermöglichte, in einer Art Exekutionsspiel das Gute doch noch über das Böse siegen zu lassen, ach was, das Böse auszurotten, mit Stumpf und Stil – würde Schwester Kate dann wohl davon wissen? Würde sie Vater Tony vielleicht sogar schützen?

„Die Gerechtigkeit nimmt bisweilen verschlungene Wege." Maggie sah der Nonne prüfend in die Augen, doch sie fand dort nichts außer Sorge.

„Diese Erfahrung haben Sie sicher nicht erst heute gemacht", erwiderte Schwester Kate. „Wie werden Sie damit fertig? Wenn es Ihr Beruf erfordert, gegen Ihre eigenen moralischen Grundsätze zu verstoßen? Kommt das nicht immer wieder vor?"

Nur zu oft, hätte sie am liebsten geantwortet, der heutige Tag war doch das beste Beispiel dafür. Ein Kuhhandel mit Keller, dem Kinderschlächter, um, einen Killer zu fassen, der Leute wie ihn umbrachte.

„Manchmal muss man eben Dinge tun, die man eigentlich ablehnt", bekannte Maggie. „Sie doch sicherlich auch, oder?"

„Ja. Und manchmal kommt man nicht umhin, die eine oder andere Regel zu brechen."

„Oder sie wenigstens ein wenig freizügig auszulegen", korrigierte Maggie und entlockte der Nonne damit ein Lächeln.

„Das hat mein Großvater auch immer gesagt", meinte die Schwester. „Dass der Zweck die Mittel heiligt. Damals begriff ich nicht, was er damit meinte."

„Ihr Großvater in Michigan? Der mit den Rittern in schimmernder Rüstung, den Rettern in höchster Not?"

„Sie haben ein gutes Gedächtnis", lobte Schwester Kate. „Er

hat mich so viele Dinge gelehrt – über Gerechtigkeit, über das Leben an sich. Er war wunderbar.“

„Sie können sich glücklich schätzen, dass Sie ihn hatten.“

„Und Sie? Was ist mit Ihnen?“

„Wie bitte?“

„Hatten Sie auch das Glück, dass jemand kam und Sie rettete?“

„Ich glaube, ich verstehe nicht, worauf Sie hinauswollen“, sagte Maggie.

„Möglicherweise ist es eine Begabung. Oder ein Fluch.“ Die Nonne zuckte die Achseln, während ihr Blick zur Seite schweifte und einer Gruppe Touristen folgte, die gerade über die Straße schlenderten. „Ich habe einen sechsten Sinn für Menschen, die als Kinder Opfer von Missbrauch wurden. Ich durchschaue die harte Schale, mit der sie sich umgeben.“

Ihr Blick kam zurück und traf Maggies Augen. „Ihnen ist das widerfahren, nicht wahr?“

82. KAPITEL

Hotel „Embassy", Omaha

Als Nick an Maggies Zimmer vorbeikam, verlangsamte er seinen Schritt. Er war schon ein paarmal kurz davor gewesen, an die Tür zu klopfen, doch hatte er jetzt beide Hände voll mit Schokoriegeln und Pommes Frites und somit eine passende Entschuldigung.

„Feigling!" brummte er, ehe er sich einmal mehr bewusst machte, wie lächerlich er sich aufführte. Dass es Maggie O'Dell noch immer gelang, gewisse Reflexe bei ihm auszulösen, ärgerte ihn. Nach all der Zeit war er fest davon überzeugt gewesen, er stehe über den Dingen, und die einzige noch von damals verbliebene Empfindung sei Groll. Den verspürte er weiß Gott noch. Aber wenn er in jene dunkelbraunen Augen sah, dann war ihm einfach, als schmelze alles dahin, inklusive seiner Knie, die puddingweich wurden. So peinlich ihm das Eingeständnis war – keine andere Frau hatte ihn jemals so aus der Bahn geworfen wie Maggie O'Dell. Und es fuchste ihn, dass sie sich dafür offenbar nicht einmal sonderlich anstrengen musste.

Letztendlich wummerte er also an die Tür zu seinem eigenen Zimmer, mit dem Ellbogen, da er keine Hand zum Klopfen frei hatte, geschweige denn zum Hervorwühlen seiner Schlüsselkarte, die in seinem Sakko steckte.

Gibson öffnete derart schnell, dass Nick erschrocken zusammenfuhr und mühsam die mitgebrachten Imbisstüten balancierte, damit nicht alles in einer Lawine zu Boden krachte.

Sofort streckte Gibson hilfsbereit die Hände aus. „Kommen Sie, geben Sie her."

Nick stellte die Lautstärke niedriger, als er am Fernseher vorbeikam. Auf dem Bett lag immer noch die Speisekarte vom Zimmerservice. Aber was hatte der schon gegen Pommes satt zu bieten! Sämtliche Kissen waren unter der Tagesdecke hervorgezogen und vor dem Fernseher zu bequemen Kuschelplätzen umfunktioniert worden.

„Später kommen noch 'n paar spitzenmäßige Filme", erklärte Gibson, wobei er die Imbisstüten auspackte und alles säuberlich auf dem Tisch aufreihte.

Nick bemerkte, dass die Tür zum Badezimmer offen stand. „Wo ist Timmy?" fragte er.

„Haben Sie ihn denn nicht unten getroffen?"

„Nee, ich habe doch diesen ganzen Kram hier gekauft."

Gibson sah ihn irritiert an. „Erst vor 'n paar Minuten hat einer von der Rezeption angerufen und gesagt, Sie möchten, dass Timmy Ihnen entgegenkommt und beim Tragen hilft."

„Aber ich habe doch überhaupt niemanden ..." Plötzlich war Nick, als sacke ihm schlagartig der Magen weg. „Wer hat mit dem gesprochen? Du oder Timmy?"

„Timmy. Er ist gerade raus. Ich dachte, er wäre bei Ihnen."

Nick merkte, wie er den Jungen ansteckte mit der Panik, die ihn erfasste. „Ich gehe mal runter in die Lobby. Vielleicht haben wir uns verpasst, okay?"

„Ich komme mit."

„Nein!" An dem Zucken im Gesicht des Jungen bemerkte Nick, dass er geschrien hatte. „Du bleibst hier, für den Fall, dass er auftaucht. Ich will nicht, dass wir allesamt durchs Hotel geistern und uns gegenseitig suchen."

„Okay."

„Ich bin sofort zurück.“ Er hielt einen Moment inne und legte dem Jungen dann die Hand auf die Schulter. „Hey, wird schon alles in Ordnung sein. Sicher haben wir uns nur verpasst. Bin gleich wieder da.“

Kaum aber fiel die Tür hinter ihm ins Schloss, da hastete Nick zum Aufzug. Er hatte niemanden an der Rezeption um einen Anruf gebeten.

83. KAPITEL

Hotel „Embassy“, Omaha

Keller hatte sich gedacht, dass Timmy Hamilton ihn nicht erkennen würde. Sein nach vier Jahren Regenwald wettergegerbtes Gesicht entpuppte sich unerwartet als willkommene Tarnung.

Er hatte auf dem Zimmer angerufen, während Nick Morrelli sich gerade die Verpflegung für ein ganzes Pfadfinderlager auf die Arme lud. Als Timmy dann in der Lobby auftauchte, hatte Keller ihm gesagt, er sei für die Polizeidirektion Omaha tätig. Das war nicht einmal gelogen. Er arbeitete ja tatsächlich mit der Polizei zusammen. Lag es etwa an ihm, dass der Junge ihn anscheinend für einen Kripobeamten hielt? Er hatte ja nicht einmal behauptet, das sei seine Dienstmarke, als er ihm die von Detective Kasab unter die Nase hielt. Als der in Kellers Zimmer auf der Toilette gewesen war, hatte er seine Jacke unvorsichtigerweise über die Stuhllehne gehängt. Sein Pech.

Ein wenig von der Wahrheit ab wich er erst, als er Timmy erzählte, er habe mit seinem Onkel Nick Morrelli verabredet, sich in einer Suite zu treffen, die das Polizeipräsidium gemietet hatte. Sein Onkel sei nur schnell nach oben gefahren, um ihn und seinen Freund zu holen.

„Aber ich sollte doch runterkommen, um ihm beim Tragen helfen!“ Argwöhnisch wich Timmy einen Schritt zurück.

Keller zuckte die Schultern, als höre er das zum ersten Mal. „Das muss vor unserem Gespräch gewesen sein.“ Und um den Eindruck zu erwecken, er sei genauso verblüfft wie er, fügte er hinzu: „Hab mich schon gewundert, dass du allein heruntergekommen bist."

„Können wir denn nicht hier auf meinen Onkel warten?" fragte Timmy.

„Wir hatten abgemacht, uns in der Suite zu treffen. Ich glaube nicht, dass er noch mal runter in die Lobby kommt." Er sah Timmy in die Augen. „Möchtest du ihn anrufen?"

Die Frage allein schien den Jungen schon zu beruhigen, denn er schüttelte verneinend den Kopf.

Dann führte Keller ihn hinauf zu seinem Zimmer. Als sie über den Flur gingen, ließ er Timmy den Vortritt und schob Kasabs Dienstmarke im Vorbeigehen unbemerkt in einen Stapel schmutziger Handtücher auf dem Putzkarren des Zimmermädchens. Dabei redete er beruhigend auf den Jungen ein, versicherte ihm, sie würden alles besprechen, sobald sein Onkel und sein Freund einträfen.

Als Timmy dann an der Zimmertür zögerte, schlug Keller ihm vor, er könne auch auf dem Gang warten, wenn er wolle, fügte aber hinzu, dann müsse er sich allerdings in Acht nehmen, denn er habe bemerkt, dass sie von jemandem beschattet würden. Timmy warf einen Blick über die Schulter zurück in den Flur, dann folgte er Keller in das Zimmer.

Endlich würde er vollenden können, was ihm damals nicht mehr möglich gewesen war. Er wollte Timmy ja nur helfen, so, wie all den anderen Jungen, die er erlöst hatte von dem Missbrauch, den sie daheim erdulden mussten. Damals hatte Timmy behauptet, er kriege immer schnell blaue Flecken. Aber gaben sie das nicht alle vor, um die Taten ihrer Eltern zu vertuschen? Inzwischen wirkte der Junge völlig normal, ein bisschen dünn zwar, aber gesund. Wobei Keller aus eigener Erfahrung wusste, dass seelische Wunden niemals heilten.

„Wenn du möchtest, kannst du dich ruhig setzen", lud er den Jungen ein.

„Nee, lassen Sie nur. Ich warte, bis Onkel Nick und Gibson kommen."

Timmy blieb also stehen, den Blick zur Tür gerichtet und von einem Fuß auf den anderen tretend. Keller hasste Gezappel.

Und genau in diesem Moment, wie auf Stichwort, klingelte das Telefon.

„Hallo?" rief Keller in den Hörer, wobei er so tat, als hätte er gar keinen Anruf erwartet.

„Guten Abend, Mr. Keller. Hier ist die Rezeption, wie Sie es gewünscht hatten."

„Ja, Timmy ist hier bei mir. Wo, sagten Sie, sind Sie jetzt?" Keller blickte zu Timmy hinüber, der nach wie vor an der Zimmertür stand.

„Hier ist die Rezeption, Sir!" wiederholte der Anrufer.

„Wie lange wird das dauern? Na schön. Dann warten wir."

„Verzeihung, Sir, aber ich verstehe nicht, was ..."

Keller legte auf, höchst zufrieden damit, wie sein Plan zu funktionieren schien, und wandte sich an Timmy. „Sie kommen etwas später. Dein Onkel muss noch was erledigen."

Irgendetwas musste er sich einfallen lassen, irgendetwas, damit der Junge sich entspannte und endlich mit dem verdammten Gezappel aufhörte. „Nimm dir inzwischen was aus der Minibar."

Auf einmal strahlte Timmy. „Echt?"

„Klar, nur zu. Und bring mir auch 'ne Cola mit."

Volltreffer! Offenbar eröffnete die Minibar eine ungeahnte Möglichkeit, das Vertrauen des Jungen zu gewinnen. Auf Knien hockte Timmy jetzt vor dem Kühlschrank und nahm dessen Inhalt in Augenschein.

Es würde alles ganz einfach sein. Fast schon zu einfach.

84. KAPITEL

Washington, D.C.

Du musst hier weg, abhauen, schoss es Gwen durch den Kopf. *Worauf wartest du denn noch?* Instinktiv spürte sie, dass es ihr nicht gelingen würde, Campion mit Worten wieder zur Vernunft zu bringen. Als sie das letzte Mal mit einem Verrückten in einem Raum war, da hätte ihr der Kerl beinahe einen angespitzten Bleistift in die Kehle gerammt! Doch diesmal war die Situation anders. Diesmal stand kein uniformierter Polizist draußen vor der Tür, der ihr beispringen konnte. Auch R. J. Tully würde nicht ins Zimmer gestürzt kommen, um sie zu retten. Diesmal nicht!

James Campion hatte sich zwischen ihr und der Tür aufgebaut. Sein Wutanfall war gerade wieder etwas abgeklungen, aber Gwen wusste, dass es nicht lange dauern würde, bis er erneut lostoste. Sie würde es nie im Leben bis zur Tür schaffen, geschweige denn in den Flur oder zum Aufzug. Bis dahin hätte Campion sie längst überwältigt. Die einzige ihr verbliebene Waffe war nun mal das Wort. Wieder raste ihr Blick durch das Zimmer. Nein, es gab keine andere Möglichkeit! Jedenfalls nicht, solange er nicht wieder zur Ruhe gekommen war. Sie musste ihn davon überzeugen, dass sie auf seiner Seite stand, dass sie keine Bedrohung für ihn darstellte.

„Ich verstehe Sie doch nur zu gut, James." Sie gab sich die größte Mühe, ihre Stimme ruhig und gefasst klingen zu lassen. „Vater Conley hat Ihnen ein furchtbares Unrecht angetan. Er hat die Strafe verdient!" Beinahe hätte sie noch hinzugefügt, dass sie es dennoch ein wenig überzogen fand, den Priester zu enthaupten und seinen Kopf auf seinem eigenen Altar zur Schau zur stellen. Egal wie, sie musste sein Vertrauen gewinnen, ihn in dem Glauben wiegen, dass sie Verständnis für ihn und seine Taten aufbrachte. „Der wird nie wieder einem Jungen etwas antun!"

Er sah sie an, und dann nickte er. „Ihn nur in dem Spiel zu töten, das war nicht genug! Das hat ihn doch nicht wirklich aufgehalten!"

„Aber was ist mit den anderen, James?"

„Mit den anderen? Den anderen Priestern?"

„Nein, mit den jungen Frauen. Es waren vier, oder? Was war mit denen?"

„Ach so, diese Huren!"

„Wie bitte?"

„Die habe ich übers Internet kennen gelernt. Sie haben mir doch selbst geraten, Beziehungen zu Frauen aufzubauen! Wissen Sie das denn nicht mehr? Das haben Sie doch selbst gesagt!" Schon gewann sein Zorn wieder die Oberhand.

„Natürlich weiß ich das, James." Es stimmte sogar, was er sagte. In ihren Sitzungen war es oft darum gegangen, wie sehr er darunter litt, zu Frauen keine tieferen Beziehungen aufbauen zu können. Sexuell war er völlig gehemmt – kein Wunder, nach dem, was er als Kind erlebt hatte. Aber gerade in der letzten Zeit hatte sie das Gefühl gehabt, dass er Fortschritte machte. Erst kürzlich hatte er erstaunlich ruhig über das Thema geredet. Dass er es ganz langsam angehen wolle, dass er eine Frau erst richtig kennen lernen und eine Vertrauensbasis schaffen wolle, ehe es zum Sex kam. Sie war richtig zufrieden gewesen mit ihm.

„Wir haben uns Mails geschrieben. Das war sehr schön." Campion ließ seinen Blick durch den Raum schweifen. Ein gutes

Zeichen. Sie musste ihn auf andere Gedanken bringen. Vielleicht würde sich dann eine bessere Chance zur Flucht bieten.

„So konnten Sie sie erst mal kennen lernen, bevor Sie sich mit ihnen trafen“, ermunterte sie ihn, weiterzuerzählen.

„Genau. Toll war das“, bestätigte er, wobei er sich fast wie ein Teenager anhörte. „Wir haben uns über Computerspiele und Filme und all solche Dinge unterhalten. Aber irgendwann kam immer der Moment, wo sie sich mit mir treffen wollten.“ Seine Stirn furchte sich, und Gwen konnte sehen, wie er die Zähne zusammenbiss. „Dagegen wäre ja auch nichts einzuwenden gewesen, nur ... die wollten dann dauernd irgendwohin. Um mit mir allein zu sein. Und mit allein meinten sie ... na, Sie wissen schon ...“ Er blickte sie Hilfe suchend an.

„Sie wollten also mit Ihnen intim werden?“

„Sex wollten die!“ kreischte er, wobei sein Gesicht dunkler zu werden schien.

Verdammt, sie brachte ihn wieder in Rage, wo sie ihn doch eigentlich beruhigen wollte! Sie musste ihn in dem Glauben bestärken, dass er ihr vertrauen konnte, dass sie seine Sicht teilte. Dennoch gab es eine Frage, die sie einfach stellen musste.

„Was war mit Dena?“

Er starrte sie an, als habe sie ihn gerade wachgerüttelt.

„Dena Wayne! Meine Bürohilfe!“ Falls er Dena auch als Hure bezeichnete – würde sie ihm dann noch vorspielen können, dass sie auf seiner Seite stand?

„Ich dachte, die wäre anders. Die war richtig nett zu mir. Ich mochte sie sehr gern. Wir sind ausgegangen und hatten viel Spaß zusammen. Aber dann, egal, wie sehr ich mir auch einbildete, dass ich es wollte ... immer wieder sah ich *sein* Gesicht dabei!

Bei jedem verfluchten Mal! Ich konnte es nicht tun, ohne ihn vor mir zu sehen, ihn zu riechen, zu fühlen! Ich hätte ihm am liebsten den Kopf abgerissen, und zwar mit den bloßen Händen! Und dann hab ich's gemacht! Jedes Mal, wenn ich eine von ihnen tötete, brachte ich *ihn* um! Aber dann begriff ich auf einmal ..." Er suchte Gwens Blick. Plötzlich wirkte sein Gesicht verzweifelt und kläglich. „Ich habe Ihnen doch den Ohrring zukommen lassen. Ich hatte gehofft, Sie würden verstehen und ... mich aufhalten."

„Den ... den habe ich nicht erkannt", stammelte Gwen. Ihr war, als habe ihr jemand ein Brett vor den Kopf geschlagen. Sie hätte es verhindern können! Er hatte ein Signal ausgesandt, doch sie es nicht bemerkt. Sie hatte versagt.

Campion schien sie gar nicht zu hören, denn er redete einfach weiter. „Ich dachte, Sie würden mir helfen! Aber Sie haben es nicht getan! Sie konnten mir nicht helfen!"

Unmerklich war Gwen zurückgewichen, bis sie an ihren Schreibtisch stieß. Ihre Hände tasteten vorsichtig nach hinten, nach etwas suchend, das sich als Waffe benutzen ließ, bekamen jedoch nur die Tasche zu fassen, die sie gerade vor Campions Auftauchen gepackt hatte.

„Ich kann Ihnen helfen, James!" beteuerte sie, obwohl sie nicht den geringsten Schimmer hatte, wie. „Wir können das alles noch einmal in Ruhe durchgehen." Sie griff nach der Tasche, als enthielte die etwas, was ihr weiterhelfen konnte.

„Nein, verflucht noch mal!" Seine Stimme traf sie mit der Wucht eines Faustschlags. Sie presste die Aktentasche wie einen Schild vor die Brust, beide Arme um das Leder verkrampft.

„Nein, Sie können mir nicht helfen!" schrie er. „Aber ich

kann es! Ich kann all dem ein Ende setzen!“ Er ließ seine Hand in die Hosentasche gleiten, zog einen kurzläufigen Revolver heraus und richtete ihn auf Gwen.

Gwens Herz begann zu hämmern. Ihr Atem kam nur noch stoßweise, ein angestrengtes Keuchen, ihre Handflächen waren schweißnass.

„James! Woher haben Sie die Waffe?“ Obwohl kaum lauter als ein Flüstern, kostete die Frage sie unsägliche Mühe. Es erschien ihr sinnlos, ihre Angst noch verbergen zu wollen. Wieso ein Revolver? Bisher hatte er doch keins seiner Opfer erschossen. Oder vielleicht doch? Schließlich waren die Körper der Toten ja bis heute nicht gefunden worden. „Nehmen Sie die Waffe runter, James!“ Sollte sie „bitte“ sagen? Würde das etwas nützen? Würde sie jemand hören, wenn sie jetzt um Hilfe schrie?

„So ’n Ding hier, das fühlt sich gut an“, meinte Campion „Hab ich mir vor ein paar Tagen gekauft. Eigentlich für Conley, aber dann fiel mir ein, dass ich die Kanone ja nicht mit in den Flieger nehmen konnte.“ Er grinste, und seine Hand zitterte nicht im Geringsten, als er mit ausgestrecktem Arm auf sie zielte. „Ich wollte die Angst in seinen Augen sehen, so wie jetzt in ihren. Aber als ich dem Drecksack die Luft abschnürte und sein letztes Röcheln hörte, war das sogar noch besser.“

Plötzlich hielt er inne und zog ein Gesicht, als habe er etwas gehört. Auch Gwen spitzte die Ohren. Ob das der Lift war? Kam vielleicht jemand? Doch der Pulsschlag hämmerte ihr dermaßen in den Ohren, dass sie nichts weiter hörte.

Plötzlich grinste Campion wieder. „Das Hämmern! Es ist weg!“

Sie verstand nicht, was er meinte, und sah ihn fragend an.

Ihre Blicke trafen sich, und er schüttelte langsam den Kopf. „Sie hätten die ganzen Erinnerungen nicht wieder aufwühlen sollen, Dr. Patterson!"

Er schien es wirklich ernst zu meinen. Sie konnte nicht schlucken, jeder Atemzug schmerzte in ihrer Kehle, und ihre Knie drohten nachzugeben. *Wenn du jetzt zusammenklappst – erschießt er dich dann gleich hier an Ort und Stelle?* Sein Blick wirkte auf einmal, als sei er ganz weit fort. Sollte sie doch versuchen, zu fliehen? Was hatte sie schon zu verlieren? Ob eine Kugel sie in den Rücken oder zwischen die Augen traf, was machte das schon für einen Unterschied?

„Sie haben versagt", schnaufte Campion, als verkünde er einen Urteilsspruch. „Aber ich vergebe Ihnen."

Dann drückte er ab.

Ein explodierender Schmerz raste durch ihren Körper. Sie merkte nicht einmal mehr, wie sie zusammensackte. Das Letzte, das Gwen Patterson sah, als sie auf dem Teppich lag, war, wie Campion sich den Revolverlauf in den Mund steckte und nochmals feuerte. Dann wurde es schwarz um sie herum.

85. KAPITEL

M's Pub, Omaha

Maggie hielt nichts vom Beichten. Aus ihrer Sicht war das reine Zeitverschwendung, denn so etwas wie einen Schlussstrich, den gab es nun mal nicht. Jeder hatte sein Päckchen mit sich herumzuschleppen. Also, was sollte es schon bringen, sich jene elenden Zeiten zu vergegenwärtigen? Nur mit Gwen hatte sie einmal über die Alkoholexzesse ihrer Mutter gesprochen. Sie erinnerte sich nur zu gut an den warmsauren Whiskyatem, wenn die „Freunde" ihrer Mutter die zierliche Zwölfjährige mal wieder in eine Ecke drängten, für einen Kuss oder „eine kleine Massage", wie es einer mal genannt hatte.

„Belassen wir es dabei, dass die Freier meiner Mutter nicht immer gerade Kavaliere waren." Sie sah Schwester Kate an.

Die Nonne erwiderte ihren Blick und nickte. „Wie alt waren Sie da?"

„Zwölf, dreizehn Jahre. Später ging sie mit den Kerlen immer in ein Hotelzimmer. Allerdings erst, nachdem einer ihrer Freunde einen flotten Dreier vorgeschlagen hatte."

„Sie ließ sie also einfach allein", sagte Schwester Kate.

„Das kam mir damals wie ein Segen vor", gestand Maggie. „Wenn man allein ist, kann einem keiner etwas tun."

„Haben Sie je darüber nachgedacht, ob das einer der Gründe war, weswegen Sie zum FBI gegangen sind?"

„Keine Ahnung. Aber was spielt das auch für eine Rolle?" Maggie hatte nicht die geringste Lust, den Abend zu einer psychoanalytischen Sitzung ausarten zu lassen.

„Vielleicht gibt Ihnen das ja die Möglichkeit, selbst jener Ritter zu sein, der Retter, der Ihnen in Ihrer Kindheit nie beisprang."

Maggie nippte vorsichtig an ihrem Weinglas, wenngleich sie es am liebsten in einem Zug geleert hätte. Falls sie es nicht schaffte, ihrem Gespräch ein andere Wendung zu geben, lief es auf mehr als nur ein Glas hinaus, das wusste sie.

„Und wie war's bei Ihnen?" erkundigte sie sich. „Wovor musste Ihr Großvater Sie mit seinen Rittergeschichten retten?"

„Es war nicht viel anders als bei Ihnen. Er war ein guter Freund meiner Eltern, jemand, den sie geradezu verehrten. Ein Mal im Monat kam er sonntags zum Abendessen. Ich war damals elf." Ihr Blick wanderte über die Straße. „Meine Mutter machte dann immer Schmorbraten und diese kleinen Karotten, denn das war sein Leibgericht. Anschließend bot er sich dann an, mich nach oben in mein Zimmer zu bringen und mir vor dem Einschlafen eine Gute-Nacht-Geschichte zu erzählen, obwohl ich protestierte, denn ich hielt mich für zu alt für so etwas. Und so kam es dann, dass er mich einmal im Monat am Sonntagabend vergewaltigte. Drei Monte lang. In meinem eigenen Bett."

Sie richtete den Blick wieder auf Maggie, wie um sich zu vergewissern, ob sie noch da war. Maggie starrte sie nur nur an, als habe es ihr die Sprache verschlagen.

„Anfangs glaubten mir meine Eltern nicht. Aber irgendwann kamen Dinge ans Licht, die sich eine Elfjährige nicht aus den Fingern saugen kann." Schwester Kate griff nach ihrem Weinglas und nippte daran. „Bis auf den heutigen Tag kann ich keinen Schmorbraten mehr sehen", sagte sie mit einem leichten Schmunzeln, das Maggie jedoch eher erzwungen vorkam.

„Das erstaunt mich immer wieder", erwiderte Maggie. „Auf welch unterschiedliche Weise jeder von uns die Grausamkeiten bewältigt, die man ihm angetan hat. Die meisten Serienmörder sind irgendwann als Kind missbraucht worden, und was passiert? Sie schlachten unschuldige Menschen ab, wahllos und aufs Geratewohl. Sie hingegen sind einen anderen Weg gegangen und haben Ihr Leben ganz der Kirche gewidmet."

„Und Sie das Ihre dem FBI. Wahrscheinlich wollten wir beide so etwas wie Ritter in schimmernder Rüstung sein."

86. KAPITEL

Hotel „Embassy", Omaha

Nick versuchte, klare Gedanken zu fassen. Jetzt in Panik zu geraten würde überhaupt nichts bringen. Er hatte das Gefühl, als ginge alles wieder von vorne los – genau wie vor vier Jahren.

Nein, das stimmte so natürlich nicht. Timmy war inzwischen älter und würde nicht einfach mit jedem X-Beliebigen mitgehen. Was aber, wenn ihn sich jemand mit Gewalt gepackt hatte? Warum bloß hast du deinem Neffen nicht ein paar Kniffe zur Selbstverteidigung beigebracht, fragte er sich. Pah! Wie denn, wenn man zweitausend Kilometer entfernt in Boston saß? Nick schüttelte den Kopf. Es nützte doch nichts, sich Selbstvorwürfe zu machen.

Er hatte bereits überall nach Timmy gesucht, am Swimmingpool, im Fitnesscenter, auf der Terrasse, im Restaurant. Jetzt marschierte er die Flure ab und fragte jedes Zimmermädchen, das ihm über den Weg lief, doch keins von ihnen hatte den Jungen gesehen. Schließlich kehrte er in sein Zimmer zurück.

„Hat er sich gemeldet?" fragte er Gibson, kaum dass er eingetreten war.

„Nee. Und Sie haben ihn auch nicht gefunden?" Gibson hockte auf der Bettkante. Sein schlaksiger Oberkörper schaukelte rhythmisch vor und zurück.

„Ich hab das gesamte Hotel abgesucht. Kein Mensch will ihn gesehen haben."

Ratlos lief Nick im Zimmer auf und ab, blieb schließlich vor dem Fenster stehen und ließ den Blick über den Old Market schweifen. Wieder dachte er daran, was vor vier Jahren passiert war, als Timmy von diesem Irren gekidnappt wurde und sie ihn schon fast verloren geglaubt hatten. Wo konnte der Junge nur stecken, verdammt? Sollte er Christine anrufen? Nein, dazu war es noch zu früh. Er musste hier irgendwo in der Nähe sein. Er konnte sich doch nicht in Luft aufgelöst haben!

„Meinst du, er ist vielleicht rausgegangen?“ fragte Nick. „Um sich den Old Market anzugucken? Oder um sich was zu kaufen?“

Gibson zuckte ratlos die Schultern, während Nick die Läden und Cafés auf der gegenüberliegenden Straßenseite ins Auge nahm, als müsse in einem davon jeden Moment ein Junge in einem orangefarbenen T-Shirt auftauchen.

„Mr. Morrelli?“ meldete sich Gibson plötzlich. Nick drehte sich um und sah ihn an.

Gibson zog etwas aus seinem Rucksack, das wie eine lederne Aktenmappe aussah. „Ich glaube, ich muss Ihnen was zeigen.“

87. KAPITEL

Hotel „Embassy", Omaha

Maggie war gerade auf ihr Zimmer zurückgekehrt, da klopfte es an der Tür. Draußen stand Nick Morrelli. Ihr fiel sofort der panische Ausdruck auf, der in seinen Augen lag. Einen Schritt hinter ihm wartete ein halbwüchsiger Junge. Maggie sah gleich, dass das nicht Timmy sein konnte. Das alles bedeutete nichts Gutes, das spürte sie.

„Entschuldige die Störung, Maggie, aber ich brauche deine Hilfe."

„Was ist denn? Irgendwas passiert?"

„Timmy ist verschwunden."

„Verschwunden? Was soll das heißen?"

„Vorhin ... eben, als ich in der Lobby war ... da hat irgend jemand in meinem Zimmer angerufen. Gibson sagt, der Typ habe Timmy erzählt ..."

„Halt, stopp mal!" unterbrach sie ihn. „Timmy ist hier? Hier im Hotel?"

„Ja doch! Ich hatte ihn und seinen Freund hier eingeladen, bei mir zu übernachten. Dieser Anrufer hat Timmy angeblich in meinem Namen nach unten bestellt."

Sofort schoss Maggie Keller in den Kopf.

„Und heute nachmittag, zu Hause, da ist so ein Typ aufgetaucht. Ein Bruder Sebastian vom erzbischöflichen Sekretariat. Der fragte nach Timmy und Gibson. Ich glaube, der hat Timmy irgendwohin gebracht!"

„Das erzbischöfliche Sekretariat? Warum sollten die den

Jungen irgendwohin schleppen?" Maggie begriff nicht ganz, wovon Nick redete.

„Die beiden Jungs haben etwas, auf das der Erzbischof anscheinend ganz scharf ist."

Maggie musterte den Jungen, der jedoch unverdrossen auf seine abgewetzten Turnschuhe starrte.

„Ist 'ne lange Geschichte", fuhr Nick mit einem Blick auf Gibson fort. „Ich kapiere die Sache ja selbst noch nicht so ganz. Die beiden haben im Internet bei so einem Onlinespiel mitgemacht, bei dem sie ihren Figuren die Namen von Priestern gegeben haben." Er sah Maggie kopfschüttelnd an. „Hört sich alles völlig verrückt an, ich weiß."

„Und Timmys Figur war Vater Michael Keller."

Entgeistert starrte Nick sie an. „Woher weißt du das?"

„Er ist hier." Sie trat auf den Flur hinaus und schloss die Tür hinter sich.

„Wer ist hier?"

„Keller." Sie hätte sich ohrfeigen können, dass sie nicht von selbst darauf gekommen war. Sie hatte Keller sogar danach gefragt, wer wohl seinen Namen auf die Liste gesetzt haben könnte. *Wie konntest du nur so dämlich sein?*

„Was sucht denn der hier in Omaha, zum Teufel?" Der panische Unterton in Nicks Stimme entging Maggie keineswegs.

„Du musst Detective Pakula verständigen!" wies sie ihn an, wobei sie unter ihre Jacke griff und den Schulterhalfter überprüfte. Nick starrte auf ihre Dienstwaffe. „Nun mach schon, Nick! Ruf Pakula an!"

„Du glaubst, Keller hat Timmy in seiner Gewalt, nicht wahr? Ist das so?"

Es brachte nichts, ihm etwas vorzumachen. „Ja, allerdings."

„Und du weißt auch, welches Zimmer er hat?"

Diesmal zögerte sie eine Sekunde, bevor sie die Frage bejahte.

„Dann los!" Er wandte sich in Richtung der Treppe.

Maggie blieb stehen. „Du bist kein Sheriff mehr, Nick!"

„Aber sein Onkel. Und du verplemperst kostbare Zeit!"

„Nein, du! Indem du dich mit mir anlegst!"

„Gibson kann Pakula informieren!" Er legte dem Jungen die Hand auf die Schulter, als merke er erst jetzt, dass es außer Timmy noch jemanden gab, um den er sich kümmern musste.

„Du kommst nicht mit, Nick! Und je länger du hier mit mir palaverst, desto länger ist Timmy in Kellers Gewalt!"

„Verdammt noch mal, Maggie!" Er fuhr herum und schlug mit derselben Hand, die eben noch auf Gibsons Schulter gelegen hatte, verärgert gegen die Wand. „Okay", gab er schließlich nach. „Du hast gewonnen."

Maggie ließ die beiden stehen und hastete davon, ohne sich noch einmal umzusehen. Schon erwartete sie, Schritte hinter sich zu hören, registrierte aber erleichtert, dass eine Zimmertür geöffnet und geräuschvoll wieder geschlossen wurde. Sie entschied sich dafür, die Treppen zu nehmen, um zu verhindern, dass Nick sehen konnte, in welche Etage sie fuhr, falls er vielleicht doch wieder aus seinem Zimmer kommen würde.

Hoffentlich ist es noch nicht zu spät!

88. KAPITEL

Hotel „Embassy“, Omaha

Vater Michael Keller hörte Timmy zu, wie der von seinem Schnupperkurs und von den Schwertern und den anderen antiken Kostbarkeiten schwärmte, mit denen seine Geschichtslehrerin ihren Klassenraum ausstaffiert hatte. Keller erzählte ihm, was er über die Kreuzzüge wusste, die frühe katholische Kirche und ihre Versuche, das Christentum zu verbreiten, selbst wenn dazu Tausende abgeschlachtet werden mussten.

Sie unterhielten sich über die Pest und die Tempelritter und hatten irgendwann auch die letzte Sechs-Dollar-Cola aus der Minibar geleert und dazu eine Tüte Kartoffelchips, mehrere Schokoriegel sowie eine Tüte Gummibärchen vertilgt.

Wie viel Zeit darüber vergangen war, wusste Keller nicht genau zu sagen. Es war auch unerheblich. Das Medikament aus Fingerhutextrakt hatte seine Vergiftungssymptome gelindert, wenngleich er sich immer noch ein wenig fiebrig fühlte. Er hatte den Eindruck, dass der Junge allmählich Vertrauen zu ihm fasste. Vorhin hatte er ein Telefongespräch mit Timmys Onkel vorgetäuscht und ihm dann gesagt, es würde nun doch noch etwas länger dauern, bis er und Gibson kämen.

Plötzlich ließ ein lautes Klopfen an der Zimmertür die beiden zusammenzucken.

Wahrscheinlich der Zimmerservice, der die zusätzlichen Handtücher brachte, dachte er. Darum hatte er gleich gebeten, als ihm klar war, dass er Timmy mit auf sein Zimmer nehmen würde und es anschließend galt, nach einer mittelschweren Sauerei sauber zu machen. Vorsorglich linste er durch den Spion, konnte aber niemanden draußen sehen. Gerade wollte er aufmachen, als ihm plötzlich mit einem Krachen die Tür entgegenschlug und ihn rückwärts gegen die Wand schleuderte. Alles verschwamm vor seinen Augen und er spürte einen stechenden Schmerz. Er griff sich an die Nase und fühlte das Blut. Jemand drückte ihn unsanft gegen die Wand, und dann spürte er die kalte Pistolenmündung an der Schläfe. Gleichzeitig schlug die Tür krachend ins Schloss.

„Am liebsten würde ich dein Hirn quer durch die ganze Bude blasen!"

Er erkannte Maggies Stimme sofort. „Hallo, Agent O'Dell!" Er bemühte sich um einen gelassenen Tonfall, brachte jedoch nur ein nasales Quäken hervor.

„Ey, was geht denn hier ab?" hörte er Timmy von der anderen Zimmerseite schreien.

„Bleib da drüben, Timmy!" befahl sie. „Erkennst du mich wieder? Maggie O'Dell!"

„Ja klar, ich hab Sie doch neulich in der Schule gesehen."

„Du musst da drüben bleiben, Timmy", wiederholte sie, wobei sie Kellers Arm hinter dessen Rücken nach oben drückte, sodass er vor Schmerzen aufstöhnte.

„Sie können ruhig locker lassen, Agent O'Dell", keuchte er, verärgert darüber, dass die Angst in seiner Stimme deutlich wurde. Langsam konnte er wieder klar sehen und bemerkte das Blut, das ihm an den Fingern und am Arm herunterrann.

„Den Teufel werde ich tun, du miese kleine Bestie!" fauchte sie ihm ins Ohr. Die Mündung bohrte sich noch nachdrücklicher gegen seine Schläfe.

„Aber, Agent O'Dell!“ rief Timmy. „Was machen Sie denn da? Der ist doch von der Polizei!“

„Hat er das etwa behauptet?“

„Der Junge hat mich missverstanden,“ quäkte Keller dazwischen. „Ich habe nur gesagt, ich sei ...“ Er spuckte Blut, doch trotzdem lief ihm noch genug davon in die Kehle, sodass er würgen musste. Er musste an damals denken, an seinen Stiefvater, und er spürte rasenden Zorn in sich aufsteigen.

„Hat er dir was getan, Timmy?“

„Mir? Was denn?“

„Ist alles in Ordnung mit dir?“

„Ich habe den Jungen nicht angerührt!“ ächzte Keller.

„Sie hat keiner gefragt!“ herrschte Maggie ihn an und wandte sich wieder an Timmy. „Ich will wissen, ob er dir was getan hat!“

„Nö, alles okay! Wir haben bloß gelabert und so.“

„Was habt ihr?“

Ihre offensichtliche Verblüffung entlockte Keller ein Grinsen, trotz der stechenden Schmerzen.

„Geredet. Über Ritter und die Kreuzzüge und so. Uns einfach unterhalten.“

Keller hätte jetzt gern ihr Gesicht gesehen. Wahrscheinlich hatte sie gehofft, ihn bei etwas zu überraschen, das es gerechtfertigt hätte, ihm eine Kugel zwischen die Augen zu jagen.

„Erkennst du ihn denn noch immer nicht, Timmy?“

Stille trat ein, und jetzt vernahm Keller auch ihre Atemzüge. Sie kamen zu heftig für jemanden, der meinte, alles unter Kontrolle zu haben.

„Das ist Vater Keller!“ schrie sie den Jungen beinahe an und zerrte den Priester von der Wand weg, damit er dessen Gesicht sehen konnte. Timmy starrte ihn an, als habe er ein Ungeheuer vor sich. Bevor er wieder gegen die Wand gerammt wurde, sah Keller noch, wie der Junge mit vor Angst weit aufgerissenen Augen in die Zimmerecke zurückwich. Als Keller jetzt die Mündung an seiner Schläfe spürte, hörte er gleichzeitig ein furchterregendes Klicken.

„Was soll das, O'Dell? Was haben Sie vor?"

„Das, was ich schon damals hätte erledigen sollen! Erinnern Sie sich noch? Der dunkle Tunnel unter dem Friedhof? Wo Sie mir Ihr Filettiermesser in die Seite gerammt haben?"

„Sie sind ja verrückt geworden! Sie können doch nicht einfach ..."

„Wenn ich's damals zu Ende gebracht hätte, dann wären Jungen wie Arturo noch am Leben! Wie viele außer ihm hat es noch gegeben, Vater Keller?"

„Das können Sie nicht machen, O'Dell! Sie sind beim FBI!" Er erkannte seine eigene Stimme kaum, die jetzt fast einem Winseln glich.

„Und als FBI-Agentin ist es meine Aufgabe, die Welt vor Abschaum wie Ihnen zu schützen!"

Er hätte sich gern umgedreht und sie angesehen, um sich zu vergewissern, ob sie tatsächlich Ernst machen würde, fürchtete aber, sie könne die kleinste Bewegung zum Anlass nehmen und abdrücken.

In diesem Augenblick donnerte jemand draußen gegen die Tür. Keller setzte fast das Herz aus, doch O'Dells Griff blieb unverändert fest.

„Polizei!" rief jemand von jenseits der Tür. „Aufmachen!"

Maggie O'Dell rührte sich nicht. Keinen Zoll. Ihm war, als bohre ihm die Pistolenmündung ein Loch in die Schädelseite.

„O'Dell?" tönte die Stimme im Flur. „Pakula hier. Alles okay?"

Stille – bis auf ihre schweren Atemzüge und einen wimmernden Laut. Großer Gott! Das Winseln drang ja aus seiner eigenen Kehle!

„O'Dell? Sind Sie da drin? Ist alles in Ordnung mit Ihnen?"

„Alles klar!" rief sie schließlich.

„Ich komme jetzt rein."

Aus den Augenwinkeln sah Keller, wie die Tür sich langsam öffnete und jemand eintrat.

„Was treiben Sie denn da, O'Dell?"

„Etwas, das ich schon vor vier Jahren hätte tun sollen."

„Nun mal langsam, O'Dell!" Pakula sah hinüber zu Timmy, der sich in die hinterste Ecke des Zimmers gekauert hatte. „Sieht ja ganz so aus, als wäre dem Kleinen nichts passiert."

„Weil ich gerade noch rechtzeitig hier aufgetaucht bin!"

„Alles in Ordnung mit dir, Junge?" rief Pakula.

„Ja", antwortete Timmy, klang dabei jedoch nicht allzu überzeugend.

„Ich habe ihm nichts getan", meldete sich Keller zu Wort. „Wir haben uns bloß unterhalten."

„Wenn er was verbrochen hat, werden wir uns darum kümmern", sagte Pakula zu der Profilerin. Doch Maggie machte keinerlei Anstalten, ihren Griff zu lockern. „Nun kommen Sie schon, O'Dell!"

Keller beobachtete, wie der Detective seine Hand nach ihrer

Waffe ausstrecken, als wolle er sie ihr aus der Hand nehmen. Warum tat er's dann nicht? Er konnte sie doch aufhalten! Er musste!

„Timmy!" rief sie, ohne ihn dabei anzusehen. „Geh mit Detective Pakula nach draußen."

Keller konnte nicht sehen, ob er ihrer Aufforderung nachkam.

„Los! Sofort!" schrie sie, und da hörte er, wie der Junge hinausstürzte, ganz nah an ihnen vorbei.

Keller verlegte sich aufs Flehen. „Aber ich hab ihm doch kein Haar gekrümmt!" Es schwante ihm, warum sie den Jungen hinausschickte. Er sollte das, was sie vorhatte, nicht mit ansehen müssen. Er sollte keine Albträume bekommen.

„O'Dell!" wiederholte Pakula, nachdem er sich überzeugt hatte, dass der Junge auf dem Gang in Sicherheit war. „Kommen Sie! Das wollen Sie sich doch nicht im Ernst antun!"

Keller winselte keuchende, abgehackte Schluchzer. Dann, urplötzlich, war er frei. Die Waffe wurde zurückgezogen, sein Arm losgelassen. Noch konnte er es gar nicht fassen und blieb reglos an der Wand stehen, bis die Agentin sich an Pakula vorbeigeschoben hatte. Er schloss die Augen und konzentrierte sich ganz auf seine Atemzüge, bis er hörte, wie die Tür ins Schloss fiel. Erst jetzt wagte er, die Augen zu öffnen.

Er war allein.

Er legte den Sicherheitsriegel vor und begab sich ins Badezimmer. Das blutverschmierte Gesicht, das ihm aus dem Spiegel entgegenstarrte, sah furchtbar aus, doch sein Nasenbein schien nicht gebrochen zu sein. Er streifte seine blutdurchtränkten Sachen ab, spülte sich den Mund aus, stellte sich dann unter die Dusche und ließ das warme Wasser über die schmerzenden Stellen rinnen. Nachdem er in ein paar frische Boxershorts geschlüpft war, fühlte er sich schon besser. Langsam begann er, die Episode aus seinen Gedanken zu verdrängen.

Er setzte sich auf das Bett und betrachtete den darauf liegenden Koffer. Er hatte bereits gepackt, doch diese FBI-Schlampe hatte ihm einen Strich durch die Rechnung gemacht. Nach einer Weile zog er den Reißverschluss auf und hob den Deckel von der hölzernen Schachtel, die ganz oben auflag. Er kramte die Zeitungsausschnitte beiseite, die kleine Dose Öl und das Fläschchen mit Äther, um anschließend sacht die Finger über Arturos kleine Unterhose gleiten zu lassen. Dann schob er die Hand unter die anderen Kinderslips, bis er das Filettiermesser ertastete. Mit einem enttäuschten Seufzer deckte er es wieder zu und schloss den Deckel der Holzkiste.

89. KAPITEL

Hotel „Embassy“, Omaha

Maggie konnte nicht schlafen und starrte auf die im Dunkeln leuchtende Digitalanzeige des Weckers: drei Uhr. Sie zog sich die Decke über die Ohren und drehte sich auf die Seite. Eigentlich hätte sie's aufgeben sollen. Sie hätte wissen müssen, dass sie keinen Schlaf finden würde. Sie war viel zu aufgedreht, auch wenn der Abend doch noch glimpflich ausgegangen war. Timmy war in Sicherheit, Nick glücklich, und Christine hatte eine Story, mit der sie sich für den Pulitzer-Preis bewerben konnte.

Und Vater Keller ein freier Mann.

Insgeheim hatte sie gehofft, Timmy hätte Kellers Namen deshalb in das Spiel eingebracht, weil ihm möglicherweise etwas eingefallen war, an das er sich damals nicht mehr hatte erinnern können. Was er dann aber erzählt hatte, hatte Maggie und Christine zwar in ihrer Überzeugung bestärkt, dass Keller den Jungen vor vier Jahren tatsächlich entführt hatte, doch für einen ausreichenden Tatverdacht und eine Verhaftung des Paters genügte das ebenso wenig wie damals. Zudem hatte Timmy sogar einräumen müssen, dass er Keller möglicherweise wirklich missverstanden habe, als der angeblich vorgab, Polizist zu sein. Wenngleich der Junge hartnäckig darauf beharrte, Keller habe ihm eine Polizeimarke gezeigt, war das Pakula doch zu wenig gewesen, um einen Durchsuchungsbeschluss zu erwirken.

Es sah also ganz danach aus, als bliebe ihr nichts anderes übrig, als zu ihrem Wort zu stehen und Keller laufen zu lassen, sodass er sich wieder irgendwo im Regenwald Südamerikas verkriechen konnte. Der Gedanke trieb sie schier in den Wahnsinn, denn sie war fest davon überzeugt, dass er noch immer kleine Jungen umbrachte. Egal, wie Pakula das auch sehen mochte – sie wusste, ohne ihr Eingreifen hätte Keller auch Timmy getötet.

Erst jetzt wurde Maggie langsam bewusst, wie dankbar sie dem Detective sein musste, und zwar nicht nur dafür, dass er sie daran gehindert hatte, Keller einfach abzuknallen, obwohl sie im Stillen immer noch wünschte, er hätte sich nicht eingemischt. Nein, sie stand auch deshalb in seiner Schuld, weil er anschließend keinerlei Aufhebens um die Sache gemacht hatte. Nachdem sie die beiden Jungen bei Timmys Mutter abgeliefert hatten, hatte Pakula sie zurück ins Hotel gebracht und ihr gestanden, dass man wohl auch ihn mit Gewalt von „diesem Drecksack" hätte wegzerren müssen, wenn er wie Maggie davon überzeugt wäre, dass Keller es auf kleine Jungs abgesehen hatte. Aber, hatte er dann angefügt, sie hatten nun mal nichts gegen den Priester in der Hand. Schließlich war Timmy aus freien Stücken mit ihm mitgegangen, und selbst wenn Keller dem Jungen ein Ammenmärchen aufgetischt haben sollte, hatte er ihm doch kein Haar gekrümmt.

Weit mehr als für Keller schien sich Pakula für diesen Bruder Sebastian zu interessieren, wohl weil er den Verdacht hegte, der könne womöglich der „SinEater" sein. Allerdings hatte dieser Sündenfresser ja keineswegs versucht, den Jungen zu schaden. Selbst die Einladung, an dem Spiel teilzunehmen, war erst erfolgt, nachdem die beiden im Internet nach Websites und Chatrooms gesucht hatten, die ihnen Hilfe und Rat nach einem Missbrauch durch einen Priester boten. So waren sie auf das Spiel gestoßen und hatten angenommen, es ginge einfach nur darum, sich an ihrem Peiniger virtuell zu rächen. Nicht im Traume hatten die zwei daran gedacht, dass jemand die Priester dann tatsächlich ins Jenseits befördern würde.

Maggie musste unbedingt überprüfen, ob Gwens Klient vielleicht ebenfalls bei dem Spiel mitmachte. Der Gedanke schien ihr zwar etwas weit hergeholt, aber die Umstände von Vater Conleys Ermordung entsprachen absolut nicht der Vorgehensweise des Sündenfressers. Sollte der Frauenmörder von Washington womöglich die Sache selbst in die Hand genommen haben? Es war ja keineswegs ausgeschlossen, dass er von den ermordeten Geistlichen gehört oder gelesen hatte und auf den Gedanken gekommen war, den Priester, der ihn gequält hatte, eigenhändig auszuschalten. Eine gewagte These, das musste Maggie zugeben, aber sie glaubte nun mal nicht an Zufälle.

Sie wälzte sich auf den Bauch und schob ihren Kopf mit einem Seufzer unter das Kopfkissen. Und dann war da noch Nick Morrelli. Er hatte sie, als sie mit Timmy in seinem Zimmer aufgetaucht war, fest in seine Arme gedrückt. Sie versuchte, die Erinnerung daran zu verscheuchen, wie gut ihr die Umarmung getan hatte. Schließlich würde er ja demnächst heiraten.

Das Klingeln ihres Handys schreckte sie aus ihren Gedanken. Mit einem Satz sprang sie aus dem Bett und versuchte, sich in dem Halbdunkel ihres Zimmers zu orientieren. Wie immer, wenn sie in einem Hotel übernachtete, hatte sie das Licht im Bad brennen und die Tür einen Spalt offen gelassen. Schließlich fand sie das Mobiltelefon dort, wo sie es gelassen hatte, in ihrer Jackentasche.

„Maggie O'Dell."

„O'Dell? Racine hier!"

„Wissen Sie, wie spät es ist?“ stöhnte Maggie, doch im gleichen Augenblick schoss ihr ein Gedanke durch den Kopf und ließ sie erschaudern. Gwen! „Was ist passiert? Ist etwas mit Gwen?“ Mit der Linken tastete sie nach der Bettkante und ließ sich auf die Matratze sinken.

„Sie wurde gestern Abend niedergeschossen“, sagte Racine schließlich. „Von einem ihrer Klienten.“

„Großer Gott!“

„Danach hat er sich selbst die Kugel gegeben.“

Maggie rang nach Atem und versuchte, das Zittern unter Kontrolle zu bringen. Auf einmal war ihr wieder eiskalt.

„Sie liegt noch im OP“, fuhr Racine fort. „Sie hat Glück gehabt. Ihre Aktentasche hat das Projektil abgebremst. Sonst hätte es glatt das Herz durchschlagen.“

„Kommt sie durch?“

„Ich denke schon. Sie hat viel Blut verloren, aber die Ärzte klingen recht zuversichtlich.“

Maggie wischte sich eine Träne der Erleichterung aus dem Augenwinkel und holte tief Luft.

„Der Typ hieß James Campion“, setzte Racine ihren Bericht fort. „Wir sind ziemlich sicher, dass er es war, der den Pfarrer in Boston umgebracht hat. Und die vier Frauen hier ebenfalls. Es sieht ganz so aus, als ob Doc Patterson Recht gehabt hat. Es war tatsächlich einer ihrer Klienten.“

Nur eben ein anderer, als Gwen die ganze Zeit angenommen hatte.

90. KAPITEL

Freitag, 9. Juli
Erzbischöfliches Sekretariat, Omaha

Tommy Pakula war sich bewusst, dass er den Augenblick vielleicht etwas zu sehr genoss. Er saß abermals vor dem Schreibtisch des Erzbischofs, auf demselben unbequemen Stuhl wie vor einigen Tagen, und wartete auf Ihre Eminenz. Diesmal allerdings machte ihm das nichts aus. Zwar waren die Ermittlungen noch nicht abgeschlossen, aber es sah ganz danach aus, als sei James Campion ihr Priestermörder gewesen. In den vergangenen Wochen hatte er Geschäftsreisen nach St. Louis und nach Tallahassee in Florida unternommen. Von St. Louis aus hätte er ohne weiteres nach Columbia und Omaha fahren können. Und Pensacola war nur gut drei Autostunden von Tallahassee entfernt.

Nur der Mord in Minneapolis passte bislang nicht ins Bild. Er hatte Jim Carmichael damit beauftragt, zu überprüfen, ob zwischen Campion und Bruder Sebastian eine Verbindung bestand, und ob die beiden sich möglicherweise kannten. O'Dells Annahme, dass sie es vielleicht mit zwei Mördern zu tun hatten, war gar nicht so abwegig. Es konnte durchaus sein, dass der persönliche Sekretär des Erzbischofs Monsignore O'Sullivan in Omaha und Daniel Ellison in Minneapolis erledigt hatte, während Campion die drei anderen aus dem Wege räumte.

Von Campion würden sie nichts mehr erfahren, denn der hatte seinem Leben ein Ende gesetzt. Auch Maggie war es plausibel erschienen, dass er zum Mörder geworden war, weil er als Ministrant von Conley missbraucht worden war und diesen später aufgespürt hatte. Maggies Auffassung nach erklärte der Effekt die Brutalität des Mordes.

Aber welche Rolle mochte dieser Gallagher spielen? Detective Carmichael hatte ihn vorhin im Präsidium darauf hingewiesen, dass Vater Tony als ehemaliger Leiter einer Rechtsberatungsstelle für Missbrauchopfer Zugriff auf die Namen sowohl der Opfer als auch der vermeintlichen Täter hatte.

In diesem Moment ging die Seitentür auf und der Erzbischof kam herein. Er nickte seinem Besucher zu und nahm hinter seinem Schreibtisch Platz.

„Mr. Pakula." Wie schon bei ihrer ersten Begegnung ingnorierte er den Dienstgrad des Detectives. „Wie ich hörte, haben Sie möglicherweise einen Verdächtigen?"

„Möglicherweise", bestätigte Pakula und lehnte sich zurück. Der harte Stuhl verursachte ihm Rückenschmerzen, aber das focht ihn jetzt nicht weiter an. Er sah auf seine Armbanduhr. „Gerade in diesem Augenblick wird einer unserer Hauptverdächtigen zur Vernehmung vorgeführt." Dabei malte er sich aus, wie Kasab und Carmichael den Privatsekretär zum Präsidium eskortierten.

„Freut mich zu hören", bekundete der Erzbischof, wobei er in seinem Sessel wieder ganz nach vorne rutschte und die Hände vor sich auf der Schreibtischkante faltete. „Möglicherweise können wir die Sache dann ja bald zu den Akten legen."

„Das wird wohl noch eine Weile dauern."

„Selbstverständlich bin ich mir im Klaren darüber, dass alles seine Zeit braucht. Ich meinte eher, dass wir uns doch alle einen Schlussstrich wünschen."

„Oh, davon bin ich überzeugt", erwiderte Pakula. Er griff

nach der ledernen Aktenmappe, die er zu seinen Füßen an den Stuhl gelehnt hatte, und warf sie dem Erzbischof auf dessen leeren Schreibtisch. „Die hier haben wir nun doch noch gefunden“, sagte er und stellte mit einiger Zufriedenheit fest, wie Armstrong die Farbe aus dem Gesicht wich.

„Ja, gütiger Himmel! Ist das etwa ...“

„Monsignore O’Sullivans Aktenmappe, richtig. Die Dokumente sind sehr aufschlussreich, insbesondere die psychologischen Gutachten. Jetzt kann ich nachvollziehen, warum Sie das ganze Zeug in den Vatikan schaffen wollten. Eine Vernichtung der Akten hätte gegen das Gesetz verstoßen, aber da der Vatikan diplomatische Immunität genießt, wären die Unterlagen dort vor jedem unerwünschten Zugriff sicher gewesen. War es nicht so?“

„Ich weiß nicht, was Sie da gefunden zu haben glauben, Mr. Pakula.“ Er rutschte in seinem Sessel noch ein Stück weiter nach vorn und war für Pakulas Geschmack viel zu schnell wieder Herr der Lage. „Aber sind Sie nicht auch der Meinung, dass man den Fall am besten ein für allemal abschließen sollte? Zumal der arme Monsignore O’Sullivan – Gott sei seiner Seele gnädig – nicht mehr unter uns weilt.“

„Da haben Sie allerdings Recht.“ Pakula erhob sich, um zu gehen. Der Erzbischof starrte ihn verblüfft an und warf dann einen hektischen Blick auf die Mappe, als ob er sie an sich reißen wolle, falls Pakula sie wieder mitzunehmen beabsichtigte. „Was den Monsignore betrifft, bleibt uns tatsächlich nicht mehr viel zu tun. Allerdings geht es hier nicht nur um ihn. Raten Sie mal, wo diese Mappe wieder aufgetaucht ist.“ Er sah Armstrong an und konnte nicht verhindern, dass ein Grinsen auf seinem Gesicht erschien. „Man sollte es nicht für möglich halten. Ausgerechnet bei einer Journalistin."

Und da war er, der Anblick, auf den Pakula gewartet hatte, der offene Mund, der Schreck in den geweiteten Augen. Pakula wandte sich zum Gehen, blieb in der Tür jedoch stehen und drehte sich noch einmal um. „Ach, übrigens", bemerkte er. „Es wird Sie vielleicht interessieren, dass mich der Dekan der Creighton University angerufen hat. Er hat sich für einen Fehler entschuldigt, der dem Sekretariat unterlaufen sei, und zwar bezüglich des Stipendiums für meine Tochter. Offenbar wurde dort eine Entscheidung ohne sein Wissen getroffen." Pakula schüttelte den Kopf. „Sachen gibt's!"

Dann ließ er den Erzbischof mit der Ledermappe voller Kopien in seinem Zimmer zurück. Die Originale der Dokumente waren bereits auf dem Weg zur Staatsanwaltschaft von Douglas County.

91. KAPITEL

Redaktion des Omaha World Herald, *Omaha*

Nick Morrelli beobachtete seine Schwester, wie sie den Fotografen herumkommandierte und dann die zierliche Blondine, die für die Schlagzeilen auf der ersten Seite zuständig war. Als Christine dann endlich zu ihm kam, wirkte sie zufrieden.

„Schreibst du die Schlagzeilen für deine Artikel denn nicht selbst?“ fragte er mit gespieltem Staunen. „Nicht zu fassen.“

„Das weißt du doch längst,“ gab sie zurück und versetzte ihm einen Klaps auf den Arm.

„Wann holen wir die Jungen zum Essen ab?“

Sie sah auf ihre Armbanduhr. „Der Schnupperkurs ist heute früher zu Ende. Lass mich schnell noch eine Sache erledigen, dann können wir los.“ Sie zog einige Blätter aus einem Hefter und fing an, Notizen auf die Seitenränder zu kritzeln.

„Meinst du eigentlich, es ist richtig, sie nach all dem auch noch mit einer Einladung zum Lunch zu belohnen?“

Sie blickte von ihren Notizen auf und sah ihn erstaunt an.

„Das ist kein Witz“, insistierte Nick. „Vorgestern Abend, da dachte ich, ich drehe durch vor Angst. Fast wie damals vor vier Jahren.“

„Aber zum Glück ist Timmy ist ja nichts passiert, außer das ihm das Ganze einen Schrecken eingejagt hat.“

„Ich habe überlegt, dass ich mich vielleicht mehr mit dem Jungen beschäftigen müsste. Mehr für ihn da sein, weißt du?“

„Ach nee!“ Sie lachte und widmete sich wieder ihren Notizen. „Ich kann mir nicht vorstellen, dass Jill begeistert sein würde, wenn du andauernd zwischen Boston und Omaha hin und her fliegst, um deinen Neffen zu besuchen."

„Wenn ich hier in Omaha bliebe, wäre der ganze Aufwand ja gar nicht nötig."

„Deine Zukünftige zieht nicht hierher zurück, Nick. Ich kenne Jill Campbell. Mag sein, dass sie mit ihren alten Freundinnen hier gerade 'ne Menge Spaß hat, aber nach den Hochzeitsvorbereitungen wird sie wieder in ihr gewohntes Leben zurückwollen, ergo in ihren Beruf als hoch dotierte Anwältin bei Foster, Campbell und – wie heißt noch der dritte von denen?"

„McDermont", murmelte Nick, um die Wissenslücke seiner Schwester zu schließen.

Plötzlich starrte Christine ihn an, als sei bei ihr gerade der Groschen gefallen. „Ach du liebes bisschen. Du willst doch die Hochzeit nicht etwa abblasen?"

„Das hab ich nicht gesagt."

„Aber gedacht?"

„Auch das nicht."

„Ist es Maggies wegen?"

„Mensch, Christine!" In gespielter Verzweiflung schlug er die Hände über dem Kopf zusammen. „Ich habe nur gesagt, dass ich vielleicht etwas mehr Zeit mit meinem Neffen verbringen sollte!"

Sie lehnte sich zurück und ließ den Blick durch die lärmerfüllte Redaktion schweifen, doch niemand verfolgte ihr Gespräch. „Na, dann kann ich's dir ja ruhig sagen", meinte sie und grinste ihn an. „Maggie hat mir erzählt, sie habe dich damals gar nicht in den Wind geschossen. Die ganze Zeit über, während du dich bejammert und bemitleidet hast, war Maggie O'Dell in dem Glauben, *du* hättest *sie* abserviert."

Nick sah sie an, als hätte er nicht richtig gehört.

„Aber ist ja auch egal, wer wem den Laufpass gegeben hat, oder?"

92. KAPITEL

Eppley Airport
Omaha, Nebraska

Cunningham hatte Maggie zwar gesagt, sie brauche bei Kellers Abflug nicht dabei zu sein, aber sie hatte darauf bestanden. Wenn sie sich schon an ihren Teil der Abmachung halten und den Kerl laufen lassen musste, dann wollte sie sich zumindest davon überzeugen, dass Keller sein Flugzeug auch wirklich bestieg und nach Südamerika entschwand, diesmal hoffentlich für immer. Sie hatte sogar überlegt, ihn bis nach Chicago zu begleiten, um sicher zu sein, dass er auch seinen Anschlussflug nahm. Er hatte dort zwei Stunden Aufenthalt. Was sollte ihn hindern, hatte sie ihren Vorgesetzten gefragt, einfach abzuhauen? Am Flughafen ein Taxi zu nehmen und sich davonzumachen, um statt in Südamerika irgendwo in einer entlegenen Provinz des Mittleren Westens unterzutauchen?

Das solle nicht ihre Sorge sein, hatte Cunningham erwidert. Wenn Keller erst mal im Flieger säße, sei ihre Aufgabe erledigt. Als ob das so einfach wäre!

Keller hatte es abgelehnt, mit ihr auch nur im selben Wagen zum Flughafen zu fahren, und als Alternative eine Fahrt im Streifenwagen in Kauf genommen, begleitet von einem Beamten, den Pakula extra abgestellt hatte. Die Eskorte schien ihm zu gefallen, denn er machte ein solch selbstgefälliges Gesicht, dass Maggie sich hatte beherrschen müssen, um ihm nicht an die Gurgel zu gehen. Jetzt stand sie in der Abflughalle und sah zu, wie er sich in die Schlange vor der Sicherheitsschleuse einreihte.

Das war's dann also. Sie hatte ihren Job erledigt, der Vorhang war gefallen. Wenigstens konnte sie sich jetzt um Gwen kümmern. Als sie am Morgen mit ihr gesprochen hatte, war sie zwar recht guter Stimmung gewesen, hatte aber auch sehr mitgenommen und geschwächt geklungen. Sie hatte sich Sorgen um Harvey gemacht, obwohl der bei Julia Racine offenbar in guten Händen war. Gwen behauptete zwar, sie habe die Operation bestens überstanden, aber Maggie wollte sich selbst überzeugen und deshalb am nächsten Morgen zurück nach Washington fliegen – trotz der Tatsache, dass sich hier noch nicht alle Puzzleteile so zusammenfügten, wie sie es gern gesehen hätte.

Als sie sich mit einer schnellen Bewegung umwandte, um die Abflughalle zu verlassen, wäre sie beinahe frontal mit Schwester Kate Rosetti zusammengeprallt.

„Maggie! Hallo! Geht's nach Hause?"

„Morgen erst. Und Sie? Wohin geht die Reise diesmal?" Um ein Haar hätte Maggie sie nicht erkannt. Die Nonne hatte Jeans an, ein giftgrünes T-Shirts mit dem Aufdruck „Pensacola Seafood Festival" und dazu Tennisschuhe. An einem Schulterriemen trug sie eine Reisetasche, die aussah wie ein Seesack, und ihr kurzes Haar lag flach am Kopf an, als habe ihr nach dem Duschen die Zeit zum Stylen gefehlt.

„Ich halte einen Vortrag in Chicago."

„Ach, richtig. Erwähnten Sie ja beim Essen."

„Einer noch, dann ist Schluss damit."

„Wird Ihnen das nicht fehlen?" fragte Maggie.

„Nein", sagte sie, legte sich die Hand aufs Herz wie ein Pfadfinder, der eine gute Tat gelobt, und strahlte Maggie an. „Der Letzte! Bei der Ehre meines Großvaters!"

„Bei der vielen Reiserei haben Sie zumindest gelernt, mit möglichst wenig Gepäck auszukommen."

„Von wegen! Alles schon eingecheckt, inklusive meiner Präsentationsobjekte. Ich will nicht riskieren, dass ich bei der Kontrolle alle möglichen Fragen beantworten und erklären muss, was ich mit mittelalterlichen Dolchen in Chicago will."

Die beiden Frauen lachten, doch dann hielt Schwester Kate inne, um der Lautsprecherdurchsage zuzuhören. „Reisende für United Airlines-Flug 1270 nach Denver werden zum Ausgang 29 gebeten. Reisende für United Airlines-Flug 1690 nach Chicago – bitte zum Ausgang 14."

„Das ist meiner. Dann will ich mal. Es war mir wirklich ein Vergnügen, Sie kennen zu lernen, Maggie."

„Ganz meinerseits. Nun weiß ich mehr über Dolche, als ich je wissen wollte."

Schwester Kate drückte Maggie mit ihrem freien Arm an sich. „Passen Sie gut auf sich auf."

„Sie auch!"

Maggie sah ihr nach, wie sie zur Sicherheitsschleuse ging, wo die Schlange inzwischen nicht mehr ganz so lang war. Hinter der Kontrolle drehte sie sich noch einmal um und winkte Maggie zu, dann machte sie sich auf den Weg zum Flugsteig. Maggie sah, wie sie eine Baseballcap aus ihrer Tasche zog und aufsetzte. Sie musste lächeln. In ihren Jeans, dem T-Shirt und der Kappe sah Schwester Kate jetzt eher aus wie einer ihrer Schüler.

Und mit einem Male durchzuckte es Maggie wie ein Schlag. Auf einmal fügte sich alles zusammen. Die Dolche und die vielen Reisen, warum bloß war sie nicht vorher schon darauf gekommen? Dabei hatte Schwester Kate ihr doch selbst erzählt, sie sei an dem Wochenende, an dem Vater Kincaid in Columbia umgebracht worden war, in St. Louis gewesen, gar nicht so weit von Columbia entfernt. Und was hätte sie schon davon abhalten sollen, Monsignore O'Sullivan hier am Flughafen Omaha in der Herrentoilette zu erstechen, dann in der Damentoilette nebenan zu verschwinden, sich zu waschen, umzuziehen und den Dolch – die Mordwaffe – in ihrem Gepäck verschwinden zu lassen, das ganz normal eingecheckt wurde? Wer konnte besser den Anwalt missbrauchter Jungen spielen als eine Nonne, die möglicherweise den Missbrauch sogar selbst mitbekam? Vielleicht hatte sie Monsignore O'Sullivan sogar mit einem der Jungen in der Schule überrascht!

Jetzt fiel ihr auch wieder ein, was Schwester Kate über sich erzählt hatte, wie sie selbst missbraucht worden war. Es war jemand gewesen, dem ihre Eltern vertrauten – nein, den sie sogar verehrt hatten. Und der einmal im Monat am Sonntag zum Abendessen kam. War das womöglich ein Priester gewesen? Und das T-Shirt! Schwester Kate stammte doch aus Pensacola in Florida! Konnte es sein, dass sie die Elfjährige war, an der Vater Rudy sich vergangen hatte? Hatte sein Name deshalb nicht auf der Liste gestanden? Auf einmal erschien alles einen Sinn zu ergeben.

Was aber war dann mit James Campion? Pakula vertrat die Auffassung, dass auch die anderen Priestermorde auf dessen Konto gingen. Maggie hingegen war nie davon überzeugt gewesen, dass er der Sündenfresser war. Viel schlüssiger erschien ihr, dass Campion vielleicht nur bei dem Spiel mitgemacht und dann seinen Fall selbst in die Hände genommen hatte. Gwen hatte doch erzählt, dass Campion etwas von einem Onlinespiel und von gebrochenen Regeln gefaselt hatte!

Maggie fuhr sich mit den Fingern durchs Haar. In den vergangenen Nächten hatte sie nicht viel Schlaf gefunden, dennoch erschien ihr nun auf einmal alles kristallklar. Sie entsann sich, wie Schwester Kate sich beim Dinner die Haare des Hundes ihrer Mitbewohnerin von der Bluse gewischt hatte und dass man auch auf Monsignore O'Sullivans Polohemd Hundehaare gefunden hatte. Ihre zweite Mitbewohnerin war Computerexpertin und hatte Schwester Kate vielleicht nicht nur günstige Flüge besorgt, sondern auch beigebracht, Onlinespiele zu programmieren. Vielleicht wusste sie sogar, wie man die Polizei und das FBI daran hinderte, eine simple E-Mail-Adresse, nämlich die des „SinEater", zurückzuverfolgen.

Durch den Lautsprecher hallte der letzte Aufruf für den United-Airlines-Flug nach Chicago. Und da fiel es Maggie wie Schuppen von den Augen. Chicago! Das war auch Kellers Flug!

Gütiger Himmel!

War es das, was Schwester Kate mit „der Letzte" gemeint hatte? In Chicago hatte Keller zwei Stunden Aufenthalt, ehe sein Anschlussflug nach Venezuela ging. Schwester Kate flog nur bis Chicago, also würde sie dort ihr Gepäck abholen. Und die Dolche!

Maggie sah auf die Uhr und dann auf den Monitor mit den Abflugzeiten. Noch fünfzehn Minuten bis zum Start. Sie hatte ihre FBI-Marke dabei, ihre Dienstwaffe und ihr Handy. Es würde zwar ein Riesenchaos geben, aber sie konnte den Abflug noch verhindern.

Dann erinnerte sie sich an ihre erste Begegnung mit Keller im Hotel, an seinen Blick, als sie ihm vorgehalten hatte, er habe über Arturo in der Vergangenheitsform gesprochen. Er hatte nie damit aufgehört, und er würde es auch nicht lassen, nur weil sie ihn einmal etwas hart angefasst hatte. Und wenn ihr Gefühl sie nicht trog, dann hatte er nicht einmal die Absicht, nach Südamerika zurückzufliegen.

Schwester Kate hatte gesagt, dieser Job sei „ihr Letzter", wobei Maggie davon ausgegangen war, dass damit ihre Vorträge gemeint waren. Jetzt war ihr klar, dass die Nonne von einem anderen Auftrag gesprochen hatte. Von ihrem unwiderruflich letzten, wie sie bei der Ehre ihres Großvaters versprochen hatte.

Wieder sah Maggie auf ihre Uhr. Noch immer konnte sie den Flug aufhalten. Doch sie stand einfach nur da und starrte auf die Menschen, die sich durch die Abflughalle schoben.

Dann drehte sie sich um und ging zurück zum Ausgang.

93. KAPITEL

United Airlines-Flug 1690

Vater Michael Keller wartete geduldig, bis die ältere Dame den Mittelgang frei machte. Im Warteraum hatte er sich doch noch entschlossen, zur Toilette zu gehen, und war nun einer der letzten, die ihre Sitzplätze aufsuchten. Mit einigem Unbehagen erinnerte er sich an seine quälend lange Anreise. Aber diesmal würde der Flug ja erheblich kürzer sein.

Es war schon ein Jammer, dass er Timmy nicht hatte erlösen können, nachdem er ihm so unerwartet wieder begegnet war. Er war seinem Ziel so nahe gewesen und hatte sich schon dabei gesehen, wie er dem schmächtigen Jungen die letzte Ölung erteilte und ihm dann, ganz vorsichtig und sanft, den Schlüpfer auszog, den ihm nun niemand mehr herunterreißen würde, den keiner mehr betasten würde. Niemand außer ihm! Aber dann hatte diese FBI-Schlampe ihm alles verpatzt. Er befühlte seine Nase. Sie war nach wie vor geschwollen. Zu seinem Glück war dann dieser Detective aufgetaucht.

Endlich nahm die ältere Dame ihren Sitz ein, und er konnte weitergehen, den Blick auf die Nummern über den Sitzreihen gerichtet. Sieben, acht, neun, zehn … da war's, 11B, ein Mittelplatz. Na ja, es ist ja nur bis Chicago, sagte er sich, ein kurzer Flug von zwei Stunden. Und immerhin waren seine Nachbarn zwei recht zierlich gebaute Frauen. Auf dem Hinflug hatte er mit einem Bullen von einem Kerl um die Seitenlehne kämpfen müssen.

Er verstaute sein Handgepäck in einem der Klappfächer über den Sitzen.

„Verzeihung, ich habe 11B“, sagte er zu der Frau, die am Mittelgang saß.

„Aber sicher“, antwortete die Blondine und wischte sich kokett das Haar aus der Stirn, bevor sie ihren Sicherheitsgurt löste und sich aus ihrem Sitz drehte, um ihn vorbeizulassen.

„Danke.“

Beide setzten sich wieder, und er hatte sich gerade angeschnallt, da wandte seine Nachbarin zur Linken, die bislang aus dem Fenster gesehen hatte, ihm das Gesicht zu.

„Fliegen Sie nur bis Chicago?“ fragte sie.

„Ja“, antwortete er ohne zu zögern, denn wozu sollte er jetzt noch lügen? „Und Sie?“

Sie nickte. „Ich auch.“

„Urlaub?“ erkundigte sich Keller.

„Rein geschäftlich“, erwiderte sie. „Übrigens: Mein Name ist Katherine Rosetti.“

– ENDE –

Erica Spindler

Spiel mit dem Tod

Band-Nr. 25183

7,95 € (D)

ISBN: 3-89941-241-9

Elizabeth Flock

Ich & Emma

Band-Nr. 25182

7,95 € (D)

ISBN: 3-89941-240-0

Jackie Collins

Lovers & Players

Band-Nr. 25208

7,95 € (D)

ISBN: 3-89941-305-9

Alex Kava
Das Böse
Nr. 25001
7,95 € (D)
ISBN: 3-89941-001-7

Alex Kava
Das Grauen
Band-Nr. 25024
7,95 € (D)
ISBN: 3-89941-032-7

Alex Kava
Schwarze Seelen
Band-Nr. 25052
7,95 € (D)
ISBN: 3-89941-067-X

Alex Kava
Eiskalter Wahnsinn
Band-Nr. 25069
7,95 € (D)
ISBN: 3-89941-091-2

Erica Spindler
Der Albtraum
Band-Nr. 25169
7,95 € (D)
ISBN: 3-89941-227-3

Erica Spindler
Gefangene des Ruhms
Band-Nr. 25151
7,95 € (D)
ISBN: 3-89941-190-0

Erica Spindler
Im Schatten des Mörders
Band-Nr. 25129
7,95 € (D)
ISBN: 3-89941-168-4

Erica Spindler
Die Angst im Nacken
Band-Nr. 25114
7,95 € (D)
ISBN: 3-89941-150-1

Sharon Sala
Wie ein stummer Schrei
Band-Nr. 25193
7,95 € (D)
ISBN: 3-89941-286-9

Sharon Sala
Im Zeichen der roten Rose
Band-Nr. 25149
7,95 € (D)
ISBN: 3-89941-188-9

Sharon Sala
Eiskalte Versuche
Band-Nr. 25142
7,95 € (D)
ISBN: 3-89941-181-1

Sharon Sala
Das Tattoo
Band-Nr. 25122
7,95 € (D)
ISBN: 3-89941-161-7